U0931480

本书的出版得到山西师范大学学科攀升计划中国语言文学学科点、“1331工程”重点学科建设计划2017年度一般性重点学科建设项目山西师范大学文艺学学科点“中国文艺学教材编撰史专业资料数据库建设与研究”、2018年度国家社科基金艺术学青年项目“中国古代戏曲叙事理论史通论”经费资助。

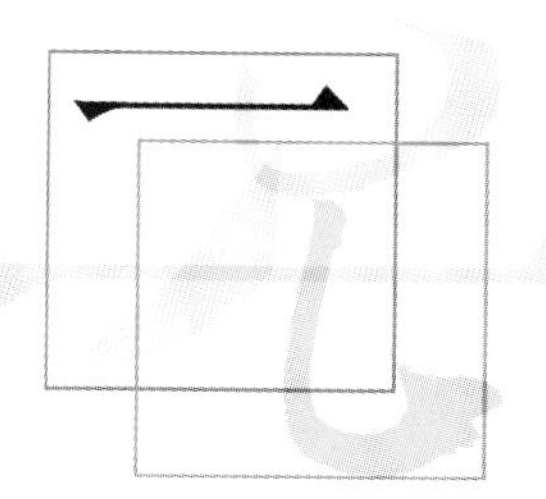

青年学者论丛

尧都学堂

中国古典剧论中的叙事理论研究

Zhongguo Gudian Julun Zhongde Xushi Lilun Yanjiu

刘二永 著

中国社会科学出版社

图书在版编目（CIP）数据

中国古典剧论中的叙事理论研究／刘二永著．—北京：中国社会科学出版社，2019.4

ISBN 978－7－5203－4139－4

Ⅰ.①中…　Ⅱ.①刘…　Ⅲ.①古代戏曲—叙述学—文学研究—中国
Ⅳ.①I207.37

中国版本图书馆 CIP 数据核字(2019)第 039945 号

出 版 人　赵剑英
责任编辑　刘　艳
责任校对　陈　晨
责任印制　戴　宽

出　　版　中国社会科学出版社
社　　址　北京鼓楼西大街甲 158 号
邮　　编　100720
网　　址　http://www.csspw.cn
发 行 部　010－84083685
门 市 部　010－84029450
经　　销　新华书店及其他书店

印刷装订　北京君升印刷有限公司
版　　次　2019 年 4 月第 1 版
印　　次　2019 年 4 月第 1 次印刷

开　　本　710×1000　1/16
印　　张　18.25
插　　页　2
字　　数　290 千字
定　　价　78.00 元

总 序

亭林先生顾炎武“古人之所未及就，后世之所不可无”已成著述者孜孜以求之境界，虽不能，亦向往之。著述辛劳，非亲历者不能体会，于青年学者、学术后进尤为如是。山西师范大学作为山西省人文学科研究的重要阵地，对弘扬山西文化，推动山西人文学科演进发挥了重要作用，文学院作为山西师范大学最大的文科学院之一，集聚了来自海内多所知名高校、科研院所的优秀博士，特别是最近几年，同师大一道，文学院步入快速发展轨道，一批批青年学者来此执教。师大幸甚、学院幸甚！

作为地方高师院校，教学任务繁重，然教师以教书育人、著文立言为要务，著文立言为教书育人之总结和升华，二者不可偏废。丛书的作者们大多初登杏坛，大部分时间都给予了课堂、学生，教学之余对或在即有研究基础上锐意进取，或于教学之中笔记碰撞、感悟，终有所获。经年累月，终成此中国语言文学系列著作，内容囊括音韵、文字、艺术、小说、文化、诗歌等领域，为文学院学科建设一大功效。观其书，皆以已精力成之，虽小有舛漏，但不碍达其言，读之“足以长才”，足矣！

文学院向以鼓励、资助教师学术研究、学术出版为任，2018 年适逢山西师范大学、山西师范大学文学院六十周年庆典，在学校的大力支持下，学院前后奔走，幸蒙中国社会科学出版社大力支持，促成此系列著作的出版。该丛书不仅是学院教师学术研究的一次总结和集中呈现，也是学院学科建设的阶段性成果，更是学院教师们送给学校、学院六十周年庆典的一份不腆之仪。

山西师范大学地处临汾，为上古尧王建都之所，董仲舒注《周礼》

“掌成均之法，以治建国之学政，而合国之子弟焉”条，曰：成均，五帝之学。可知尧时已有学堂。文学院追慕上古先贤，设“尧都大讲堂”为学院系列学术讲座、学术活动之共名，“‘尧都学堂’青年学者论丛”亦由是得名。书成，为小序，以继往而开来。

赵变亲

2018 年 5 月 16 日

目　　录

绪　论

一　选题的目的与意义

中国古典戏曲是与汉之文、晋之字、唐之诗、宋之词相并列的“垂之千古而不可泯灭”① 的经典艺术，是“以歌舞演故事”的综合艺术，故事是其中的重要因素。从戏曲的发展进程来看，叙事性的确立是中国古典戏曲成熟的重要标志，也是使戏曲区别且独立于诗文之外的核心要素。清代梁廷楠在《曲话》卷四中从文体的角度指出：“乐府兴而古乐废，唐绝兴而乐府废，宋人歌词兴而唐之歌诗又废，元人曲调兴而宋人歌词之法又渐积於废。诗词空其声音，元曲则描写实事，其体例固别为一种。”② 不仅强调了戏曲区别于诗词的叙事性特征，同时意在言：戏曲的叙事性特征，使戏曲挣脱了对诗歌的依附，以一种独立的文学样式与诗词等其他艺术形式并列于中国古代文学艺术之林。另外，作为一种综合性的文学形式，戏曲不仅要叙事，更主要的是还要写情、写景，但无论是写景还是传情都不能脱离故事，都是在叙事中完成的。正如孟称舜所言：“曲之难者，一传情，一写景，一叙事。然传情、写景犹易为工，妙在叙事中绘出情、景，则非高手未能矣。”③ 所以，从一定程度上来说，戏曲叙事是实现传情、写景等其他一切目的的基础。总之，故事这一要素以及叙事这一功能在戏曲中具有极其重要的地位和作用，故对戏曲叙

① 茅一相：《题词评〈曲藻〉后》，蔡毅《中国古典戏曲序跋汇编》，齐鲁书社 1989 年版，第 31 页。

② 梁廷楠：《曲话》，俞为民、孙蓉蓉《历代曲话汇编》清代编第四集，黄山书社 2008 年版，第 46 页。

③ 孟称舜：《智勘魔合罗》眉批，《古本戏曲丛刊四集》，国家图书馆 2016 年版，第 345、346 页。

事的研究对深入理解我国古典戏曲具有重要意义。

中国古代戏曲叙事理论具有鲜明的民族特色。首先，中国古典戏曲理论成熟较晚，故而对传统诗学、史学及小说理论等都有吸收、继承与借鉴，使古典戏曲叙事理论也有着中国传统文论的一些特征。如对古代文论中的文学艺术应承载伦理道德的观念的继承，叙事寓理以有助风化也成为古典戏曲叙事的主要目的之一。其次，中国古典戏曲又有一个区别于西方戏剧形式的独特媒介——脚色，脚色对戏曲的场上叙事也有着非常重要的影响作用，再者，中国古典戏曲有其独特的格局，如开头的副末开场、人物上场的引子、上场诗、定场白、出或折的段落层次的划分等，这些格局特征也使中国古典戏曲在故事的呈现中具有区别于西方戏剧叙事的一些独特的民族个性。

另外，与中国古代小说相比，戏曲作为一种以舞台表演为特征的独特的叙事艺术，又体现出自身的独特规定性。在小说中，故事的呈现主要由形式上的全知叙述者来叙述，而古典戏曲故事主要是由人物通过脚色扮演来呈现（除处于剧本正文之外的副末开场中副末的叙述），表现为由人物自己来呈现自己的故事，正如顾仲彝所言："史诗的叙述故事是用第三者的口气追述已经发生过的事情，而戏剧是用人物的嘴来叙述过去的和主要的正在发生的事情。"① 而且，在小说叙事中，语言主要是叙述者的话语，在戏剧中，语言是人物的言语行动。在中国古典戏曲中，人物的言语又有唱词、说白以及滑稽、幽默的科诨等不同形式，人物通过这些不同的言语形式来展现故事，这些形式又具有不同的叙事功能，它们互相关联、相互影响，使故事的呈现更为丰富。这些都体现着古典戏曲叙事的独特个性，在古典戏曲理论中也都有所反映，故对这一既有民族特色又具独特个性的戏曲叙事理论的研究有助于彰显古典戏曲理论的个性，也有利于丰富我国古代叙事理论。

富有实践性的古典戏曲叙事理论对后世而言具有强烈的历史继承性和指导性。在古典戏曲理论史上，从剧论家们的身份来看，绝大多数的理论家同时又是剧作家，每每身兼数职，如徐渭、汤显祖、王骥德、吕天成、李渔等，他们在撰写理论专著或对剧作家、戏曲作品进行品评的

① 顾仲彝：《编剧理论与技巧》，中国戏剧出版社 1981 年版，第 373 页。

同时又参与编剧、导演等其他的戏剧活动，这些活动为其理论论说提供了丰厚的实践基础，他们的论说都是他们自己的切身体会、经验之谈，故其论说无不具有真知灼见，同时也带有很强的实践指导性。再从其论说的方式来看，中国古代戏曲理论追求直观，剧论家们较少做纯理论的探讨，他们常常密切结合实际来阐述一定的理论主张。这些特征都使其理论具有极强的操作性和可行性。

目前，叙事理论的研究是国际学术界关注的中心之一。在中国戏剧界，对戏曲叙事的研究如火如荼，但更多的是以西方叙事学的原理对古代戏曲作品的直接探讨，较少注意古典剧论中所具有的中国本土的叙事理论，而对中国古典戏曲叙事的研究不可忽视身处其中具有切身体会的古代剧论家们的论说。虽然近年来情况有所改变，出现了专章、专节形式的研究，但总的来说，研究成果仍然比较薄弱。所以，认真梳理与研究这一丰厚的理论遗产，对于中国古典戏曲叙事理论的建立具有迫切性的意义。另外，中国传统的叙事理论在世界叙事理论中也扮演着极为重要的角色。中国传统的叙事理论不仅是中国人民的宝贵遗产，也是全世界人民的文化财富。这里不仅有我们民族特有的叙事经验，同时也包含着各种戏剧形式共通的叙事规律。对其进行科学总结与研究，既可以使东西方戏剧理论及戏剧叙事理论得到必要的交流，同时也为世界文学理论宝库增添许多新意，为世界叙事理论输入新鲜的血液。这不仅有助于增进全世界人民对我国戏曲叙事理论的了解，也可提高我们的民族自尊心与自信心，增强我们的民族自豪感。

二　国内外研究现状①

中国古典戏曲叙事理论是古典戏曲理论中一个重要的组成部分，从二十世纪八十年代随着对古典戏曲理论全面研究的展开，已逐渐引起学术界的关注，研究成果表现为两种形式：一是作为一个独立的对象，以“叙事理论”命名的研究；另一种形式是“有实无名”的零散的研究，这一形式的研究在古典戏曲理论研究之初就已涉及，且几乎遍布各种形式

---

① 本节内容以《中国古典戏曲叙事理论研究述论》之名发表于《戏曲艺术》2016 年第 4 期。

的研究中。下文拟对这两种形式的研究成果做一梳理与评析，并在此基础上探讨未来的研究取向。

（一）以“叙事理论”命名的研究

将中国古典戏曲叙事理论作为一个独立的对象进行研究，始于20世纪80年代末，并一直延续至今，就目前所掌握的资料来看，公开发表的期刊文章与硕士学位论文约二十篇，专章有谭帆、陆炜的《中国古典戏剧理论史》（中国社会科学出版社1993年版）中“叙事理论的发展及其理论体系”一章和郭英德的《明清传奇戏曲文体研究》（商务印书馆2004年版）中“明清传奇戏曲的叙事方式”一章，专节有朱万曙的《明代戏曲评点研究》（安徽教育出版社2002年版）中“叙事视角的强化”一小节，没有专著。以下拟从三个方面探讨其成果与不足：

1. “古典戏曲叙事理论体系”的提出

最早以“叙事理论”命名的研究是1989年刘靖安的《论“金批西厢”的叙事理论》，本文首次指出“古代戏曲理论的逻辑演进中，先后出现了‘曲学体系’‘叙事理论体系’‘剧学体系’三大体系”[①]，并认为金圣叹所评点的《第六才子书西厢记》为“叙事理论体系”的代表，对“金批西厢”的叙事理论作了研究。之后，1993年谭帆、陆炜的《中国古典戏剧理论史》肯定并沿用了刘靖安对古典戏曲理论的三大体系的分类，列“叙事理论的发展及其理论体系”一章，将研究范围扩大到所有的评点理论形态，指出古典戏曲叙事理论是“以戏剧的故事本体为其理论研究和批评的对象”，“是从叙事文学的角度阐发戏剧的故事本体并作出理论批评的。其主要批评体式是‘评点’”，且认为“‘叙事理论体系’和‘剧学体系’在中国古典剧论中是两个并行不悖的理论思想体系，两者在戏剧的‘叙事性’这一点上有其同一的研究对象，虽然其研究视角和理论旨趣有所不同，但都是有关戏剧故事的创作法则和创作精神。因而以故事本体这一研究对象为准绳，我们将两大体系中的有关理论思想合而为一，总称为‘叙事理论’”。[②] 这里虽有意指出古典戏曲叙事理论

---

① 刘靖安：《论“金批西厢”的叙事理论》，《衡阳师专学报》（社会科学版）1989年第1期。

② 以上三条出自谭帆、陆炜《中国古典戏剧理论史》，中国社会科学出版社1993年版，第60、64页。

的研究对象及其范围，但叙事具体究竟指什么以及叙事理论该研究哪些内容，还是没有一个明确清晰的答案。书中对叙事理论的研究主要包括故事本体的寓言性、人物的类型化、情节的奇特性、题材处理的虚与实这四个方面，显然对古典戏曲叙事理论的揭示与研究是不具有完整性与系统性的。

另外，在这一书中，对古典戏曲叙事理论的研究主要集中在“评点”这一理论形态上。其实，戏曲理论形态不拘一格、丰富多样，除评点外，还有规模较大、自成体系的理论专著，相当规模的曲话，以及序跋、尺牍、诗词曲等多种类型。仅对“评点”这一理论形态进行研究，显然有失于对古典戏曲叙事理论的全面观照，而且其他理论形态中含有大量的关于叙事的理论，如俞为民、孙蓉蓉指出的“论述戏曲的创作方法和技巧，如《曲律》《闲情偶寄·词曲部》等”，“记载曲目，并加以评述，如《曲品》《远山堂曲品》《远山堂剧品》等”，“融考辨史料、品评剧作、论述创作方法为一体的各种曲话，如《雨村曲话》《雨村剧说》《剧说》《花部农谭》《藤花亭曲话》等”。[①] 这些专著、曲话、剧话中都有对戏曲的品评及创作方法的论述，而这其中也必然有叙事的相关理论。同时，古典戏曲是一种独特的艺术样式，它既是一种文学样式，又是一种舞台艺术。其文学叙事的最终目的是施之于舞台，如李渔所言“填词之设，专为登场”，其文学叙事也必然受其舞台性特征所限。而对“评点”这一理论形态的研究，仅关注了戏曲作为一种叙事文学的叙事理论，忽略了戏曲作为舞台性艺术所具有的叙事特性，正如谭帆、陆炜所指出的，以金圣叹为代表的戏曲评点中的“这一脉理论思想只抓住了戏剧艺术在叙事这一点上与其他叙事文学的共性，但某种程度上却忽略了戏剧艺术作为一种舞台艺术的独特个性”[②]。近年来出现了对其他理论形态中的叙事理论的研究，如黄春燕的《李渔戏曲叙事观念研究》（人民文学出版社2014年版）和范辉的硕士学位论文《王骥德〈曲律〉戏曲叙事理论研究》（安徽大学，2015年），但这些研究主要是局部性的开掘，而且主要集中在对王骥德与李渔的叙事理论的研究，可见，对“评点”以外的其

① 俞为民、孙蓉蓉：《历代曲话汇编》唐宋元编，黄山书社2006年版，第2页。

② 谭帆、陆炜：《中国古典戏剧理论史》，中国社会科学出版社1993年版，第62页。

他理论形态中的叙事理论的挖掘明显不足。

另外，在对“评点”中的叙事理论的研究中，对明代戏曲评点中的叙事理论的研究，只有朱万曙的《明代戏曲评点研究》中的一小节，对清代的评点研究，都是对“金批西厢”的研究，而对清代其他的评点如毛声山的《第七才子书琵琶记批语》、孔尚任的《桃花扇出末总批》等评点中的大量的戏曲叙事理论还未重视。

2. 微观视角的多方面探索

在以微观视角的研究中，主要从三个方面来挖掘古典戏曲叙事理论的内涵：

第一方面是对故事要素的审美认识。“故事要素”按童庆炳先生的说法，是“指构成一段叙述话语主题的故事内容，即被讲述的故事，包括事件、人物、场景等。这是传统的叙事理论最关心的对象”[①]。学者们对古典戏曲故事的本体认识主要涉及戏曲故事的本体观念、情节、人物的审美认识，如刘靖安的《论“金批西厢”的叙事理论》，指出了“金批西厢”中对戏曲情节的曲折性的认识；谭帆、陆炜的《中国古典戏剧理论史》论述了“传奇皆为寓言”的故事本体观和人物的类型化特征；朱万曙的《明代戏曲评点研究》指出明代评点中对题材之“奇”的强调和对“关目”的丰富含义的认识。

如童庆炳所言，在故事中还有一个重要的要素：景，即事件发生的环境。在叙事中，如果没有对事件发生环境的描绘，也可以展现比较完整的故事线索，但却难以产生叙事的艺术感染力与审美效果。所以在要求极具感染力的艺术中，要尤为重视故事中的景，诗论中就明确要求在叙事中要写景，如空海的《文镜秘府论》第十六“景入理势”曰：“事须景与意相兼始好。”[②] 空海认为诗歌中若叙事，其事中须有景，而且景与意相兼才更好。戏曲叙事“动人”的目的也必然要求故事中有景，如孟称舜的《智勘魔合罗》“楔子”眉批中指出：“曲之难者，一传情，一写景，一叙事。然传情写景犹易为工，妙在叙事中绘出情景，则非高手

---

① 童庆炳：《文学理论教程》，高等教育出版社 1992 年版，第 236 页。

② 空海：《文镜秘府论》，转引自袁行霈《中国诗学通论》，安徽教育出版社 1994 年版，第 437 页。

未能矣。读此剧当知此意。”在古典戏曲理论中，关于故事中的“景”的认识，在吕天成的《曲品》、祁彪佳的《曲品》和《剧品》、徐复祚的《南北词广韵选批语》中多有论述，但目前的研究尚未涉及，须以叙事理论的视角予以挖掘研究。

第二方面是对叙事动作的分析，主要是通过对故事文本的分析，总结、提炼出来的关于题材处理、结构布局、情节安排等的叙事动作。按谭帆、陆炜的《中国古典戏剧理论史》中的表述为：“诚如金圣叹所言，戏剧评点是为了使读者‘平添无数文法’。这种‘文法’其实是一种叙事理论，即戏剧文学的‘叙事法’。”[①] 前人在研究中主要论及了题材的处理和结构的布局。对题材处理的研究主要集中在对“虚与实”关系的探讨，如谭帆、陆炜的《中国古典戏剧理论史》认为“虚与实”的关系实质是剧作家的“主观表现”与“客体对象”的客观事理和历史真实的关系。郭英德的《明清传奇戏曲文体研究》在“如何构置故事情节”一章中，讨论了以“寓言”为表现形态的虚构意识在传奇创作中的生发与嬗变过程。可见，对题材处理“虚与实”的关系探讨比较多，而对古典戏曲理论中存在的实录与虚构处理题材的方式的研究不够重视，另外，在古典戏曲理论中，关于题材处理的“虚与实”也表现为多种形式，如虚实相半、以实为虚、避实击虚等，它们之间的微妙差异也值得探讨。

另外，古典戏曲理论中的叙事结构理论非常丰富，而以叙事视角对它的研究只崭露了冰山一角，目前，值得称道的有：刘靖安的《论“金批西厢”的叙事理论》，文中从创作角度对“结构”作了界定，认为“文艺作品的结构，要求作家、艺术家根据对生活的认识，按照塑造形象和表现主题的需要，运用各种艺术表现手法，把一系列生活材料、人物、事件等分别轻重主次合理而匀称地加以安排和组织，使其符合生活的规律，又适应一定体裁的要求，达到艺术上的完整和谐”[②]，指出金圣叹对结构规范的“布局为章”的要求；朱万曙的《明代戏曲评点研究》总结

---

① 谭帆、陆炜：《中国古典戏剧理论史》，中国社会科学出版社 1993 年版，第 60 页。

② 这个定义成为后人对“结构”的基本认识，如郭英德的《明清传奇戏曲文体研究》（商务印书馆 2004 年版，第 287 页）和范红娟的《二十世纪传奇戏曲结构研究的历史回顾》（《中国戏曲学院学报》2008 年第 4 期，第 31 页）都采用这一定义。

了情节构置的“转”与“波澜”的技法。很显然，这一方面的研究还很欠缺。

第三方面是对故事要素的叙事行为的研究。这是近年来西方叙事学的主要研究视角，“叙述行为”指“作品内部不同的叙述者的叙述行为或过程”[①]。这里所论主要指小说之类由叙述者来承担叙事的叙事文，而戏曲与小说的叙事又是不同的，如胡亚敏所言：“叙事文与戏剧相比，它们都有故事情节，但叙事文有叙述者以及以叙述者为中心的一套叙述方式，而戏剧文学只有人物台词和舞台说明，没有叙述者。”[②] 当然，这里胡亚敏所论并非尽然，在中国古典戏曲中也有叙述者，比如，副末开场中的“副末”就是个叙述者，并非剧本中的副末角色，但在剧本正文中，叙事主要是由人物通过角色扮演来呈现故事，人物也可以通过自己的视角叙述自己或其他人的故事。另外，不同的人物在故事的呈现中又承担不同的叙事功能，这些在古典戏曲理论中都有呈现，如王骥德的“代人立言”说、毛声山理论中的“於……口中述之”、李渔的理论中的“主脑”人物、孔尚任指出的“纲领”性人物，都是这方面的相关理论。目前来看，这一方面的研究比较缺失，只有黄慧的硕士学位论文《〈西厢记〉金评的叙事理论研究》（内蒙古师范大学），文中分析了金圣叹理论中主要人物、辅助人物、道具人物的不同叙事功能。

在古典戏曲理论中，理论本身并非单一地呈现某一方面，而且这三个方面的含义也密切关联，所以，学者们在研究中没有刻意地对这些方面作出区分，有时将它们融在一起进行分析。如谭帆、陆炜的《中国古典戏剧理论史》一书中，对情节内容中“奇”的审美范畴在戏曲创作中的内涵从“奇”到“幻”到“情”再到“真”的演变过程进行分析，从创作要求、品评、塑造方法、人物语言的规范中论述了人物形象的类型化的审美追求。这种综合性的分析，将故事要素与叙事动作相结合，能揭示古典戏曲叙事理论的逻辑一致性，但是，在对古典戏曲叙事理论的挖掘中，我们应有这几个方面的意识，如此才能使理论得以全面呈现的同时，更能体现出理论内部的逻辑机理。

---

① 申丹、王丽亚：《西方叙事学：经典与后经典》，北京大学出版社 2010 年版，第 17 页。

② 胡亚敏：《叙事学》，华东师范大学出版社 1994 年版，第 11 页。

在以微观的角度对叙事理论进行分析时，有一个问题值得商榷：人物塑造与作品语言风格的理论是否属于戏曲叙事理论的范畴？或者说它们与戏曲叙事理论的关系是什么？目前，学者们在研究中把这些问题全部纳入到叙事理论的范畴。例如：刘靖安的《论“金批西厢”的叙事理论》中将金圣叹的人物形象的塑造方法及对戏曲语言风格的认识都列入叙事理论研究的范畴；朱万曙的《明代戏曲评点研究》指出对人物塑造的认识是叙事视角强化的一个表现，并对明代评点中人物塑造的要求与方法作了分析；范辉的硕士学位论文《王骥德〈曲律〉戏曲叙事理论研究》（安徽大学，2015 年）指出王骥德的“浅深、浓淡、雅俗”之间的语言审美态度。

首先，看人物塑造。李桂奎的《中国小说写人学》中说：“大致说来，中国古代小说研究的核心问题有二：叙事与写人。”① “写人”即人物塑造，这里“叙事”是指情节的组织。它们是叙事艺术创作中的两个要素。这里虽就小说而言，实可延展到其他的叙事文学艺术领域，戏剧作为一种叙事文学艺术，同样包含这两个要素，而以塑造人物为本位，还是以组织情节为本位，不同的叙事艺术有不同的侧重，在叙事理论中也有不同的认识。在戏剧理论中，古希腊时期亚里士多德就认为戏剧叙事的本位是组织情节，在组织情节的过程中体现出人物的性格。他在《诗学》中这样说道：“悲剧艺术的目的在于组织情节（亦即布局），在一切事物中，目的是最为重要的。”“情节是行动的摹仿（所谓‘情节’，指事件的安排）”，“情节乃悲剧的基础，有似悲剧的灵魂；‘性格’则占第二位。悲剧是行动的摹仿，主要是为了摹仿行动，才去摹仿在行动中的人”。② “摹仿在行动中的人”即是塑造人物，可见，在亚里士多德看来，戏剧叙事的核心是情节的组织，人物的塑造是服务于情节的组织的。而我国近代学者陈衍却认为：“人物形象的创造，是一切叙事文学的核心，戏曲更不能例外。剧中的情节、结构、曲白、科诨，都是为塑造人

① 李桂奎：《中国小说写人学》，新华出版社 2008 年版，第 1 页。

② 以上三条出自亚里士多德的《诗学》，罗念生译，人民文学出版社 1962 年版，第 21、20、23 页。

物服务的。"[①] 陈衍从叙事文学的角度来看戏曲，认为戏曲艺术的核心是人物塑造，而情节的组织是服务于人物塑造的。所以，首先"叙事与写人"是叙事艺术的两个不同的重要因素，其次以组织情节为本位还是以塑造人物形象为本位，在不同的叙事艺术中有不同的侧重，古典戏曲叙事究竟是以塑造人物为主还是以组织情节为主，还需探究。但是组织情节与塑造人物又不是截然分开的，而是密切相关的。如祝肇年所言："戏曲是因人见事；又因事显人。人与事是统一的。"[②] 所以，在对古典戏曲理论的研究中，对人物形象的体现与情节组织的关系的认识也还需深入挖掘。

其次，关于语言，以叙事理论的视角分析是指与故事呈现直接相关的理论，而不是脱离叙事，直接对作品风格进行赏析的理论。从叙事理论视角来看，语言是文学叙事作品的媒介，我们需要分析其特点与叙事的关系及其叙事的功能，叙事的特点在一定程度上决定着语言的特点。如戏曲的"场上"叙事要达到"贤愚共赏"的特性决定了其语言的"雅俗并存"的主要特点；再如，不同的故事题材其语言的要求也是不同的，李贽就认为："白易直，《西厢》之白能婉；曲易婉，《西厢》之曲能直。"[③] 指出不同的叙事题材对语言的不同要求，叙情事之"白"就不能那么直接，需婉转，而情事本已隐晦，"曲词"便不需太浓艳了。另外，在戏曲艺术中，人物语言有曲与白两种方式，这两种语言方式承担着不同的叙事功能，这在古典戏曲理论中剧论家们也有所认识，对叙事理论中的语言，我们应从这些角度去挖掘与研究。

3. 以宏观视角对个别理论家的叙事理论进行了分析

以宏观视角对叙事理论的研究，主要体现在两个方面：

一方面是对戏曲叙事思想、观念等宏观规律性的探讨。这一角度的研究，主要着重于对李渔的叙事理论的研究。思想方面主要是对李渔结构思想和接受思想的研究，如赵炎秋的《李渔叙事结构思想试探》[④] 指出

---

① 陈衍：《中国古代编剧理论初探》，湖北人民出版社 1984 年版，第 121 页。

② 祝肇年：《古典戏曲编剧六论》，中国戏剧出版社 1986 年版，第 209 页。

③ 李贽：《李卓吾先生读〈西厢记〉类语》，俞为民、孙蓉蓉《历代曲话汇编》明代编第一集，黄山书社 2009 年版，第 543 页。

④ 赵炎秋：《李渔叙事结构思想试探》，《湖南工业大学学报》（社会科学版）2011 年第 3 期。

李渔“结构”的整体构思意义、主题意义、谋篇布局意义三方面的含义，另外他的《李渔叙事接受思想试探》[①] 指出李渔理论中关于文学批评和鉴赏要从读者、观众的角度出发的叙事接受思想；观念的研究涉及戏曲文学观和戏曲叙事观，如刘晓玲的《浅析〈闲情偶寄〉中的戏曲叙事理论》[②] 和吴艳萍的《以叙事为中心的戏曲文学观——试论李渔戏曲理论的叙事性》[③] 认为李渔确立了一种新的“以叙事为中心”的戏曲文学观，屈啸宇的《神引情节与便面窗——浅议李渔戏剧理论中的戏剧叙事观》[④] 认为李渔推崇“人情物理”戏曲叙事观，黄春燕的《李渔戏曲叙事观念研究》（人民文学出版社 2014 年版）探讨了李渔以“结构”和“机趣”为核心的戏曲叙事观。

另一方面是对叙事理论的影响、成因等边缘研究。例如：赵元领的《金圣叹叙事理论的历史渊源及其历史地位》[⑤] 讨论金圣叹对小说《水浒传》和戏剧《西厢记》所作的评点中的叙事理论，认为史传文学、古代小说和八股文等为金圣叹叙事理论的产生提供了历史条件，指出金圣叹为叙事文学理论建立了比较成熟的体系，其中《西厢记》的评点起了补充完善的作用。蒋传红的《论金圣叹的戏剧叙事理论的民族特色》[⑥] 通过与西方结构主义叙事理论进行比较，分析得出金圣叹的戏剧叙事理论受儒佛之学、史传文学和八股文的影响。吴艳萍的《李渔以叙事为中心的戏曲理论成因探讨》[⑦] 分析了李渔结构理论产生的两方面原因：从戏曲自身的发展来看，认为传奇这一种戏曲样式有着与生俱来的叙事性；从历史角度来看，李渔对前人零散的叙事理论做了汇集与发展。

由上述两方面的研究成果可见，在以宏观视角的研究中，主要集中于

---

① 赵炎秋：《李渔叙事接受思想试探》，《武陵学刊》2010 年第 5 期。

② 刘晓玲：《浅析〈闲情偶寄〉中的戏曲叙事理论》，《中北大学学报》（社会科学版）2007 年第 6 期。

③ 吴艳萍：《以叙事为中心的戏曲文学观——试论李渔戏曲理论的叙事性》，《厦门教育学院学报》2009 年第 4 期。

④ 屈啸宇：《神引情节与便面窗——浅议李渔戏剧理论中的戏剧叙事观》，《理论界》2009 年第 8 期。

⑤ 赵元领：《金圣叹叙事理论的历史渊源及其历史地位》，《济宁师专学报》2002 年第 2 期。

⑥ 蒋传红：《论金圣叹的戏剧叙事理论的民族特色》，《社会科学论坛》2009 年第 4 期。

⑦ 吴艳萍：《李渔以叙事为中心的戏曲理论成因探讨》，《福建教育学院学报》2009 年第 2 期。

对李渔和金圣叹的叙事理论研究，而对中国古典戏曲叙事理论的整体观照，目前只有叶志良的《中国戏曲的叙事逻辑》，文中指出元、明、清剧论家对戏曲叙事“趣”的审美概念体现在戏曲情节、语言、角色、布局、情景、作者、演员、观众等多层次思维中，认为叙事“艺趣”观念体现了中国戏曲的叙事逻辑，成为戏曲叙事的关键。[①] 戏曲作为一种叙事艺术，其叙事理论表现出对史学、寓言的叙事理论因素的吸收，同时，戏曲作为诗、词的变体，其叙事又表现为抒情服务的目的，所以中国古典戏曲叙事理论，除了体现为以“趣”为中心的叙事逻辑，还表现出寓情、寓理等叙事要求，而这些叙事观念的相关理论也需要我们作出细致、深入的探讨。

（二）“有实无名”的研究

对叙事理论的研究，除了以“叙事”为名义的独立研究外，还有以“题材、结构、情节”等为名义穿插在创作论、理论史、序跋、专人、专著等形式中的研究，这部分研究因缺乏独立的叙事视角而几乎没有对叙事整体观念的把握，大多是以微观视角进行的分析，而在这方面的探讨中也主要集中在对故事要素的审美认识和叙事规律的探讨两方面的研究，对以新视角对话语层面的叙事理论的探究也几乎没有。这两个层面的研究成果，对以“叙事理论”为名义的研究在挖掘范围与内容研究上都有所补充，但仍有很多空白，而且因研究方式的局限，主要是零散的挖掘，对已挖掘的资料缺乏自觉的叙事学研究。下面分别对这两方面做一梳理，并结合以“叙事”为名义的研究成果做一评析。

1. 故事要素的审美认识

对故事要素的审美认识，主要集中在对情节的认识方面。在古典戏曲理论中，剧论家“更多的是使用‘关目’一词来指情节”[②]，名称上的差异便引起了学者们对“关目”内涵的探讨，夏写时的《中国戏剧批评的产生和发展》（中国戏剧出版社 1982 年版）就对“关目”的内涵作了比较全面的认识，认为关目“包含细节、情节、情节性、戏剧性，甚至接笋、照应、伏笔等含义”[③]，但没有详论。之后，学者们便展开了对

① 叶志良：《中国戏曲的叙事逻辑》，《戏曲研究》2001 年第 56 辑。

② 赵山林：《中国戏剧学通论》，安徽教育出版社 1995 年版，第 361 页。

③ 夏写时：《中国戏剧批评的产生和发展》，中国戏剧出版社 1982 年版，第 106 页。

“关目”内涵的探讨，李昌集的《中国古代曲学史》（华东师范大学出版社1997年版）中“关目”概念的内涵意味之一即是指最紧要、最重要的情节。朱万曙的《明代戏曲评点研究》认为“关目”除了指具有戏剧性的情节，还指能充分表现人物性格的戏剧动作和起突出或强调作用的、前后相互照应的细节。郭英德的《明清传奇戏曲文体研究》认为“关目”有指故事情节和情节结构的意思。王安葵的《论戏曲“关目”》认为“关目”“是指作品中能够体现生活的独特性和艺术的独创性的情节构思”[①]。梁晓萍的《戏曲关目与关目漏洞》又将“关目”定义为“主要指结构安排吸引人的、适合舞台演出的故事或在故事中具有有效性和重要作用的情节”[②]。另外，有些学者直接将情节与“关目”同称，如陆林的《元代戏剧学研究》（安徽文艺出版社1999年版）设“情节关目论”一小节，分析了元代剧论家对情节新奇古怪的美学特点的认识。可见，“关目”具有丰富的内涵，但其指称情节是公认的。反过来看，大家在对“关目”内涵挖掘的同时，其实正体现了“关目”在叙事中的作用。如朱万曙将“关目”的内涵之一界定为细节时说：“这里的‘关目’则是指这句道白是一个重要的细节，它对于延迟王镇夫妻相认的戏起着关键作用。”[③] 也就是说，评点者称赞这个“关目”好是因为它对剧情的发展起了关键作用。所以，除了对其丰富的内涵进行挖掘之外，我们还可以对“关目”这一特殊的情节在剧情发展中的作用进行探究。

另外，对情节审美内涵的认识，大多如上述谭帆、陆炜的《中国古典戏剧理论史》中对“奇”的审美内涵的发展演变的认识，蔡钟翔的《中国古典剧论概要》（中国人民大学出版社1988年版）和赵山林的《中国戏剧学通论》（安徽教育出版社1995年版）中的“情节论”专节研究，认为在情节构思的过程中，古代剧论家们比较注重的是奇与真、虚与实两大方面，且对这两方面的具体内涵进行了分析。俞为民的《古代曲论中的情节论》[④]，还有一些零散的研究，如郭英德、谢思炜、尚学锋、于

① 王安葵：《论戏曲“关目”》，《艺术百家》2011年第3期。

② 梁晓萍：《戏曲关目与关目漏洞》，《文艺研究》2015年第5期。

③ 朱万曙：《明代戏曲评点研究》，安徽教育出版社2002年版，第109页。

④ 俞为民：《古代曲论中的情节论》，《中华戏曲》1996年第1期。

翠玲的《中国古典文学研究史》（中华书局 1995 年版）指出明代徐如翰、凌濛初、茅暎、陈继儒理论表现出情节结构“作意好奇”。王茜《李渔论戏曲情节的真实性与新奇性》[①] 论述了清代李渔的“以新释奇”。

上述研究中被指称为“情节”的理论在古典戏曲理论中多以“事”来表述。其实，在古典戏曲理论中，专门的“情节”一词在明代戏曲理论中已多有出现，如冯梦龙“史氏所作十余种，率以情节交错，离奇变幻为骨，几成一例”[②]、吕天成“情节正大而局不紧，是道学先生口气”[③]等，这一“情节”的内涵及相关叙事理论的研究有待挖掘。对于故事中“景”的研究还是一个空白。

2. 叙事动作的探讨

这一方面的研究主要集中在以下两个方面：一方面是对题材处理的探讨。以“叙事”的名义对题材的研究，主要是谭帆、陆炜的《中国古典戏剧理论史》对题材处理“虚与实”关系的探讨，而以其他名义的研究也主要集中在这个方面，如叶长海的《王骥德〈曲律〉研究》（中国社会科学出版社 1983 年版）一文中，通过对王骥德理论的分析，认为王氏理论中对历史题材的处理表现为：虚实结合、稍就实、纯虚三种方式。其后，学者们又对不同的剧论家关于题材处理的“虚与实”理论进行挖掘，但观点多不出叶长海这里对王骥德理论的认识。如陈衍的《中国古代编剧理论初探》（湖北人民出版社 1984 年版）、齐森华的《曲论探胜》（华东师范大学出版社 1985 年版）、傅晓航的《戏曲理论史述要》（文化艺术出版社 1994 年版）、罗丽容的《清人戏曲序跋研究》（里仁书局 2002 年版）、马越的硕士学位论文《祁彪佳及其戏曲理论研究》（西北师范大学，2006 年）、王德兵的博士学位论文《明清戏曲美学范畴研究》（扬州大学，2014 年）、赵建新和陈志的《中国戏曲理论批评简史》（中国社会科学出版社 2014 年版）、王安葵的《戏曲美学范畴之虚实论》[④] 等

---

① 王茜：《李渔论戏曲情节的真实性与新奇性》，《戏曲艺术》2001 年第 2 期。

② 冯梦龙：《梦磊记序》，俞为民、孙蓉蓉《历代曲话汇编》明代编第三集，黄山书社 2009 年版，第 35 页。

③ 吕天成：《曲品》，俞为民、孙蓉蓉《历代曲话汇编》明代编第三集，黄山书社 2009 年版，第 117 页。

④ 王安葵：《戏曲美学范畴之虚实论》，《艺术百家》2015 年第 1 期。

文章，论述了谢肇淛、徐复祚、姚燮、祁彪佳、李渔、金圣叹、冯梦龙等剧论家的“虚实”观。

不同的是，赵山林的《中国戏剧学通论》，在叶长海对王骥德理论分析的基础上又增加了对清以后的“实录”观的分析，还出现了对题材类型的总结，蔡钟翔的《中国古典剧论概要》题材论一章中，分为爱情、神怪、历史、讽刺四种题材类型，李志远的《明清戏曲序跋研究》（知识产权出版社 2011 年版）总结并分析了“小说前剧、史籍载志、传说诗文和时事实录”四种题材的来源及“虚实相间”的处理方法。

可见，在对题材理论的研究中，对题材处理的“虚与实”的探讨已比较全面，对题材类型也有所论述，但对两者的关系的分析却很少，若能将不同题材类型与不同的处理方式相结合，并在此基础上探究其原因，将会把题材理论的研究引向深入。另外，在题材处理中有一种“用事”现象，“用事”即用典故，包括历史小故事，在叙事中如何处理典故也应属于题材处理的范畴，前人的研究中没有将其纳入。还有，戏曲作为一种“场上”叙事艺术，对题材的选择有特别的要求，这在古典戏曲理论中多有体现，如汤显祖的理论中蕴含着戏曲择事的标准之一“可歌可舞”、洪昇指出“凡为作传奇者，类多取前人缺陷之事，反以文人之笔补之……此事之大可恨者也”[①]。前人对这一方面的研究还没有涉及。

另一方面是结构的安排。在古典戏曲理论中，叙事结构理论非常丰富。在以“叙事理论”为名义的研究中，对叙事结构理论不够重视，而在其他形式的研究中对叙事结构理论的关注却比较多。在对古典戏曲理论的研究之初就已涉及结构的研究，如朱东润的《中国文学批评史大纲》（开明书店 1944 年版）对李渔的结构理论作了简略论述。之后，各种形式的研究中几乎都夹杂着对结构理论的研究，但因研究方式的局限，研究形式主要体现为以剧论家为个体的零星挖掘，如赵景深的《曲论初探》（上海文艺出版社 1980 年版）指出王骥德是第一个重视戏曲结构的；将祁彪佳结构理论总结为三点：突出主要人物和事件、情节发展曲折又自然、妥善安排科诨；认为李渔的《闲情偶寄》的结构部分应是承袭了王

① 毛声山：《第七才子书琵琶记总论》，俞为民、孙蓉蓉《历代曲话汇编》清代编第一集，黄山书社 2008 年版，第 469 页。

骥德的说法。在八十年代，主要集中在对王骥德、祁彪佳、李渔的结构理论的研究，如夏写时的《中国戏剧批评的产生和发展》（中国戏剧出版社 1982 年版）、杜书瀛的《论李渔的戏剧美学》（中国社会科学出版社 1982 年版）、余秋雨的《戏剧理论史稿》（上海文艺出版社 1983 年版）、齐森华的《曲论探胜》。九十年代之后对结构理论的研究范围逐渐扩大，涉及了更多的理论家。如吴毓华的《古代戏曲美学史》（文化艺术出版社 1994 年版）分析了吕天成、徐复祚、凌濛初的结构内部安排理论。邓新化的《金圣叹的戏剧理论试探》[①] 分析了金圣叹的情节结构理论。罗丽容的《清人戏曲序跋研究》指出了凌濛初结构须主线分明的观点，分析了熊华、彭宗岱的“立主脑”、“大关键”、“多曲折”。谢柏梁的《中华戏曲文化学·戏曲流派学》（南京师范大学出版社 2004 年版）指出了冯梦龙对情节单一的要求和对结构紧凑的重视。叶长海的《中国戏剧学史稿》，指出王骥德理论中的“大间架”指总体结构，总结了金圣叹戏曲评点中情节结构的技巧方法，指出孔尚任情节结构“起伏转折”的手法。徐国华、涂育珍的《临川戏曲评点研究》（中国戏剧出版社 2007 年版）指出汤显祖在戏曲评点中对《红梅记》的关目处置的评价。魏城壁的《冯梦龙戏曲改编理论研究》（南京大学出版社 2012 年版）指出冯梦龙结构安排密切的要求。朱伟明的《孔尚任戏剧结构理论初探》[②] 阐释了孔尚任戏剧结构变化的“龙珠说”，指出孔尚任“戏剧结构中心是不断变化的动态”的戏剧结构观。俞为民的《毛声山〈第七才子书〉对〈琵琶记〉的批点》[③] 总结了毛声山评点中的五种结构技法：反衬法、反跌法、铺垫法、安排情节波澜起伏、伏笔法。

当然，也有一些以“结构论”为名义的总体研究，或以李渔、王骥德的结构理论观点“贵裁剪、密针线、宜婉折、制全形、调节奏”等为标题，结合古典戏曲理论史上的结构理论作史的梳理，如陈衍的《中国古代编剧理论初探》、蔡钟翔的《中国古典剧论概要》、赵山林的《中国戏剧学通论》；或以结构理论的发展特点作分期研究，如刘奇玉的《古代

---

① 邓新化：《金圣叹的戏剧理论试探》，《戏剧》2000 年第 3 期。

② 朱伟明：《孔尚任戏剧结构理论初探》，《中国文学研究》1990 年第 1 期。

③ 俞为民：《毛声山〈第七才子书〉对〈琵琶记〉的批点》，《文化艺术研究》2014 年第 4 期。

戏曲创作理论与批评》（中国社会科学出版社 2010 年版）将古典戏曲的结构理论分为四个时期：朦胧期、生发期、全面期、消歇期，并对各个时期成果丰富的理论家的结构观及结构技法作了详细分析。

可见，对古典戏曲结构理论的研究成果比较丰富，但以叙事视角的逻辑分类研究比较欠缺。不过，前人的研究为以叙事视角的逻辑分类研究奠定了良好的基础。另外，在古典戏曲的结构理论中，“布局”一词广泛出现，尤其是在明代吕天成的《曲品》中，其内涵更多地体现出对结构的整体布置，不仅仅是结构内部的安排，而后人在这个问题的研究上，多局限于王骥德、李渔理论中对结构整体性的重视，所以，对戏曲结构的整体布局的探讨尚需深入。

比较珍贵的是，在对人物理论的研究中，出现了从故事情节发展的角度对人物塑造的分析，如李昌集的《中国古代曲学史》认为金圣叹已将人物性格、心理活动视为情节发展的根本内因。这启示我们去挖掘更多的关于这方面的理论。

总而言之，对中国古典戏曲叙事理论的研究，前人在故事要素的审美认识、创作中的叙事活动以及个别理论家叙事观念的研究等几方面取得了一些成就，但对已挖掘的资料缺乏以叙事理论命题为叙述思路的研究，比如，对语言理论的分析，没有指出它是叙事的媒介，进而也没有对媒介与叙事的关系以及媒介在叙事中的功能等进行相关分析。其次缺乏系统性的研究，对理论内部要素之间的逻辑关系缺乏深入的分析。此外，大量的资料尚在尘封中。接下来，需要我们做的是，首先明确叙事理论的研究范围，进一步扩大叙事理论资料的挖掘范围，弥补资料的不足，同时要加大对叙事理论内在逻辑的分析力度，超越对理论资料的简单介绍，进而使中国古典戏曲叙事理论得以全面、系统、深入的展现。

三 叙事理论的研究范围及本论题的研究思路

对叙事理论研究范围的探讨就是本论题研究思路的确定。

唐人刘知几曰：“夫史之称美者，以叙事为先。”“夫国史之美者，以叙事为工。”[①] 优秀的史书要以叙事为要，要善于叙事。也就是说，叙事

① 刘知几：《史通》，白云译注，中华书局 2014 年版，第 278、284 页。

是史体赖以存在的基础，反过来说就是，史体是体现叙事的最佳体裁，追溯中国古代叙事艺术，已知早期的叙事艺术便出现在史学领域。成熟较晚的戏曲艺术，其对叙事的基本认识必上承古代史学理论中的叙事思想。故我们便可通过对历史叙事及相关理论的研究来确定叙事理论的研究范围。

第一部史学著作是孔子修订的《春秋》，刘知几称其为“史家之祖”，我们也可以称其为“叙事之祖”。关于《春秋》的叙事，《礼记·经解》中将其概括为：“属辞比事”[①]，这一概括体现着中国古代叙事的基本观念，也回答了“叙事是什么”这一问题，同时又可确定叙事理论的研究范围。“属辞”是指连缀文辞，最初执行这一动作的人是“史官”，即早期的“史”的含义，“记事者也”，这里指孔子在史官所撰旧文基础之上的遣词造句。可见，“属”的发出者或为“史官”或为某个人，也就是说，在史论中，叙事动作的发出者是指作者。唐代刘知几的《史通》是我国史学领域第一部系统的批评著作，叙事是其中论述的重要内容之一，此书中关于叙事的发出者也是就作者而言的，书中曰：“盖叙事之体，其别有四：有直纪其才行者，有唯书其事迹者，有因言语而可知者，有假赞论而自见者。”[②] 从刘知几所划分的四种叙事类型来看，无论就哪一种而言，其叙事动作的发出者也都是作者。再看小说，在小说理论史上，关于小说文体的讨论，是由先评论小说家开始的，最早评论小说家的应是汉代的桓谭在《新论》中的论说，其曰：“若其小说家，合丛残小说，近取譬论，以作短书，治身理家，有可观之辞。”[③] 这里主要是论小说家的创作过程，其中包括叙事的过程。关于小说讲故事，宋代灌圃耐得翁在《都城纪胜》中有比较丰富的论说，书中曰：“盖小说者能以一朝一代故事，顷刻间提破。”[④] 从以上两条论说可见，讲故事是“小说家”（或称“小说者”）的动作行为。同样，在戏曲理论中，叙事动作的发出者也

---

① 朱彬撰：《礼记训纂》，饶钦农点校，中华书局 1996 年版，第 736 页。

② 刘知几：《史通》，白云译注，中华书局 2014 年版，第 286 页。

③ 桓谭：《新论》，转引自宁宗一《中国小说学通论》，安徽教育出版社 1995 年版，第 18 页。

④ 灌圃耐得翁：《都城纪胜》，俞为民、孙蓉蓉《历代曲话汇编》唐宋元编，黄山书社 2006 年版，第 116 页。

是指作者，明代剧论家孟称舜曾说："曲之难者，一传情，一写景，一叙事。"[①] 传情、写景是指剧作者的动作，那同样叙事动作的发出者也是剧作者。

由上可见，在中国古典文学理论中，无论是史学、小说还是戏曲，叙事理论的研究对象都是指作者叙述故事的过程，而非西方叙事学所研究的由形式上的叙述者叙述故事的过程。

"辞"是指历史典籍的叙事媒介是文辞，或称语言文字。法国结构主义思想家罗兰·巴特说："叙事承载物可以是口头或书面的有声语言、是固定的或活动的画面、是手势，以及所有这些材料的有机混合。"[②] 叙事无处不在，任何材料都可以作为叙事的媒介，就所有叙事文本而言，其媒介都应是书面的语言。自然，媒介的运用是叙事的重要组成部分，首先，任何一种叙事方式，任何一次叙事必有媒介，没有媒介何以叙事？其次，不同媒介的运用对同一故事会产生不同的效应，一个故事写成小说，拍成电影，展现出来的效果是不一样的。且只就语言这一媒介而言，不同的语言文字的运用也会产生不同的效果，孔子正是以自己的语言方式对史官本进行修改的，实现了其"微言大义"的表达效果。

"比"指排列对比，涉及叙事的动作及方式。从具体的叙事方式来看，《史记》作为中国史书体例的滥觞，既开编年体先河，又具纪传体之雏形，后世史学都奉之为祖。从编年体的记事方式来看，《春秋》"以事系日，以日系月，以月系时，以时系年"[③]，其核心是以历史事件为点，连接每一天、每个月至每一年的历史事件，以此串联起一个历史时期的事件，这种叙事方式是以突出事件为宗旨来连缀；记载帝王事迹时所体现出的纪传体的萌芽，以每一个君主为点，将鲁隐公到鲁哀公共十二代君主串联起来，使其置身于鲁国历史的长河中，这一叙事方式以突出人物为宗旨来连缀。这里，历史叙事的方式给了后世叙事艺术一个启示，即：事件是指人物发生的事件，叙事可以以编年的方式呈现，以此来突

---

① 孟称舜：《智勘魔合罗》眉批，《古本戏曲丛刊四集》，国家图书馆 2016 年版，第 345 页。

② ［法］罗兰·巴特：《叙事作品结构分析导论》，张寅德译，见《叙述学研究》，中国社会科学出版社 1989 年版，第 2 页。

③ 杜预：《春秋左氏传序》，人民文学出版社 1999 年版，第 112 页。

出事件，也可以以纪传体的方式来突出人物。也就是说，叙事可以以事件为本位，也可以以人物为本位。

“事”是事件，即叙述的内容。对于事件，我们已知《春秋》记述了鲁国从鲁隐公元年到鲁哀公十四年两百余年的历史事实，包括诸侯攻伐、盟会、篡弑及祭祀、灾异礼俗等方面的事件，也就是说历史叙事内容是历史上发生的真实事件。这里没有故事的开头，也没有故事的结尾，每一事件都作为整个鲁国历史上的一个部分而存在。同样，每一位君主都是这个历史语境中的一位，无论是攻伐篡弑之类的声势浩大的历史事件，还是祭祀礼俗之类的日常普通的事件片段，无论是功绩显赫的君王，还是略有所长的国君，他们都被排列在历史长河中，作为历史中的一个部分而存在，都存在于真实的历史语境中。

由上可见，历史叙事是以语言为媒介通过一定的方式对历史上发生的真实事件进行组织排列，由此便可推知：叙事即是叙事者以某一种或几种媒介通过一定的方式对事件进行组织的活动。故而，叙什么事、如何叙事以及用什么叙事这三大部分应是叙事理论研究的主要内容。此外，从宏观视角来看，历史叙事与文学叙事（包括戏曲叙事）的基本研究范围是相同的，但观念是不同的，具体的叙事目的及要求也是有差异的，且叙事必是在一定的观念指引之下进行的，同时也在一定的叙事目的的约束下有一定的要求，故本论题主要从叙事观念、目的及要求，叙事内容，叙事动作和叙事媒介这四个方面对古典戏曲叙事理论进行挖掘研究。

对于中国古典戏曲理论，前人已做了大量的整理工作。其中，《新编中国古典戏曲论著集成》是迄今为止最全面的戏曲论著集成，由俞为民、孙蓉蓉编著，先后于2006—2009年出版；《中国古典编剧理论资料汇辑》是1984年出版的，由秦学人侯作卿编著的主要关于编剧理论的汇编，书中共辑录了元、明、清及近代六十八家的古典编剧理论资料；由蔡毅编著的《中国古典戏曲序跋汇编》是1989年出版的，该书收录了金元戏文、元杂剧、明清杂剧、传奇、近代戏曲，以及历代戏曲选本的序跋，且按广义的序跋之义，收集了包括序、跋、引、说、弁言、规约、凡例、赠言、问答、总评、题词（含诗、词、曲、赋、散曲）等直接针对该书、该剧创作所写的各种文体的文字。这三部集成著作都是研究中国古典戏曲理论的重要资料，其所收录的戏曲理论资料虽有重合之处，但也互相补充。本论题便主要依据这三部理论汇编，同时广搜其他相关理论著作、资料，对其爬梳剔抉，寻求出与戏曲故事及其呈现相关的理论的蛛丝马迹，在中国传统叙事理论及戏曲叙事观念的观照下进行分析、提炼，挖掘出中国古典戏曲理论中的叙事成分，再对这些不完整的、零散的叙事成分以历史发展以及叙事逻辑进行恰当的推衍、融合，将其从宏观及微观的角度梳理为叙事观念、目的及要求，叙事内容，叙事动作和叙事媒介这四大部分，同时以叙事理论的内在逻辑思路对其进行分析研究，以求彰显中国古典戏曲叙事理论的民族性、完整性与系统性。

第 一 章

叙事观念、目的及要求

以宏观视角来看，戏曲叙事活动是在叙事观念的指引下进行的，对戏曲叙事的批评也必然体现着一定的叙事观念。此外，叙事作为一种活动，必是为了一定的目的而进行的，同时在这一目的之下也有相应的要求，故本章将从叙事观念、目的及要求这几方面对古典戏曲叙事理论进行宏观把握。

第一节　叙事观念

观念是支配行为的意识。戏曲叙事观念渗透在叙事过程中的各个方面，引导并支配着整个叙事过程。在对戏曲叙事理论的探讨中，不可忽视古代剧论家们对叙事观念的把握。同时，观念又是普遍地、等同地适用于其外延中的所有事物，故对戏曲叙事观念的探讨不能忽略其所属的文学的叙事观念。此外，戏曲叙事与小说叙事同属于文学叙事范畴，二者之间有相同之处也有相异之处，所以，对戏曲叙事观念的研究，有必要对文学叙事观念以及小说叙事观念进行探讨。

一　文学及小说的叙事观念

（一）文学的叙事观念

中国文学与史学有着不可割舍的血脉关系，文学叙事从史学那里受过太多的“恩惠”，文学对史学既有延续又有发展，在对文学叙事观念进行探讨时，有必要了解历史叙事中所体现出的叙事观念。通过上文对历史叙事的分析，我们已知历史叙事的突出特点是：其叙事内容是真实的历史事件，叙事展现的是一个真实的历史语境，每一位人物及其事件都是历史语境中的一个部分。叙事观念是对叙事这一行动的总体看法，是通过对叙事内容、叙事方式等整体认识后对其本质的把握，故可以说，历史叙事观念体现为在历史语境下对发生的真实事件的组织。文学叙事与历史叙事相同之处为：叙事媒介都为语言，叙事动作都是对事件进行组织。不同的是叙事的内容和方式，不同的叙事观念也就在此中得以体现。

区别于历史对真实事件的记载，文学故事大多是虚构的。从先秦时期的神话传说看起：《山海经》中的神话故事内容远离现实，其中展现了许多敬畏自然、征服自然的神人怪力的故事，如我们熟知的女娲补天、夸父逐日、精卫填海、后羿射日等，都是纯虚构的；《庄子》中的寓言故事"皆空语无事实"，故事中常借一些非人物的角色，如动物、植物、鬼神等来宣义说理；《楚辞》中的《离骚》《天问》《九歌》等神话传说人神不分、神鬼混杂；魏晋时期的志怪小说志异记怪；宋人的话本故事中牛鬼蛇神、诡谲幻怪等远离实际生活的事也很多；明清《今古奇观》中的历代民间传说以及其他小说类型记叙了大量的不切实际的奇人异事；元明清戏曲如《窦娥冤》《牡丹亭》等故事中都有大量的超越现实生活的情节。以上这些作品都是自先秦以降每个时期典型的文学叙事作品，这些作品所述内容或是荒诞不经的海外奇谈，或是耸人听闻的奇闻逸事，或是掺杂着一些虚构成分的事件，总之，不同于历史事件的"真实性"，都呈现出"虚构性"的特点。正如金圣叹的总结："《史记》是以文运事，《水浒》是因文生事。"① 即历史叙事是以文辞记录真实的历史事件，而小说、戏曲之类的文学叙事则是借助文学形式来虚构故事，故事内容具有虚构性。故可以说，文学叙事区别于历史叙事最主要的特征就是叙事内容的"虚构性"。

但我们又发现，还有一些历史题材的小说与戏曲的故事内容都是有所本的，其主要情节也为历史事件，这样的作品在古代文学史上比比皆是。但这些作品被称为小说或戏曲而不是历史，原因何在？对这一问题

① 施耐庵著，金圣叹批改：《金批水浒传·读第五才子书法》，三秦出版社 1998 年版，第 18 页。

的回答，实质正是回答了历史叙事与文学叙事的本质区别，也解释了历史叙事与文学叙事的不同观念。如此，我们不妨对同一题材的历史作品与文学作品进行分析，以此来探究文学叙事的观念。以写实的历史题材剧《桃花扇》为例来看，剧作者在其作品第一出《先声》中所指出的《桃花扇》“实事实人，有凭有据”，且作品后面还附有《桃花扇考据》，以证其本事为历史事件，但它却不是历史著作，为什么？剧作中虽实写了南明王朝没落的历史，但剧中主体故事是侯朝宗与李香君的悲欢离合，剧作者将南明王朝没落的历史进行重新组织，并将其穿插于侯朝宗与李香君的悲欢离合故事中，其中的历史成分已不再是历史作品中所呈现的历史进程中的一个部分，而是已成为男女主角悲欢离合的传奇故事的一个部分或故事的背景，正如孔尚任所指出的：“借离合之情，写兴亡之感。”① 南明王朝兴亡的历史已被植入到完整的悲欢离合的艺术世界中。简单来说，文学叙事中的历史事件已是艺术世界中的一个部分，而不是历史叙事中所呈现出来的历史长河中前后延续的一段进程。虽然说历史事件在史官进行组织时已按其个人的思想作了安排，并非完全真实，但他们总是想认真地把发生的真实事件按它原来的样子来组织，其所寻找的是事件本身的内部联系。不同于史官及历史学家，剧作者则可以相对自由地创造其间的因果关系，以艺术的需要对其进行加工，并结合虚构的情节将其组织为一个艺术整体。

可见，从叙事内容来看，历史叙事与文学叙事的观念之别是：历史叙事在记载真实的历史世界，而文学叙事是创作一个虚构的艺术世界。

（二）小说的叙事观念

小说与戏曲是文学叙事的两大类型，两者既有作为文学叙事的共性，同时也有各自的独特个性。为了更清晰地展现戏曲的叙事观念的特性，需要对小说叙事的个性做出分析。

组织情节与塑造人物是文学叙事中的两个重要因素，以组织情节为本位还是以塑造人物形象为本位，不同的叙事艺术有不同的侧重，这不同的侧重就反映出小说叙事与戏曲叙事的不同观念。通过对小说叙事理

① 以上两条均出自孔尚任《桃花扇·先声》，《中国古典文学读本丛书》，人民文学出版社1959年版，第1页。

论的分析，我们认为：小说叙事的核心是塑造人物形象，叙述故事主要是为了塑造人物形象。因中国早期的小说理论主要论述小说艺术与现实生活的虚实关系，小说叙事主在塑造人物形象的观念，主要体现在小说艺术及理论繁盛的明清时期，其中表现最明显的是金圣叹在《读第五才子书法》中的论说，其曰：

> 别一部书，看过一遍即休，独有《水浒传》，只是看不厌，无非为他把一百八个人性格都写出来。
>
> 《水浒传》一个人出来，分明便是一篇列传。①

金圣叹一再强调《水浒传》的主要艺术成就在于成功地塑造了一百零八个不同的人物形象，且把塑造人物形象的成功与否视为品评小说优劣的主要标准，同时又认为小说故事的中心是人物的“列传”，很显然，金圣叹把小说中的人物摆在比情节更重要的位置上，认为小说叙事是为了要完成人物形象的塑造，情节自身存在的主要目的是服务于人物性格的展现，他的这一认识体现且代表了一种以塑造人物形象为中心的小说叙事观念。这一认识在中外小说理论思想史上是有共识的，法国小说家巴尔扎克在其作品序言中就曾指出：

> 这样的人物，在某种程度上是我们愿望的幻影，是我们希望的化身。他们使作者摹拟的真实性格的真实性更加突出地表现出来，更提高了这些性格的普遍性。不采取这一切小心谨慎的措施，就不会有什么艺术，也不会有什么文学。②

巴尔扎克认为，人物的性格是小说艺术的生命，小说若没有对普遍性的人物性格的塑造，就不能称其为文学，也就不能称其为艺术，他将

---

① 以上两条出自施耐庵著，金圣叹批改：《金批水浒传·读第五才子书法》，三秦出版社1998年版，第19、18页。

② ［法］巴尔扎克：《〈古物陈列室〉、〈冈巴拉〉初版序言》，袁树仁译，载《巴尔扎克论文艺》，人民文学出版社2003年版，第368页。

小说中的人物形象置于如此高的地位，足见其对小说以塑造人物为核心的叙事观念的认知。类似的观点，不时被重复表达着。中国当代小说家莫言也肯定了这一观点，他指出："小说的核心是人物，是作家创造出栩栩如生的人物形象。"① 小说理论家宁宗一等在《中国小说学通论》中的论述更为深刻：

> 离开了典型人物的塑造，也就失去了小说艺术区别于其它艺术样式的最基本的特征。因此，塑造典型的人物形象，应该是小说艺术的焦点。②

这里不仅指出了小说叙事以塑造人物形象为核心的本质特征，且明确将塑造人物形象视为小说区别于"其它艺术样式的最基本的特征"，"其它艺术样式"自然也包括戏曲，故这里也暗示着小说叙事与戏曲叙事的不同。

总之，在古今中外的小说理论中，我们都可以看出小说以塑造人物为本位的叙事观念。

二 戏曲的叙事观念

在戏剧理论中，对于戏剧叙事究竟以塑造人物形象为本位还是以组织情节为本位，理论家们也纷纷表达着自己的看法。早在古希腊时期，亚里士多德就对这一问题作出了阐述，他说：

> 六个成分里，最重要的是情节，即事件的安排；因为悲剧所摹仿的不是人，而是人的行动、生活、幸福；悲剧的目的不在于摹仿人的品质，而在于摹仿某个行动；剧中人物……他们不是为了表现"性格"而行动，而是在行动的时候附带表现"性格"。因此悲剧艺术的目的在于组织情节。③

① 余新进：《重新评估当代文学——与著名小说家莫言对话》，载《生活新报》（昆明）2006年3月，A2版。

② 宁宗一主编：《中国小说学通论》，安徽教育出版社1995年版，第764页。

③ ［古希腊］亚里士多德：《诗学》，罗念生译，人民文学出版社1962年版，第21页。

在亚里士多德看来，戏剧中的人物只是动作的执行者，只有当其作为行为的承担者时才是必要的，其“性格”只是在行动中附带而出，就是说，在戏剧中情节是第一位的，而人物性格是从属于故事情节的，戏剧叙事的目的是组织情节，而不是表现人物性格。很明显，与巴尔扎克截然相反，亚里士多德将情节视为戏剧艺术的生命。进而他又指出：“悲剧中没有行动，则不成为悲剧，但没有‘性格’，仍然不失为悲剧。”[①]这一论说正如“没有冲突就没有戏剧”，“冲突”是就情节而言的，这一认识已成为中外学者们对戏剧的共识，故可见“情节第一位”的戏剧叙事观念在中外戏剧理论中的普遍性。承续亚里士多德的戏剧思想，德国戏剧家布莱希特同样主张戏剧应把故事情节作为表现的中心，认为人物在戏剧艺术中只是一种符号，其目的在于表现事件，并不需要具有鲜明的个性，英国戏剧理论家阿契尔也肯定了亚里士多德的观点。当然，与亚里士多德的看法相反，西方也有一些理论家及剧作家更为重视戏剧叙事中人物形象的塑造。如英国的戏剧理论家韦尔特、美国的戏剧理论家贝克、美国当代戏剧理论家埃格列等。但对于以塑造人物形象为本位的戏曲叙事观，美国戏剧家约翰·霍华德·劳逊曾说：“将性格描写当作一门独立的技巧来研究曾带来很大的恶果：使戏剧在理论和实践上都陷入无穷的混乱状态。那些听从了高尔斯华绥的话，去努力将他们的情节变成随性格的需要而变更的剧作家们，无一不是痛遭惨败；他们为了照顾性格描写而导入的图解性材料反而阻碍了性格的发展，它们不但没有成为性格材料，反而成为不听使唤的情节材料。”[②] 他通过对实践的分析说明了“以塑造人物形象为本位”的戏剧叙事的失败现实，也证明了“以情节为本位”的戏剧叙事观念的合理性。故可见，在西方戏剧理论史上，“以情节为本位”的戏剧叙事观念的存在更为广泛。

在中国古代文学理论中，戏曲叙事的观念最突出地表现在金圣叹与李渔对《西厢记》的认识争议中，金圣叹认为：“《西厢记》亦止为写得一个人。一个人者，双文是也。若使心头无有双文，为何笔下却有《西

---

① ［古希腊］亚里士多德：《诗学》，罗念生译，人民文学出版社 1962 年版，第 21 页。

② ［美］约翰·霍华德·劳逊：《戏剧与电影的剧作理论与技巧》，中国电影出版社 1979 年版，第 351 页。

厢记》?”[①] 可见，在金圣叹看来，《西厢记》叙事是为塑造莺莺这一形象，没有莺莺这一人物形象的塑造也就没有《西厢记》，这一论说显然与其在《水浒传》中对人物的评论是一致的，就是说，金圣叹其实是以小说叙事观念来看戏曲的，并没有揭示出戏曲之三昧，正如李渔称其《西厢记》评本为“文人把玩之西厢，而非优人搬弄之西厢”。对于《西厢记》，李渔却说：“一部《西厢》，止为张君瑞一人；而张君瑞一人，又止为白马解围一事。”[②] 可见，在李渔看来，戏曲叙事不主要为了写人，更主要的是为了写一人之一事，其落脚点是在“一事”之上，就是说，李渔认为戏曲叙事是以情节为本位，而不是以塑造人物形象为本位。这一认识在其《闲情偶寄》“结构第一”中也有所体现，他将结构的布局放在叙事的第一位，也体现着以情节为本位的叙事观念。另外，关于人物形象的塑造，金圣叹在其《贯华堂第六才子书西厢记总评》中进行了细致的分析，且总结出了“烘云托月”“月度回廊”“狮子滚球”“反急为缓”等种种塑造人物的手法，对此李渔在其叙事理论中并没有采纳，显然不是李渔没有注意到，而这正是李渔的叙事观念的体现。故李渔的论说代表了戏曲叙事以情节为本位的观念。

当然，戏曲叙事以情节为本位的观念，不能只凭李渔一个人的论说来定论。我们需再翻开古代戏曲理论史，从众多剧论家的论说中去证实这一观念的普遍性。

首先，关于戏曲人物与情节的关系，还有一段重要的论说，那就是孟称舜在《古今名剧合选序》中对戏曲与诗词异同的辨析：

> 迨夫曲之为妙，极古今好丑、贵贱、离合、死生，因事以造形，随物而赋象；时而庄言，时而谐诨，孤末靓旦，合傀儡於一场，而征事类於千载；笑则有声，啼则有泪，喜则有神，叹则有气。非作者身处百物云为之际，而心通乎七情生动之窍，

---

① 金圣叹：《读第六才子书西厢记法》，俞为民、孙蓉蓉《历代曲话汇编》清代编第一集，黄山书社2008年版，第132页。

② 李渔：《闲情偶寄》，俞为民、孙蓉蓉《历代曲话汇编》清代编第一集，黄山书社2008年版，第240页。

> 曲则恶能工哉！吾尝为诗与词矣，率吾意之所到而言之，言之尽吾意而止矣。至于曲，则忽为之男女焉，忽为之苦乐焉，忽为之君主、仆妾、佥夫、端士焉。其说如画者之画马也，当其画马也，所见无非马者，人视其学为马之状，筋骸骨节，宛然马也，而后所画为马者，乃真马也。学戏者不置身于场上，则不能为戏；而撰曲者不化其身为曲中之人，则不能为曲，此曲之所以难于诗与辞也。[①]

孟称舜这一大段论说通过强调人物与故事的重要性来区别戏曲与诗词，指出不同于诗词写眼前景、抒胸中情，戏曲是要叙述故事、塑造人物形象的。后人在研究中，常以此段来强调古代剧论家对人物的关注，由此也提出“人物中心论”，如蔡钟翔指出：“孟称舜对戏曲特征的分析，突出了人物塑造的重要性，这种观点已不是情节中心论，而是人物中心论了。”[②] 此后，每每分析到这一段时，研究者们多是这一观点，如王永恩也指出孟称舜的“这种观点已摆脱了长期以来剧论停留在以情节为中心的论述了，而成为人物中心论了”[③]。但本人以为非也，此段论说虽在强调人物在戏曲中的重要性，但处处是以情节为前提，也就是说仍是“情节中心论”。以下试作详细分析：

其一，“因事以造形，随物而赋象”，这两个句子为并列结构，是一个互文见义的句式，“造形”与“赋象”意思相近，可以理解为塑造人物形象，由此推出戏曲要写形形色色的人物，这是无可置疑的。但同时我们也应看到“因事”“随物”这两个词，“因”与“随”的意思也相近，“随”在这里有“依附着”“凭借着”或“伴随着”的意思，“因”本身也有“凭借着”“伴随着”的意思，所以“因事以造形，随物而赋象”的意思为：依随着具体的故事（事物）来塑造人物形象。也就是说，人物的塑造是在叙事中进行的，因叙事而生成人物，显然与亚里士多德的

---

① 孟称舜：《古今名剧合选序》，俞为民、孙蓉蓉《历代曲话汇编》明代编第三集，黄山书社 2009 年版，第 465 页。

② 蔡钟翔：《中国古典剧论概要》，中国人民大学出版社 1988 年版，第 129 页。

③ 王永恩：《孟称舜的人物塑造论》，《戏曲艺术》2001 年第 4 期。

论说不谋而合。

其二，“学戏者不置身于场上，则不能为戏，而撰曲者不化其身为曲中之人，则不能为曲”，这里的“场上”“曲中”除了强调戏曲的舞台性之外，还在强调人物所处的“场景”，也就是人物所在的故事环境。另外，因为戏曲“征事类於千载”，故要求作者要身处于“百物云为之际”，如此才有“君主、仆妾、佥夫、端士”等众生相。剧作者只有化身于故事之中，人物才能真正成为故事中的人物。这些都要求人物存在于故事环境中，强调人物的故事性。

很显然，此段论述虽强调了人物，但处处可见故事对人物的约束、情节先于人物的观念。

其次，在古典戏曲理论中，关于情节的论述中存在两种现象：一、剧论家在对戏曲故事诸要素的分析中，常常将情节放在第一位；二、在叙事的过程中也将结构的布局、情节的组织放在第一位。

在对戏曲诸要素的品评中，情节的好坏往往是品评戏曲的首要标准，如李贽称赞关汉卿的《拜月亭》“关目极好，说得好，曲亦好，真元人手笔也”[①]，赞赏张凤翼的《红拂记》“关目好，曲好，白好，事好”[②]。这里的“关目”主要是指故事情节，且我们可以看到，李贽列举了戏曲的诸多要素，情节、语言、本事等，却未涉及人物。即使将人物考虑在内，仍将情节放在第一位，如朱有燉在评《贞姬身后团圆梦》时曰：“中间关目详细，词语整齐，且能曲尽贞姬之态度。”[③] 很明显，这里的品评主要从情节入手，最后才涉及人物。在比较系统的理论认识中，情节同样被置于前列，如吕天成舅祖孙犷提出的著名的“南戏十要”中，“第一要事佳，第二要关目好，第三要搬出来好……”[④]。“事”主要指情节所依据的故事，也就是“本事”。“关目”是指在“本事”基础上组织而成的情

---

① 李贽：《拜月亭》，俞为民、孙蓉蓉《历代曲话汇编》明代编第一集，黄山书社 2009 年版，第 541 页。

② 李贽：《红拂》，俞为民、孙蓉蓉《历代曲话汇编》明代编第一集，黄山书社 2009 年版，第 542 页。

③ 朱有燉：《贞姬身后团圆梦引》，俞为民、孙蓉蓉《历代曲话汇编》明代编第一集，黄山书社 2009 年版，第 200 页。

④ 吕天成：《曲品》，俞为民、孙蓉蓉《历代曲话汇编》明代编第三集，黄山书社 2009 年版，第 110 页。

节。孙𫠆在这里将“本事”列为第一，将“关目”列为第二，其宗旨同样在表明戏曲故事情节的重要性。到清代，张潮将戏曲进行总结曰：“大抵传奇须分可演、可读二种，总以情节为主。”① 足见，在古代剧论家的观念里，情节是故事的核心。

在叙事过程中，剧作家们及剧论家们常常将情节结构的组织放在第一位，而不是将人物形象的塑造放在第一位，且认为情节结构的组织是戏曲叙事成功与否的关键。如明中期李贽指出：“传奇第一关棙子全在结构，结构活则节节活，结构死则节节死，一部死活只系乎此。”② 意在言一部剧作成败的关键决定于情节的组织。汤显祖也明确指出：“结构串（穿）插，可称传奇家从来第一。”③ 将情节的穿插组织列为传奇叙事的第一要务。凌濛初则从反面强调它的重要性，曰：“戏曲搭架，亦是要事，不妥则全传可憎矣。”④“搭架”亦是指对结构的组织，若组织不妥，那可以说整个叙事是失败的。清代李渔在前人的基础上，明确提出“结构第一”。可见，叙事的首要任务是对情节结构的组织，而不是人物形象的塑造。

此外，我们再反过来思考一个问题，如果说戏曲叙事的核心是塑造人物形象，那么为什么直到清后期才开始关注人物形象的塑造，且只有金圣叹与其后的几位评点家，在金圣叹之前的一百多年的戏曲理论批评史中，剧论家并没有把戏曲人物的塑造作为戏曲叙事的核心。对于显而易见的这一问题，前人在研究中已注意到，且也对其原因作出了一些分析，其中俞为民的论说比较详细，他指出两个原因：一是与宋元以前叙事文学不发达而诗文理论中缺乏人物理论的现状有关；二是因戏曲理论的发展远远落后于戏曲创作实践而致。仔细分析俞为民指出的这些原因，发现并不尽然，如果说因叙事文学不发达而没有关注人物形象的塑造问

---

① 张潮：《尺牍偶存·致黄周星书》，转引自赵山林《中国戏剧学通论》，安徽教育出版社1995年版，第22页。

② 李贽：《荆钗记总评》，俞为民、孙蓉蓉《历代曲话汇编》明代编第一集，黄山书社2009年版，第543页。

③ 汤显祖：《焚香记评语》，秦学人、侯作卿《中国古典编剧理论资料汇辑》，中国戏剧出版社1984年版，第77页。

④ 凌濛初：《谭曲杂札》，俞为民、孙蓉蓉《历代曲话汇编》明代编第三集，黄山书社2009年版，第193页。

题，那叙事文学不发达和诗文理论的批评传统不是同样会影响到情节么，何以人们多集中于对情节的关注，而单忽视了人物形象的塑造呢？再看第二个原因，如果因戏曲理论的发展落后于创作的实践，那为什么关于情节组织问题的探讨却远远早于人物形象的塑造呢？可见，这些原因的分析，仍然没有回答这一问题。还有一种观点，王永恩认为：因以情节为叙事中心，而导致了对人物形象塑造的忽视。王永恩的论说其实也没有解决问题，但却指出了问题，顺着王永恩的思路，我们思考为什么重视情节会忽视了人物形象的塑造？因为情节的实质是行动，人物是行动的主体，情节组织安排妥当了，人物的形象也就随之产生了。所以，在以情节为中心的叙事中，人物形象的塑造不能脱离情节的组织而单独去讨论，或者说不需要专门讨论如何塑造人物。

当然，对人物形象的塑造问题没有尽早的关注，并不是说对人物没有关注，戏曲叙事以情节为中心，并不是说人物不重要，以情节为中心，实质是以人物的行动为中心，以人物为中心实质是以人物的性格为中心。情节是人物的行动，人物是情节的主体，可以说，没有人物就没有情节，但在以“情节为中心”的叙事观念下，戏曲人物形象常常体现为居于情节之下，受情节发展所支配，正如齐森华、谭帆所言：“戏曲人物在曲论家的心目中总是一个‘使动者’，而非行为的‘主动者’，于是戏曲人物性格也便掩埋在戏曲情节之中。”而在齐森华、谭帆两位先生看来，“这不能不说是古代戏曲理论中的一大缺陷”①。但这其实正是戏曲叙事“以情节为中心”的观念的反映。

在古典戏曲理论中，剧论家们在对人物进行分析时，也多将人物放在其所处的故事中来看，要求其一切言行举止、心态性情、情绪变化等都与其所处的故事环境相吻合，要求人物形象的反映与故事的叙述表现为一个有机的整体，在古代剧论中，要求人物合口吻、合情景的论说比比皆是。在对剧中人物的分析中，最早的应是前面所举的明初朱有燉在评《贞姬身后团圆梦》时所说的“能曲尽贞姬态度”，仔细分析这句话，其意主要在要求人物在故事中的表现要“尽其态”，也就是在故事环境之下，人物要极尽其所应表现出来的状态，这里就体现出故事情节对人物

① 齐森华、谭帆：《中国古代戏曲理论的逻辑演进》，《文艺理论研究》1987 年第 3 期。

的要求，反映出了情节第一性、人物第二性的观念。再如，祁彪佳评凌濛初的杂剧《祢正平》曰：“《渔阳弄》之传正平也以怒骂，此剧之传正平也以嘻笑，盖正平所处之地、之时不同耳。”[①] 这里指出徐渭的《渔阳弄》和凌濛初的《祢正平》中正平的形象明显不同的原因是他们所处的故事情境不同，言外之意，就是人物的形象是由具体的故事情境所决定的。另外，在对人物性格进行讨论时，剧论家们很少对人物形象作全面详细的分析，而多是对其性格基调作整体的把握与评论。如明代沈际飞评汤显祖《紫钗记》的人物曰：“小玉愚，李郎怯，薛家姬勤，黄衫人敢，卢太尉莽，崔、韦二子忠。”[②] 清代吴敬梓评其友人李本宣《玉剑缘》传奇中的人物曰：“铁汉之侠，鲍母之挚，云娘之放，尽态极妍。”[③] 他们都只注重人物在故事环境中所体现出的类型特征，而不是丰富复杂的个性特征。再有，剧中人物设置也由故事情境的要求所决定，毛声山对《琵琶记》中的人物设置曾作出分析，他认为：为什么丞相无子？因其无子所以才不肯嫁女，要招婿入门，才有了蔡伯喈入相府的结果，又为什么牛小姐无母？因为牛小姐没有母亲，所以当其与蔡伯喈成婚之后，需要留下来照顾父亲而不能使蔡伯喈回家省亲，如此，才有了蔡伯喈中状元以及婚后都迟迟没能回家的情景。毛声山这里的论说也意在说明人物的隐显要服从于故事情节的需要。可见，在古代剧论中，无论从哪个角度来看，我们都可以见出戏曲人物形象相对于人物行动的第二性特征。

其实，再总观金圣叹丰富且全面的“人物论”，我们会发现金圣叹并非全然没有意识到《西厢记》的叙事中人物形象体现方式相对于小说的独特倾向，正如谭帆所言，在对《水浒传》的品评中，金圣叹对性格的内涵作了规范，而“在《西厢》评点中，圣叹并未明确标出‘性格’一辞”，且“呈现了与上述相异的理论趋向：他往往从某种特定的角度来审

① 祁彪佳：《远山堂剧品》，俞为民、孙蓉蓉《历代曲话汇编》明代编第三集，黄山书社2009年版，第642页。

② 沈际飞：《题紫钗记》，俞为民、孙蓉蓉《历代曲话汇编》明代编第三集，黄山书社2009年版，第443页。

③ 吴敬梓：《玉剑缘传奇叙》，转引自赵山林选注《安徽明清曲论选》，黄山书社1987年版，第194页。

察性格的内涵，又从相应的途径来规范性格的塑造”①。这里“某种特定的角度”“相应的途径”其实就是金圣叹关于体现人物形象的“心、地、体”的论说，现摘录如下：

> 事固一事也，情固一情也，理固一理也，而无奈发言之人，其心则各不同也，其体则各不同也，其地则各不同也。彼夫人之心与张生之心不同，夫是故有言之而正，有言之而反也。乃张生之体与莺莺之体又不同，夫是故有言之而婉，有言之而激也。至于红娘之地与莺莺之地又不同，夫是故有言之而尽，有言之而半也。②

这段论说的主要意思是人物的语言是由其“心、地、体”所决定的，对于“心、地、体”的理解，一般认为：“心”是指戏剧人物的意志，也就是人物内心的某种动机或推动力；“地”指人物在戏曲故事情境中所处的特定位置；“体”指人物在特定的戏剧情境中所处的特殊关系。金圣叹在这里除了强调剧中不同人物各自内心思想的不同外，更主要的是指出了人物的语言是由其所处故事的特定情境以及在故事中的具体关系决定的，戏曲叙事中人物的语言是其形象的主要体现，所以，这里也流露出戏曲故事情境对人物形象的规范性和决定性，就是说金圣叹的戏曲理论中也体现着“以情节为本位”的戏曲叙事观。

综上可见，戏曲叙事是以语言文字来组织一个虚构的艺术世界，叙事是以组织情节为本位，人物形象的塑造是随着故事情节的组织来完成的，这就是古典戏曲理论中所体现出来的戏曲叙事观。

第二节　叙事目的及要求

“在一切事物中，目的是最关重要的。”③ 戏曲作为一种大众通俗艺

① 谭帆：《金圣叹戏曲人物理论刍议》，《文学遗产》1987 年第 2 期。

② 金圣叹：《贯华堂第六才子书西厢记总评》，俞为民、孙蓉蓉《历代曲话汇编》清代编第一集，黄山书社 2008 年版，第 158 页。

③ ［古希腊］亚里士多德：《诗学》，罗念生译，人民文学出版社 1962 年版，第 21 页。

术，其叙事不仅要受观念的指引，还要受叙事的社会功利目的以及剧作家个人的创作目的的制约，且叙事也必有一定的目的，正如清人刘熙载所言："叙事有寓理，有寓情，有寓气，有寓识。无寓，则如偶人矣。"[①]在古典戏曲理论中，戏曲叙事的目的主要体现出以下三种倾向：广为流传、感化人心、助风化，在这三个叙事目的之下又相应地有三个要求：广为流传的目的要求叙奇事；感化人心的目的要求写真情；助风化的目的要求故事寄寓伦理道德。

一　"广为流传"目的之下的"事奇"要求

任何一次非个体的艺术创作都或强或弱地期待其作品被传播开来，流传下去。常言道："没有观众，就没有戏剧。"戏曲作为一种面向广大群众的艺术形式，被广大群众所接受，进而使其剧作家喻户晓、久演不衰，更是每一位剧作者创作的最初目的，同时这也是实现其他目的的前提及基础。在古典戏曲理论中，我们常常可见"演行甚广""传之永远""播其事"等创作目的的表达。然而，戏曲要实现其"广为流传"的目的的前提是能被广大观众所接受，吸引更多的观众。那么，如何才能被广大观众所接受？实现这一目的对叙事有何要求？接下来，我们通过对古典戏曲理论的分析来回答这些问题。

（一）"事奇"的要求

"新奇"是人类共同且永恒的审美追求，"奇"也是中国古代文学批评史上早已被标举出来的一个审美概念。在先秦时期，庄子在其《庄子·外篇·知北游》中就曰："其所美者为神奇，其所恶者为臭腐。"[②]以奇为美，表达了对"神奇"的审美追求。之后，"奇"以不同的术语出现在各种文学形式的批评中，具有丰富的内涵，也体现了不同文学艺术形式对"奇"的共同追求。在古典戏曲理论中，"奇"更是一个重要的概念，遍布于戏曲批评的各个方面。剧论家们承续先人的审美理念，在对

---

① 刘熙载：《艺概·文概》，上海古籍出版社1978年版，第42页。

② 庄子：《庄子·外篇·知北游》，胡仲平编著《庄子》，北京燕山出版社1995年版，第217页。

剧作家的艺术成就、艺术特色与剧作的风格以及剧中各个要素等品评时，常常以“奇”或“新奇”来表赞赏之意，例如：元钟嗣成评范康的《杜子美游曲江》时曰：“一下笔即新奇，盖天资卓异，人不可及也。”评周文质曰：“学问该博，资性工巧，文笔新奇。”① 杨维祯认为关汉卿、庾吉甫、杨淡斋、卢蘇斋的剧作以“奇巧”“成鸣”②。明陈继儒赏析张凤翼的《红拂记》时指出剧中事奇、文辞亦奇。清朴斋主人认为李渔的《风筝误》“是剧结构离奇，镕铸工炼，扫除一切窠臼”③。诸如此类对“奇”的赞赏在古典剧论中随处可见。

然而，戏曲是以广大的农民和市民为主要观众的舞台艺术，在众多的“新奇”中，观众最为关注的是故事的“新奇”，故事的“新奇”是吸引观众的主要因素。对于普通市民或农民而言，娱乐的目的应是其欣赏戏曲的主要目的，故事的“新奇”就是实现其娱乐目的的主要因素，“不奇”不被接受，更难以流传。所以，为了能被观众接受，实现其广为流传的目的，故事之“奇”便成为叙事的要求之一。在古典戏曲理论中，这一观点的表达是逐渐明朗化的。

在戏曲诞生之初，剧本中就流露着这一意旨。现存最早的南戏《张协状元》第二出［烛影摇红］词中就写道：“精奇古怪事堪观。”④ 这里从接受的角度来谈，认为“事奇”经得起观看，指出了戏曲故事“新奇”与接受的正比例关系。明万历年间，王骥德又从戏曲传播的角度来分析，他认为“古戏如《荆》《刘》《拜》《杀》等，传之几二三百年，至今不废”的原因就是“以其时作者少，又优人戏单，无此等名目，便以为缺典，故幸而久传”⑤。也就是说，在他看来四大南戏能得以长久流传就在于故事的“新奇”。到明崇祯年间，周裕度在给《天马媒》题词中又高度

① 钟嗣成：《录鬼簿》，俞为民、孙蓉蓉《历代曲话汇编》唐宋元编，黄山书社 2006 年版，第 368、377 页。

② 杨维祯：《周月湖今乐府序》，俞为民、孙蓉蓉《历代曲话汇编》唐宋元编，黄山书社 2006 年版，第 424 页。

③ 朴斋主人：《风筝误·总评》，蔡毅《中国古典戏曲序跋汇编》，齐鲁书社 1989 年版，第 1499 页。

④ 钱南扬：《永乐大典戏文三种校注》，中华书局 1979 年版，第 13 页。

⑤ 王骥德：《曲律》，俞为民、孙蓉蓉《历代曲话汇编》明代编第二集，黄山书社 2009 年版，第 114 页。

概括了“奇”与“传”的正比例关系，其曰：“尝谬论天下，有愈奇而愈传者。”① 对于其中的原因，王骥德又进一步指出：“若今新戏日出，人情复厌常喜新，故不过数年，即弃阁不行，此世数之变也。”② “厌常喜新”是人之本性，社会在不断地向前发展，人们对新奇的追求也要求并推动着艺术的发展，这也是剧论家们一再要求戏曲故事“新奇”的原因之一。

戏曲创作的最初目的是被接受、被传播下去，故针对接受与传播的要求，剧论家们就渐渐地将戏曲“传”的创作目的与“事奇”的要求结合起来，从创作目的的角度来谈戏曲故事之“奇”。到清代，李渔进行了理论总结，其在《闲情偶寄·词曲部》中曰：

> 古人作文，一篇定有一篇之主脑。主脑非他，即作者立言之本意也。传奇亦然。一本戏中，有无数人名，究竟俱属陪宾，原其初心，止为一人而设；即此一人之身，自始至终，离合悲欢，中具无限情由，无穷关目，究竟俱属衍文，原其初心，又止为一事而设。此一人一事，即作传奇之主脑也。然必此一人一事，果然奇特，实在可传，而后传之，则不愧传奇之目，而其人、其事与作者姓名，皆千古矣。③

在20世纪七八十年代，李渔的这一段论说引起众多学者的关注与研究，关于“主脑”究竟指什么，曾引发了激烈的讨论，众说纷纭，目前来看已渐渐清晰。那么，“主脑”究竟指什么？我们通过对“主脑”含义的分析来看李渔对“事奇”的认识。

“主脑”是“立言之本意”，“立言之本意”是指立言的“本来的意思，原来的意图”，就是作者立言的最初目的，也就是李渔在下文中所说的“初心”。清人刘熙载以“用意”来阐释“主脑”，曰：“凡

---

① 转引自赵山林《中国戏剧学通论》，安徽教育出版社1995年版，第367页。

② 王骥德：《曲律》，俞为民、孙蓉蓉《历代曲话汇编》明代编第二集，黄山书社2009年版，第114页。

③ 李渔：《闲情偶寄》，俞为民、孙蓉蓉《历代曲话汇编》清代编第一集，黄山书社2008年版，第240页。

作一篇文，其用意俱要可以一言蔽之。扩之则为千万言，约之则为一言，所谓主脑者是也。”[①] 近人顾仲彝也对“主脑”作了同样的解释：“剧作者为什么写这个人、这件事，有他一定的‘用意’，亦即‘作者立言之本意也’。”[②] 顾仲彝明确指出“立言的本意”就是作者立言的用意，也即作者立言的目的，所以“主脑”是作一篇文章的目的。不同的文体，功能是不同的，作不同文体的不同文章的具体目的也是不同的，所谓“一篇定有一篇之主脑”。如诗歌的功能主要是抒情，作一首诗歌的首要目的是抒发一种情感，正如邓运佳所说，写诗“以意为主”。一切文章的创作都需要事先明白是为哪一个具体目的，包括诗文、小说、戏曲等，“传奇亦然”就是指创作传奇也要有其具体的目的，这里的“传奇”即是戏曲。那么，创作戏曲的具体目的是什么?

接着，李渔又以“初心”来阐释“主脑”，认为作传奇的“初心”是为了传其中的“一人一事”，也就是说，创作戏曲的目的首先是传这“一人一事”，这“一人一事”传下去，作者姓名也皆千古。那么为什么要传此“一人一事”?紧接着李渔便说“此一人一事果然奇特，实在可传”，被传之后，才可以使“其人、其事与作者姓名，皆千古矣”。也就是说，这“一人一事”果然奇特，才可以实现传下去的目的，进而可以实现作者千古流传的目的。

可见，到李渔这里，就明确从创作目的的角度对戏曲所叙之事提出“奇”的要求。

清康熙年间，高奕编撰了《新传奇品》，这是继吕天成的《曲品》、祁彪佳的《远山堂剧品》《远山堂曲品》之后规模较大的一部曲品，其中著录了从明末到清初这一段时期内的数百种新传奇。在《新传奇品》的序言中，高奕据当时创作以及演剧的现实状况揭示了“新奇”的追求与“传行”的目的关系，其曰：“传奇至于今，亦盛矣，作者以不羁之才，写当场之景。惟欲新人耳目，不拘文理，不知格局，不按宫商，不循声韵，但能便于搬演，发人歌泣，启人艳慕，近情动俗，描写活现，逞奇

① 刘熙载撰，袁津琥校注：《艺概注稿》，中华书局2009年版，第819页。

② 顾仲彝：《编剧理论与技巧》，中国戏剧出版社1981年版，第36页。

争巧，即可演行，不一而足。”[①] 据高奕的阐释，我们可知当时新奇便可演行的接受现实，同时，又可知当时剧作家们为了达到“可演行”的目的便追奇逐新、逞奇争巧，甚至因这一目的强烈而致使创作走向了极端，出现了“惟欲新人耳目，不拘文理，不知格局，不按宫商，不循声韵”的不合理现象。

可见，从对古典戏曲理论的分析来看，戏曲为了达到堪观、可传的目的，事之“奇”便成为叙事的必然要求，如此也可以说，事之“奇”是戏曲的生命力之所在。

于是，事之“奇”也成为剧作家及剧论家们的追求。在古典剧论中，对所叙之事“奇”的追求的表达比比皆是，明代王骥德、徐复祚、吕天成、冯梦龙等，清代的丁耀亢、孔尚任、杨恩寿等都从不同的角度表达了这一追求。首先，剧论家将“事奇”作为评价戏曲品第的重要标尺，在吕天成、祁彪佳的《曲品》与《剧品》中“事奇”“奇事”等相关品评俯拾即是，吕天成在评价新传奇《双卿》时还曾曰：“本传虽俗而事奇，予极赏之。”[②] 将“事奇”作为品评剧作的首要标准。其次，“奇”又是剧作家创作及改编剧作时择事的重要标准。明王骥德曾感叹道：“古新奇事迹，皆为人做过。今日欲作一传奇，毋论好手难遇，即求一典故新采可动人者，正亦不易得耳。”[③] 可以看出，“新奇事迹”是古代剧作者争相选取的本事，凡“新奇”都可以成为戏曲的本事。在具体的择事过程中，剧作家们也表达了相同的观点，明代冯梦龙在改编《酒家佣》时曰：“存孤奇事，胡可无传?”[④] 清代洪昇创作《长生殿》也是“念情之所钟，在帝王家罕有”[⑤]。

---

① 高奕：《新传奇品·序》，俞为民、孙蓉蓉《历代曲话汇编》明代编第三集，黄山书社2009年版，第678页。

② 吕天成：《曲品》，俞为民、孙蓉蓉《历代曲话汇编》明代编第三集，黄山书社2009年版，第127页。

③ 王骥德：《曲律》，俞为民、孙蓉蓉《历代曲话汇编》明代编第二集，黄山书社2009年版，第108页。

④ 冯梦龙：《酒家佣序》，俞为民、孙蓉蓉《历代曲话汇编》明代编第三集，黄山书社2009年版，第32页。

⑤ 洪昇：《长生殿例言》，俞为民、孙蓉蓉《历代曲话汇编》清代编第一集，黄山书社2008年版，第656页。

在古典戏曲理论中，诸如“无奇不传”“不奇不传”“非奇莫传”“奇事必传”“因奇而传”之类的论说不一而足，一直以来，人们在给戏曲定义时常以“传奇”（有时指元杂剧、有时指宋元南戏、有时指明清以演唱南曲为主的戏曲形式）来释，且其核心要求就是“传奇事”，如明万历年间削仙在《鹦鹉洲序言》中曰：“传奇，传奇也。不过演奇事，畅奇情。”① 清代孔尚任在其《桃花扇小識》中也说：“传奇者，传其事之奇焉者也。”②

那么，何为奇事？在古典戏曲理论中，“奇”的内涵具体指什么？

（二）“奇”的内涵

首先，“奇”主要是指“新”，与“旧”相对，侧重于对故事“本事”的要求。对此，清代李渔在《闲情偶寄·词曲部·脱窠臼》中作了详细的论说，他认为在人类的追求中，除了对人的追求是喜旧的，对其他所有事物的追求都是尚新的，对文章“新奇”的追求尤甚，而“填词一道，较之诗、赋、古文，又加倍焉”，因为填词涉及叙事，前人讲过的故事对于今人而言就旧了，一人昨日所写之事，今日来看也旧了，“未见之为新，即知已见之为旧”，古人呼剧本为“传奇”的原因，就是其事未经人见，故而传之，故“新，即奇之别名也”。未经人见之事，也包含事中未经人见之情，“世间奇事无多，常事为多”，那如何能写出那么多奇事？李渔认为“前人已见之事，尽有摹写未尽之情，描画不全之态”③，所以即使是前人已写过的事，也可以在情感上做深层的挖掘，以情感的新奇来化陈腐为新奇。其实，明崇祯年间周裕度给刘方的《天马媒》题词时已流露了此意，其曰：“有愈实而愈奇者。奇而传者，不出之事是也；实而奇者，传事之情是也。”④ 意思是说，有事之奇，还有情之奇，罕见的奇事固然是奇，深挚的奇情也是奇，叙事中流出实实在在的真情也是奇情。对于此意，明末清初张岱在批评因追奇逐新而在创作中产生

---

① 蔡毅：《中国古典戏曲序跋汇编》，齐鲁书社 1989 年版，第 1275 页。

② 孔尚任：《桃花扇小識》，俞为民、孙蓉蓉《历代曲话汇编》清代编第一集，黄山书社 2008 年版，第 661 页。

③ 以上李渔所言出自《闲情偶寄》，俞为民、孙蓉蓉《历代曲话汇编》清代编第一集，黄山书社 2008 年版，第 241、245、246 页。

④ 转引自赵山林《中国戏剧学通论》，安徽教育出版社 1995 年版，第 367 页。

“不论根由”“不顾文理”的现象时又以实例作了更明晰的表达，其曰：“兄作《西楼记》，只一‘情’字。《讲技》《错梦》《抢姬》《泣试》，皆是情理所有，何尝不热闹，何尝不出奇？何取於节外生枝、屋上起屋耶？”[①] 他以袁于令之《西楼记》为例向剧作家们强调能真切地写出合乎情理之真情也是“奇”。

其次，“奇”也指故事情节发展的曲折离奇、变幻莫测，与“常”相对。故事情节发展的曲折新奇也是戏曲借以吸引观众的重要手段，英国戏剧理论家阿·尼柯尔说：“那些情境设计之用意，则是凭借其奇异性、特殊性与不落套进而感染、刺激和震动观众。”[②] 然而，在古典戏曲中，故事情节发展的雷同化现象却是戏曲的弊病之一，故王骥德《曲律》中指出“勿落套”、吕天成《曲品》中又说“脱套”、冯梦龙言“掀翻窠臼”、李渔论“脱窠臼”，这些都在强调情节发展要曲折新奇。

另外，如上所论，或因剧作家们的求奇心理，又或因急于流传的现实需要，一些剧作在追奇逐新中出现了“不拘文理”“不论根由”“牛鬼蛇神，幻而不根；凿空羽化，妄而鲜实”等非近情理之事，故剧论家们又指出故事本事需是“人中之奇，非天外之事”[③]，情节发展的曲折离奇应是合乎人情物理的，因为“凡说人情物理，千古相传；凡涉荒唐怪异者，当日即朽”[④]，强调对“奇”的追求不能违背初心。

总之，戏曲作为一种面向广大群众的艺术形式，流传下去是每一位剧作者创作的最初目的。“新奇”作为人类共同且永恒的审美追求，是吸引观众的主要因素，故而故事的“新奇”成为戏曲流传下去的前提，在“广为流传”的目的之下，故事之“奇”也便成为戏曲叙事的要求之一。“奇”的内涵既包括本事之“新”，也包括故事情节的曲折离奇，但正因事之“奇”的追求是为了满足广大观众的需求，故“奇”必是“人中之

① 张岱：《答袁箨庵》，秦学人、侯作卿《中国古代编剧理论资料汇辑》，中国戏剧出版社1984年版，第185页。

② ［英］阿·尼柯尔：《西欧戏剧理论》，徐士瑚译，中国戏剧出版社1985年版，第40页。

③ 丁耀亢：《赤松游题辞》，俞为民、孙蓉蓉《历代曲话汇编》清代编第一集，黄山书社2008年版，第91页。

④ 李渔：《闲情偶寄》，俞为民、孙蓉蓉《历代曲话汇编》清代编第一集，黄山书社2008年版，第245页。

奇”，合乎人情事理之“奇”，如此，才会被广大观众接受，也才能使剧作广为流传。

二 “动人情”本意之下的写情要求

对于中国古典戏曲来说，叙事与写情有着不可分割的关系，事中寓情，情中寓事。然而，戏曲本质是一种叙事艺术，为什么写情在其中能与叙事平分秋色？且写情是离不开叙事的，那么，在戏曲叙事中是如何写情的？在叙事特征之下，戏曲所写之情的内涵以及写情的方式有何独特之处？下面通过对古典戏曲理论的分析，看古代剧论家们如何看待这几个问题。

（一）“以情动人”的叙事目的论

康有为曾就书法的言情功能曰：“能移人情，乃为书之至极。”其实可以说，任何一种艺术的创作都寄寓着一定的情感，也传递着一定的情感，同时也有以此来达到“移人情”“动人情”的目的。就古典戏曲而言，“动人情”可以说是其创作的核心目的，明代徐复祚就曾说：“传奇之体，要在使田畯红女闻之而趯然喜，悚然惧。”[①] 指出传奇创作的根本是要激荡人心，即是要达到“动人情”的目的。清代华表人在前人的基础上又明确指出“制曲之本意也”就是让观众“观侠则雄心血动，话别则泪眼涕流”[②]。在这一目的之下，“写人情”便成为戏曲叙事的基本要求。这一点，古代剧论家们纷纷以不同的角度表达着。在古代剧论家中，对戏曲应写情的倡导，无过于明中后期的汤显祖，他倡导戏曲创作追求“情之至”，即写出使“生者可以死，死可以生”之情，同时他又认为“人生而有情”，且不唯人，“盖自凤凰鸟兽以至巴渝夷鬼”无不有情，戏曲以其扮演的优势，可“生天生地生鬼生神，极人物之万途，攒古今之千变”，进而产生“使天下之人无故而喜，无故而悲”[③] 的效果，最终将

① 徐复祚：《三家村老曲谈》，俞为民、孙蓉蓉《历代曲话汇编》明代编第二集，黄山书社 2009 年版，第 259 页。

② 丁耀亢：《赤松游题辞》，蔡毅《中国古典戏曲序跋汇编》，齐鲁书社 1989 年版，第 1529 页。

③ 汤显祖：《宜黄县戏神清源师庙记》，俞为民、孙蓉蓉《历代曲话汇编》明代编第一集，黄山书社 2009 年版，第 608 页。

写情的倡导落到了“动人情”的目的之上。清初袁于令又从剧场的角度来论，其曰：“剧场即一世界，世界只一情。人以剧场假而情真，不知当场者有情人也，顾曲者尤属有情人也；即从旁之堵墙而观听者，若童子，若瞽叟，若村媪，无非有情人也。倘演者不真，则观者之精神不动；然作者不真，则演者之精神亦不灵。”[①] 指出剧场或戏曲因“情”而存在，也为“情”而存在，作者有真情，创作了剧作，演者有真情，搬演了剧作，观者有真情，为真情而来。但无论是创作者还是表演者，其所做最终都是为了达到使场上观者“动情”的目的。若“观者精神不动”，首先演者是失败的，进而剧作者的创作也就失败了。故需强调，“动人情”的目的不仅要求戏曲在一度创作时剧作者要写真情，更要求演员在舞台二度创作时要传真情。

然而，戏曲本质是一种叙事艺术，戏曲中的情感不能像诗歌一样直接抒发，而是要渗透在叙事过程中。也就是说，戏曲“写情”的要求实则是通过叙事来实现的，故“事必丽情”“事中寓情”便成为戏曲叙事的基本要求。

剧作家们在选择古事时就体现着这一要求，前代之人、之事在后代已不再有，但有一些情感是古今相通的。故可借古人之情，表今人之情，或可以通过对古人之情的掘发，使今人感知一些未曾体验到的情感，于是，剧论家便要求所择古事中需蕴含一些古今相通相近的情感。如明代沈际飞就曾言：“数百载以下笔墨，摹数百载以上之人之事，不必有，而有则必然之景、之情，而能令信疑，疑信，生死，死生，环解锥画。”[②] 另外，戏曲叙事通过对古事之情景的逼真摹写，使读者、观众真切地体验前人的经历、感知前人的情感，以此提高后人的思想认识与情感境界，这样的认识在一些序文中也有具体体现，如董达章在其《琵琶侠自序》中曰：“后读《明史》茂秦本传，叹其笃于交谊，为卢柟陷狱，奔走京师，卒能脱其桎梏。世之才而兼侠如茂秦者，几人哉！且不独茂秦侠义，

---

① 袁于令：《焚香记序》，俞为民、孙蓉蓉《历代曲话汇编》清代编第一集，黄山书社2008年版，第44页。

② 沈际飞：《牡丹亭题词》，俞为民、孙蓉蓉《历代曲话汇编》明代编第三集，黄山书社2009年版，第443页。

赵王之琵琶供奉贾姬，以朱邸青衣，倾倒此白头聱叟，委身愿事，侠又甚焉。……其事既载《明史》，若更编诸乐府，播以新声，不犹令骚人逸士，慷慨起舞哉？因谱成《琵琶侠》三十二折。"① 从这篇序文中可以清楚地看出，董达章正是因有感于茂秦等人的侠义气概，认为这种情义可使今人在情感上得到感染，故取其事谱成传奇。

足见，戏曲叙事要通过写情来达到动人情的目的的观点在古典戏曲理论中清晰可见，但相对于诗词抒情，戏曲叙事所写之情、写情方式以及效果都有其独特之处，下面探究古代剧论家们对这些问题的回答。

（二）"情"的内涵

在戏曲创作中，剧作家的内在激情是其创作的动机之一，如剧论中所言"托事以抒情""假于事类，道其俗情"等，这就如司马迁的"发愤著书"、韩愈的"不平则鸣"。这一创作缘由在元代作家中表现得更为明显，有人认为元杂剧之所以能够取得辉煌的成就，正是因为他们宣泄了对现实的愤懑不平之情。胡侍就曾说：元杂剧作家"以其有用之才，而一寓之乎声歌之末，以舒其怫郁感慨之怀，盖所谓不得其平而鸣焉者也！"② 其实，胡侍所言的现象不仅存在于元杂剧的创作中，也大量存在于明清传奇的创作中，徐渭《四声猿》的创作就较为典型，对此，明代钱塘人钟人杰在《四声猿引》中曾感慨道："文长终老缝掖，蹈死狱，负奇穷，不可遏灭之气，得此四剧而少舒。所谓峡猿啼夜，声寒神泣，嬉笑怒骂也，歌舞战斗也，僚之丸、旭之书也，腐史之列传、放臣之《离骚》也。"③ 从钟人杰的论说可知，徐渭一生穷愁潦倒、牢骚困苦，胸中有积压许久的不可遏灭之气，其创作《四声猿》就是要宣泄其痛极、哀极的不平之怨，倾洒其无望、绝望的悲痛之情。以"四声猿"来命名，就是言此剧作是其发自心底的如猿般的悲啼鸣叫。从创作者的内在心境来看，徐渭创作《四声猿》与司马迁创作《史记》以及屈原创作《离骚》是一脉相通的，但是无论是史书作者司马迁，还是戏曲作者徐渭，

① 董达章：《琵琶侠自序》，转引自李志远《明清戏曲序跋研究》，知识产权出版社 2011 年版，第 157、158 页。

② 胡侍：《真珠船·元曲》，俞为民、孙蓉蓉《历代曲话汇编》明代编第一集，黄山书社 2009 年版，第 208 页。

③ 徐渭：《四声猿·附录之四》，上海古籍出版社 1984 年版，第 1356 页。

都不能像诗人屈原那样直接抒发自己的情感，而是要将其潜藏、融化、转化于故事之中，呈现出来的已不是作者的情感，而是故事中的情感。正如黑格尔所言："抒情诗人本来一般地都在倾泻他自己的衷曲。借这种倾泻，原来闷在心里的东西解放出来，成为外在的对象。"[①] 在叙事作品中，作者的情感已转化为"外在的对象"，因戏曲故事的特征及戏曲要面向观众的特性，戏曲叙事中所抒发的情感已具有它独特的个性。就戏曲所抒情感的内容来讲，突出表现为以下两个特点：

其一，戏曲所写之情更为丰富、深沉。关于这一问题，明代孟称舜曾有详细的论说：

> 诗变为辞，辞变为曲，其变愈下，其工益难。……盖诗辞之妙，归之乎传情写景，顾其所写为情与景者，不过烟云花鸟之变态，悲喜愤乐之异致而已。境尽于目前，而感触於偶尔，工辞者皆能道之。迨夫曲之为妙，极古今之好丑、贵贱、离合、死生，因事以造形，随物而赋象；时而庄言，时而谐诨，狐末靓旦，合傀儡於一场，而征事类於千载；笑则有声，啼则有泪，喜则有神，叹则有气。[②]

孟称舜在这里首先肯定诗词曲具有共同的传情功能或目的，但不同的是，诗词主要通过写景来传情，且景多为眼前"烟云花鸟"的自然景物，情则为由此景而生的诗人个人心中当前较为简单的悲喜愤乐之情。而戏曲则是剧作者因有感于"千载事类"，抒发古今社会生活中的一切人情世故中所含的丰富复杂的情感。或者说就诗歌这一载体而言，囿其体例的限制，作者常常抒发简单的悲喜愤乐之情，而戏曲因其叙事的特征，剧作者可以叙述类型丰富的故事，以此来表达更为深沉复杂的情感。对此近代戏曲理论家姚华在古人论说的基础上也曾作过详细的阐释："曲之事密而加繁，情亦随之，因而变易，不可究诘。而事所由起，厥数孔多，

① 蒋孔阳：《蒋孔阳全集》，上海人民出版社 2014 年版，第 254 页。

② 孟称舜：《古今名剧合选·自序》，俞为民、孙蓉蓉《历代曲话汇编》明代编第三集，黄山书社 2009 年版，第 465 页。

雅之为琴书，琐之为米盐，艳之为裙裾，烜之为冠带，蠢之为牛马，灵之为花鸟。”① “曲之事密而加繁，情亦随之”，所以，相对于诗歌，戏曲故事种类繁多且因故事相对于诗人眼前景物复杂，进而呈现的情感也更复杂丰富。其实，古代诗歌中，也不乏一些深沉复杂的情感，如杜甫针对国家现状而抒发的忧国忧民的情感，但孟称舜这里是借诗歌来论戏曲写情的特征，故对诗歌所抒情感的特征就整体来看将其视为简单化。

其二，崇尚更能打动人心的悲情。王骥德说：戏曲创作“不在快人，而在动人”②。戏曲叙事不止于满足人们的耳目欢娱，更应追求动人的艺术感染力，但是正如高明所言：“传奇，乐人易，动人难”，戏曲让人乐、使人欢娱容易，但要感染人、打动人心却不易，“乐人”多在于“趣”，而“动人”却需要“情”，戏曲要面对广大观众，所写之情不仅要被观众接受，更重要的是能感染观众，使观众动容。为此，古代剧作者与剧论家们都进行了探索，他们认为悲情更容易产生激越人心的作用，更容易动人，故为了追求“动人”“断肠”的叙事效果，他们更崇尚在叙事中抒写悲情。明代王世贞在评《拜月亭》时认为其有三短，其中之一便是“不能使人堕泪”，且认为“《荆钗》近俗而时动人，《香囊》近雅而不动人”③。可见，他明显将“以悲情动人”作为品评戏曲优劣的一个重要标尺。吕天成在对《窦娥冤》的品评中说：“元有《窦娥冤》杂剧，境最苦。美度故向凄楚中写出，便足断肠。”④ 也认为以凄苦之境写出凄楚之情更能使人断肠。祁彪佳甚至说：“作情语者，非写得字字是血痕，终未极情之至。”⑤ 在古典剧论中诸如“悲艳动人”“哀惨动人”“境惨情悲”

① 姚华：《曲海一勺》，秦学人、侯作卿《中国古典编剧理论资料汇辑》，中国戏剧出版社1984年版，第399页。

② 王骥德：《曲律》，俞为民、孙蓉蓉《历代曲话汇编》明代编第二集，黄山书社2009年版，第91页。

③ 王世贞：《艺苑卮言》，俞为民、孙蓉蓉《历代曲话汇编》明代编第一集，黄山书社2009年版，第519页。

④ 吕天成：《曲品》，俞为民、孙蓉蓉《历代曲话汇编》明代编第三集，黄山书社2009年版，第128页。

⑤ 祁彪佳：《远山堂剧品》，俞为民、孙蓉蓉《历代曲话汇编》明代编第三集，黄山书社2009年版，第653页。

“苦楚境界”“备极娇苦”等赏析之词不一而足，可知催人泪下、动人心魄的悲情是古代剧论家们更为倡导的。

（三）写情的方式

因体裁不同，戏曲写情较诗歌抒情又有其独特之处，或称优势。

首先，在故事场景中传情使戏曲抒情更具感染力。在诗词的抒情中，借景抒情是最常用的抒情方式，也是最佳方式。借景物将情感表达出来，可使所抒之情更为形象、生动。在戏曲中，通过写景来抒情的方式也是剧论家们所倡导的，在对具体作品的品评中，剧论家们纷纷对这一方式大加赞赏，明代汪廷讷认为陈大声的剧作“布景传情，动成美善”[①]。吕天成认为高则诚《琵琶记》中“布景写情，色色逼真”[②]，《琵琶记》中借景写情的运用比较多，其中最妙的是第七出“才俊登程”中的描写，在这一出中，上京赴试的四位举子通过对其眼中不同景物的描绘，表达了各自不同的情感，流露出各自不同的心境与感受。在古典戏曲理论中，诸如“赋景言情”“就情写景”“情与景合”等关于以景写情的论说不一而足。然而，戏曲中的抒情不仅唯此，戏曲作为一种叙事艺术，一切目的的实现都离不开叙事，正如孟称舜所言要“在叙事中绘出情、景”[③]。故除了如诗歌中借自然景物的描绘来抒发情感之外，戏曲更多的是通过具有景物功能但胜于景物的场景来抒情，场景由人物行为与其发生的具体的故事环境组成，古典戏曲每一出就是一个场景，或者一出中会有几个场景转换。场景中有人物、人物的行为，还有具体的环境，这一切构成了一幅幅生动、形象的画面，故在场景中传出的情感更具艺术感染力。

其次，语言使用的灵活性使戏曲所写之情更近人情。在古典戏曲理论中，词为诗之变，曲为词之变已是共识。那么，为什么诗会演变为词，词又演变为曲呢？在王骥德看来，其发展的过程是“渐近人情”的过程，

① 汪廷讷：《刻陈大声全集自序》，俞为民、孙蓉蓉《历代曲话汇编》明代编第二集，黄山书社 2009 年版，第 246 页。

② 吕天成：《曲品》，俞为民、孙蓉蓉《历代曲话汇编》明代编第三集，黄山书社 2009 年版，第 111 页。

③ 孟称舜：《智勘魔合罗》眉批，《古本戏曲丛刊四集》，国家图书馆 2016 年版，第 346 页。

故其演变的主要原因是艺术表达“近人情”的追求。戏曲较之诗词何以能更近人情？内容决定形式，但固定的形式也必然会对内容起限制作用。戏曲较之诗词能更近人情，是因其表现形式更为灵活。戏曲与诗词都为语言艺术，语言使用的灵活性正是戏曲艺术能更近人情的原因之一。对此，王骥德对其所提观点又作了详细的解释，其曰：“夫诗之限於律与绝也，即不尽於意，欲为一字之益，不可得也。词之限於调也，即不尽於吻，欲为一语之益，不可得也。若曲，则调可累用，字可衬增。诗与词，不得以谐语方言入，而曲则惟吾意之欲至，口之欲宣，纵横出入，无之而无不可也。故吾谓：快人情者，要毋过於曲也。”① 王骥德这里从用调、用字、用语等几个方面指出因诗受律与绝的制约，词又受调的约束，且诗词又不可用方言，二者都不能自由地用字用语。而曲则不然，曲虽有调但可以累用，字也可增衬，还可以用谐语方言。如此相较，诗词表达的情感便也受到了限制，而曲词形式的灵活性能使其恣意地表达情感，能“畅人情”，且方言俗语的运用可使戏曲更接近广大群众的情感，也就具有了广泛的感染力。

戏曲所抒之情的丰富性以及写情方式的灵活性使其在实现“动人情”目的的同时，也具有了“能感人”的特色。正如清代黄星周所言：“论曲之妙无他，不过三字尽之，曰‘能感人’而已。”②

总之，人生而有情，为情而动。情感是生命的标志，有情是人的自然本性。戏曲创作缘由、叙事过程以及传播接受都与情有着密切关系。创作的目的决定着叙事的要求，古典戏曲创作“动人情”的根本目的要求在叙事中“写情”。从所抒之情的内涵来看，戏曲故事内容类型的丰富复杂性使其所写之情也更为深沉丰富。为了更能达到“动人情”的目的，就情感类型而言，古代剧论家更崇尚写“悲情”；从写情的方式来看，戏曲叙事的场景性及语言的灵活性等因素，使戏曲抒情更具感染力，也更近人情。

---

① 王骥德：《曲律》，俞为民、孙蓉蓉《历代曲话汇编》明代编第二集，黄山书社2009年版，第120页。

② 黄周星：《制曲枝语》，俞为民、孙蓉蓉《历代曲话汇编》清代编第一集，黄山书社2008年版，第224页。

三　"助风化"目的之下的寓理要求①

在中国文艺思想史上，文学艺术的道德价值历来都受到重视，戏曲作为来自民间的通俗艺术，更靠近社会生活，贴近人民大众，戏曲叙事中通过对伦理道德的寄寓来实现有助风化的目的也一直是古代剧论家所倡导的。在对古典戏曲理论的爬梳中，我们发现，从元代的周德清、夏庭芝、虞集、邓子晋、高明等，到明代的丘濬、邵璨、李开先、汤显祖、冯梦龙等，再到清代的梁廷楠、丁耀亢、杨恩寿、余治、姚燮、蒋士铨、焦循等，大量的曲论家、剧作家以及剧论家都不同程度地参与其中。结合众人的论说，下面首先对古代剧论家关于古典戏曲叙事寓理以有助风化的认识进行勾勒，以说明这一叙事目的及要求的发展历程及其内涵。其次，从剧论家的认识中，探究戏曲故事寄寓伦理道德的这一叙事要求的历史渊源，以及戏曲作为一种具有舞台性的叙事文学艺术在承担这一社会功能时所表现出的独特优势。最后，这一理论要求伴随戏曲始终，其存在的意义或在戏曲发展史上产生的影响究竟有哪些？

（一）叙事寓理以有助风化的倡导

文学艺术承载伦理道德，进而有助风化的传统形成于上古时期，贯穿于我国古代文学艺术的始终。正如清代戏曲理论家梁廷楠所言："《扶犁》、《击壤》后有《三百篇》，自是而《骚》，而汉、魏、六朝乐府，而唐绝，而宋词、元曲，为体屡迁，而其感人心移风俗一尔。"② 同样，在文学理论批评史上，文学艺术应承载伦理道德的批评也一以贯之。从《乐记》中要求"乐者，通伦理者也"到孔子称《诗》可以兴观群怨，再到汉代《毛诗序》中"经夫妇，成孝敬，厚人伦，美教化，移风俗"③，逐渐发展到宋代周敦颐提出"文以载道"。

至元代，古乐已衰，汉魏乐府与唐诗宋词并趋末路。然而梨园之曲兴起，戏曲责无旁贷地承载了寄寓伦理道德、推助劝诫教化的功能，加

① 本节内容以《论古典剧论中的伦理批评》之名发表于《戏剧文学》2016年第9辑。

② 梁廷楠：《曲话·序》，俞为民、孙蓉蓉《历代曲话汇编》清代编第四集，黄山书社2008年版，第2页。

③ 《毛诗序》，转引自叶朗主编《中国历代美学文库》（秦汉卷），高等教育出版社2003年版，第24页。

之蒙古族统治下的元代，政治黑暗，法治混乱，人与人之间的关系因利益驱使而扭曲，汉族千百年来形成的维持社会平衡的伦理纲常受到严重冲击，社会秩序混乱不堪。恢复伦理，重振纲常在当时已是人心所向，戏曲作家们也不能不从这种现实出发，怀着“居家则父子慈孝，立朝则君臣圣明”的理想图景，希望社会各阶层以及各种人之间建立起理想的社会关系，进而在戏曲叙事中重视对伦理道德的寄寓。

戏曲批评因而呈现出浓烈的伦理性特征。最初周德清在评关、郑、马、白新作时指出：“曰忠、曰孝、有补于世。”① 其后，夏庭芝列举了一些有关君臣、母子、夫妇、兄弟、朋友的伦理道德的杂剧，指出其“皆可以厚人伦，美风化”②。二者指出了这些作品中所寄寓的伦理道德，进而肯定其有助风化的社会价值。此外，邓子晋、虞集、罗宗信、胡祇遹等人从不同角度参与到戏曲伦理批评中。其中，邓子晋就指出了戏曲在这一功能上对诗乐文化传统的继承。虞集、罗宗信则将戏曲的这一价值与政治统治相联系，指出戏曲故事中对伦理道德的宣扬有利于政治统治，使其成为“治世之音”。胡祇遹从伦理道德的内涵出发，指出元杂剧所反映的伦理道德内涵既有关于“上层朝廷君臣政治之得失”，又有关于“下层闾里市井父子兄弟朋友之厚薄，以至医药卜筮释道商贾之人情物理”，较全面地揭示了这个时期剧作中的伦理道德内涵，反映了这一时期的戏曲创作深深地扎根于当时的社会现实。

到了元末，南戏中出现了著名的《琵琶记》，作者高明在开场中借副末之口表明其创作意旨为“不关风化体，纵好也徒然”，“休论插科打诨，也不寻宫数调，只看子孝与妻贤”③。认为戏曲创作的主要目的不在于写出欢娱耳目的故事，也不斤斤于曲调音律，而是要创作出符合封建伦理道德要求的子孝妻贤式的故事，将戏曲故事承载伦理道德有助风化作为创作的主要目的。

正由于高明这样的创作目的，也因其在《琵琶记》中对“全忠全孝

---

① 周德清：《中原音韵序》，俞为民、孙蓉蓉《历代曲话汇编》唐宋元编，黄山书社 2006 年版，第 229 页。

② 夏庭芝：《青楼集志》，俞为民、孙蓉蓉《历代曲话汇编》唐宋元编，黄山书社 2006 年版，第 469 页。

③ 高明：《琵琶记》，《六十种曲评注》，吉林人民出版社 2001 年版，第 29 页。

的蔡伯喈”的故事的叙述，正切合明初朱元璋通过倡导孔孟道学、奉承程朱理学在文化思想上对百姓进行控制的目的，使其意识到戏曲具有如四书五经般的教化价值，可将其作为宣传伦理道德的工具，于是便将《琵琶记》与“五经、四书，布、帛、菽、粟”并举，要求“富贵家不可无”，且“日令优人进演”。上有所好，下必甚焉。明皇室子孙朱权、朱有燉等人也积极响应，或大力倡导，或著书立说。在此影响下，一些台阁重臣也参与戏曲的伦理批评并著书立说，如文渊阁大学士丘濬创作了《五伦全备记》，并在开场中借副末之口指出：“若於伦理无关紧，纵是新奇不足传。”① 把戏曲作为宣扬伦理道德的工具，且将戏曲是否有关伦理道德作为品评第一标准。紧随其后，宜兴老生邵灿“续取五伦新传”创作了《香囊记》，进一步推动了丘濬所宣扬的风教论。丘濬、邵灿因倡导戏曲的社会价值而忽略戏曲本色，将戏曲的风教论推向了极端。这种错误倾向直至明嘉靖年间才有所扭转，如李开先在强调戏曲具有“激劝人心，感移风化”的社会功能的同时要求“体裁正”，即要求戏曲在宣扬伦理道德时不能违背自身的艺术特色。另外，因出于对统治者的应和，这一时期的伦理内涵主要是维护封建统治的伦理规范，其核心是“忠教节烈”。从万历年间开始，伦理道德的内涵才逐渐丰富，汤显祖宣扬的伦理道德多是为人处事的纲纪，且更贴近人情，如在君臣关系中，他倡导君臣各守其节，已不再是如邵灿所言的“臣为君死”的迂腐论断。冯梦龙的伦理批评中也涉及了更多伦理道德内涵，对友、贤、德、善、志、节等道德观念都有强调。

清初，戏曲伦理批评理论受明中期汤显祖等的影响，合理地将戏曲艺术与道德相联系。比如清代剧论家丁耀亢在其“作词七要”中指出：“三要关系，布局修词，皆有度世之音，方关名教，有助风化。”② 可见，当时戏曲批评家已将戏曲故事寄寓伦理道德列为戏曲创作的目的之一。更引人注意的是，丁耀亢要求戏曲叙事寄寓伦理道德要渗透到布局中、

---

① 丘濬：《五伦全备记开场白说》，俞为民、孙蓉蓉《历代曲话汇编》明代编第一集，黄山书社 2009 年版，第 210 页。

② 丁耀亢：《啸台偶著词例数则》，俞为民、孙蓉蓉《历代曲话汇编》清代编第一集，黄山书社 2008 年版，第 93 页。

运语中，这种脱离故事内容从故事形式来探讨伦理道德的寄寓方式，从古典戏曲伦理批评史来看，可以说是空谷足音。但后人并没有承续其理论视角继续发展，而是仍就故事内容寄寓伦理道德而言。如清中期焦循认为花部胜于雅部的原因主要在于花部中的故事多是有关风化的忠孝节义之事。

到清后期，程朱理学复兴，尤其是在道光年间，政府在制定学术政策时不断强化程朱理学的社会地位。在这样的政治背景之下，再一次将“激劝人心，感移风化”作为戏曲创作的主要目的。这一点我们从杨恩寿与宾客的论说中可以看出：“偶阅《品花宝鉴》，摘取桂伶往事，填南北曲如干，阅十日而成。持以示客，客滋疑焉，以为‘填词院本，类多阐扬忠孝节烈，寓激劝之意，使阅者有所观感，此奇之所由传也。子独多夫伶人，特为传之，厥旨安在?’余曰：‘否，否。桂伶操微贱业，能辨天下士。一言偶合，万金可捐，虽侠丈夫可也。是乌可不传?”[①] 可见，在清末大部分士人的意识里，戏曲故事只有“扬忠孝节烈，寓激劝之意”才可传的观念已成为共识。另外，对于善恶报应的故事结尾，在清末已是俗套，剧论家们多认为不足取，但一些剧论家从戏曲的社会效应出发来考虑，认为“谓之演善演恶，终场了局，祸福显然，为警世醒俗，以代暮鼓晨钟，亦无不可”[②]。又将戏曲故事内容的伦理道德内涵作为戏曲品评的第一标准。

与此同时，因政治衰落，乡间民俗浇薄，世风日下，“堕胎、溺女、焚棺、抢孀、骗寡、宰牛、捕蛙、轻生自尽、藉尸图害、争田夺产”[③] 等有违道德风尚的世俗通病四起。戏剧搬演在民间也更为兴盛，但为悦时人之耳目，一些优人搬演剧作颠倒是非，另有一些剧作以盗贼为英雄，以狭邪为韵事，且少年群效风流。道欲增悲、不可为训的剧作纷然杂出，致使观众荡心失魄，风教也由此大坏。为了遏制这些社会恶习，以及扭

---

① 杨恩寿：《桂枝香自序》，俞为民、孙蓉蓉《历代曲话汇编》清代编第四集，黄山书社2008年版，第627页。

② 铁桥山人、石坪居士、问津渔者：《消寒新咏》，俞为民、孙蓉蓉《历代曲话汇编》清代编第四集，黄山书社2008年版，第651页。

③ 余治：《答客问》，俞为民、孙蓉蓉《历代曲话汇编》清代编第四集，黄山书社2008年版，第441页。

转戏曲在宣理中颠倒黑白的现状，下层文人余治从演剧角度指出：“古人不作无益事，况演戏一台破费多少钱钞！烘动多少男女！耽误多少工夫！而不於其中略寓些惩劝，便是玩物丧志，与流荡忘返者无异。”[①] 所以他遵循古人遗训，大力提倡戏曲故事应寓伦理道德，有关风化。为了满足当时社会需要，余治的论说及作品在前人的基础上又有所拓展及提升。他将人分为上、中、下三等，指出戏曲演出对伦理道德的宣扬应切合不同等级观众的需要。诸如《长生殿》《精忠旗》此类讽喻人主、劝惩人臣的剧作，适宜演于宫闱或官场，供上、中等人观看。且他认为上、中等人可以通过读书明理，当下戏曲宣扬伦理道德应主要针对不识字之愚夫、愚妇之类的下等人，演剧中所寄寓的伦理道德内涵应切合当时下等人所需方为对症。所以，他的《庶几堂今乐》的二十七种戏曲中所蕴含的伦理道德内涵更多地涉及普通民众日常的道德礼仪。如其在自序中所言，包括“劝孝悌力田”“劝助饷”“表节烈”“惩奸恶”“教忠教孝”“惩诲盗”“惩诲淫”“惩溺女”“劝惜谷”“劝放生”“劝救济”“惩负恩”“惩赌”“惩不悌”“嘉贤妻、孝女”“儆盗”等，都与普通民众日常生活息息相关，颇切近乡里下等人的日常行为规范。

由上可见，戏曲故事应寄寓伦理教化的创作目的植根于上古时期的礼乐传统，贯穿于整个元明清戏曲理论史。从伦理道德承载程度来看，元初仅以“有补”与“可以”的语气来强调戏曲故事应寄寓伦理道德之意，但到了元末发展为“只看”伦理道德，明初更甚，“分明假托”戏曲将其作为承载伦理道德的工具。经明中期李开先、汤显祖纠正，清前期理论家们将戏曲故事寄寓伦理道德列为戏曲创作中需要考虑的要素之一。到清后期，又有将宣扬伦理道德作为戏曲创作的主要目的之意；从所反映的伦理道德内涵来看，总体包含社会各阶层及各种人之间的伦常关系，但各个时期都有侧重，元代的伦理批评中意指社会各阶层之间的伦理规范，明前期则侧重于强调封建社会的伦理规范，从明后期开始又逐渐丰富，到清末更多地倾向于有关普通民众日常的道德礼仪，更具人民性。令人注意的是，对“忠孝”的强调一直伴随始终，这与中国封建社会制

---

① 余治：《庶几堂今乐》，俞为民、孙蓉蓉《历代曲话汇编》清代编第四集，黄山书社 2008 年版，第 436 页。

度有着必然的联系。

（二）戏曲叙事寓理的独特优势

戏曲与古乐、诗、词以及历史叙事相比具有其自身的独特个性。古代戏曲理论家们不但强调了戏曲应继承这一传统，而且还从戏曲艺术个性出发，指出了戏曲在宣扬伦理道德时表现出独特的优势。这也是剧论家们极力倡导借戏曲故事来寄寓伦理道德、实现教化目的的原因之一。对于戏曲在此方面的独特优势，在古代剧论家看来主要体现在以下四个方面：

首先，戏曲从其本质来看，是一种通俗文学艺术，但文人的参与又使其具有了典雅化的特点，使其成为一种雅俗共赏的艺术形式。其通俗性的特点，表现之一为语言通俗浅显，近于村歌野曲，更适合下里巴人接受，“虽妇人孺子莫不通晓，故闻忠、孝、节、义之事，或轩鬌而舞，或垂涕泣而道”①。同时，其典雅化的特点又可以满足文人士大夫的欣赏品位。总之，戏曲施之于场上可以达到俗雅皆感动的效果。所以“堂上之高客解颐，堂下之侍儿鼓掌，观侠则雄心血动，话别则泪眼涕流，乃制曲之本意也”②。再者，其雅俗共赏的特点，使其剧作既有阳春白雪之作，也有下里巴人之作。戏曲舞台既可以设置在宫闱中，也可以设置在府庭中，勾栏瓦舍、乡间地头也都是戏曲的舞台。其观众既有文人学士，也有愚夫愚妇，还有老弱稚童。所以，戏曲艺术较之其他艺术形式，具有更多的读者、观者，也便有更广的受教范围，符合宣教的多多益善的目的，更能实现有助风化的社会功用。正如余治与其宾客的问答所言：“予曰：‘既欲以忠孝节义使人观感，则欲使观而感者以多为贵乎，以少为贵乎？’客曰：‘自宜多多益善。’”③

其次，戏曲作为一种舞台性艺术，其寄寓伦理道德的故事不是由儒生来宣讲，而是要施之于场上，由优伶来表演，其直观再现的方式使其

① 梁廷楠：《曲话·序》，俞为民、孙蓉蓉《历代曲话汇编》清代编第四集，黄山书社2008年版，第2页。

② 丁耀亢：《赤松游题辞》，俞为民、孙蓉蓉《历代曲话汇编》清代编第一集，黄山书社2008年版，第91页。

③ 余治：《答客问》，俞为民、孙蓉蓉《历代曲话汇编》清代编第四集，黄山书社2008年版，第437页。

表达效果更为生动，可以有力地触碰人的内心，产生强烈的感染力。正如梁廷楠所言戏曲剧作要“复以妙伶登场，服古冠巾，与其声音笑貌而毕绘之，则其感人尤易入也”①。伶人着古人服饰，形如古人，神亦逼肖。且优秀的优伶登场扮演，能化自身为戏中之人，表演情真意切，惟妙惟肖，古人之啼笑皆优伶自身之啼笑。优伶表演的直观性及生动性使场中即使是妇人女子，对于故事中人物之好丑善恶亦自能明了，且如身临其境，感同身受，进而产生强烈的共鸣，使戏曲中所传达的伦理道德有力地作用于人的内心，如此，在审美体验中潜移默化地受到教化。所以，戏曲故事施之于场上，更易感动人心，达到劝惩的目的。对此，清代杨恩寿的论说具体而又深刻。他在论述戏曲的教化功能时，又重申了戏曲教化功能与古乐的继承关系，指出“今之院本，即古之乐章也”。因其每观剧时，“见有孝子贤孙、悌弟、忠臣、义士，激烈悲苦，流离患难，虽妇人、牧竖，往往涕泗横流，不能自已。旁观左右，莫不皆然”。深感戏曲“动人最恳切、最神速，较之老生拥皋比讲经义，老衲登上座说佛法，功效百倍”。如观看《渡蚁》《还带》等剧时，深觉这些剧作施之场上“能使人知因果报应，秋毫不爽。盗、杀、淫、妄，不觉自化；而好生乐善之念，油然生矣。此则虽戏而有益者也”②。可见，陶石梁深深感受到戏曲的舞台性及现场性的特征的优势，认为戏曲这一独特的艺术个性让故事中所寄寓的伦理道德使观者更容易接受，也更快捷、更深刻。

再次，以叙事为中心的戏曲，其故事容量对反映现实生活的深度和广度较之诗文骚赋都有很大的提高。随着社会生活的发展，自宋元以来，市民阶层出现，且明代手工业、商业活动兴盛，农民也逐渐摆脱对土地的依附，流入城市，开始做工经商，商人、市民等更多的新型阶层大量出现，且各个阶层的生活也更为丰富。戏曲的故事容量使其更能广泛深入地反映各个阶层人民的生活，其通俗性尤其对当时占社会主体的市井

① 梁廷楠：《曲话·序》，俞为民、孙蓉蓉《历代曲话汇编》清代编第四集，黄山书社2008年版，第2页。

② 杨恩寿：《词余丛话》，俞为民、孙蓉蓉《历代曲话汇编》清代编第四集，黄山书社2008年版，第547页。

与民间百姓生活的反映更具优势，因而使其更适宜当时社会对伦理道德宣传的要求。另外，我们已知，在戏曲理论批评中，要求“非奇不传”，戏曲故事的奇特性成为戏曲的一个重要特征，这一特征增强了故事的戏剧性，使其更能迎合那个时代广大民众“好奇求新”的审美趣味。同时，也使戏曲具有一种生动的、富于吸引力的艺术魅力，由此吸引更多的读者与观众，且能寓教于乐，使读者与观众在审美娱乐中不自觉地沐浴着伦理道德的教化，得到心灵的净化。正如余治所言：“古乐衰而梨园之典兴，原以传忠孝节义之奇，使人观感激发於不自觉，善以劝，恶以惩，殆与《诗》之美刺、《春秋》之笔削无以异。”① 所以“君子有取焉”，借戏曲在“不自觉”的过程中实现劝惩的目的。

最后，戏曲叙事还有一个更重要的要求是要写人情，且要体贴人情、畅人情。所以，戏曲语言明白坦易、场上表演真切自然、故事情节奇特新颖、人物情感出自肺腑等特点，使戏曲在“感人”“动人”方面极具优势，如丘濬所言：“近世以来做成南北戏文，用人搬演，虽非古礼，然人人观看，皆能通晓，尤易感动人心，使人手舞足蹈而不自觉。”② 祁彪佳甚至认为：“自古感人之深而动人之切，无过於曲者也。”③ 而感动人心的特点正是其实现教化人心目的的良好基础，戏曲能不能实现教化的目的，关键在于其能否以情动人。甚至，一些剧论家极力强调戏曲要达到动人效果的原因，也是为了达到以伦理道德来治理社会。清代黄周星的精辟论述正体现了这一认识：

> 论曲之妙无他，不过三字尽之，曰“能感人”而已。感人者，喜则欲歌欲舞，悲则欲泣欲诉，怒则欲杀欲割，生趣勃勃，生气凛凛之谓也。噫！兴观群怨，尽在於斯。④

---

① 余治：《庶几堂今乐自序》，俞为民、孙蓉蓉《历代曲话汇编》清代编第四集，黄山书社2008年版，第433页。

② 丘濬：《五伦全备记》，俞为民、孙蓉蓉《历代曲话汇编》明代编第一集，黄山书社2009年版，第211页。

③ 祁彪佳：《孟子塞五种曲序》，俞为民、孙蓉蓉《历代曲话汇编》明代编第三集，黄山书社2009年版，第675页。

④ 黄周星：《制曲枝语》，俞为民、孙蓉蓉《历代曲话汇编》清代编第一集，黄山书社2008年版，第224页。

从一定程度上讲，戏曲立意再高，寄寓再深刻的道德思想，若缺乏感人因素亦是枉然。在感人、动人的过程中，使伦理道德思想化为人之常情悄无声息地渗入观众的意识理念中，产生“润物细无声”的情感陶冶效果。这体现了戏曲艺术中美、善与真的结合，也正是戏曲宣扬伦理道德得天独厚的优势。所以，古代剧论家对戏曲叙事应承载伦理道德进而有助风化的倡导，不是对传统美学中伦理道德观念的简单重复，而是结合戏曲的个性，发现了戏曲具有更为优越的社会价值，是对传统美学中艺术的道德价值观念的创造性发展。

（三）理论要求的影响作用

戏曲应寄寓伦理道德进而有助风化的叙事目的的倡导，对戏曲创作产生了极大的引导作用，使戏曲创作史上产生了大量描写社会生活中的伦理道德的优秀剧作，如元代的《窦娥冤》《汉宫秋》《赵氏孤儿》《琵琶记》，明代的《浣纱记》《磨忠记》《双烈记》，清代的《清忠谱》等剧作，且使戏曲史上出现了伦理剧这一题材类型，朱权的“杂剧十二科”对杂剧题材类型的分类中，将“忠臣烈士”和“孝义廉节”这两科列为伦理剧类型。吕天成在《曲品》卷下中将戏曲题材分为六门，其中第一类是忠孝，第二类是节义。再者，对于维护当时社会秩序也产生了积极的影响，更为重要的是，极大地提高了戏曲的地位。但也曾一度因过度强调而认识偏狭，走向极端，给戏曲发展带来了不良影响，与此同时却又间接刺激了戏曲理论的发展。

自唐宋以来，戏曲就不被统治者认可，多次遭剧禁，且一直受上层文人的歧视，被视为“不稽之词，非圣人之论”[①] 不准“以夫子”“以儒”“以六经前贤”等题材为戏。元代初期，胡祗遹因作为朝廷重臣爱好戏曲，且与优伶往来，便受到了世人的严厉批评，被指责曰：“以阐明道学之人，作狎亵倡优之语，其为白璧之瑕，有不止箫统之讥陶潜者!”[②] 至元中期，戏曲伦理批评兴盛，才使戏曲地位有了极大的提高。具体表

① 高彦休：《唐阙史》卷下，转引自夏写时《中国戏剧批评的产生和发展》，中国戏剧出版社 1982 年版，第 6 页。

② 《四库全书总目提要》，集部别集类十九，转引自夏写时《中国戏剧批评的产生和发展》，中国戏剧出版社 1982 年版，第 12 页。

现在两个方面：

一方面，因故事中具有伦理道德内涵而提高了戏曲的地位。夏庭芝在《青楼集志》中将宋金院本与元杂剧比较时曰："院本大率不过谑浪调笑，杂剧则不然。"[①] 杂剧中蕴含着丰富的思想内容，寄寓着如"君臣""母子""夫妇""兄弟""朋友"等伦理道德，可以"厚人伦，美风化"，可以在社会中产生道德教育的作用。因此，大大优于专为"谑浪调笑"的宋金院本。无独有偶，元代理学家李存因见其门人所述演剧中"其传为慈孝、为节义事，长幼无不慷慨长叹，至流涕，或恸哭不能终观"的现象，则曰："有是哉！感于人心非小补，岂尽鄙事也？"[②] 李存感叹戏曲中所传有关伦理道德之事能使人感动咏叹，进而感化人心，具有助于社会风教的功能，所以认为视戏曲为"鄙事"的传统观念应予以修正。这些剧论家在对戏曲进行品评时，从戏曲作品所表现的伦理道德内容上肯定了戏曲的社会价值，有意识地提高了戏曲的历史地位。

另一方面，一些优秀的有关伦理道德的剧作真正使戏曲地位得以提高，尤其是被称为南戏之祖的《琵琶记》。高明虽因出于有助社会风化的主要目的参与戏曲创作，但其《琵琶记》的意义超越了作者的本来意图，剧中格律整饬，格局堂皇，人物感情真挚丰富，语言一洗南戏民间创作的鄙陋、俚俗之病，在艺术上高压群流，使原本被视为"村坊小技"的南戏更加规范化、经典化，上升为高雅、成熟的文学艺术，对戏曲发展具有极其深远的影响意义。明代统治者将其与四书五经并列，一些文人认为其在艺术成就上高压群流使后世之人"不可及"，并且在创作原则、表现方法、人物塑造、关目设置、填词、说白等方面都不同程度地汲取它的经验。给历史上鄙视戏曲的正统文学观念以极大的冲击，使视戏曲为"小道"、填词为末技的偏见大有改观，影响了当时及后世文人士大夫对戏曲的态度和价值的认识。吸引了更多的文人学士关注戏曲并参与到戏曲创作活动中。使明代曲坛产生了大量士大夫文人创作的有关伦理道

---

① 夏庭芝：《青楼集志》，俞为民、孙蓉蓉《历代曲话汇编》唐宋元编，黄山书社 2006 年版，第 469 页。

② 李存：《俟庵集》，转引自刘明今等著《宋金元文学批评史》，上海古籍出版社 1996 年版，第 1101 页。

德的剧作，如上层文人朱有燉的《清河县继母大贤》、陈罴斋的《跃鲤记》、沈璟的《十孝记》和《义侠记》等，再如下层文人的《杀狗记》《荆钗记》《守贞节孟母三迁》《薛包认母》等，对改变戏曲的地位具有历史性的意义。

但由上面论述可知，在明初期戏曲理论中的叙事应寄寓伦理道德的要求是在统治者的倡导之下兴盛的，所以其批评的初衷多是将戏曲作为宣扬伦理道德的工具，由此导致了这一时期的一些戏曲批评及作品因只为宣扬伦理道德而走向了极端。在古典剧论中剧论家们一再标榜“事不奇，则不传”①。情节的奇特性要求是戏曲故事得以言传的首要条件，但在丘濬看来，事关伦理道德才是戏曲得以言传的根本要求。其批评的实质是将戏曲故事的伦理属性置于审美属性之上，所以，他认为“所作曲子不主于声音，而主於义理”②。曲调只是手段，借曲调的目的是来宣扬伦理道德，即使曲调有所出入，或不合传统要求，“观者不必区区拘泥可也”③。为了达到戏曲的教化目的，完全抹杀了戏曲的娱乐、审美等其他功能。其作《五伦全备记》又名《纲常记》《忠孝记》，叙述了一个“五伦全备”的楷模伍伦全的故事。“五伦”观念在剧中表现得淋漓尽致，剧中人物姓名也多贴有封建伦理道德的标签，结局中遵守伦理道德的人物个个受到封奖，五伦一家也一齐升仙，如此不顾现实生活及故事内容本身的情理逻辑，露骨地表现伦理道德，使戏曲赤裸裸地成为宣扬伦理道德的通俗教科书。

此后，诸如邵灿这类道学派的戏剧家们为寓伦理道德而急功近利，完全忽略了戏曲的本色，使其剧作纯粹成为统治者宣传忠孝节义的传声筒。创作中不是通过艺术形象来含蕴道德品质，而是从伦理道德的概念出发来构思故事，使人物成为概念的赋形，叙事中刻板生硬地编造忠孝节义的情节，故事成为概念的解说，道学味极其浓重，陈腐迂板。一些剧作甚至违背正常的生活逻辑和人物形象的思想逻辑，不合常理。如写

① 孔尚任：《桃花扇小識》，俞为民、孙蓉蓉《历代曲话汇编》清代编第一集，黄山书社2008年版，第661页。

② 丘濬：《五伦全备记凡例》，俞为民、孙蓉蓉《历代曲话汇编》明代编第一集，黄山书社2009年版，第210页。

③ 同上。

恶人，则形容太过，超正常人十二分又多，恶者见之都难以引以为戒，甚至借此以自宽，反而对社会教化产生不良影响。

同时，为了给生硬冷峻的封建伦理披上一件华丽的外衣，带来了创作中的“时文风”的现象。大量的剧作中“满脑书袋”，古文、古诗堆垛成风，“腐塾习气，时时露出”。使戏曲尽失本色，对戏曲自身的发展极为不利。所以，在明后期，这类剧作遭到了一些剧论家的严厉批评，如祁彪佳评《五桂》“搬出满腔书袋，即一‘腐’字不足尽之”①。徐渭甚至认为“南戏之厄，莫甚于今”②。从戏曲的发展历史来看，这一时期的寄寓伦理道德的叙事要求及伦理剧给戏曲的发展带来了恶劣影响。

正是因一些文人学士秉承《五伦全备记》与《香囊记》衣钵来创作戏曲，同时也因大量书生跻身于戏曲创作活动中，使戏曲创作的“时文风”现象风行不止，明中期何良俊极力倡导“盖填词需用本色语，方是作家”③，多次强调戏曲语言的“本色”问题，虽在其之前，李开先已提出本色之说，强调曲词应“明白而不难知”④，但他的“本色”内涵主要是指曲词的通俗。何良俊从审美的角度来品评戏曲语言，进一步丰富了“本色论”的内涵。另外，一些道学先生将戏曲作为宣扬封建伦理道德的工具，导致戏曲作品严重脱离舞台演出、脱离广大观众欣赏的需求，致使戏曲失缺其艺术本色。面对这一有害倾向，徐渭提出，“世事莫不有本色，有相色”，标举“余于此本中贱相色，贵本色”。⑤强调戏曲创作要遵循其本身的艺术特质，还戏曲“真我面目”。可见，徐渭的“本色论”内涵更为深刻，用其来指称每一件事至每一种艺术的独特个性，以此来强调戏曲在宣扬伦理道德时不能违背戏曲的本色。

同时，因丘濬、邵灿兴起的“道学风”，使戏曲作品只为摹理宣道，不顾人情物理，在正兴起的王阳明心学的社会思想背景下，徐渭又提出

---

① 秦学人、侯作卿：《中国古典编剧理论资料汇辑》，中国戏剧出版社 1984 年版，第 204 页。

② 徐渭：《南词叙录》，俞为民、孙蓉蓉《历代曲话汇编》明代编第一集，黄山书社 2008 年版，第 487 页。

③ 秦学人、侯作卿：《中国古典编剧理论资料汇辑》，中国戏剧出版社 1984 年版，第 33 页。

④ 同上书，第 31 页。

⑤ 同上书，第 38 页。

“摹情论”，倡导戏曲创作应写真情，强调戏曲作品应符合人性、人情，开戏曲“至情论”的先河。其后，汤显祖将徐渭等人的“摹情论”发展为“至情论”。因鉴于前人在戏曲伦理批评中不合情理的倡导，汤显祖又在其“至情论”中提出“以人情之大窦，为名教之至乐”，为戏曲宣扬伦理道德寻找了一条更合理的道路。他认为戏曲故事通过对人情的掘发，将伦理道德转化为出自人心的情感，引起观众在审美体验中的感情共鸣，进而使戏曲同样“可以合君臣之节，可以浃父子之恩，可以增长幼之睦，可以动夫妇之欢，可以发宾友之仪，可以释怨毒之结……”[①] 且更易达到宣扬伦理、实现风教的目的。汤显祖对伦理道德的宣扬从人心出发，将“理”引入“情”的范畴。使戏曲故事中蕴含的伦理道德不再以诸如图解理论命题的方式宣讲给观众，而是使观众在体验人情事理中潜移默化地受到感染，使戏曲在反映人情物理的同时实现教化的功能。

所以，从一定程度上讲，叙事寄寓伦理道德的恶性倾向刺激了戏曲理论家对戏曲本色的思考，由此推动了戏曲理论史上影响深远的“本色论”与“至情论”，反过来又扭转了戏曲伦理批评恶性发展的局面。

总之，文学的社会道德价值是必不可少的，文学艺术承载伦理道德进而有助风化的观念在文学理论思想史上也一直受到重视。同样，在古典戏曲理论中，从元代开始理论家们就很敏锐地注意到了戏曲这一社会价值，且积极倡导，一直延续到清末，成为戏曲叙事的主要要求之一。对伦理道德寄寓形式的认识及伦理内涵的倡导也因时代需要而呈现出不同的风貌。从总体来看，戏曲叙事应寄寓伦理道德进而有助风化的这一理论倡导对戏曲发展及其理论的发展乃至当时社会都产生了积极的影响。

四　真善美的统一

戏曲传奇事以广为流传、写情以动人情、寓理以助风化的叙事要求及目的是并行不悖、相互融合的，体现着古典戏曲对真善美的共同追求。

首先，据前面所论已知，事之奇包括情之奇，情之深、情之真也是事之奇，故可以说“传奇事”与“动人情”是相互融合的，对“奇”的

---

① 秦学人、侯作卿：《中国古典编剧理论资料汇辑》，中国戏剧出版社1984年版，第69页。

审美追求可以说是对美的追求，对“情”的追求是对“真”的追求，也就是美与真是相互融合的。且戏曲艺术的任务并非只表现故事本身，更主要的是表现故事对人们心灵的影响，故事本身“奇”的要求，也是为了实现戏曲对人们的“善”的影响力。

其次，关于“奇”与“理”的关系，蔡廷弼曾这样表达：“传奇者，传其事之奇者也，实传其事之奇而正者也。申生死孝，孝也；荀息死忠，忠也；之推死隐，廉也；石姑死妒，贞也。以死隐死妒，配死孝死忠，而是编遂以忠孝廉贞特著，此一书之纲领，非一代之纲常哉。吾故曰：传奇者，传其事之奇者也，实传其事之奇而正者也。”[①] 蔡廷弼以“正”来表达伦理道德，一再强调“事之奇”即是“事之奇而正”，实质是要求“奇”不可脱离“理”的范围，就是要求审美与道德相结合，也就是美与善的结合。

再者，在“情”与“理”的关系中，据前面所论已知，助风化目的的实现离不开动人的情感，只有通过动人的情感，才能产生潜移默化、移风易俗的效果，正如汤显祖所言“以人情之大窦，为名教之至乐”[②]。且从一定程度上讲，理也是情，忠、孝、节、义是伦理，也是人情。忠、孝、节、义等伦理道德是建立在君臣、父子、夫妇、朋友之间情感基础之上的。孝表达了父母与子女之间的情感，忠表达了君与臣之间的情义，理也是因情而生，如《琵琶记》中赵五娘的孝实质是一种至亲之情的表现，如若五娘没有对公婆那份骨肉反哺之真情，仅凭伦理道德的约束，“糟糠自厌”“代尝汤药”等举动可能是不会出现的。且能打动人心的也是存在于人物关系中和情感中真实、自然的道德伦理，而不是脱离生活、违背人情物理的虚伪的道德观，故又可以说真与善是相融合的。

但是，情需要理来规范，即是所谓的“以理格情”。有情是人的天性，但情的内涵也是复杂的，有正的，也有邪的。故而人们的情感需要引导、需要规范，文学艺术一直就承担着这一社会功能，正如李渔所言：

---

① 蔡廷弼：《晋春秋·凡例》，蔡毅《中国古典戏曲序跋汇编》，齐鲁书社 1989 年版，第 1984 页。

② 汤显祖：《宜黄县戏神清源师庙记》，秦学人、侯作卿《中国古典编剧理论资料汇辑》，中国戏剧出版社 1984 年版，第 69 页。

“武士之戈矛，文人之笔墨，乃治乱均需之物。乱则以之削平反侧，治则以之点缀太平。”[①] 戏曲“发乎情，止乎礼”，就是要通过理的寄寓来引导、规范人们的感情，实现其社会价值。然而，戏曲中所表现的情之真、情之深能使“生者可以死、死者可以生”，还可以“生天生地，生神生鬼”，超越常理。故理虽是情的规范，却不能成为纯正情感的约束。

综上可见，对事之“奇”的要求是审美的追求、对叙事寄寓伦理道德有助风化的倡导是对“善”的追求、叙事中写出能打动人心的情感是对“真”的追求，且美中有善，善中有美，善与美又必须与真相结合，古典戏曲理论中体现着戏曲叙事对真善美和谐统一的追求。

① 李渔：《闲情偶寄・凡例七则》，张明芳校注，山西古籍出版社2007年版，第1页。

第二章

叙事内容

叙事就是讲故事，从这个意义上讲，叙述内容的基本成分就是故事，故事由人物身上发生的一系列事件组成，故事件与人物是故事中的两个核心要素，基于此，本章对古典戏曲叙事理论中叙事内容的理论研究主要集中在事与人这两个要素上。

第一节　事

之所以以“事”来命名，是因为这里的“事”有两层意思：一是已叙述出来的故事，也就是叙述所得之事；二是被作为叙述对象的“本事”，也就是故事所依据的原事，现在我们所称的题材。在本节中，首先研究已叙述出来的故事，看古代剧论家们是如何对戏曲故事进行分类认识，并通过剧论家们的分类来认识戏曲究竟讲哪些故事。然后分析这些故事的“本事”来自哪里，再进一步探究这些“本事”进入戏曲中将如何处理。最后，对戏曲叙事中引用古事或古语的“用事”现象的论说作一专门分析。

一　故事类型

古典戏曲故事内容极其丰富，范围十分宽广。自元代起，剧论家们就或以宏观或以微观的视角对戏曲故事内容做出了认识。从宏观上来看，元代燕南芝菴曰：“三教所唱，各有所尚：道家唱情，僧家唱性，儒家唱理。"[①] 指出中国传统文化的三大支柱儒、释、道借戏曲表现情、性、理三个不同的方面，也间接表达了戏曲内容具有情、性、理三大方面的内涵，对戏曲故事内容进行了形而上的抽象概括。具体而言，明汤显祖概括曰："生天生地生鬼生神，极人物之万途，攒古今之千变。"[②] 指出古典戏曲所表现的内容上则入天、下则入地，远则上古、近则当下，虚则鬼神、实则真人，应有尽有，涵盖上下古今，无所不包。

再就现实生活这一方面来看，元胡祇遹在解释"杂剧"之名中的"杂"字时曰："既谓之杂，上则朝廷君臣，政治之得失，下则闾里市井，父子、兄弟、夫妇、朋友之厚薄，以至医药、卜筮、释道、商贾之人情物理。"[③] 指出戏曲故事既涉及社会上下各个阶层中的人物，上至帝王缙绅，下至市井细民，又涉及人与人之间的各种关系，诸如君臣、父子、夫妇、兄弟、朋友、母子等，以及人世间的一切人情事理。以上剧论家们的论说都揭示出了戏曲故事内容的丰富性和广泛性。

面对如此纷繁庞杂的故事内容，剧论家们又尝试从各个角度对杂剧及传奇进行分类总结。

（一）杂剧故事内容类型

早在宋代，文人们在对傀儡戏分类时就已涉及对杂剧故事类型的认识。南宋的灌圃耐得翁在《都城纪胜》中云："凡傀儡敷演烟粉灵怪故事、铁骑公案之类，其话本或如杂剧，或如崖词。"[④] 这里，灌圃耐得翁虽没有明言杂剧的故事，但他指出傀儡戏的底本与杂剧剧本相同，这就说明了宋杂剧剧本也有烟粉、灵怪、铁骑、公案故事类型。其后吴自牧《梦粱录》又云："凡傀儡，敷演烟粉、灵怪、铁骑、公案、史书历代君臣将相故事话本，或讲史，或作杂剧，或如崖词。"[⑤] 吴自牧肯定了灌圃

---

① 燕南芝菴：《唱论》，秦学人、侯作卿《中国古典编剧理论资料汇辑》，中国戏剧出版社1984年版，第4页。

② 汤显祖：《宜黄县戏神清源师庙记》，俞为民、孙蓉蓉《历代曲话汇编》明代编第一集，黄山书社2009年版，第608页。

③ 胡祇遹：《赠宋氏序》，《紫山大全集》卷八，景印文渊阁《四库全书》第1196册，第171页。

④ 灌圃耐得翁：《都城纪胜》，俞为民、孙蓉蓉《历代曲话汇编》唐宋元编，黄山书社2006年版，第116页。

⑤ 吴自牧：《梦粱录》（三），商务印书馆1939年版，第192页。

耐得翁的分类，并在其基础上增加了“史书历代君臣将相故事”这一类型。以上这些类型虽是对宋话本小说或宋杂剧的分类，但其对后世剧论家们对戏曲内容类型的认识具有重要意义。

元杂剧是戏曲创作史上的第一个黄金时期，故事内容类型较宋金杂剧也更为丰富，随着戏曲作品的大量出现，剧论家们便渐渐开始对其进行分类，最早以类别论元杂剧的是夏庭芝，他在《青楼集志》中曰：

> 杂剧则有旦、末。旦本女人为之，名妆旦色；末本男子为之，名末泥。其余供观者，悉为之外脚。有驾头、闺怨、鸨儿、花旦、披秉、破衫儿、绿林、公吏、神仙道化、家长里短之类。①

这里，夏庭芝其实是从四个不同的角度对元杂剧进行了分类概括，其中夹杂、隐含着对杂剧故事内容的分类认识。

其一，“旦本”与“末本”是以主唱脚色为标准对元杂剧进行的分类。旦本是由女主角正旦演唱的，如《窦娥冤》《救风尘》分别由扮窦娥和赵盼儿的正旦主唱；末本是由男主角演唱的，如《汉宫秋》《李逵负荆》分别由扮汉元帝和李逵的正末主唱。就故事而言，正旦、正末扮演的主唱者不一定是故事中的主角，如《关云长千里独行》中的主唱是正旦李千娇，剧中主人公却是关羽，所以，这一分类不是以故事内容为标准，也与故事内容无关。

其二，“花旦”是以脚色行当为标准列出的一个故事类型，是以“花旦”代指“花旦杂剧”。在《青楼集》中，夏庭芝明确将其称为“花旦杂剧”，如指出荆坚“工于花旦杂剧”、称李娇儿“花旦杂剧特妙”等，还指出时人将“花旦”又分为“温柔旦”与“风流旦”。这些以花旦为主要人物的杂剧，其故事内容与宋杂剧中的“烟粉”类一致，主要写妓女的恋爱和婚姻生活。元杂剧中的这类著作如关汉卿的《赵盼儿风月救风尘》《杜蕊娘智赏金线池》《钱大尹智宠谢天香》，石君宝的

---

① 夏庭芝：《青楼集志》，俞为民、孙蓉蓉《历代曲话汇编》唐宋元编，黄山书社 2006 年版，第 469 页。

《李亚仙花酒曲江池》，武汉臣的《李素兰风月玉壶春》，马致远的《江州司马青衫泪》，张寿卿的《谢金莲诗酒红梨花》，贾促名的《荆楚臣重对玉梳记》，无名氏的《风流王焕百花亭》《郑月莲秋夜云窗梦》等。

其三，驾头、破衫儿、披秉、绿林、公吏是以人物特征或人物身份来指代故事类型，其中驾头、破衫儿、披秉以人物特征来指代人物，绿林、公吏以人物身份来指代人物。剧中主要讲这些人物的故事，在《青楼集》中，夏庭芝专门称“绿林杂剧”“驾头杂剧”等，如指出平阳奴“精于绿林杂剧”，南春宴“长于驾头杂剧”①。下面分别讨论其故事内容。

驾头，是宋代帝王出行的仪仗之一，在这里指代帝王。驾头杂剧的故事内容主要是写帝王事迹，类似于后世京剧中所称的“王帽戏”。元杂剧中这一类型的剧作如著名的马致远的《破幽梦孤雁汉宫秋》、白朴的《唐明皇秋夜梧桐雨》等。

破衫儿，本是贫苦人或落魄之人的服饰，后以此来代指贫苦人、落魄人等仕途窘困之人。这类剧作的故事主要叙述这些底层人物发愤得道，从贫贱向富贵跃迁的生活历程，与宋元话本中“发迹变泰”的故事类型名异实同。元杂剧中王实甫的《吕蒙正风雪破窑记》、无名氏的《朱太守风雪渔樵记》就属于这一类。

披秉，是指披袍秉笏，笏是古代大臣上朝时拿着的手板，披袍秉笏概指朝臣的装束，这里代指朝臣，这一类剧作主要演绎衣冠束带的帝王与朝臣关系的故事。如李直夫的《便宜行事虎头牌》、王实甫的《四丞相高会丽春堂》、高文秀的《好酒赵元遇上皇》、狄君厚的《晋文公火烧介子推》、郑德辉的《辅成王周公摄政》、金仁杰的《萧何月下追韩信》等。

绿林，本指西汉末年聚集在绿林山一代起事的王匡、王凤等人，后来指反抗朝廷或路见不平而拔刀相助的好汉豪杰，这一类杂剧便是写这些绿林好汉的故事，元杂剧中这类剧作最多的是现在所称的水浒戏，如

---

① 夏庭芝：《青楼集志》，俞为民、孙蓉蓉《历代曲话汇编》唐宋元编，黄山书社2006年版，第478页。

高文秀的《黑旋风双献功》、康进之的《李逵负荆》、李文蔚的《燕青博鱼》等。

公吏，是旧时代的大小官吏，以这一类人为主的剧作就是现在所说的公案剧。元代，游牧于漠北草原的蒙古族统治中原，政治黑暗腐败，一些官吏贪赃枉法、草菅人命。汉族人处于社会的最底层，受到压迫和歧视，阶级矛盾和民族矛盾十分突出。社会秩序混乱不堪，百姓处于水深火热之中，怨声四起，冤案极为常见，所以清官断狱剧在元杂剧中占很大一部分。据黄士吉的统计，元杂剧中公案剧共有 22 种，有不同的主题。有的写权豪横行霸道，污吏贪赃枉法，奸淫掳掠，涂炭生灵，从而造成冤狱，如《鲁斋郎》《生金阁》《包待制陈州粜米》；有的写地痞流氓、道士恶棍等邪恶势力谋财害命或因奸致杀而成疑案，如《窦娥冤》《勘头巾》《后庭花》《盆儿鬼》等；有的写封建私有制引起家庭纠纷的案件，如《灰阑记》《合同文字》《神奴儿》等。

其四，明确以故事内容为标准来分，列出三类：闺怨、神仙道化、家长里短。

闺怨，本指闺中的哀怨，这里指男女之间的悲欢离合。在《青楼集》中，夏庭芝专门称"闺怨杂剧"，如称天然秀"闺怨杂剧为当时第一手"①。这类剧作又可分为两类：一类是男女对爱情与婚姻的执着追求，如关汉卿的《王瑞兰闺怨拜月亭》写王瑞兰与蒋世隆排除万难最终结为夫妻的故事，此类主题还有白朴的《墙头马上》、石子章的《竹坞听琴》、李好古的《张生煮海》、乔吉的《玉箫女两世姻缘》等；另一类是写负心郎的故事。这一类型的故事主要写原本贫寒落魄的书生在中举做官之后便抛弃了贫贱的妻子。这一故事类型在南戏中较多，最早的南戏《张协状元》以及著名的《琵琶记》都属于这一类。严格来看，现存的这一类型的元杂剧中只有三部：杨显之的《临江驿潇湘夜雨》、关汉卿的《风流郎君三负心》、尚仲贤的《海神庙王魁负桂英》。另外，这一类中还有一些写负心郎移情别恋的，如关汉卿的《诈妮子调风月》写放荡的公子小千户骗取了婢女燕燕的感情之后爱上了小姐莺莺，把燕燕

① 夏庭芝：《青楼集志》，俞为民、孙蓉蓉《历代曲话汇编》唐宋元编，黄山书社 2006 年版，第 479 页。

抛弃的故事。

神仙道化剧，包括以道教度人成仙与以佛教劝人皈佛两类。以道教度人成仙的故事多写神仙度脱凡人，使其得道升仙。元杂剧中这一类的剧作也比较多，剧中的神仙主要是全真道的教徒“北七真”和被其奉为祖师的“五祖”，这与元代道教派别之一的全真道在北方盛行有关。被称为元曲“四大家”之一的马致远就创作了大量的神仙道化剧，如《开坛阐教黄粱梦》《吕洞宾三醉岳阳楼》《王师祖三度马丹阳》《马丹阳三度任风子》等，因而被称为“马神仙”。其他还有岳伯川的《吕洞宾度铁拐李岳》，范子安的《陈季卿误解上竹叶舟》，贾仲名的《铁拐李度金童玉女》《吕洞宾桃柳升仙梦》，谷子敬的《吕洞宾三度城南柳》，杨景贤的《马丹阳度脱刘行首》，王子一的《刘晨阮肇误入桃源》，史九敬先的《老庄周一枕蝴蝶梦》，无名氏的《瘸李岳诗酒裁江亭》《汉钟离度脱蓝采和》。

以佛教劝人皈佛的剧作有郑廷玉的《布袋和尚忍字记》、吴昌龄的《花间四友东坡梦》、杨景贤的《西游记》、无名氏的《月明和尚度柳翠》和《龙济山野猿听经》等。

家长里短，指家庭日常生活琐事。这一类型主要是反映家庭内部成员（如兄弟、父子、夫妇、妯娌、叔侄等关系）之间的友爱与矛盾。元杂剧中这类的剧作如武汉臣的《散家财天赐老生儿》、石君宝的《鲁大夫秋胡戏妻》、张国宾的《相国寺公孙合汗衫》等。

由上可见，夏庭芝对杂剧故事内容的广泛性已有充分的认识，从不同角度以不同的标准对其进行了划分。总体来看，分类比较细致，就官员一类而言，就有披秉和公吏两类。从人物类型来看，上有驾头，下有破衫儿，体现出杂剧故事对社会各阶层人物生活的反映。但从另一方面来看，对元杂剧故事类型的反映还不甚全面，如以行当为标准分类只列出“花旦”一种；有的也不太准确，如鸨儿只是一个人物角色，并未形成一个故事类型。

如果说夏庭芝有了以类别论元杂剧的意识，且尝试以不同的标准对其进行分类认识，那么朱权则是专以类型来认识杂剧的故事内容，在《太和正音谱》中他将杂剧分为十二科：

一曰神仙道化、二曰隐居乐道（又曰“林泉丘壑”）、三曰披袍秉笏（即君臣杂剧）、四曰忠臣烈士、五曰孝义廉节、六曰叱奸骂谗、七曰逐臣孤子、八曰钹刀赶棒（即脱膊杂剧）、九曰风花雪月、十曰悲欢离合、十一曰烟花粉黛（即花旦杂剧）、十二曰神头鬼面（即神佛杂剧）。①

“科”在元代已成为一个常用的专门的类别范畴，陶宗仪的《南村辍耕录》中的医学画家、裱褙等均以“科”来分类。朱权明确以“科”为范畴对杂剧类型的划分也是对元人进行划分习惯的继承，这也体现了朱权对元杂剧故事内容进行分门别类的自觉的研究意识。另外，从朱权把元至明代杂剧分为十二科的题目中也可看出其对夏庭芝杂剧故事分类的继承与发展。下面就结合夏庭芝的分类对其一一进行分析。

神仙道化剧，是对夏庭芝的《青楼集志》中分类的继承。需要注意的是，朱权将其置于十二科的第一科，可见他对这一戏曲故事类型的重视。这与朱权个人的生活方式及情感信仰密切相关，朱权中年以后崇尚道教，成为一位道教信徒，晚年自号为丹丘先生，他的剧作《冲漠子独涉大罗天》就写了吕洞宾和张真人度脱冲漠子步入仙界大罗天的故事。

隐居乐道剧，这一类型与神仙道化剧一齐反映道教思想。但这一类故事内容侧重叙写隐居不仕、安贫乐道的故事，剧中人物以解脱凡尘、逍遥物外为依归，马致远的《西华山陈抟高卧》、宫天挺的《严子陵垂钓七里滩》就属于此类。

披袍秉笏剧与夏庭芝的《青楼集志》中的披秉剧是一类。

忠臣烈士剧、叱奸骂谗剧、逐臣孤子剧都是关于朝臣的剧作，其实都可归入披袍秉笏剧中，但内容上又各有侧重，忠臣烈士剧写朝臣中建立功业的忠臣的故事，如纪君祥的《冤报冤赵氏孤儿》、杨梓的《忠义士豫让吞炭》等；逐臣孤子剧写被朝廷放逐的官吏以及为国事而死的臣子之子的故事，如李寿卿的《说鱄诸伍员吹箫》、费唐臣的《苏子瞻风雪贬黄州》、王伯成的《李太白贬夜郎》等。

---

① 朱权：《太和正音谱》，俞为民、孙蓉蓉《历代曲话汇编》明代编第一集，黄山书社2009年版，第39页。

孝义廉节剧，孝义和廉节实则可分为两个类型。孝义剧主要讲有关封建社会所提倡的人与人之间的道德规范的故事。如夏庭芝的《青楼集志》云："母子如：《伯瑜泣杖》《剪发待宾》，夫妇如：《杀狗劝夫》《磨刀谏妇》，兄弟如：《田真泣树》《赵礼让肥》，朋友如：《管鲍分金》《范张鸡黍》。"[①] 这一类写家庭内部人员关系的剧作与夏庭芝所说的"家长里短"剧一样，但孝义剧泛指社会中各阶层人与人之间的关系，范围较"家长里短"剧更为广泛。廉节剧属于披秉剧中的一类，专讲清廉臣子官吏的故事。

叱奸骂谗剧，主要记叙社会恶流的故事。大到社会上的大奸大恶、大节有亏者，如关汉卿的《包待制智斩鲁斋郎》《望江亭中秋切鲙旦》《邓夫人苦痛哭存孝》，孔文卿的《地藏王证东窗事犯》，无名氏的《包待制陈州粜米》。小到家庭生活中的奸恶小人、道德败坏者，如孙仲章的《河南府张鼎勘头巾》、杨显之的《郑孔目风雪酷寒亭》、李行道的《包待制智赚灰阑记》、孟汉卿的《张孔目智勘魔合罗》、无名氏的《海门张仲村乐堂》。这一类型的故事具有强烈的现实批判精神。

钹刀赶棒剧，主要写一些习武之人的故事，可分为两类：一类是夏庭芝分类中的绿林杂剧，另一类是武将对阵。元明间无名氏杂剧《蓝采儿》第一折［油葫芦］："我试数几段脱剥杂剧：做一段《老令公刀对刀》《小尉迟鞭对鞭》，或是《三王定政临虎殿》，都不如《诗酒丽春园》。"这说明"武将对阵"也属于"脱剥杂剧"，即"钹刀赶棒"剧。这一类剧作如关汉卿的《关大王独赴单刀会》、李寿卿的《说鱄诸伍员吹箫》、尚仲贤的《尉迟公单鞭夺槊》、郑德辉的《虎牢关三战吕布》、陈以仁的《雁门关存孝打虎》等。

风花雪月剧，应包括夏庭芝的闺怨类。除此之外，以下几种也可纳入这一类：其一，写士人与良家女子的恋爱故事。乔元吉的杂剧《金钱记》第三折［耍孩儿］有云："本是些风花雪月，都做了笞杖徒流。""风花雪月"指的就是士人韩飞卿与王府尹的女儿柳眉恋爱之事。这类杂剧有：白仁甫的《裴少俊墙头马上》、乔孟符的《杜牧之诗酒扬州梦》、

① 夏庭芝：《青楼集志》，俞为民、孙蓉蓉《历代曲话汇编》唐宋元编，黄山书社 2006 年版，第 469 页。

曾瑞卿的《王月英元夜留鞋记》、石子章的《秦翛然竹坞听琴》、贾仲名的《萧淑兰情寄菩萨蛮》。其二，写士人的闲情雅趣、逸闻趣事。此类剧作如关汉卿的《温太真玉镜台》、戴善夫的《陶学士醉写风光好》、郑德辉的《醉思乡王粲登楼》、张寿卿的《谢金莲诗酒红梨花》。

悲欢离合剧，风花雪月剧中关于男女间的悲欢离合的剧作其实也属于这一类，另外还指一些写亲子夫妇等骨肉之间的离别的剧作。此类剧作如张国宾的《相国寺公孙合汗衫》《罗李郎大闹相国寺》，杨显之的《临江驿潇湘夜雨》，杨文奎的《翠红乡儿女两团圆》，无名氏的《玉清庵错送鸳鸯被》《包龙图智赚合同文字》《李云英风送梧桐叶》《风雨像生货郎旦》等。

烟花粉黛剧与夏庭芝的《青楼集志》中的“花旦”类基本相同。

神头鬼面剧与宋杂剧中的“灵怪”剧基本相同，写神灵鬼怪故事，具体又可分为两类：其一，剧情中有神佛或鬼魂出现，多为惩恶佑善，如郑廷玉的《包龙图智勘后庭花》，武汉臣的《包待制智赚生金阁》，关汉卿的《钱大尹智勘绯衣梦》《关张双赴西蜀梦》，无名氏的《庞居士误放来生债》《神奴儿大闹开封府》《看钱奴买冤家债主》等；其二，主要写灵怪之事，如乔孟符的《玉箫女两世姻缘》、尚仲贤的《洞庭湖柳毅传书》、李好古的《沙门岛张生煮海》、无名氏的《二郎神醉射锁魔镜》等。

通过以上对朱权所划分“十二科”的详细阐释，可见朱权对元代及明初杂剧故事的认识比较全面，所分较夏庭芝更为细致，但还是存在一些问题。首先，从分类标准来看，仍没有形成统一的标准。有以人物角度来划分的，如“忠臣烈士”“逐臣孤子”；有以故事主要内容来划分的，如“叱奸骂谗”；有以故事情节发展角度来划分的，如“悲欢离合”……然而很多类别之间存在明显的交叉现象，从分类学上来看还是不够严谨。其次，从故事内容来看，其中流露着朱权强烈的主观色彩，反不及夏庭芝的《青楼集志》中分类的严肃性与纯粹性。如反映儒道思想的故事类型占很大比例，前两类是有关道家思想的内容，三至七类几乎都是儒家君臣地位尊卑思想的体现，流露出借戏曲“助教化”的统治思想，且有意回避了元杂剧中大量反映贪官污吏与民生疾苦等社会尖锐矛盾的剧作，如与夏庭芝的《青楼集志》中“破衫儿”“公吏”等相关的类型没有明显体现，可见其皇家王爷身份的印记。但总体来看，朱权对杂剧故事类型的划分较前人的分类还是比较科学的，且以多个角度展示了杂剧故事的主要类型。

（二）传奇故事内容类型

朱权的“杂剧十二科”的分类直接影响到后人对传奇故事内容的划分，明代李开先就直接将朱权对杂剧的分类拿来作为传奇故事类型的划分，其曰：“传奇十二科，以神仙道化居首，而隐居乐道次之，忠臣烈士、逐臣孤子又次之，终以神佛、烟花、粉黛。”[①] 这既说明了李开先对前人故事类型认识的继承，同时也说明了明清传奇的主要故事类型与元杂剧基本相同。将杂剧十二科直接移为传奇十二科的这一举动，直到清末仍然存在，焦循在《剧说》中也说：“《雕邱杂录》云：‘传奇十二科，激劝人心，感移风化，非徒作，非苟作，非无益而作也。’”[②] 且他将戏曲功能落脚于“感移风化”，又可见其思想旨趣与朱权是一脉相通的。

真正对南戏及传奇故事类型进行全面分类的是晚明的吕天成，他认为传奇“括其门数，大约有六：一曰忠孝，一曰节义，一曰风情，一曰豪侠，一曰功名，一曰仙佛。元剧门类甚多，南戏止此矣”[③]。从数量上来看，吕天成所划分的传奇类型，较前人所认识的杂剧故事的种类少了一半，且他指出传奇故事内容没有杂剧涉及得那么宽广，但这里是以较为宏观的角度进行的审视，一些类型的内涵其实比较丰富，如“仙佛”类，可以包含宋杂剧中的“灵怪”类，也可包含夏庭芝所言的“神仙道化”类，还可包含朱权的“神头鬼面”类。“豪侠”类可包含宋杂剧中的“铁骑”、夏庭芝所言的“绿林”类、朱权所言的“钹刀赶棒”类。“风情”类可包含前人所列的“烟粉”“闺怨”“花旦”“风花雪月”“烟花粉黛”类，这些故事类型在明清传奇中也都有。另外，吕天成又专设了“功名”类，这一类型剧作主要写有志之士求取功名或怀才不遇的故事。值得注意的是，其将“忠孝”类与“节义”类置于端首，这其中又暗含着他对有关封建伦理道德内容的故事的提倡。

① 秦学人、侯作卿：《中国古典编剧理论资料汇辑》，中国戏剧出版社 1984 年版，第 31 页。
② 焦循：《剧说》，《中国古典戏曲论著集成》（八），中国戏剧出版社 1959 年版，第 206 页。
③ 秦学人、侯作卿：《中国古典编剧理论资料汇辑》，中国戏剧出版社 1984 年版，第 147 页。

总之，吕天成对传奇的宏观分类，避免了前人的概念交叉与重叠的现象，相对比较清晰，但缺乏对传奇故事内容微观细致的认识。所以，无论是对元杂剧进行划分，还是对明传奇进行分类，都难以尽善尽美。足见，科学、全面地对所有戏曲作品内容类型的总结与划分实在是一件不易之事，也足见戏曲故事内容的丰富与繁杂。

所以，入清之后，剧论家们便将范围缩小，对某一历史阶段的作品进行分类认识，如邹式金对明末清初这一历史时段的戏曲作品进行分类，他指出在朝代更迭的明末清初“尔来世变沧桑，人多怀感”，故主要写以下四大类型的故事来抒其怀感：

其一，写社会重大事件或写反映社会现实的故事。明末清初，经世致用实学思潮已涌动于文学创作中。同时，明清易代的巨大历史变故给文人们造成了强烈的心灵震撼和情感沉痛，文人们愤积于思，于是便将现实之事发而为文章。在戏曲创作中，剧作家们也通过写明清易代之际的重大社会政治事件及社会现实，来“抒其禾黍铜驼之怨”，也就是抒发其乱世之叹与兴亡之感。如以李玉为代表的苏州派作家，他们的剧作很多都是反映社会现实、讽世伤时的。李玉的《千忠戮》就广泛深刻地展现了明末清初动乱的社会现实，另《万里缘》以孝子寻亲故事为线索，展示了清兵铁骑南下给人民带来的无穷苦难。再如，清代有著名的孔尚任的《桃花扇》，剧中写了南明一代兴亡重大政治事件，抒写着作者的兴亡之感。其他如《清忠谱》《磨忠记》《喜逢春》《回春记》《合剑记》《一品爵》《鸳鸯绦》《巧团圆》等都属于此类作品。

其二，身置地裂天崩之时，面临国破家亡之危，一些剧作家也不失抗争精神，故通过写平定内乱的杰出武将以及抵御外患的民族英雄的事迹以“写其击壶弹铁之思”。这其中既有表其志气怀抱，也有一些抒发其怀才不遇的感慨。这一类型与吕天成分类中的“功名剧”大抵相同。典型的如晚明孙柚的《琴心记》，剧中通过写司马相如的故事来表达剧作者进取功名的意识及壮志难酬的感慨。再如蒋士铨的《临川梦》，通过写汤显祖的功绩来寄寓自己官场受阻的人生遭际，表达其强烈的用世之心。其他还有大量的剧作，如《牛头山》《人中龙》《英雄概》《两须眉》《如是观》《奇秋魁》《醉乡记》等，通过写英雄人物的事迹抒发作者的爱国与报国之心。

其三，吟唱儿女情怀的风情之事，以“寄其饮醇近妇之情”。也就是吕天成分类中的“风情剧”。明末清初，在沧桑巨变的大潮中，有一批剧作家仍抒写着男女之情。较著名的有被列为中国古典十大喜剧之一的吴炳的《绿牡丹》，剧中写了绿牡丹创造机遇使两对有才学的男女青年——沈婉娥和顾粲、车静芳和谢英各自展露他们的绝世才华，使其彼此心生爱慕之情，冲破了两个假名士柳希潜、车本高的重重阻挠，最终美满结合的爱情故事。再如明末清初袁于令的《西楼记》，剧中写御史于鲁之子于叔夜与教坊歌妓穆素徽的爱情故事。其他的如明末阮大铖的《春灯谜》、高濂的《玉簪记》，清朱素臣的《秦楼月》、丁耀亢的《西湖扇》等。

其四，写神仙道化类故事，以“发其问天游仙之梦”①。明代中晚期一些知识分子因为与社会不相容，其用世报国之心无法施展，便排斥尘世向往神仙世界或希求以此来劝化世人。如汤显祖的神仙剧《邯郸记》，该传奇借卢生梦中经历暗示作者所不满的社会现实，通过对吕洞宾等八仙度脱卢生，使其升仙，表达劝世人修道进入仙境的思想。再如晚年寻山访道、说空谈玄的屠隆创作的《昙花记》和《修文记》，《昙花记》写唐木清泰弃官求道，苦修 10 年，与妻妾均成正果之事。《修文记》写蒙曜女湘灵学道成仙，被封为“修文仙史”，在她的劝导下，家人均潜心修道，最后共同成仙。关于其创作意图，剧作者在《昙花记·凡例》中明确表示：“广谭三教，极陈因果，专为劝化世人。”其他如谢国的《蝴蝶梦》、袁于令的《长生乐》、无名氏的《升仙记》等都属于此类剧作。另外，清初一些由明入清的士大夫，他们既想效忠新朝，又牵挂着旧主，同时也担心着舆论的谴责，处境尴尬，内心痛苦，为摆脱这种情感的桎梏，他们便走向梦境、仙境，以求得精神的解脱。典型的如吴伟业的《通天台》，剧中写梁朝遗臣沈初明在通天台下小酒店中的南柯一梦，梦境中沈初明与隔代君王汉武帝煮酒纵论兴亡事，谈论中汉武帝看到沈初明为故国旧君悲伤，便告诉他说，梁武帝原是西方古佛，现在在仙界逍遥自在，无须替他操心。显然，吴伟业是通过戏曲的创作来寻得虚幻的

---

① 以上所引均出自邹式金《杂剧三集·自作小引》，蔡毅《中国古典戏曲序跋汇编》，齐鲁书社 1989 年版，第 465 页。

慰藉。

此外，还有以某一视角对某一故事类型进行专门的分类认识，如金莲凯曰："若夫戏之一业，大都舞衫歌扇之流，离合悲欢之技，或神鬼奸仙，或文忠武勇，或丽女才郎，或邪淫奸盗，或蛮争狠斗，或谑浪诙谐，千态万状，怪异百出，无非供人遣兴陶情，以博筵前一笑耳。"① 可以看出，他是以"遣兴陶情"的目的为出发点，抽取出内容具有这一功能的剧作，列为六类。

由上可见，清代剧论家们对戏曲故事内容的认识逐渐走向局部化和细致化。

另外，一些剧论家虽没有全面地对整个古典戏曲故事类型作出分类认识，但指出了古典戏曲中的主要故事类型，也反映了当时剧作者及观众对某些故事类型的偏爱。这一总结主要是在清后期，其中壶天隐叟总结曰："古今传奇，多以风月事移人情。否则，蛇鬼牛神，以骇人耳目。再不然，则以诙谐戏谑为擅长。抑思不朽之业，立言与功德并重，顾可苟焉已哉！夏叟惺斋，抱济世才，未为世用，爰寄其才於传奇，以为济世之具。"② 后李文炳也总结曰："元明以来，作者林立，然或言忠言孝，言情言节言仙，俱各祖一意以成书。"③ 从以上两位的概括可见，风月之事、神仙道化、忠孝节烈这三类是古典戏曲故事的主要类型。

综上可见，古典戏曲故事内容十分丰富，类型也极其广泛。自宋杂剧始，古代剧论家们就受小说话本的影响，尝试对其内容进行类别认识，列出几类与小说话本相同的类型，接着便开始自觉全面地对杂剧进行分类，从多重标准到逐渐趋向以一致的标准对其进行分类认识，最后确立了"杂剧十二科"，虽然这时对戏曲故事内容的分类中仍有交叉性、重复性以及缺乏全面性等各种各样的问题，但其成就和可取之处也是显而易

① 金莲凯：《业海扁舟·自序》，蔡毅《中国古典戏曲序跋汇编》，齐鲁书社 1989 年版，第 1080 页。

② 壶天隐叟：《无瑕璧·题辞》，蔡毅《中国古典戏曲序跋汇编》，齐鲁书社 1989 年版，第 1746 页。

③ 李文炳：《介山记·叙》，蔡毅《中国古典戏曲序跋汇编》，齐鲁书社 1989 年版，第 1919 页。

见的，其后剧论家们对此分类也比较肯定，甚至在对传奇故事类型的认识中也多遵照这一分类准则。鉴于前人对杂剧的分类经验，剧论家们在对传奇故事内容的分析时，或以宏观视角对其进行相对粗放的分类，或对某一历史时期的戏曲故事内容详细分类，又或以某一视角对某一类型的故事进行专门的分类认识。其实，无论哪一种分类，面对丰富、繁杂的戏曲故事内容，都难以做到详尽、清晰。但剧论家们对戏曲故事类型的认识反映了古典戏曲故事内容的丰富性、类型范围的广泛性，也说明了当时人们对某些故事类型的偏爱。

二　“据实贵于杜撰”的取材观念

我们发现，古典戏曲所述的这些故事多是有来源的，或者说这些故事都有其所依据的“本事”，纯粹虚构的故事较少。这一现象是在一种观念的指引下形成的，在中国古典戏曲理论史上，剧作家在写作中以及剧论家在对故事“本事”的分析中存在着一种“据实贵于杜撰”的取材观念，即提倡“据实而作”，反对凭空捏造，“实”既包括书籍记录，也包括当下实事、民间传闻，正如王骥德所言“出之贵实”。这一观念在明清戏曲理论史上极具广泛性，具体可以从以下三方面见得：

其一，剧作者在其剧作的凡例或自序中纷纷说明“本事”的出处，表明故事的真实性。清代夏秉衡认为唐代诗人杜甫不只是一代之诗圣，更是一代之忠臣，所以将其生平事迹播为歌词。对于剧中的故事，其在自序中指出：“姓名事实，悉从本传脱胎，非类俗本一味驾空，竟作海市蜃楼观也。”[①] 这里他特别强调其故事是“从本传脱胎”，且将虚构故事的戏曲称为“俗本”，表达了其取材“据实”的取向，也流露出其对“一味驾空”之作的轻视态度。类似的认识再如黄振在其《石榴记·凡例》中的论说：“依本传考核，南宋端平时事，绝非臆撰。”[②] 李文瀚的《银汉槎》据张骞泛槎探寻河源的神话故事敷演而成，就故事

---

① 夏秉衡：《诗中圣·自序》，蔡毅《中国古典戏曲序跋汇编》，齐鲁书社 1989 年版，第 1780 页。

② 黄振：《石榴记·凡例》，蔡毅《中国古典戏曲序跋汇编》，齐鲁书社 1989 年版，第 1929 页。

本身而言多是虚构，在此种情况下，剧作者仍强调："是剧虚实参半，并非尽属荒唐。"① 由此，戏曲取事"贵实"的观念可见一斑。

其二，在古典戏曲理论中还存在这样一种句式："……非……可比"，其中前一处为故事有据而来的剧作，后一处为凭空杜撰的剧作，就是说故事有据而来的剧作非凭空杜撰的剧作可比，言语间流露出鲜明的"贵实"倾向，也表现出对"杜撰"之作的鄙夷态度。在明清戏曲理论中，诸如"非稗官小说子虚乌有之比""绝非荒诞传奇可比"的论说不一而足。明代冯梦龙在评《精忠旗》时曰："从正史本传，参以汤阴庙记事实，编成新剧，……然夫妇同席，及东窗事发等事，史传与别纪俱有可据，非杜撰不根者比。"② 显然，在冯梦龙的意识里，在"本事"的"据实"与"杜撰"比较中，首选的是"据实"。清代查昌甡也指出其剧作《惺斋五种曲》："人其人，事其事，莫不名载国史，显有依据，绝非乌有子虚之比。"③ 可见，这一观念的广泛性。

其三，剧论家们在对具体作品进行比较时也表现出了这一观念。清代毛声山认为"《西厢记》题目不及《琵琶记》"，对其原因，他以小说《水浒传》与《三国志》进行比较认识，曰："《水浒传》写萑苻啸聚之事，处处惊人，不如《三国志》帝王将相之事，亦复处处惊人。且《水浒传》写萑苻啸聚之事，不过因《宋史》中一语凭空捏造出来，既是凭空捏造，则其间之曲折变幻，都是作者一时之巧思耳。若《三国志》所写帝王将相之事，则皆实实有是事，而其事又无不极其曲折，极其变幻，便使捏造，亦捏造不出，此乃天地自运其巧思，凭空生出如许奇奇怪怪之人，因做出如许奇奇怪怪之事也。"④ 可见，《水浒传》与《三国志》都以情节奇特曲折吸引人，但在毛声山看来，《三国志》却高于《水浒传》，主要原因就在于《三国志》"实实有是事"，而《水浒传》是"凭

① 李文瀚：《银汉槎·凡例》，蔡毅《中国古典戏曲序跋汇编》，齐鲁书社 1989 年版，第 2122 页。

② 冯梦龙：《精忠旗叙》，俞为民、孙蓉蓉《历代曲话汇编》明代编第三集，黄山书社 2008 年版，第 35 页。

③ 查昌甡：《惺斋五种曲总跋》，蔡毅《中国古典戏曲序跋汇编》，齐鲁书社 1989 年版，第 1743 页。

④ 毛声山：《第七才子书琵琶记总论》，俞为民、孙蓉蓉《历代曲话汇编》清代编第一集，黄山书社 2008 年版，第 479 页。

空捏造”。真可谓众口一词，提倡“据实”。

这一观念与历史叙事“据实而作”的观念以及古代文学理论史上先贤们对虚构文学的排斥态度不无关系。先秦时期以神话传说为代表的虚构艺术出现时，人们就持以鄙夷的态度，如孔子提出“不语怪力乱神”，且尝言：“我欲载之空言，不如见之于行事之深切著明也。”[①] 强调据实而作胜于一味空言，空言义理不如摆出历史的、现实的真实事件更有力量。在汉代，班固在《汉书・艺文志》中，将“迂诞依托”的作品置入不入流的“十家之末”，从此类虚构作品低下的地位可知当时人们对虚构文学的态度。魏晋南北朝时期，干宝在其志怪小说《搜神记》的序言中竟然也强调：“虽考先志于载籍，收遗逸于当时，盖非一耳一目之所亲闻睹也，又安敢谓无失实者哉!”[②] 可见其取材“信实”之观念。在唐代，韩愈的一些叙事性杂文还引来了张籍的“驳杂无实”的批判。宋代，罗烨在《醉翁谈录》中解释小说时曰：“小说者，但随意据事演说。”虽是小说，可以“随意演说”，但仍可见“据事”的贵实倾向。由上可知，古典剧论中的这一观念在古代文论中有着根深蒂固的思想渊源。

三 “本事”来源

那么，古典戏曲故事的“本事”究竟取自哪里？在“据实贵于杜撰”观念的指引下，剧作家在其著作的序跋中常常会表明其“本事”的来源，从剧作家的表述来看，古典戏曲取材不拘，“本事”来源极其宽广，既有“书籍所载，古人现成之事”，也有“耳目传闻，当时仅见之事”[③]，就书籍所载而言，既有史书，也有传记，还有小说、诗词、前剧、笔记、方志、年谱，甚至还有墓志、碑诔等，凡可见到的有故事记载的任何体裁，无不任凭剧作家们采撷拾掇；就耳目传闻而言，既有当时社会的重大事件，也有身边发生的生活琐事。既有他人告知，也有剧作者自己实地采录之事。既有记叙他人之事，也有将自己亲身经历谱为戏曲；不唯

① 司马迁：《史记・太史公自序》，岳麓书社 2001 年版，第 741 页。

② 干宝：《搜神记・序》，中华书局 1979 年版，第 2 页。

③ 李渔：《闲情偶寄》，俞为民、孙蓉蓉《历代曲话汇编》清代编第一集，黄山书社 2008 年版，第 246 页。

如此，还有一些剧作者将其梦中之事作为戏曲故事的“本事”。总之，凡有故事存在的地方，都可以作为戏曲的“本事”来源。通过对元明清戏曲序跋的详尽分析，我们将古典戏曲的“本事”来源主要归纳为以下六种：

（一）史书传记

史书是古典戏曲“本事”的主要来源，尤其是正史。古典戏曲作品中有大量的故事其“本事”来源于正史：有来源于《史记》的，如张坚的《怀沙记》记述楚国屈原的事迹，剧本故事内容“本《史记》及《外传》”[①]；有来源于《左氏春秋》的，如彭遵泗的《介山记》“蓝本左氏，谱之新声”[②]；有来源于《战国策》的，如苏复之的《金印记》“通本皆依据《战国策》”[③]。来源于断代史的也不少，如明代顾大典的传奇《义乳记》演李善事，“出《后汉书》”[④]，清代的剧作取材于《明史》的很多，如《琵琶侠》“其事既载《明史》，若更编诸乐府，播以新声，不犹令骚人逸士，慷慨起舞哉？因谱成《琵琶侠》三十二折。其间杂取《明史》纪传及他书，联缀成篇”[⑤]。再如，瞿颉的《鹤归来》“悉按《明史》及《粤行纪事》所载”[⑥]。可见，各种体例的正史都是古典戏曲“本事”的来源。

不仅正史，稗史通常也记载民间里巷风俗与琐细事迹，民间性的特征使其更受以人民群众为根基的戏曲的欢迎，同时较之正史，故事性及传奇性都较强，故而也受到剧作者的青睐，使其成为古典戏曲“本事”的主要来源之一。如清代剧作者崔应阶在读稗官野史时，深感段司农之

---

① 张坚：《怀沙记·自叙》，蔡毅《中国古典戏曲序跋汇编》，齐鲁书社 1989 年版，第 1707 页。

② 彭遵泗：《介山记·叙》，蔡毅《中国古典戏曲序跋汇编》，齐鲁书社 1989 年版，第 1916 页。

③ 吴梅：《金印记·跋》，蔡毅《中国古典戏曲序跋汇编》，齐鲁书社 1989 年版，第 607 页。

④ 吕天成：《曲品》，俞为民、孙蓉蓉《历代曲话汇编》明代编第三集，黄山书社 2009 年版，第 124 页。

⑤ 董达章：《琵琶侠·自序》，清嘉庆十七年半野草堂刻本，转引自李志远《明清戏曲序跋研究》，知识产权出版社 2011 年版，第 168 页。

⑥ 瞿颉：《鹤归来·自序》，蔡毅《中国古典戏曲序跋汇编》，齐鲁书社 1989 年版，第 2078 页。

忠烈、李令公之勋业，但传奇者并不及，所以“欲增其事以公天下之同好。用错综其同异，敷演三十六出”[①]。再如范希哲的《鱼蓝记》“剧中之事，本之《稗史·载花船》”[②]。

另外，或受史官阶级立场的影响及视域的限制，或因史书体例和篇幅的约束，一些史料并未录入正史或正史并未详细记载而旁落逸史中，另有一些散失、隐没的史事也被收入逸史中，于是很多剧作者便怀着“纪载逸事，以补史传之阙”和“补正史之未备”的目的，将逸史中的故事谱成戏曲。如清代夏纶的“《花萼吟》为宋末姚居仁、利仁昆季事，载於逸史”[③]。李渔的《玉搔头》所载武宗西狩之故事，本于太仓《王长公逸史》。曹寅的《虎口余生》中所载边君事迹“取逸史所载边君事，证以父老传闻，填词四十四折”[④]。杂剧、传奇“本事”取于逸史的故事也不在少数。

为什么剧作家喜欢从史书中取材？除了上面所述“据实贵于杜撰”的取材观念、稗史的民间性特征以及“补史传之阙”等原因之外，经过对剧作家们论说的分析，还可见出一些原因：首先，古代剧作家中存在一种“曲史”观，也就是所谓的“以曲传史”。如孙郁在写《天宝曲史》时说：“是集俱遵正史，稍参外传。编次成帙，并不敢窃附臆见，期存曲史本意云耳。”[⑤]明确表达了其“以曲传史”的观念。戏曲的通俗性决定其面向社会各个阶层，如此便使历史故事的传播更为广泛，正史中脍炙人口的人物故事，虽读史者人人称之，但愚夫愚妇却未闻之，他们的事迹“止晓於学士文人，而不能遍通村妇竖子、悍卒武夫”[⑥]。为使天下即使是穷乡僻壤也能相与共闻之且共道之，剧作者就选择了传播性强的戏

---

① 崔应阶：《情中幻·自序》，蔡毅《中国古典戏曲序跋汇编》，齐鲁书社 1989 年版，第 1865 页。

② 范希哲：《鱼蓝记·自序》，蔡毅《中国古典戏曲序跋汇编》，齐鲁书社 1989 年版，第 1511 页。

③ 陈汇芳：《花萼吟·赠言》，蔡毅《中国古典戏曲序跋汇编》，齐鲁书社 1989 年版，第 1758 页。

④ 曹寅：《虎口余生·自序》，蔡毅《中国古典戏曲序跋汇编》，齐鲁书社 1989 年版，第 1573 页。

⑤ 孙郁：《天宝曲史·凡例》，蔡毅《中国古典戏曲序跋汇编》，齐鲁书社 1989 年版，第 1987。

⑥ 彭遵泗：《介山记·叙》，蔡毅《中国古典戏曲序跋汇编》，齐鲁书社 1989 年版，第 1916 页。

曲，将其谱以音律，施之场上，使其能为更多人所知晓。其次，古代一些剧作家存在一种“传信”的观念，就是期望把确信的事传告于人，史书相对于其他书籍，更具真实性，所以，当不同体裁的作品中均有同样的“本事”时，剧作家则更偏向从史书中选取。如上述王曦在作《东海记》时已有一些剧本演孝妇事，但他认为其中有一些情节沿袭旧讹，为了“传信”，他在创作时便主要从正史中选取“本事”。再者，历史事件对于后世而言本身具有史鉴作用，一些剧作家将历史事件以戏曲的形式转述，以期使戏曲具有与历史著作相同的垂戒后世的价值，冯梦龙就指出：“传奇之衮钺，何减春秋笔哉？世人勿但以故事阅传奇，直把作一具青铜，朝夕照自家面孔可矣。”① 且戏曲的文学性以及舞台性特征使历史事件所蕴含的劝诫意味在传播中更能迅捷地深入人心，正如清代蔡廷弼所言：“兹独以为传奇，即史之例也，岂非贤否得失之林，成败兴亡之鉴，而劝诫之感人尤捷哉。”② 以上这些都是剧作家们更喜以正史为戏曲“本事”的原因。

传记作为一种记述人物生平事迹的文学形式，其人物故事多是根据各种书面资料、口述的回忆、调查等相关材料加以选择性的编排、描写与说明而成，一般不虚构，但一些作者在记述传主事迹过程中，可能会渗透自己的某些情感、想象或者推断。所以，其记述人物事迹较之史书更为详备，也更具戏剧性，故而更适合成为既据实而又善于演绎的戏曲叙事的“本事”。在古典剧论中，明确表示“本事”取自于传记的也很多，如程枚的《一斛珠》即“取曹邺《梅妃传》，谱作传奇，杂取少陵事附之，名曰《一斛珠》”③。再如左潢的《兰桂仙》“专为纪孝而作，以庄重训雅，缠绵笃挚为主。据《孝娥传》中事迹，逐节谱成，征实居多”④。从中也可见“求实”的倾向。

---

① 冯梦龙：《酒家佣叙》，俞为民、孙蓉蓉《历代曲话汇编》明代编第三集，黄山书社2009年版，第32页。

② 蔡廷弼：《晋春秋·凡例》，蔡毅《中国古典戏曲序跋汇编》，齐鲁书社1989年版，第1980页。

③ 凌廷堪：《一斛珠·序》，蔡毅《中国古典戏曲序跋汇编》，齐鲁书社1989年版，第1968页。

④ 左潢：《兰桂仙·凡例》，蔡毅《中国古典戏曲序跋汇编》，齐鲁书社1989年版，第2033页。

（二）诗文佛经

古代诗词也是剧作家们取事的一个来源。一首古诗就可以敷演成一部情致流泻的好戏，尤其是叙事诗，且因诗歌的抒情性特征使故事的呈现带有鲜明的情感色彩，故即使是同样的本事，剧作家们更喜欢从叙事诗中择取。如著名的中唐诗人白居易写《长恨歌》时，就摒弃了史书中对杨贵妃的各种秽污之事的记载，歌颂了唐玄宗与杨贵妃缠绵悱恻、哀婉动人的爱情，以至于清代具有“从来传奇家，非言情之文，不能擅场”[①] 认识的洪昇，在创作《长生殿》时便“止按白居易《长恨歌》、陈鸿《长恨歌传》为之”[②]。陈鸿的《长恨歌传》与白居易的《长恨歌》的故事情节基本相同，旨意也一致。

佛教对中国古典戏曲有着重要的影响，除思想影响外，戏曲剧目中很多故事都掺入了佛教中的形象，如观世音菩萨、和尚等。佛经中的一些故事也成为了戏曲的“本事”，如明代郑之珍的《目连救母劝善记》“本之《大藏盂蘭盆经》。盖西域大目犍连事迹，而假借为唐季事，牵连及于颜鲁公、段司农辈，义在谈忠说孝”[③]。剧作者在自序中也交代其“本事”来源曰：“取目连救母之事，编为《劝善记》三册。”[④] 其实，最早将佛经中“目连救母”的故事演为戏曲的应是宋代的杂剧，宋孟元老的《东京梦华录》卷八《中元节》说：“勾肆乐人，自过七夕，便般《目连救母》杂剧，直至十五日止，观者增倍。”[⑤] 可知，北宋时已有连演 7 天的“目连救母杂剧”。

（三）小说前剧

古典小说是戏曲“本事”的重要来源之一，魏晋志怪小说、唐传奇、

---

① 洪昇：《长生殿·自序》，蔡毅《中国古典戏曲序跋汇编》，齐鲁书社 1989 年版，第 1578 页。

② 洪昇：《长生殿·例言》，蔡毅《中国古典戏曲序跋汇编》，齐鲁书社 1989 年版，第 1579 页。

③ 张照：《劝善金科·凡例》，蔡毅《中国古典戏曲序跋汇编》，齐鲁书社 1989 年版，第 1678 页。

④ 郑之珍：《目连救母劝善记·自序》，蔡毅《中国古典戏曲序跋汇编》，齐鲁书社 1989 年版，第 615 页。

⑤ 孟元老：《东京梦华录·中元节》，俞为民、孙蓉蓉《历代曲话汇编》唐宋元编，黄山书社 2006 年版，第 107 页。

宋元话本小说、明代的拟话本以及明清的章回小说都是古典戏曲“本事”的来源。如魏晋南北朝的志怪小说《搜神记》常常被剧作家取事，元杂剧的奠基人关汉卿的代表作《窦娥冤》就是取事于《搜神记》中《东海孝妇》的故事，明清传奇《织锦记》《遇仙记》《开缘记》都取事于《搜神记》中的《董永》；明清小说《三国演义》《水浒传》《红楼梦》《三言二拍》等也是剧作家选取“本事”的重要来源，如沈璟的《义侠记》“本事”取自于《水浒传》中的武松故事，清代俞用济的《绛蘅秋》、万荣恩的《醒石缘》都取事于清代小说《红楼梦》。且剧作者们往往会交代其取事的原因，如仲振奎读小说《红楼梦》，觉宝玉的痴心令人哀叹，黛玉、晴雯的薄命令人惋惜，宝钗、袭人的阴险令人厌恶，深感此书之缠绵悱恻之情有手挥目送之妙，后又读《后红楼梦》，“因有合两书度曲之意，……遂以歌曲自娱，凡四十日而成此”①。再如清代黄图珌读明代冯梦龙的小说《警世通言·杜十娘怒沉百宝箱》，知杜十娘虽出自乐籍，却有激情愤志，认为其贞节刚烈有助于风教，于是为之谱入传奇，创作了《百宝箱》。②

明末清初，在浪漫思潮的影响下，戏曲创作也因一味趋“奇”而逐渐向“幻”发展，故事情节“怪幻”“诧异”，清初蒲松龄的《聊斋志异》以其独特的手法创作的大量关于狐鬼神仙、灵花异卉、山精虫怪等短篇故事，一时成为剧作者选取“本事”的主要来源，如钱维乔的《鹦鹉媒》“其事本诸般阳生《聊斋志异》，而益以渲染成之”③。再如陆继辂“缀《聊斋》志怪之书，翻湖上传奇之谱，为《洞庭缘》院本十六折”④。黄燮清的“《帝女花》曲，苍郁诡丽，益叹其才之美。爰取《聊斋》所载曾友于事命作剧本，匝月而词成”⑤。甚至有玉泉的樵夫“偶见蒲

---

① 仲振奎：《红楼梦传奇·自序》，蔡毅《中国古典戏曲序跋汇编》，齐鲁书社 1989 年版，第 1996 页。

② 黄图珌：《百宝箱·自序》，蔡毅《中国古典戏曲序跋汇编》，齐鲁书社 1989 年版，第 1815 页。

③ 钱维乔：《鹦鹉媒·自序》，蔡毅《中国古典戏曲序跋汇编》，齐鲁书社 1989 年版，第 1954 页。

④ 何兆瀛：《洞庭缘·叙》，蔡毅《中国古典戏曲序跋汇编》，齐鲁书社 1989 年版，第 2098 页。

⑤ 陈用光：《脊令原·序》，蔡毅《中国古典戏曲序跋汇编》，齐鲁书社 1989 年版，第 2190 页。

《志》，即据本传成《胭脂狱》传奇十六出”[①]。

古代戏曲中还有大量剧作的“本事”取自于前剧，这其实是对前剧进行改编。对前剧进行改编一直是戏曲创作的方式之一，改编在明代蔚然成风，当时改编的剧本涉及前人的所有戏曲类型：

其一，对元人杂剧的改编。清代焦循对这一现象曾有说明，其曰：“明人南曲，多本元人杂剧，如《杀狗》《八义》之类，则直用其事；玉茗之《还魂记》，亦本《碧桃花》《倩女离魂》而为之者也。”[②] 在被改编的元杂剧中，较受欢迎的是王实甫的《西厢记》，但改编剧都不及王实甫的《西厢记》。如明代李日华为便于吴人演唱，对《西厢记》进行字句和音律上的改编，将王实甫的北调《西厢记》改为南曲《西厢》，但效果并不佳，被凌濛初称为“点金成铁”；后来陆天池也作《南西厢》，凌濛初认为虽“悉以己意自创，不袭北剧一语”[③]。但仍未能角胜王实甫的《西厢记》。

其二，对宋元南戏的改编。钱南扬曾在《戏文概论》中指出：“明人已经不满意于戏文的俚俗，于是动手改撺，企图使不雅变雅。”[④] 从现存的元明戏文来看，具有规整严谨的文学体制的戏文大多是由明代传奇作家整理和改编而成的。

其三，对明代传奇的改编。明代剧作家对其同时代传奇的改编有很多原因，但主要原因还是为了合音律，方便登场演出。因南戏及北曲演出在普及与地方化的过程中受到了地方方言、民间小调等因素的影响，衍生出了众多不同的声腔，其中一些声腔并没有严格的音律规范，且一些文人重视内容而忽视音律，在创作中有率性随意使用音律的现象，故使一些优秀的作品不利于场上优人搬演。为此，一些人士便通过参考剧作以及优人的演出重订了音律，制定了标准的曲谱，如沈璟制定了《南

---

① 吴梅：《文星榜·跋》，蔡毅《中国古典戏曲序跋汇编》，齐鲁书社1989年版，第1947页。

② 焦循：《剧说》，俞为民、孙蓉蓉《历代曲话汇编》清代编第三集，黄山书社2008年版，第364页。

③ 凌濛初：《谭曲杂札》，俞为民、孙蓉蓉《历代曲话汇编》明代编第三集，黄山书社2009年版，第193页。

④ 钱南扬：《戏文概论》，上海古籍出版社1981年版，第40页。

九宫十三调曲谱》、王骥德撰写了《曲律》、沈宠绥编了《度曲须知》、沈自晋写了《南词新谱》、凌濛初写了《南音三籁》等。在这样的条件之下，便有了修改不合音律的剧本的风气。如沈璟为了合律，以汤显祖的《牡丹亭》为“本事”创作了《同梦记》，凌濛初修改了高濂的《玉簪记》，以其中的故事为“本事”创作了《乔合衫襟记》。这一时期被改编的剧作最多的是汤显祖的传奇，而汤显祖的传奇中又尤以《牡丹亭》为最。喜于改编前人剧本的是冯梦龙，据魏城壁的《冯梦龙戏曲改编理论研究》统计，其所改编的剧作共有十三种。

至清代，改编前剧的创作方式仍然比较盛行，如吾家粲花撰《画中人》，本于范驾部之《梦花酣》而作，《疗妒羹》的“本事”取于《风流院》。“本事”来源于前剧的创作也比比皆是。改编的原因除了音律上的问题外，还有因前剧在措辞上或在构局上欠完善，如王翃的《红情言》是借会稽史氏作《唾红》传奇的“本事”而作，其原因就是剧作者王翃深感《唾红》中所述情事兼美，但见其“词甚潦草，不堪寓目，余窃叹其不工”，所以“退而比协宫调，措词声韵，拾其情而变幻之，间出已意，以吐其未尽之奇。抽思三月而始告成。余不忍去其原传，因题之曰《红情言》云”①。又如，周书在阅读安阳酒民所著的《情梦柝》时，觉其选词构局，差强人意。于是取其“本事”，加以自己的认识，作成传奇《鱼水缘》②。

那么，这些剧作中的剧情基本是本于前剧中的“本事”，更多的是在曲调、语句或关目上进行修缮，就故事本身而言是不是具有蹈袭之嫌呢？对此，清代方成培说：“夫臭腐可化神奇，黄金点於瓦砾，而何蹈袭之嫌？”③ 认为此乃出蓝之举。再就两剧的传播来看，最终的流传则如“焦尾之琴，爨下之桐也，而卒以琴传”④。也许这正是一些改编剧更受欢迎的原因。当然也有一些改编剧未必能青胜于蓝，如前所述《西厢记》的

① 王翃：《红情言·自叙》，蔡毅《中国古典戏曲序跋汇编》，齐鲁书社 1989 年版，第 1441 页。

② 周书：《鱼水缘·自序》，蔡毅《中国古典戏曲序跋汇编》，齐鲁书社 1989 年版，第 1825 页。

③ 方成培：《雷峰塔·自叙》，蔡毅《中国古典戏曲序跋汇编》，齐鲁书社 1989 年版，第 1941 页。

④ 周书：《鱼水缘·自序》，蔡毅《中国古典戏曲序跋汇编》，齐鲁书社 1989 年版，第 1825 页。

众多改本皆未能超越王实甫的《西厢记》。

无论“本事”来源于小说还是前剧，我们发现最多的还是对受人喜爱的、流传较广的名作“本事”的演绎，这也说明了“本事”自身在叙事中的重要性。

（四）志书年谱

志书是一种以记载现状为主的具有广博性特征的地方文献，也是剧作者选取戏曲“本事”的来源。清代李文瀚就“取《岐山旧志》，前明梁烈女殉节事，以其父大业，及名宦梁建廷、孝子蹇逢吉纬之，又得《凤飞楼》传奇”[①]。且因志书翔实性的特征，也使其常常成为剧作者核实“本事”的重要著作。

年谱是以编年方式记载个人生平事迹的著作，肇始于宋代，在明、清时期兴盛，记载个人事迹比较详细，清初学者全祖望在施愚山先生年谱序中说：“年谱之学，别为一家。要以巨公魁儒事迹繁多，大而国史，小而家傅墓文，容不能无舛谬，所借年谱以正之。”（见《鲒埼亭集》卷三十二）且年谱中常将谱主的有关活动做以介绍，所以，在明清时期一些剧作家便从年谱中取材，如丁耀亢的《埘蛇胆表忠记》所写的杨继盛上书揭露奸相严嵩而喋血刑场之事迹就“取工自著《年谱》”[②]。再如张九钺的《六如亭》“於坡公及诸贤事迹，考据详确，年谱诗集，信而有征”[③]。

（五）墓志碑诔

古代剧作者在择取“本事”时视域极其广泛，可以说无所不至。放在墓里的刻有死者生平事迹的墓志以及叙述死者生平的诔文也可成为戏曲“本事”的来源。《芝龛记》记述了明万历、天启、崇祯三朝的史事，其作者董榕本着“实录”的精神，剧中“本事”除来源于《明史》、文集、志传等书籍外，还“杂采群书野乘，墓志文词，联贯补缀为之”[④]。

① 李文瀚：《凤飞楼·自序》，蔡毅《中国古典戏曲序跋汇编》，齐鲁书社 1989 年版，第 2134 页。

② 郭棻：《埘蛇胆表忠记·原序》，蔡毅《中国古典戏曲序跋汇编》，齐鲁书社 1989 年版，第 1524 页。

③ 张九钺：《六如亭·序》，蔡毅《中国古典戏曲序跋汇编》，齐鲁书社 1989 年版，第 1963 页。

④ 黄叔琳：《芝龛记·序》，蔡毅《中国古典戏曲序跋汇编》，齐鲁书社 1989 年版，第 1715 页。

另外，由于墓志的真实性特征，一些剧作在选取“本事”时，也常以墓志中的记录为佐证。彭剑南创作的《影梅庵》中，董小宛与其丈夫冒辟疆的事迹就是以《冒征君墓志》为佐证。

在剧作者的序跋或别人的序中没有发现有明确指出“本事”取自于碑诔的，但清代郭棻指出：“弇州题碑，中郎之诔，有道无愧辞矣。后人敲音推律，被之管弦，以其腴而易传，婉而多风也。”[①] 从郭棻的论说可知剧作者取材于碑诔也是一种常见现象。

志书年谱和墓志碑诔此类资料之所以成为剧作者择取“本事”的来源，主要是因为其具有“实录”的特征，这使其更符合剧作者“据实贵于杜撰”的观念。所以，一些剧作的“本事”虽已在他处记载，或已敷演为戏曲作品，但剧作者倾向于从更能体现真实性的资料中去获取。

总之，凡有记载的有关人物故事的体裁都可以成为古典戏曲“本事”的来源。

（六）耳目传闻

戏曲作为一种民间性的艺术形式，反映广大群众的日常生活也是其主要功能之一，故除了书籍所载之外，一些耳目所见或传闻之事也是戏曲创作的重要“本事”。

据剧作家在其剧作序言中所言可知，这些“本事”有着不同的来历：有的是来自旁观者的详言，这些事常常是其最亲近的人所发生的事，如清代蒋士铨的《空谷香》的“本事”来源就是如此，据其《空谷香·自序》中所言，剧中主人公“姬”年方二十有九岁便去世，剧作者在吊唁过程中，姬之夫海宁姚氏“独留予饮穗帐侧，语姬生平事最详，凡三易烛，而令尹色沮声咽，予亦泫然不能去。夫姬以弱女子未尝学问一丝，既聘，能为令数数死之，其志卒不见夺，虽烈丈夫可也。方欲为姬作小传”[②]。之后，作者在晤方伯王宗之先生时，又语及此事，先生亦觉姬之事可传也，且认为与其写成小传供俗儒传诵，不如播之愚贱耳目间，有

① 郭棻：《坤蛇胆表忠记·原序》，蔡毅《中国古典戏曲序跋汇编》，齐鲁书社 1989 年版，第 1523 页。

② 蒋士铨：《空谷香·自序》，蔡毅《中国古典戏曲序跋汇编》，齐鲁书社 1989 年版，第 1784 页。

益于劝惩人心，所以作者据海宁姚氏所言，将姬之事谱之为《空谷香》传奇；还有一种情况是，虽剧作者与讲述者没有太亲近的关系，但其事迹为讲述者所详知，如明代朱有燉的《美姻缘风月桃源景传奇》叙述了湖南武涉老妪臧氏之女桃源景在荣辱交至之际均未失节的故事，其“本事”为执事者所详知，作者即是据执事者所言，且受执事者所托而制成。[①] 另有一些事迹是由介绍者详言之后撰写成手稿，剧作者再据手稿而撰，如清代黄燮清的《桃溪雪》所述故事就是如此，黄燮清的好友吴康甫贰尹“语烈妇吴绛雪事甚详，且嘱予制曲以传之。阅两月，康甫以檄委至吾盐，复手录绛雪始末以示予”[②]。再如彭剑南的《香畹楼》也是写友人之妻的，其在自序中曰：“时朗玉新丧姬紫湘，貌甚戚，每向余缕述紫君贤孝事，辄泪下如连珠。因携《湘烟小录》一册示余，且曰：‘刻羽引商，非梅兄不能鉴余哀情，亦非梅兄不能写余恻感，梅兄其有意乎？’余方据案读袭太夫人所作《紫姬小传》，读毕，北台从旁怂恿，余应之曰‘唯唯’呜呼！姬可传已。”[③] 还有一些取自于传闻的，如清张九钺的《六如亭》就取自传闻中苏东坡侍妾朝云诵经栽茶、偈化建亭的事迹。另外，大量的民间神话传说也被剧作者演为戏曲，典型的如《称心缘》传奇就是取自四大民间传说之一的《白蛇传》的“本事”。

令人惊奇的是，一些剧作者将其梦中之事也谱为戏曲，清代张坚的《梦中缘》便是“感於梦而作者也”。剧作者在仲春时节游南郊后，憩于啸月斋隐几假寐，忽入梦中，梦中遇见两位仙子，长者修容绰约，季者丰腻端妍。玉颜鲜洁，神采欲飞。皆非人世所见也。因星宿所指与君（指张坚）来此相会。因知君已有佳妇，感慨与君缘尽，便作歌而泣，歌罢便遣人将君送回人间。作者梦中惊醒后，则感“天地之大，何所蔑有？人仙神鬼，变幻非常。一切怪诞鄙秽之事，至於梦而安可穷极乎？语云：‘太上无情，故至人无梦。其下不及情，故愚人亦无梦。’然则梦之所结，

① 朱有燉：《美姻缘风月桃源景传奇引》，转引自李志远《明清戏曲序跋研究》新增明清戏曲序跋（明代部分），知识产权出版社 2011 年版，第 328 页。

② 黄燮清：《桃溪雪·自序》，蔡毅《中国古典戏曲序跋汇编》，齐鲁书社 1989 年版，第 2170 页。

③ 彭剑南：《香畹楼·自序》，蔡毅《中国古典戏曲序跋汇编》，齐鲁书社 1989 年版，第 2192 页。

情之所钟也。欲赋其事，则恐张皇幽渺，蔑渎仙灵，乃另托人世悲欢离合之故，游戏于碧箫红牙队间。以想造情，以情造境。自春徂秋，计填词四十六出”①。在《梦中缘》中，张坚将自己化身为一个钟情的才子，名曰钟心，记述了钟心在梦中遇见了美人媚兰，便选择出游找寻，希望能与梦中美人团圆，且媚兰也曾梦遇钟心，二人在清明扫墓时互相认出是梦中之人，最后几经周折终于结为连理。可见，其故事原型与其梦中的经历基本相合。

历史上所发生的一些事件可能会被不同的体裁载入，剧作者也更喜欢选取这些多次被人传诵的故事。所以，许多剧作的“本事”并非只有一个来源，而是剧作者综合各种体裁而成，如著名的晋公子重耳的事迹，《史记》《左传》《国语》都有相关记载，清代许廷录在创作《五鹿块》时，就杂采了这些史籍。还有一些脍炙人口的民间传说，其故事“本事”也被多处记载，如对后世影响深远的《东海孝妇》的故事出自西汉《列女传》，东汉班固的《汉书・于定国传》和东晋干宝的《搜神记》都有记载，宋代的《太平御览》也有收录，元代关汉卿综合参考这些著作创作了杂剧《窦娥冤》，明代袁于令对《窦娥冤》进行了改编，创作了《金锁记》，清代陈宝又创作了《东海记》，后王曦取“本事”于《汉书》，又杂采《搜神记》《太平御览》相关记载，将前人所作杂剧、传奇中“所无者补之、误者正之、疑者阙之”②，创作了《东海记》。另外，有一些人物的事迹，不同体裁以其不同的角度有不同的呈现效果，剧作者在创作时便融合各种材料，使故事更加丰满。如彭剑南的《影梅庵》所叙的秦淮佳丽、才色双绝的董小宛，是明末清初与柳如是、陈圆圆、李香君等并列的“秦淮八艳”之一，她的事迹多处都有记录，吴伟业《题董白小像诗》写了董小宛聪明灵秀、神姿艳发、窈窕婵娟，其夫的《影梅庵忆语》和韩慕庐的《冒征君墓志》记载了她与其夫复社名士冒辟疆的爱情以及生活事迹，另外范质公的《壬午救荒记》中也有董小宛当时所处背景的记录，彭剑南

---

① 张坚：《梦中缘・自叙》，蔡毅《中国古典戏曲序跋汇编》，齐鲁书社 1989 年版，第 1688 页。

② 王曦：《东海记・自序》，蔡毅《中国古典戏曲序跋汇编》，齐鲁书社 1989 年版，第 2024 页。

在创作《影梅庵》时就综合选用了这些书籍中的相关记载。[①]

可见，古典戏曲“本事”来源极其广泛，剧作家随意摭取。中国古典戏曲既叙当下之事，又演古人之事，既有现实中发生的真实事件，又有梦中所经历的虚幻之事。戴不凡先生曰：“我国戏曲的形成和发展的过程中，向来就是编演时事剧的。反映当代生活，历来就是我国戏曲的传统。”[②] 周贻白则曰：“中国戏剧多系表演历史故事。”[③] 两位先生各执一端，其实体现了中国古典戏曲取材的广泛性，也揭示出古典戏曲“本事”的两大来源。总之，戏曲取事是兼容并包的，一切有故事的地方都可以作为戏曲“本事”的来源。

四 “用之贵虚”的处理方法

这些“本事”进入戏曲中将如何体现？也就是说，剧作者们在择取“本事”之后会如何处理呢？这是剧作者和剧论家们在叙事过程中及讨论叙事问题、品评剧作时都不可避免遇到的问题，也是体现戏曲叙事个性的重要问题。明代的李贽、王骥德、沈际飞、谢肇淛、祁彪佳等，清代的毛声山、杨恩寿、周乐天、李渔等都曾论及这一问题，剧作者们也大多会在其作品序跋或凡例中对本事的处理进行说明，可以说，在古代剧论中，关于本事处理的论说俯拾即是。今人关于古人对这一问题的认识的研究也难计其数。古人对这个问题的论说，较为全面的是明代的王骥德，今赵山林以王骥德的论说为框架，又加入明清以后的“实录”方式，除去“捏造无影响之事”的虚构，将古代剧论中关于“本事”处理的方法分为：“不论事实”而“尚存梗概”者、“稍就实”而“不欲脱空杜撰者”、提倡“实录”者三种。前两类或多虚少实，或多实少虚，总之都是在“本事”基础上进行虚构。

现在我们需着重分析的是第三种“实录”。诚然，在古代剧论中，对“本事”处理“实录”的提示随处可见，如吕天成评新传奇《鸾笔》曰：

---

① 彭剑南：《影梅庵·自跋》，蔡毅《中国古典戏曲序跋汇编》，齐鲁书社 1989 年版，第 2199 页。

② 戴不凡：《漫谈戏曲史上的“时事戏”》，转引自黄强《论古典戏曲题材的继承性》，《扬州师院学报》（社会科学版）1986 年第 4 期。

③ 周贻白：《中国戏剧史纲要》，上海古籍出版社 1979 年版，第 182 页。

"记江陵夺情，邹、赵诸公廷杖时事，语多凿凿，可称实录。"[①] 诸如此类论说不一而足。李渔也提出"实则实到底"，强调取人们所熟知的故事时，因观者已烂熟于心，欺之不得，罔之不能，故其人其事必求可据，即使是陪客也幻设不得。

确实，对于人们熟知的历史事件，甚至是前人传说的故事，不应轻易进行虚化处理，或不轻易对其进行大动作的处理，正如英国近代戏剧理论家阿契尔所言：戏剧叙事"不应公然违反或者无视那些家喻户晓的知识或成见"[②]，戏剧的文学性与舞台性决定其不是提出文献根据及史学考订的地方，故对人们熟知的历史事件的新的处理是不易为观众所接受的，也是很冒险的。

但是，上述所言的"实录"或"信史"观之下的剧作并不是像历史典籍一样遵实而出，或并非如李渔所言"即使是陪客也幻设不得"，实际情况是总会在"本事"的基础上进行或多或少的虚构，这在剧作者个人或作序者在序跋或凡例中对本事的解释就可见一斑，我们不妨举几个提倡"实录"或"信史"思想的论说，就目前所见最早明确以"实录"来品评戏曲处理"本事"方式的是明代的米万钟，他在文九元《天函记》的序言中曰："据《坐隐先生纪年传》，摘而敷演，称实录。"[③] 何谓"实录"？按米万钟的意思应为"据实而敷演"，也就可以理解为在"本事"主干的基础上进行铺陈发挥，那么，枝叶末节的虚构也就是必然的了。再如著名的堪称实录时事的剧作《桃花扇》，剧作者孔尚任在创作时，收集并翻阅了大量南明王朝时期的文献资料，以资佐证，且到扬州和南京各地走访，采集史实，在掌握了大量南明兴亡的逸闻和史料的基础上创作了《桃花扇》，正如剧作者所言："朝政得失，文人聚散，皆确考时地，全无假借。"但紧接着作者便说："至于儿女钟情，宾客解嘲，虽稍有点染，亦非乌有子虚之比。"[④] 可见，此剧虽是据实而作，但"儿女钟情"

---

① 吕天成：《曲品》，俞为民、孙蓉蓉《历代曲话汇编》明代编第三集，黄山书社 2009 年版，第 141 页。

② ［英］威廉·阿契尔：《剧作法》，吴钧燮、聂文杞译，中国戏剧出版社 1964 年版，第 130 页。

③ 米万钟：《天函记·序》，黄文旸编《曲海总目提要》，人民文学出版社 1959 年版，第 447 页。

④ 孔尚任：《桃花扇凡例》，俞为民、孙蓉蓉《历代曲话汇编》清代编第一集，黄山书社 2008 年版，第 665 页。

“宾客解嘲”之处仍有“点染”，即虚构。就是说，与作者收集到的史料相比，堪称“实录”之作的《桃花扇》仍在“本事”的基础上虚构了一些情节。可见，上述这些以历史事件为“本事”的剧作在对“本事”具体处理时都进行了适当的虚构。

且不只是历史事件，即使是一些记叙剧作者亲身经历的剧作都有虚构，如明代传奇张瑀的《还金记》，此剧主要写梁相还金的事件，剧中写张瑀父亲在张瑀年幼时病重，将其自己平日积攒的金子交由其亲戚梁相保管，张瑀长大后，七赴考场但皆未考中，后家徒四壁，一贫如洗。梁相便将寄存了二十八年的金银如数归还，朝廷闻还金事，特差御史旌表。此剧开用戏曲体裁写亲身经历的实事的先河，类似于现在的自传。关于“本事”的处理，剧作者在自序中交代：“记也，事皆实录，穷巷悉知。惟石麟诞瑞，玉诏颁恩，颇涉虚伪，然非此无以劝世。”[①] 从作者的自序中可知，此剧是写亲身经历的实事，且剧中主人公就是作者自己，但因“劝世”目的的需要，在处理“本事”时仍然掺入了“玉诏颁恩”等“虚伪”的成分，故其他自称“实录”“信史”的剧作也就无须多言了。

如果说上述对“本事”进行虚化处理的动作不太大的话，那么再看关于历史上著名人物介之推的剧作，关于介之推，最初庄周在《盗跖》篇中谓介之推“抱木燔死”，后来，东方朔的《七谏》、傅长安的《士伍尊书》、刘向的《说苑新序》都承续了这一说法，且因传说介之推三月三日被焚，官府每年仲春时节都“命司烜氏以木铎修火禁”，民间百姓也在三月三日这一天为之禁火，以此来纪念介之推。如此可以说，或在史籍记载中或在民间，介子推被焚的观点已成定论。但清代竹溪山人在其《介山记》传奇中竟称介之推仙去，这可以说是对大家熟知的“本事”进行了根本性的虚化处理，对此举动，其后孙人龙评价为“化臭腐为神奇”，且指出此剧：“使天下村夫俗妇咸知感发兴起，谓惟忠孝廉节，不愧天上神仙，则其有功於世道人心，岂不伟哉!”[②] 可见，竹溪山人的这

---

① 张瑀：《还金记·自序》，李修生《古本戏曲剧目提要》，文化艺术出版社 1997 年版，第 359 页。

② 孙人龙：《介山记·跋》，蔡毅《中国古典戏曲序跋汇编》，齐鲁书社 1989 年版，第 1920 页。

一大动作的处理，观众是接受的，且还产生了令人欣喜的效果。故对于大家熟知的古人古事，剧作者不是不能进行虚化处理，而是需要适应新的要求，赋予其新的、积极的且能唤起更多人共鸣的内涵，在新的时代重新找到它的立足点，使其具有新的生命力。

所以，戏曲“本事”无论来自哪里，不管写谁的事，在叙事过程中，都会在此基础上或多或少地虚构，或“略施丹尘”“稍有点染”，对“本事”加以润色、渲染；或“损益缘饰”“略涉虚伪”，在“本事”的基础上虚构一些情节；或“虚实参半”；或“尚存梗概”，掺入大量虚构和想象的情节；甚或有一些虚化后“较真事有舛错”；甚至有一些使本事“至於不经”。总之，如王骥德所言：“用之贵虚”，最终都要将“本事”虚化为艺术世界中的故事。

为什么？其实有些原因是显而易见的。

首先，戏曲的文学特征使然。正如我们在叙事观念中所论及的，小说、戏曲作为一种叙事文学，与史学等一切纪实类体裁（如上文“本事”来源所涉及的年谱、传记、方志等）叙事最大的不同是其具有虚构性。虚构性是其作为一种文学样式的基本艺术特征，也就是说，戏曲与小说不但允许虚构，而且需要虚构，如果没有虚构想象的情节，就不能称其为文学作品。对此，清代平步青曾言：“《残唐五代传》小说，与史合者十之一二，余皆杜撰装点。小说体例如是，不足异也。”[①] “体例”就是指小说不同于史著的文学性特征，这里是肯定了小说的虚构性特征，明代谢肇淛说：“凡为小说及杂剧、戏文，须是虚实相半，方为游戏三昧之笔。[②] 谢肇淛不只就小说来谈，还将戏曲与小说并列，指出了戏曲与小说在虚构性方面的共性特征，且对虚构性在其中的重要作用加以强调。对于戏曲的这一特征，清代凌廷堪在《论曲绝句三十二首》中多次指出：“元人关目，往往有极无理可笑者，盖其体例如此”，“元人杂剧事实多与史传乖忤，明其为戏也”。[③] 在凌廷堪看来，元杂剧故事的虚构不实，甚

① 平步青：《小栖霞说稗》，俞为民、孙蓉蓉《历代曲话汇编》清代编第四集，黄山书社2008年版，第488页。

② 谢肇淛：《五杂俎》，俞为民、孙蓉蓉《历代曲话汇编》明代编第二集，黄山书社2009年版，第409页。

③ 凌廷堪：《论曲绝句三十二首·注》，俞为民、孙蓉蓉《历代曲话汇编》清代编第三集，黄山书社2008年版，第244页。

至是荒诞不经，这正是戏曲体例使然。以上这些论说都在强调戏曲作为一种文学艺术，对“本事”的“杜撰装点”是其为“戏”、为“寓言”体裁的本质特征的体现，所以，在对“本事”进行处理时，即使是历史事件，也需将其改造为艺术世界中的故事。

其次，戏曲观众的要求。戏曲是一种舞台艺术，无论中外戏剧，其最终目的都是施之于场上，通过观众的接受来实现其价值。这也是戏曲区别于小说等其他具有虚构特征的艺术形式的最主要特征。所以，剧作家们在创作时常常将舞台观众作为出发点，在处理“本事”时，也特别注意从观众的需求出发。清代吴铖曾总结曰：“传奇，传古来之奇。大抵略有所据依。以铺张其辞，艳人观听，非尽实事也。”① “艳人观听”就是从观众接受的角度考虑，在吴铖看来，古来传奇大都会因此而对“本事”进行“铺张其辞”的改造。另外，一些剧作者为了增添诙谐效果，活跃场上气氛，还会虚构一些诙谐的情节。如祁彪佳指出陈汝元《金莲》“记苏长公，此可称实录。然亦有附缀以资谐笑”②。“附缀”即是增加“本事”中没有的情节，其目的之一就是“以资谐笑”，在古典戏曲中这样的情况比比皆是。甚至一些剧作为了达到“艳人观听”的目的不惜使“本事”出现“舛错”，清代张虁在其《双叩阍》传奇自序中就指出其为了“祈观场之悦目”③，故使故事“较真事稍有舛错”，足见场上的观赏效果对剧作者处理“本事”的影响，也说明了因观众的需求，对“本事”进行虚化处理是不得不然。

再次，戏曲情节结构模式的要求。每一种文学样式，每一篇文章都有其独特的结构章法。所以，同样的“本事”，从一种样式转为另一种样式，故事本身的呈现必然受其结构章法的影响。如清代许鸿磐《女云台》“本事”出于《明史·本传》，但剧作中很多地方都与《明史》所载有出入，如夔门之役、玛瑙山之捷先后顺序，剧作中颠倒了其发生时间，如

---

① 吴铖：《渔村记·序》，清咸丰五年刻本，转引自李志远《明清戏曲序跋研究》，知识产权出版社 2011 年版，第 169 页。

② 祁彪佳：《远山堂曲品》，俞为民、孙蓉蓉《历代曲话汇编》明代编第三集，黄山书社 2009 年版，第 549 页。

③ 张虁：《双叩阍·自序》，转引自李志远《明清戏曲序跋研究》，知识产权出版社 2011 年版，第 168 页。

此，事件的前因后果也就与史书不一致了，对此，剧作者就曰："乃行文熔铸结构之法，非故乱正史也。"① 再如，夏秉衡的《诗中圣》，虽"本事"俱从传记中脱胎而出，但仍需对"本事"加以缘饰、渲染，目的就是"合传奇家关目"②。另外，在前人所发生的一些真实事件中，有一些极具传奇性，但由于其体例所限，难以充分展现事件的传奇特性。尤其是史籍，因恐失史实，致使一些极具传奇色彩的情节或被掩盖，或没有得到很好的体现，而戏曲的传奇特性，正可以充分、详尽地展现这些事件的魅力。戏曲传奇性的体现之一是情节的悲欢离合，所以，剧作者在将历史事件敷演为戏曲时，极力敷演"本事"的悲欢离合之致。清代毛奇龄尝言："时之为传奇者，第极合离，而正史所载，则又惧以演义失实，致掩本事，有如此之恺核而详明者乎?"③ "恺核而详明"就是为了实现传奇悲欢离合的情节模式而对"本事"进行虚化处理后的效果；戏曲传奇性的另一体现是情节的曲折离奇，所以，情节的曲折波澜也是剧作者将"本事"进行修改的目标，如《玉狮坠》所叙之事与稗乘所载的不同之处就是情节较"本事"体现出"波澜串合"④ 之状。另外，在古代戏曲作品中，最能体现对"本事"进行虚化处理的是结尾的大团圆。古典戏曲中的大团圆结尾多是在本事上臆造出来的，对此原因，剧作家也有解释，如袁声在《领头书·自序》中曰："前半皆实迹，后半回生应试归里荣封，则系作者添出。欲作团圆归结，不得不然也。"⑤ 这里就指出《领头书》故事后半部分虚构的情节正是出于对大团圆结尾模式的考虑。可见，戏曲情节的悲欢离合、曲折离奇的特征以及结构的一些固定模式都会对"本事"的处理作出要求。

① 许鸿磐：《〈女云台〉北曲弁言》，蔡毅《中国古典戏曲序跋汇编》，齐鲁书社 1989 年版，第 1050 页。

② 夏秉衡：《诗中圣·自叙》，蔡毅《中国古典戏曲序跋汇编》，齐鲁书社 1989 年版，第 1780 页。

③ 毛奇龄：《西河词话》，俞为民、孙蓉蓉《历代曲话汇编》清代编第一集，黄山书社 2008 年版，第 606 页。

④ 王汝衡：《玉狮坠·序》，蔡毅《中国古典戏曲序跋汇编》，齐鲁书社 1989 年版，第 1683 页。

⑤ 袁声：《领头书·自序》，蔡毅《中国古典戏曲序跋汇编》，齐鲁书社 1989 年版，第 1656 页。

最后，戏曲叙事目的的需要。前文已述，戏曲叙事的要求之一是寄寓伦理道德，以此来实现戏曲有裨益于世的功利目的，表现在本事的处理中，便是通过虚构使剧作蕴含劝世之意或使其具有的伦理道德之意更为明显。这一点很多剧作家在其剧作的序言中都有表达，如上述张瑀在剧作中掺入的“虚设”成分，正是由于“非此无以劝世”的原因。再如，清吴恒宪的《义贞记》中“赵侯、钱相、孙百万求婚，均属假借，以表刘女之贞。李尚书招婿，亦属子虚，以表程生之义”①。其中的“赵、钱、孙、李”便是因突显“刘女之贞”而虚设出来的人物。又如，清代金绶熙的《表楼烈》传奇，关于“本事”来源，剧作者自称“征信”，但在实际叙事中仍“有渲染”，其原因便是“以坚为善者之心”②。其实，早在明代，王骥德已对此进行了精辟的理论概括：“古人往矣，吾取古事，丽今声，华衮其贤者，粉墨其慝者，奏之场上，令观者藉为劝惩兴起，甚或扼腕裂眦，涕泗交下而不能已，此方为有关世教文字。”③ 这里“华衮”“粉墨”就是剧作者为实现“有关世教”而对人物进行的虚饰。另外，戏曲叙事还有一重要的目的，即通过写情以动人情，所以在对“本事”的处理中，进行虚化处理的另一个原因就是为了更好地表达情感。如《怀沙记》中“商於之诈，系秦惠王事。武关之约，则有秦昭八年。传中浑而不分者，盖此为屈子写怨，非为秦楚编年”④。足见，戏曲叙事寓理以有助风化与写情以动人情的叙事要求及目的也是左右“本事”处理的重要因素之一。

所以，戏曲取事主张“出之贵实”，但对其处理实质是提倡“用之贵虚”，这既是戏曲虚构性的特征使然，也是吸引场上观众、情节结构模式及叙事要求与目的的共同要求。

---

① 吴恒宪：《义贞记》后例，蔡毅《中国古典戏曲序跋汇编》，齐鲁书社 1989 年版，第 1879 页。

② 金绶熙：《表楼烈·跋》，转引自李致远《明清戏曲序跋研究》，知识产权出版社 2011 年版，第 169 页。

③ 王骥德：《曲律》，俞为民、孙蓉蓉《历代曲话汇编》明代编第二集，黄山书社 2009 年版，第 120 页。

④ 张坚：《怀沙记·凡例》，蔡毅《中国古典戏曲序跋汇编》，齐鲁书社 1989 年版，第 1708 页。

五　用事

用事，又称“事类”，即用典故，具体指文学作品中引用古书里的故事或语句。在古代文学理论中，对“用事”作出比较完整解释的是刘勰，他在《文心雕龙·事类》中说：“事类者，盖文章之外，据事以类义，援古以征今者也。”① 从刘勰对“事类”的解释中我们可以看到，“用事”主要是指在文章的“本事”之外又引入古事，所以典故也可以算作“本事”的成分之一。鉴于此，将“用事”理论也纳入叙事内容中。同时，“用事”的作用之一是借古事或古语来表达“本事”所需要的更为丰富却又难以直言的内容，从这一角度来看，“用事”又会使故事内容更加含蓄而意味深长，本节将主要从叙事的角度来分析古代剧论中的“用事”理论。关于剧论家对戏曲中“用事”问题的论说，我们主要从以下几个方面进行探究：

（一）用或不用，为什么

戏曲作为一种叙事艺术，在叙事过程中，若能将古书中一些古人的事迹穿插于“本事”中，不仅可以拓宽故事意境，丰富故事思想内容，还可以使叙事不显单调，更有情趣，增强戏曲的艺术表现力和感染力。所以，戏曲叙事中引用古事也是常见的事。对于戏曲故事中引用典故，古代剧论家大多持赞同态度。明代王骥德就指出曲中“用事”的必要性，其曰：“无事可用，失之枯寂。”② 祁彪佳也认为：“不引入，又虑寂寥，所以此曲终未得为大观也。”③ 在他们看来，戏曲故事中若旁征古人之事，故事会更加丰腴，不显干涩，且对于具有舞台性特征的戏曲来说，故事中穿插典故也可使场面不显冷寂。清代孔尚任也很赞同曲中用事，并在其剧作中积极地践行着，他在《桃花扇》叙事中“使用典故，信手拈来”④。更有甚者，一些剧作家在科诨中也使用典故，对于此种“用事”

① 刘勰：《文心雕龙》，武汉大学出版社 2013 年版，第 711 页。

② 王骥德：《曲律》，俞为民、孙蓉蓉《历代曲话汇编》明代编第二集，黄山书社 2009 年版，第 86 页。

③ 祁彪佳：《远山堂曲品》，俞为民、孙蓉蓉《历代曲话汇编》明代编第三集，黄山书社 2009 年版，第 549 页。

④ 孔尚任：《桃花扇凡例》，俞为民、孙蓉蓉《历代曲话汇编》清代编第一集，黄山书社 2008 年版，第 666 页。

现象，剧论家也予以赞赏，清代杨恩寿就指出："《钗钏记》采作科诨，'三十而立'破题：'两个十五之年，虽有椅子板凳而不敢坐焉。'人第赏其趣，不知善於运典也。"[1] 也可见科诨中恰当使用典故，可增强其趣味性。所以，剧论家们或从戏曲故事本身来看，或从舞台演出效果来看，都认为戏曲中使用典故是大有裨益的。

但是也有一些剧论家持反对态度，如清代张大复就明确指出："元曲源流，古乐府之体，故方言常语沓而成章，着不得一毫故实。"[2] "故实"即典故，张大复从戏曲源流来谈，认为戏曲本来自民间，由古乐府演变而来，而且面对的观众多为文化层次不高的普通民众，所以戏曲中不可用"一毫故实"，此语有些绝对，而且与戏曲剧本中的"用事"现象也不太相符，所以其在后文中便有所松口，且对曲中"用事"作了要求（下面详述）。总体来看，对于戏曲中是否可"用事"，古代剧论家多数持赞成态度，戏曲叙事中"用事"也是普遍现象。所以，接下来需要探究的便是戏曲故事中究竟该用什么事，怎么用事等问题。

（二）用什么事，不用什么事

对于戏曲叙事中该用何事，明代徐渭明确指出："最喜用事当家。"[3] "当家"即是"当行"的意思，"当行"在古典戏曲理论中用法灵活。古代曲论家在不同的语境中对"当行"有不同的解释，在徐渭的理论中有不同的称呼，或谓"本色"，或谓"家常"。虽指涉对象有所不同，但多是从戏曲的舞台性以及通俗性的角度对戏曲创作作出要求。这里同样是从戏曲叙事场上的审美接受角度而言的，戏曲创作不仅仅是写给读书人的，其最终目的是要演之于场上，面对的大多是市井中人。所以，曲中"用事"也应符合戏曲"当行"的要求，具有舞台性及通俗性特征。具体而言，就是戏曲中之用事应该适合舞台搬演，所用之事应通俗浅显、为广大观众所熟知、易于广大观众接受与理解，如此方为"当家"。

---

① 杨恩寿：《词余丛话》，俞为民、孙蓉蓉《历代曲话汇编》清代编第四集，黄山书社 2008 年版，第 570 页。

② 张大复：《寒山堂曲话》，俞为民、孙蓉蓉《历代曲话汇编》清代编第一集，黄山书社 2008 年版，第 18—19 页。

③ 徐渭：《南词叙录》，俞为民、孙蓉蓉《历代曲话汇编》明代编第一集，黄山书社 2009 年版，第 487 页。

前面指出张大复曾言戏曲叙事不可着“一毫故实”，但一方面他发现戏曲叙事中“用事”已是一种普遍现象，另一方面又深感曲中若能恰当、巧妙用事，对故事的呈现、对场上的搬演确实大有益处。所以，其在后文中又改了口，但是对戏曲中“用事”作了限制，他认为：“即有用者，亦其本色事，如蓝桥、祆庙、阳台、巫山之类，以拗出之，为警俊之句，决不置用诗句，非他典故填实者也。”[①] “本色事”即徐渭所说的“当家事”。就是说，如果戏曲中需用事，只可用“本色事”，绝不能用拗口难懂的诗句，“非他典故填实者”还意指这是戏曲“用事”与其他文学样式（指相对于场上文学的案头文学，如散文、辞赋、诗歌等）“用事”的主要区别，这也是从戏曲舞台性、通俗性特征决定接受对象的角度而言的。徐渭的强调以及张大复之前提出的苛刻要求，主要是针对明代用事脱离舞台、脱离广大观众的弊端而言的。

在明代，一些剧作家用事时偏喜用僻事，徐复祚指出这种现象滥觞于郑若庸，对此他多次进行批评：“郑虚舟若庸，余见其所作《玉玦记》手笔，凡用僻事，往往自为拈出，今在其从侄学训继学处。……独其好填塞故事，未免开饤饾之门，辟堆垛之境，不复知词中本色为何物，是虚舟实为之滥觞矣。”[②] “虚舟喜用僻事，欲人不知，竟不顾其切与否也。”[③] 他指出郑若庸创作时爱用事，其剧作中已产生堆垛之感，且极爱用僻事，使其剧作失去了戏曲的本色特征。且又认为其喜用僻事的目的是：因僻事人们不知，用之可使人产生新鲜感。确实，用事恰到好处，或以一定的技巧进行穿插能令人产生新鲜感，但使用一些观众根本不知道或难以理解的僻事，只会增添古奥晦涩之弊，很难令人产生惊奇的感受，反而点金成铁了。

从某种程度上讲，戏曲一切功能的实现都是建立在其叙事基础上的，或者说，故事的叙述是戏曲实现一切目的的基础。如戏曲抒情多是在叙

---

① 张大复：《寒山堂曲话》，俞为民、孙蓉蓉《历代曲话汇编》清代编第一集，黄山书社2008年版，第18—19页。

② 徐复祚：《三家村老曲谈》，俞为民、孙蓉蓉《历代曲话汇编》明代编第二集，黄山书社2009年版，第257—258页。

③ 徐复祚：《南北词广韵选批语》，俞为民、孙蓉蓉《历代曲话汇编》明代编第二集，黄山书社2009年版，第349页。

事中进行的，所以，故事必须易晓可解，如王骥德所言："世有不可解之诗，而不可令有不可解之曲。"而导致戏曲故事不可解的原因之一便是用僻事，如"'韩景阳''大来头'，此僻事也。作南戏，而两语皆南人所不识"，"韩景阳"和"大来头"这是北方人的语言，用在南戏中南人不识，何以理解其用意，反而成为理解故事的障碍，所以王骥德认为曲中用僻事也是"曲之病也"[①]。

再从"用事"的目的来看，曲中"用事"的主要目的是借故人之故语、故事，通过读者或观众的联想来扩大故事的意境，增添故事的意蕴，所以"用事"的前提是读者或观众对这些典故了解或熟悉，若所用故事太生僻，令读者、观众不解，如此便达不到"用事"的目的，还可能使故事情节发展间断，所以故事要通俗易晓，如此才能达到用事的效果。

但若因故事内容或观赏效果的需要，用了一些生僻或费解的典故，剧作者必须以一些其他的方式作出解释，否则将成为阅读或观赏的障碍，清代李文瀚深知典故的运用在叙事中所产生的雅趣，故他的作品中常常典故很多，也就不乏一些生僻、隐讳者，但他能意识到读者或观众对生僻典故的接受问题，所以，他便巧妙地将这些生僻典故"悉列於后《考据》卷中，以便稽核"[②]。所以，曲中用事，不仅要斟酌用何事，还要考虑如何用事。

（三）如何用

对于如何"用事"，剧论家们从用事的多与少、明与暗、腐与新这几个方面做了不同的指导：

首先，戏曲中"用事"不可多，忌堆垛典故。故事中若"用事"太多会使故事显得臃肿笨拙，缺少精巧细致之趣，徐复祚就认为《玉玦记》"第纯用故事填塞，遂少玲珑之趣"[③]。且如果戏曲故事中"用事"太多，

---

① 王骥德：《曲律》，俞为民、孙蓉蓉《历代曲话汇编》明代编第二集，黄山书社 2009 年版，第 114 页。

② 李文瀚：《银汉槎凡例》，俞为民、孙蓉蓉《历代曲话汇编》清代编第四集，黄山书社 2008 年版，第 428 页。

③ 徐复祚：《南北词广韵选批语》，俞为民、孙蓉蓉《历代曲话汇编》明代编第二集，黄山书社 2009 年版，第 309 页。

满眼都是古人、古事，也会使故事缺乏新生的气息，梅禹金《玉合记》中的宾白辞藻堆砌，文辞罗列，曲词中有一半都是典故填塞，沈德符便认为这样的剧作犹如“设色骷髅、粉捏化生”[①]，会令观众产生窒息之感，难以博得读者、观众的喜爱。然而，戏曲中堆垛故事的现象已成为明后期戏曲创作的一个恶习，冯梦龙曾指出这已成为“世俗之通病也”[②]。一些剧作家或为了抬高戏曲的地位，去除戏曲的鄙陋之感；或出于文人的积习，逞才使气，炫示才学。在戏曲叙事过程中强塞典故，拾凑饾饤，致使运笔不灵、章法不顺，甚至“用事重沓及不着题”[③]。较为典型的有郑若庸的《玉玦记》，剧中“句句用事，如盛书柜子，翻使人厌恶”，所以王骥德认为如此用事还不如一个都不用，如“《拜月》一味清空，自成一家之为愈也”[④]。可见，古代剧论家虽提倡用事，但是反对“掉书袋”式的用法。

其次，在古代剧论家看来，典故大致可分为“明事与隐事”两种。“明事”即常见、常用之事，这一类典故，读者、观众已较熟悉，若再详细地呈现，则难以再给读者、观众留下回味想象的余地，所以对于此类典故，则应暗使，即暗地里悄悄地潜入“本事”中，不必再多做提示，虽在“用事”，但不着痕迹，观众也已默认其为“本事”中本有的一个部分。“隐事”，即如上面所说的僻事。叙事中不可能一再重复常用的典故，或用别人用过的典故，那就需要使用一些别人没用过的或不常用的典故，但在使用过程中，则需使其得以详尽、清晰地呈现，如此既能使观众明白晓畅，也能使观众产生新鲜感，僻事也就不再是僻事了。对此，王骥德总结为：“明事暗使，隐事显使，务使唱去人人都晓，不须解说。”[⑤] 或如前面所说，沈德符所赞成的将僻事列入《考据》卷中，以便稽核。当

---

① 沈德符：《填词名手》，俞为民、孙蓉蓉《历代曲话汇编》明代编第三集，黄山书社2009年版，第63页。

② 冯梦龙：《太霞新奏》，俞为民、孙蓉蓉《历代曲话汇编》明代编第三集，黄山书社2009年版，第7页。

③ 徐渭：《南词叙录》，俞为民、孙蓉蓉《历代曲话汇编》明代编第一集，黄山书社2009年版，第487页。

④ 王骥德：《曲律》，俞为民、孙蓉蓉《历代曲话汇编》明代编第二集，黄山书社2009年版，第86页。

⑤ 同上。

然，这更多的是针对读者而言的。总之，无论是明事或暗事，其使用效果必须是人人都能知晓，如此才能达到其使用的目的。

最后，典故是故人之事，在用事过程中，还要尽量避免典故的陈腐，否则便如“点鬼垛尸”。如何避免？孔尚任指出“化腐为新，易板为活”①。在古代，一些有文学修养的剧作者使用典故不但能够信手拈来，而且还能化腐为新，易板为活，能将典故翻出新意，如此便避免了用事的点鬼垛尸之感。杨恩寿很赞赏圆海的《燕子笺》，其原因之一就是认为剧中用典能“化腐为新”，如他在《词余丛话》中说：“《燕子笺》中《写像》一出，脍炙人口。余尤爱霍秀夫与华行云画小照后，行云索秀夫自貌於侧，秀夫云：‘画眉郎怎自把眉儿画！’死典活用，字字灵通，此岂芥子园所能梦见！”②《写像》一出剧作者写完霍秀夫与华行云互画肖像之后，趁此情景巧妙地插入汉代张敞为妻画眉的典故，借这一典故既表达了霍秀夫与华行云夫妻之间的感情，又刻画了当时夫妻的亲昵之态。剧作者将此典故巧妙地融入“本事”中，不但不显腐旧之气，而且还增添了新意。

（四）巧妙之法与忌讳之处

“用事”若能恰到好处，既能增加故事的内蕴，又能增添叙事的趣味。那么，具体如何用事才能不显堆垛，才能化腐为新，为此，王骥德指出了一种巧用事的方法，比如用故人的双句成语时最好“单用一句”，若用双句，可从两处寻得然后对之，“如此方不堆积，方不蹈袭，故知此老胸中，别具一副炉锤也”③。这里指出了用典中的裁剪与融合的方法。裁剪是指按剧作者所要表达的意思，对古语、古事进行选择性的摭取，然后再将这些典故按所需表达的意思进行改易、融合，使其脱胎成为剧中的一个部分。

“用事”实质就是在“本事”中插入一个典故，所以，最忌生拉硬

---

① 孔尚任：《桃花扇凡例》，俞为民、孙蓉蓉《历代曲话汇编》清代编第一集，黄山书社2008年版，第666页。

② 杨恩寿：《词余丛话》，俞为民、孙蓉蓉《历代曲话汇编》清代编第四集，黄山书社2008年版，第552页。

③ 王骥德：《曲律》，俞为民、孙蓉蓉《历代曲话汇编》明代编第二集，黄山书社2009年版，第86页。

扯，最妙是不见痕迹。从故事的完整性来看，插入的典故最终要成为故事的一个有机组成部分。所以插入的故事在原本事中必须可以左右逢源，与故事中的情节前后呼应，如此才能不见穿插痕迹，才能真正融入故事中，做到化腐为新。对此，王骥德以一个生动形象的比喻来阐释，“又有一等事，用在句中，令人不觉，如禅家所谓撮盐水中，饮水乃知咸味，方是妙手。《西厢》《琵琶》用事甚富，然无不恰好，所以动人”①。《西厢记》和《琵琶记》中典故都很丰富，但是因剧作者们精湛的锤炼之工，毫无饾饤堆砌之痕，而且能很恰当、自然地融于“本事”中，恰如撒盐于水中，虽不见痕迹，但品尝时却会产生咸淡之感，如剧中蔡伯喈所言的“假饶一举登科日，难道是双亲未老时”，语出《神童诗》“一举登科日，双亲未老时”。蔡母所说的“一旦分离掌上珠”，语出《述异记》“生女谓之珠娘，生男谓之珠儿”，《琵琶记》中这样的典故很多，但因其既浅显易懂，同时又能与剧中情节自然相融，所以不但不觉其繁，反而如王骥德所言，这也是剧作引人注意、打动人心的地方。其后，冯梦龙也认为曲中用事“最忌牵强生拗”，同时谈到曲中用“曲名、牌名、花名、药名”等语典时，同样认为技艺精湛的剧作者会“以已意镕化点缀，不露痕迹”②，将这些语典巧妙地穿插于剧中，就如同常言俗语，家常自然。

当然，曲中“用事”对于篇幅较短的杂剧来说，还较易融入，而对于长篇传奇来说，使典故能与整个故事浑然一体，不见雕凿痕迹也是极不易得的。所以，对于用事能恰到好处而又不见痕迹的传奇作品，剧论家给予了充分肯定，如王骥德评价“实甫要是读书人曲中使事，不见痕迹，益见炉锤江”③。

戏曲用事往往不顾及时代先后、人情常理，有时前一代的故事中竟插入后一代人的典故，如元代马致远的《三醉岳阳楼》写的是唐代吕洞

---

① 王骥德：《曲律》，俞为民、孙蓉蓉《历代曲话汇编》明代编第二集，黄山书社 2009 年版，第 86 页。

② 冯梦龙：《太霞新奏批语》，俞为民、孙蓉蓉《历代曲话汇编》明代编第三集，黄山书社 2009 年版，第 12 页。

③ 王骥德：《校注古本西厢记评语》，俞为民、孙蓉蓉《历代曲话汇编》明代编第二集，黄山书社 2009 年版，第 161 页。

宾的事，但是剧中［寄生草］曲：“这的是烧猪佛印待东坡，抵多少骑驴魏野逢潘阆”[①]，却用了宋代苏东坡吃佛印烧猪的典故。明清传奇中也常有这种现象，对此，清代胡盍朋总结道：“词中引用故实，不拘时代先后，如《碎石》折用兰亭真本，《卜居》折用韩非松雪之类。亦犹《琵琶记》用小秦王三跳涧也。如以读史不熟，谓与今人对策，有称唐之阮亭、宋之白乐天同讥，则余亦不复置辨。”[②] 这就如同王维著名的《袁安高卧图》，图中在雪里画了芭蕉，其他画中还将牡丹、芙蓉、莲花同画在一个场景中，这种“用事”现象已超越了“用事”技巧，在追求“用事”的艺趣。所以，虽然有违生活的真实，但却产生了艺术的情趣，正如李贽所言“虽缺画理，无碍画趣”[③]。这其间的妙处是难以言尽的，又如王骥德所说“不可易与人道也”。总之，戏曲中用事要灵活自如，同时要考虑到戏曲故事的舞台性和艺术的独特个性，做到我来使事、事为我用，如此才可达到用事的效果。

“用事”是古代文论中的传统话题。诗论中有，词论中也有。诗、词、曲本有一些相通之处，所以受诗论、词论的影响，戏曲中的“用事”体现了对传统诗论、词论的继承，但因曲自身与诗、词相比有其独特的叙事性与舞台个性，在古典戏曲理论中，剧论家们结合戏曲的舞台性特征，指出戏曲中应该“用事”，但要用“本色事”，忌用僻事；强调在具体“用事”中还要处理好多与少、明与暗、腐与新的关系；且认为要达到叙事的艺趣，“用事”可以不计时代先后，不顾理之有无。这些都体现着古典戏曲“用事”理论的独特个性。

第二节　人

人物作为事件的主体，故事发生、发展的过程都是人物的行动。从

---

① 王骥德：《曲律》，俞为民、孙蓉蓉《历代曲话汇编》明代编第二集，黄山书社 2009 年版，第 107 页。

② 胡盍朋：《汨罗江传奇例言》，俞为民、孙蓉蓉《历代曲话汇编》清代编第四集，黄山书社 2008 年版，第 474 页。

③ 毛声山：《第七才子书琵琶记总论》，俞为民、孙蓉蓉《历代曲话汇编》清代编第一集，黄山书社 2008 年版，第 486 页。

叙事的视角来看，叙事就是展现人物的行动。那么，戏曲叙事要展现什么样的人物行动？或者说戏曲故事中人物的形象有何特征？人物的行动又是如何展现的？是像小说一样主要由叙述者来讲述，还是由人物自己来呈现？另外，故事中有不同类型的人物，这些人物在故事呈现中各自承担什么样的叙事功能？这些都是以叙事视角对人物进行的必要的研究。本节就主要围绕这几个问题来对古典戏曲中的人物进行挖掘研究。

一　人物形象的特征[①]

（一）人物形象“类型化”及“类型的极致化”的追求

谭帆在对古典戏曲人物理论中的人物形象论进行分析时指出：“个性化的人物塑造要求在正反、优劣、美丑等多重关系所构成的丰富性中突出人物形象的独特性，类型化的人物塑造则注重在‘类’的范围内对人物形象作单向的凝聚和集中。”[②] 也就是说，首先“个性化”的人物具有形象上的丰富性，它表现人物形象的各个方面，其次人物在这丰富的多重关系中又体现出区别于其他人物的独特性；而类型化人物则侧重于展示人物形象的主导性格，人物的一言一行都突出表现其主导性格这一方面，故其形象特征比较单一，不够丰满。谭帆认为中国古典戏曲人物论总体呈现类型化的倾向。赵山林在《中国戏剧学通论》的“人物论”中也肯定了这一观点，大多数研究者在论戏曲理论中的人物形象论时都持这一观点。虽个别研究者又指出剧论中显示出了人物的“丰富性”特征的认识，但其只就个别剧作而言，就整体来看，古典戏曲剧作及理论均呈现出类型化的倾向。可以说，古典戏曲人物形象类型化的观点占主导地位。

的确，一方面，因受文学艺术承载伦理道德传统观念的影响，同时又受明清时期程朱理学思想的影响，古代戏曲中出现了大量以宣扬伦理道德为目的的伦理剧，剧中人物作为伦理道德观念的载体，集聚了一个类型概念下几乎所有人物的行为，表现出鲜明的类型化特征，如明清传

---

① 本节内容以《类型的极致化——中国古典戏曲人物形象论》之名发表于《中华戏曲》第 55 辑。

② 谭帆：《金圣叹戏曲人物理论刍议》，《文学遗产》1987 年第 2 期。

奇中大量的忠臣、清官、孝子、贤妻以及与这些形象相对的权佞、逆子、荡妇等类型人物。一方面，戏曲演剧时生、旦、净、丑等脚色行当的分工，也体现着人物类型化的区分思想，孔尚任尝言“脚色所以分别君子小人”[①]。脚色以品性之善恶、气质之刚柔来扮演并区别着人物的类型，如生、旦常敷以洁面，而净、丑常涂为花面，以此来区别人物的善恶美丑。且戏曲施之场上，每一脚色都有其相应的表演程式，程式化的动作也决定着人物形象的类型化。另外，剧论家们在对剧中人物进行品评时，突出强调人物形象的类型特征，常常只以一个词如妖、痴、迂、呆、贤、丑、智、愚等来概括人物。这些都明显地表现出古代剧论家们对古典戏曲人物形象类型化的认识。所以，无论从古代剧作中所体现出的人物形象来看，还是就古代剧论家们的认识而言，古典戏曲人物类型化的特征确实都是显而易见的。

就上面分析来看，这样的人物就如同亚里士多德所指出的人物形象，其在《诗学》中说：“诗所描写的事带有普遍性，历史则叙述个别的事。所谓‘有普遍性的事’，指某一种人，按照可然律或必然律，会说的话，会行的事。”[②]“某一种人”自然是“某一类人”，他们的言行是按照事件发展的可然性和必然性而做出的反应，他们所要反映的是普遍事件的规律，而不是展示其独特的人物个性，所以表现出类型化的特征。这里也可以看出，亚里士多德的人物论与其对戏剧以“情节为中心”的论说是一致的，事件的普遍性决定了人物的类型化。

然而，古典戏曲故事并不追求普遍性，我们知道，古典戏曲故事情节追求“奇特性”，戏曲故事若不奇，则不传，戏曲对人物形象的追求也没有止于“类型化”，而是“类型的极致化”，也就是一个类型中表现最强烈的“那一个”。这一观点，我们可以从剧论家们的品评以及剧作家的创作理念中分析出，如明代沈际飞评汤显祖《紫钗记》中的人物时曰：“自古阅今，不必痴於小玉，才於李郎，婉於薛姬。”[③] 这里，沈际飞仅以

① 孔尚任：《桃花扇凡例》，俞为民、孙蓉蓉《历代曲话汇编》清代编第一集，黄山书社2008年版，第667页。

② ［古希腊］亚里士多德：《诗学》，罗念生译，人民文学出版社1982年版，第29页。

③ 沈际飞：《题紫钗记》，俞为民、孙蓉蓉《历代曲话汇编》明代编第三集，黄山书社2009年版，第443页。

一字来总结，指出人物形象的类型特征，同时又认为小玉之痴、李郎之才、薛姬之婉都是从古至今无人可比的，这就揭示出《紫钗记》中的人物形象具有“类型的极致化”特征。再如清代张龙辅对张坚的《玉狮坠》中人物的分析：“贱如老鸨，卑如瘸仆，愚若丹师，轻如狎友，皆各露一种至性，有迥出於寻常万万者。”① 这里明确指出《玉狮坠》中每个人物的形象在其所处的类型中都超出了寻常人的千万倍，同样表明这一剧中的人物形象具有“类型的极致化”特征。

另外，在论证人物形象的类型化特征时，前贤多以古代剧论家们对《牡丹亭》中的人物评价为论据。我们再看这些分析，明代王思任曰：“杜丽娘之妖也，柳梦梅之痴也，老夫人之软也，杜安抚之古执也，陈最良之腐也，春香之贼牢也。”② 他各以“妖、痴、软、古执、腐、贼牢”一词来全面概括人物的形象特点，意在言剧中人物形象具有类型化的特征。在王思任对《牡丹亭》中人物形象类型特征分析之后，沈际飞进一步推进曰：“柳生呆绝，杜女妖绝，杜翁方绝，陈老迂绝，甄母愁绝，春香韵绝。”③ 他在王思任论说的基础上增加了一个“绝”字，就是说柳生之呆、杜女之妖、杜翁之方以及陈老之迂是无人能比的，无以复加的，即人物形象极尽其所处的类型特征，表现出“类型的极致化”。这一认识也是切合作者汤显祖的叙事观念的，汤显祖对其《牡丹亭》中杜丽娘的形象作过详细的阐释，也表达出了他对戏曲人物形象的追求。其在题词中曰：“天下女子有情宁有如杜丽娘者乎！梦其人即病，病即弥连，至手画形容传于世而后死。死三年矣，复能溟莫中求得其所梦者而生。如丽娘者，乃可谓之有情人耳。情不知所起，一往而深，生者可以死，死可以生，生而不可与死，死而不可复生者，皆非情之至也。”④ 汤显祖以“情”来解释杜丽娘形象中剧论家们所说的“妖”，认为杜丽娘之“情”

---

① 张龙辅：《玉狮坠·序》，蔡毅《中国古典戏曲序跋汇编》，齐鲁书社 1989 年版，第 1683 页。

② 王思任：《批点玉茗堂牡丹亭词叙》，俞为民、孙蓉蓉《历代曲话汇编》明代编第三集，黄山书社 2009 年版，第 48 页。

③ 沈际飞：《牡丹亭题词》，俞为民、孙蓉蓉《历代曲话汇编》明代编第三集，黄山书社 2009 年版，第 444 页。

④ 汤显祖：《牡丹亭题词》，俞为民、孙蓉蓉《历代曲话汇编》明代编第一集，黄山书社 2009 年版，第 601 页。

是超越常态、超越生死的，是天下所有女子都无人能及的，显然是在追求人物形象的极致化，且就剧中人物的表现来看，杜丽娘业已成为“情之至”的代表。

令人惊奇的是，一些成就较高的剧作，其故事中人物也确实表现出“类型的极致化”特征。除在古典戏曲史上影响较大的《牡丹亭》外，再回首元杂剧的文采派高峰《西厢记》，对于剧中的男女主角的形象，金圣叹的分析最为详细，他曾说：“双文，天下之至尊贵女子也；双文，天下之至有情女子也；双文，天下之至灵慧女子也；双文，天下之至矜尚女子也。”[①]“《西厢记》写张生，便真是相府子弟，便真是孔门子弟，异样高才，又异样苦学；异样豪迈，又异样淳厚。相其通体自内至外，并无半点轻狂，一毫奸诈。”[②] 从金圣叹的分析中，我们首先看到的是对崔莺莺形象的“至”和张生形象的“异样”的评价，这都是对其形象特征极致化的概括。然而，金圣叹没有以一个词来评价，而是连用了几个词来概括，这是不是金圣叹在强调人物的“个性化”特征？从理论上来分析，如果人物既表现出一方面的极致，又表现出其矛盾对立面的极致，那可以说其性格是分裂的，显然是不成立的。再看金圣叹的分析，莺莺“有情”之外的“尊贵”“矜尚”“灵慧”突显了其小姐身份的特征。而张生的“高才”是对其才学的认识，“苦学”是对其行为的评价，这些都是书生形象的特征，“豪迈”“淳厚”才是对其性格的认识，而这又是一个典型书生的性格特征。所以，金圣叹这里也是在表达其对人物形象“类型的极致化”的追求。

被誉为“传奇之祖”的《琵琶记》中的人物形象也表现出了“类型的极致化”。剧中赵五娘表现出了孝顺之至，她侍奉公婆，为其典尽衣衫首饰，自己却糟糠自厌，为公公代尝汤药、祝发买葬，为公婆手筑坟墓，孝心之至感格天神，可以说赵五娘是“孝之至”的典范。对于剧中其他人物，剧作者高明在其《琵琶记》的创作主旨中也指出了他们“类型的极致化”

---

① 金圣叹：《第六才子书西厢记·赖简》总批，俞为民、孙蓉蓉《历代曲话汇编》清代编第一集，黄山书社 2008 年版，第 171 页。

② 金圣叹：《读第六才子书西厢记法》，俞为民、孙蓉蓉《历代曲话汇编》清代编第一集，黄山书社 2008 年版，第 133 页。

的特征，表达了其对戏曲人物形象的追求，从剧中副末开场中的下场诗可见，蔡伯喈的形象特征是“全忠全孝”，牛丞相也是“极富极贵”，或“全”，或“极”，各个人物的形象都在追求“类型的极致化”。

这种对人物形象的极致化追求，剧作家们在其择事的论说中也有体现，如朱有燉在选择故事本事时常常表现出这种倾向，他听闻河南乐籍中乐工刘鸣高之女刘盼春及成人之年时，父母将其与良民周生相配，二人情感甚笃，但家教甚严，父母不许其在成婚之前往来，断绝了他们的来往。后来，其父母又以生活艰难为由欲将其另嫁他人，此时正有富商带着金帛来求亲，便令其嫁人，刘盼春不从，便对其杖击、鞭打，但刘盼春始终不从，周生听闻后，写信让刘盼春听从父母之命，不要再惦念他了，刘盼春回信说：怎么能与常人相比？数日后，父母又再次逼迫她嫁给富商，刘盼春便回到屋中，自缢而死。死后，火烧其尸，尸体烧尽却有一香囊完好无损，取而观之，里面是周生所寄的词简。朱有燉正是因此女对爱情忠贞至极，坚如磐石，即使水火也难改其志，体现出了对爱情忠贞不渝的极致化的状态，所以将其谱为传奇。[①] 再有，当其在读史书时，知关羽对刘备忠义事，认为其忠义之至，通于神明，达乎天地，即使有虎与虏辈，也不忍加害，感叹其义之绝，所以谱作《关云长义勇辞金》传奇。[②] 剧中刘备在徐州兵败后逃走，关羽落入曹操之手，走投无路而投降，但在土山向曹操提出三个要求：一是降汉不降曹；二是刘备夫人要用朝廷给刘备的俸禄赡养；三是只要听到刘备去向，纵然千里之远，亦要辞去。曹操求才心切，一一应允，且为笼络关羽，封其为偏将军，礼之甚厚，但关羽得知刘备下落后，挂印封金，辞别曹操，带着刘备的两位夫人过五关斩六将去寻刘备，剧中情节处处可见关羽的忠义之心，后祁彪佳称赞此剧写尽了关公之义勇。

可见，人物形象“类型的极致化”既是剧论家们对人物形象的审美追求，也是古代剧作者们创作的共同追求。

需要特别指出的是，沈际飞在评《牡丹亭》人物“柳生呆绝，杜女

---

① 朱有燉：《刘盼春守志香囊怨序》，俞为民、孙蓉蓉《历代曲话汇编》明代编第一集，黄山书社 2009 年版，第 201 页。

② 朱有燉：《关云长义勇辞金引》，俞为民、孙蓉蓉《历代曲话汇编》明代编第一集，黄山书社 2009 年版，第 202 页。

妖绝，杜翁方绝，陈老迂绝”之后，又说“柳生未尝痴也，陈老未尝腐也，杜翁未尝忍也，杜女未尝怪也”[①]。关于此段论说，前人研究时多认为此处是在强调人物性格的多种侧面，也就是人物性格的丰富性或称个性化，如赵山林在《中国戏剧学通论》、谢柏梁在《中华戏曲文化学》中都表达出这样的认识。但结合这两处评论仔细分析，可知其表达的意思是柳生虽呆绝但不痴，陈老虽迂绝但不腐，杜翁虽方绝但不忍，杜女虽妖绝但不怪，也就是说人物性格虽达到了类型中的极致化，但没有逾越它的界限，追求极致但并没有走向极端，正是“肥而不腻、瘦而不柴”的恰到好处，这正是《牡丹亭》人物的成功之处，也是古典戏曲人物形象所追求的最高境界。其实，人物形象恰到好处、不越界限的“类型的极致化”的追求，明代李贽在评《西厢记》时已有所流露，他认为“作《西厢》者，妙在竭力描写莺之娇痴，张之呆趣，方为传神，若写作淫妇人、风浪子模样，便河汉矣”[②]。也就是说莺莺形象之妙处就在于痴而不淫，张生形象之妙处也在于风流却不放荡。所以说，剧论家们对人物形象“类型的极致化”的追求是“有度”的。而这一“度”在叙事过程中是不易把握的，在古典剧作中也有一些失度的现象，对于这些因过度追求“类型的极致化”使人物形象失却其审美与教化功用的剧作，剧论家们纷纷提出批评，其中余治从戏曲的社会效果来论，他将戏曲教化人心比作以药治病，认为以药治病要把握药的剂量，戏曲以人物形象来感化人心要把握分寸，否则非但无益还可能酿成不良后果。如其所言：“奸臣逆子，旧剧中往往形容太过，出于情理之外，世即有奸臣逆子，而观至此则反以自宽，谓此辈罪恶本来太过，我固不甚好，然比他尚胜过十倍。是虽欲儆世，而无可儆之人，又何异自诩奇方而无恰好对症之人，服千百剂，亦无效也。”[③] 所以，“极致”而不“极端”正是古典戏曲人物形象极致化追求的合理之处，这也是戏曲人物吸引观众的可爱之处。

---

① 沈际飞：《牡丹亭题词》，俞为民、孙蓉蓉《历代曲话汇编》明代编第三集，黄山书社2009年版，第444页。

② 李贽：《李卓吾先生读西厢记类语》，俞为民、孙蓉蓉《历代曲话汇编》明代编第一集，黄山书社2009年版，第543页。

③ 余治：《得一录》，转引自蔡钟翔《中国古典剧论概要》，中国人民大学出版社1988年版，第133页。

（二）人物形象“类型的极致化”追求的原因探究

那么，戏曲人物形象何以会出现“类型的极致化”的倾向或追求？通过对古代剧论家们论说的分析，认为主要出于以下三方面原因：

其一，受传统文化心理结构和审美习惯的影响。老子《道德经》第七十七章中说：“天之道，损有余而补不足。人之道，则不然，损不足以奉有余。”① 老子这一论说的原意是指：自然的规律，是损减有余来补充不足，而人类世俗社会的做法却不然，是损减贫穷不足来供奉富贵有余，善者增其善名，恶者增其恶名，使其走向极致。这既是一种社会物质分配现象，同时也体现出一种普遍的社会心理结构。孔子的弟子子贡也以当时出现的具体个例来表达这一心理现象的普遍性，其曰：“纣之不善，不如是之甚也。是以君子恶居下流，天下之恶皆归焉。”② 纣王因有恶行而被灭，故有恶名，后人便将一切坏事尽归其身，将其“不善”之特征推向极致，所以当时君子们都害怕居于不善之地。历史的书写通则“成者王侯败者寇”也是这种心理结构的体现。在古典戏曲中，剧作者在对“本事”进行处理时也承续了这一思想，《怀沙记》中叙述楚怀王被俘之事，据历史记载，秦国攻占了楚国八座城池之后，秦昭襄王约楚怀王在武关会面，怀王赴会却被秦国扣留，结果剧中将怀王被俘归咎于张仪，原因就是张仪之前有欺骗怀王致使其与齐国断交的恶举，正如剧作者所言“君子恶居下流，不妨以恶归之也”③。再如在孔尚任的《长生殿》中，安禄山因征讨奚、契丹时临阵失机，被解京正法。据历史所载，他是通过贿赂奸相李林甫而获救的，但因剧中要揭露杨国忠因倚尊恃宠而大肆纳贿招权的罪行，且剧作者恐剧中头绪枝节繁多，便运用移花接木之法，将安禄山犯罪被赦的时间推后，改为贿赂杨国忠。此种对历史事件的处理在吴仪一看来也正是受“所谓君子恶居下流”④ 思想的指引。对此，李渔进行了理论化的总结，曰：传奇“欲劝人为孝，则举一孝子出

---

① 老子：《道德经》，陈国庆、张爱东注译，三秦出版社 1995 年版，第 211 页。

② 孔子：《论语》，陈国庆、何宏注译，安徽人民出版社 2005 年版，第 248 页。

③ 张坚：《怀沙记凡例》，俞为民、孙蓉蓉《历代曲话汇编》清代编第一集，黄山书社 2008 年版，第 741 页。

④ 吴仪一：《长生殿·贿权》眉批，转引自赵山林《中国戏剧学通论》，安徽教育出版社 1995 年版，第 444 页。

名，但有一行可纪，则不必尽有其事，凡属孝亲所应有者，悉取而加之。亦犹纣之不善，不如是之甚也，一居下流，天下之恶皆归焉”[①]。“天下之恶皆归”便表现出恶之“极致”。这种善恶、爱憎分明的审美心理在中国人的思想中根深蒂固，当下仍然存在，我们在看剧时，每每有“好人还是坏人”的鲜明心理判断。所以，小说中的人物形象也有这样的现象，如鲁迅对《三国演义》中的人物描写进行评价时说：“写好的人，简直一点坏处都没有；而写不好的人，又是一点好处都没有。其实这在事实上是不对的，因为一个人不能事事全好，也不能事事全坏。譬如曹操他在政治上也有他的好处；而刘备、关羽等，也不能说毫无可议，但是作者并不管它，只是任主观方面写去，往往成为出乎情理之外的人。”[②] 对于这一现象，鲁迅以现实中的人来衡量指责其“是不对的”，同时他还指出有时有“出乎情理”之处，正如戏曲中有“失度”的现象一样。我们且不论鲁迅的指责是否合理，但确实指出了小说中也有人物形象“类型的极致化”的现象。其实，可以说，在艺术自身的要求下，在传统审美习惯的影响下，人物的典型化、极致化是所有叙事艺术的共同追求，戏曲更强调类型中的极致化，而小说则更注重表达典型环境中人物的典型化。

其二，是戏曲叙事审美效应的要求，同时也是戏曲叙事目的的要求。戏曲不同于其他体裁的文学，强烈的艺术感染力可以说是戏曲的基本要求。明代徐复祚曰：戏曲叙事的根本要求是要让观众产生“趯然喜，悚然惧”[③] 的效果。清代华表人也曾说“制曲之本意也”就是让观众“观侠则雄心血动，话别则泪眼涕流”[④]。黄星周总结曰：“论曲之妙无他，不过三字尽之，曰‘能感人’而已。感人者，喜则欲歌欲舞，悲则欲泣欲诉，怒则欲杀欲割，生趣勃勃，生气凛凛之谓也。”[⑤] 而如此耸动观感的

---

① 李渔：《闲情偶寄》，俞为民、孙蓉蓉《历代曲话汇编》清代编第一集，黄山书社 2008 年版，第 246 页。

② 鲁迅：《中国小说的历史的变迁》，中国文史出版社 2002 年版，第 334—335 页。

③ 徐复祚：《三家村老曲谈》，俞为民、孙蓉蓉《历代曲话汇编》明代编第二集，黄山书社 2009 年版，第 259 页。

④ 丁耀亢：《赤松游·题辞》，蔡毅《中国古典戏曲序跋汇编》，齐鲁书社 1989 年版，第 1529 页。

⑤ 黄周星：《制曲枝语》，俞为民、孙蓉蓉《历代曲话汇编》清代编第一集，黄山书社 2008 年版，第 224 页。

强烈效应，既来自于戏曲叙事的抒情特性、场上搬演的直观优势，又依赖于人物鲜明的类型化特征。戏曲登场搬演要面对不同的观众，人物鲜明甚至是极致化的类型特征，更能强烈地刺激观众情绪，使街市子弟、田里家夫、田畯红女等各种类型的观众皆能在情感上作出明显的反应。正如王骥德所言："华衮其贤者，粉墨其慝者，奏之场上，令观者藉为劝惩兴起，甚或扼腕裂眦，涕泗交下而不能已，此方为有关世教文字。"① 以往的古人进入戏曲作品中，贤者增其贤、恶者增其恶，使其贤、恶鲜明至极，如此观众才能产生"扼腕裂眦，涕泗交下而不能已"的强烈心理反应，达到洗涤、净化心灵的目的。古代剧论家在具体品评作品时也表达了这一认识，明传奇《藏珠》为警当世之悍妇，剧中写妒嫉之心极强的妻子准备杀死妾所生的儿子，这里祁彪佳评价曰："写出一段毒肠，令人可以切齿，乃足警世之为悍妇者。"② 指出人物形象极致化的特征可以给观众在情感上以强烈的冲击，进而达到劝讽的目的。这一倾向宋代灌圃耐得翁在其《都城纪胜》中谈到了当时影戏中人物形象的问题时已表明："大抵真假相半，公忠者雕以正貌，奸邪者与之丑貌。盖亦寓褒贬于市俗之眼戏也。"③ 可见，施之于场上的影戏中的人物，其形象同样追求鲜明的类型化，所以说，这一特征又是戏曲舞台叙事目的的要求。

其三，对戏曲人物形象"类型的极致化"的追求与对情节的"奇特性"的追求是一致的。也就是说，人物形象极致化的类型特征，也是戏曲求"奇"的要求之一。在古代剧论中，"奇"的内涵中就有人物形象之"奇"之意。清代蔡廷弼在《晋春秋·凡例》中曰："传奇者，传其事之奇者也，实传其事之奇而正者也。申生死孝，孝也；荀息死忠，忠也；之推死隐，廉也；石姑死妒，贞也。以死隐死妒，配死孝死忠，而是编遂以忠孝廉贞特著，此一书之纲领，非一代之纲常哉。吾故曰：传奇者，

① 王骥德：《曲律》，俞为民、孙蓉蓉《历代曲话汇编》明代编第二集，黄山书社 2009 年版，第 120 页。

② 祁彪佳：《远山堂曲品》，俞为民、孙蓉蓉《历代曲话汇编》明代编第三集，黄山书社 2009 年版，第 621 页。

③ 灌圃耐得翁：《都城纪胜》，俞为民、孙蓉蓉《历代曲话汇编》唐宋元编，黄山书社 2006 年版，第 116 页。

传其事之奇者也，实传其事之奇而正者也。”① 这里，蔡廷弼一方面强调“奇”要在“正”的范围内，“正”的意思是正统的伦理道德，对于人物而言，就是其形象特征要在忠孝廉洁等伦理纲常之内，在蔡廷弼看来，这是“奇”的前提；另一方面指出申生为孝而死、荀息为忠而死、之推为廉而死、石姑为贞而死，他们的孝、忠、廉、贞的类型特征都达到了极致化的状态，也就说明了“事之奇”的表现之一就是人物形象“类型的极致化”特征，这一认识与前面所论剧作家择事时对人物具有类型极致化的“本事”的选择态度是一致的。

可见，戏曲独特的社会功用、脚色制的表演方式等因素使戏曲人物形象整体呈现出类型化的倾向，而在传统文化心理结构和审美习惯的影响之下，在戏曲叙事审美效应的要求之下，在情节“奇特性”的约束之下，剧作家及理论家又在追求类型中的极致化。当然，戏曲故事中的人物形象也不都是单方面的类型化，古代剧作中也有一些成功的个性化人物，但总体而言，这样的剧作不多，人物类型化的观点在古代剧论中依然占主导地位。并且无论是类型化还是个性化，戏曲中的人物形象都追求强烈的鲜明性，这是所有叙事艺术对人物的追求，而戏曲艺术对其的追求则更为强烈。

二 人物与故事呈现的关系

（一）人物以自己的动作展现故事

对于戏剧人物与故事的呈现关系，古希腊的亚里士多德说：“悲剧是对于一个严肃、完整、有一定长度的行动的摹仿；……摹仿方式是借人物的动作来表达，而不是采用叙述法。”② “借人物的动作来表达”就是说戏剧故事是由人物自己的动作展现出来的，而不是由叙述者叙述出来的。后德国剧作家席勒又在与其他体裁的对比中指出：“悲剧是一个行动的模仿。模仿这个概念就使悲剧有别于其他单靠叙述或者描写的艺术。在悲剧中，个别的事件在其发生的瞬间，必须作为现在的事情，直接陈诸观

---

① 蔡廷弼：《晋春秋·凡例》，蔡毅《中国古典戏曲序跋汇编》，齐鲁书社 1989 年版，第 1984 页。

② ［古希腊］亚里士多德：《诗学》，罗念生译，人民文学出版社 1982 年版，第 19 页。

众的想象力和感官之前，不容第三者插入。史诗、长篇小说、短篇故事，凭它们的体裁，把人物的行动移到远方，因为在读者和进行行动的人物之间，横插进来一个叙述者。”① 席勒在将戏剧体裁与小说等其他叙述体裁进行区别时，清晰地阐释了模仿与叙述的区别，指出戏剧体裁中人物“直接陈诸观众的想象力和感官之前”，而小说等其他叙述体裁则是由第三者（叙述者）将人物和事件陈述给观众。我国当代戏剧理论家谭霈生在《戏剧与叙事》一文中也详细地论证了这一观点，且指出人物的言语也是人物的动作，如所言“‘语言’（文字）只是一种外在的形式，其主体、其内质，都应该是‘动作’”②。如此，作为戏剧类型之一的中国古典戏曲自然同样由人物自己的动作来呈现故事。其实，这一观点，古代剧论家早已有表达，明代剧论家孟称舜是这样说的：“各人说话便为各人写照。”③ 即是说，戏曲中人物以自己的言语动作展现着故事，从中又体现出自己的形象。那么，古典戏曲中的人物是否真正做到了以自己的言语动作展现故事，或戏曲故事中的人物如何才能真正做到以自己的言语动作来展现故事？

通过对古典剧论中相关论说的分析，我们认为，关于这一问题古代剧论家们是从创作者和剧中人物两个角度来阐释的，创作者既包括剧作者也包括二度创作中的表演者。

首先，从创作的角度来看，为了保证人物在说自己的话、做自己的事，体现人物展现故事的真实性，剧论家们首先要求剧作者在创作时要化身为剧中之人。在古典戏曲理论史上，最早提出这一观点的是王骥德，他在论“引子”时曰：“引子，须以自己之肾肠，代他人之口吻。盖一人登场，必有几句紧要说话，我设以身处其地，模写其似，却调停句法，点检字面，使一折之事头，先以数语该话尽之，勿晦勿泛，此是上谛。《琵琶》引子，首首皆佳，所谓开门见山手段。”④ “引

① ［德］席勒：《论悲剧艺术》，见《古典文艺理论译丛》第11册，人民文学出版社1963年版，第98页。

② 谭霈生：《戏剧与叙事》，《四川戏剧》2013年第7期。

③ 孟称舜：《娇红记·评》，转引自赵山林《中国戏剧学通论》，安徽教育出版社1995年版，第438页。

④ 王骥德：《曲律》，俞为民、孙蓉蓉《历代曲话汇编》明代编第二集，黄山书社2009年版，第97页。

子”是传奇重要脚色登场时所唱的第一支曲子，人物要道尽其一腔心事。所以，王骥德强调剧作者要“设以身处其地”，“以自己之肾肠，代他人之口吻”，也就是要求剧作者真正进入人物的角色，与人物处于同一情境中，以人物的口吻说出其在此情境下心中之事。这里虽针对引子而发，实则是指剧中从正文开始，剧作者都要“设以身处其地”地代人物言。在王骥德之后，孟称舜更明确地强调：“撰曲者，不化其身为曲中之人，则不能为曲。”① “化其身为曲中之人”就是剧作者要抛却自我，成为剧中之人，说出他们的话。那么，具体而言如何才能够真正达到身为曲中之人，代人物立言，清代李渔又将前人的论说推进了一步，他指出：“言者，心之声也，欲代此一人立言，先宜代此一人立心。”李渔此言直击问题的核心，人的一切言行，皆由其心理、思想所支配，若能准确地把握住人物内心深处的思想核心，从这里出发，则人物的一切言、行等外部表现，莫不切中。故在具体代言过程中，便需剧作者“梦往神游”直至人物内心的至隐至微之处，如“立端正者，我当设身处地，代生端正之想；即遇立心邪僻者，我亦当舍经从权，暂为邪僻之思”②。如此，剧中人物才可能真正表现为说自己的话，做自己的事，才能真正表现出“笑者真笑，笑即有声，啼者真啼，啼即有泪，叹者真叹，叹即有气”，具有生命和灵魂。李渔之后的杨恩寿、李绣虎等理论家都继承并延续着李渔的观点，同样强调“代何等人说话，即代何等人居心”③。

另外，因戏曲故事类型十分广泛，故而人物身份也很丰富，戏曲故事中人物涉及工商、官员、文人、武士、皇帝、娼丐、贼盗等古今社会中各行各业的各种类型，因“各人口吻，不得不还其分耳”④，故在创作中，剧作者就需“忽为之男女焉，忽为之苦乐焉，忽为之君主、仆妾、

① 孟称舜：《古今名剧合选序》，俞为民、孙蓉蓉《历代曲话汇编》明代编第三集，黄山书社2009年版，第465页。

② 李渔：《闲情偶寄》，俞为民、孙蓉蓉《历代曲话汇编》清代编第一集，黄山书社2008年版，第276页。

③ 杨恩寿：《续词余丛话》，《中国古典戏曲论著集成》（九），中国戏剧出版社1959年版，第304页。

④ 李文瀚：《银汉槎凡例》，俞为民、孙蓉蓉《历代曲话汇编》清代编第四集，黄山书社2008年版，第428页。

僉夫、端士焉"[①]。这一方面的论说，清代宋廷魁的总结最为全面，他指出：戏曲故事中"无形不造，亦无人不为"，故剧作者不仅要化身为不同性别、身份、地位、品质的人，"忽而为幽燕老将，忽而为三河少年；忽而为下吏，忽而为显宦；忽而为翠袖佳人，忽而为荷衣仙子；忽而为鬼怪，忽而为神灵；忽而俗，忽而雅；忽而痴，忽而黠"，而且还要化身于不同的故事情境中，"忽而身在九天之上，忽而身在九府之下，忽而身在八极之遥"。总之，要"极宇宙荒荡必不可至之境，极人生尊显奇幻必不可为之人"[②]。那么，如此高的要求及难度，剧作者如何才能做到？明代孟称舜曾言："非作者身处于百物云为之际，而心通乎七情生动之窍。曲则恶能工哉！"[③] 可见，剧作者要使剧中每一个人物真正言自己之言，行自己之行，在创作中就要以己之身处于百物之中，以己之情达喜、怒、忧、思、悲、恐、惊等多种情志。换言之，剧作者在创作中要能够超越自己，使自己能够深入剧作中的各个事件环境和各种人物的境遇中，同时自己还要具有人世间所有情感之体验与感受，如此才可以真正做到以一己之身代亿千万身言。

戏曲作为一种舞台艺术，在舞台的二度创作中，要使人物真正表现为说自己的话、做自己的事，同样需要演员化身为剧中之人，这一点古代剧论家们也已关注。清代徐大椿曰："必唱者先设身处地，摹仿其人之性情气像，宛若其人之自述其语，然后其形容逼真，使听者心会神怡，若亲对其人，而忘其为度曲矣。"[④] 如其所言，在舞台叙事中，演员同样要化身为人物，真实地表现出人物的"性情气像"，如此才能使人物以及事件真切地陈诸观众的感官之前，进而加强观众对人物以及事件的印象，达到演剧的目的。这正是戏剧相对于其他叙述体裁的优势。后黄幡绰也说："凡男女角色，既装何等人，即当作何等人自居。喜、怒、哀、乐、

① 孟称舜：《古今名剧合选序》，俞为民、孙蓉蓉《历代曲话汇编》明代编第三集，黄山书社 2009 年版，第 465 页。

② 以上三条均出自宋廷魁《介山记·自跋》，蔡毅《中国古典戏曲序跋汇编》，齐鲁书社 1989 年版，第 1915 页。

③ 孟称舜：《古今名剧合选序》，俞为民、孙蓉蓉《历代曲话汇编》明代编第三集，黄山书社 2009 年版，第 465 页。

④ 徐大椿：《乐府传声》，《中国古典戏曲论著集成》（七），中国戏剧出版社 1959 年版，第 174 页。

离、合、悲、欢，皆须出于己衷，则能使看者触目动情，始为现身说法。”[①] 黄幡绰同样强调演员装何人，就要自居于为何人，且进一步指出其言行情感“皆须出于己衷”，显然这一要求与李渔要求剧作者“代人立心”的意旨是一致的，且无论李渔、杨恩寿等对剧作者的要求，还是徐大椿、黄幡绰等对演员的要求，其最终目的都是要使戏曲故事的呈现体现出真切的现场感，进而使观者“动情”。

其次，从剧中呈现出来的人物来看，人物要表现出“说自己的话”，则其语言就要肖其口吻，所以，“肖口吻”是对人物语言的基本要求。在古典剧论中，剧论家们在品评人物语言时把着眼点便放在了语言是否与人物口吻相符之上。“口吻”的内涵是很丰富的，不同年龄、职业、身份的人具有不同的口吻，人物在不同境遇之下又有不同的口吻，等等。所以人物语言要能考虑到各个方面，真正做到“肖口吻”也是不容易的，祁彪佳就曾说“说白极肖口吻，亦是词场所难”[②]。在“肖口吻”的要求中，首先要求人物语言与自己的身份相配，也就是语言要肖其身份。不同的人首先有不同的身份，身份决定着其语言的“类”的特征，切合身份说的话、做的事，是人物真正说自己的话、做自己的事的初级要求或基本前提。古代剧论家们在对剧作进行品评时对人物的口吻都很关注，清杨恩寿评茗生的《四弦秋》“《送客》一出，老伎口吻宛然”[③]。吴梅认为《报恩缘》中成衣出身的县丞胡图“语语不脱裁缝口吻”[④]。吴仪一指出《长生殿》中安禄山的语言“不脱贼种语气”[⑤]。人物语言合其身份是人物“说自己的话”的最基本要求，但这一要求还是一种“类”的要求，没有深入具体的语境中以及人物具体的心灵深处。

以情节为本位的戏曲叙事，人物言行的情境性更为重要。也就是说，

---

① 黄幡绰：《梨园原》，《中国古典戏曲论著集成》（九），中国戏剧出版社 1959 年版，第 11 页。

② 祁彪佳：《远山堂曲品》，俞为民、孙蓉蓉《历代曲话汇编》明代编第三集，黄山书社 2009 年版，第 555 页。

③ 杨恩寿：《词余丛话》，俞为民、孙蓉蓉《历代曲话汇编》清代编第四集，黄山书社 2008 年版，第 550 页。

④ 吴梅：《报恩缘・跋》，蔡毅《中国古典戏曲序跋汇编》，齐鲁书社 1989 年版，第 1944 页。

⑤ 洪昇著，吴仪一批评本《长生殿》，凤凰出版社 2011 年版，第 104 页。

人物“说自己的话”更主要的是要求说出其在彼时彼地的情境中应说的话。人物的语言只有与整个故事环境以及具体的情境相吻合，才是真正的“说自己的话”，才能真正表现自己的品性修养，如此，才能与故事情节构成一个有机整体。所以，剧论家们在论人物形象时，处处考虑其所处的故事情境。这里，情境既指事件本身，也指事件所处的环境。在《琵琶记》第九出《临妆感叹》中，赵五娘在其与蔡伯喈相别后，一人在家中孤独寂寥，曰：“翠减祥鸾罗幌，香消宝鸭金炉。楚馆云闲，秦楼月冷，动是离人愁思。”[①] 语中祥鸾、罗幌、宝鸭、金炉等，一派富贵景象，显然与赵五娘当时所处的清贫的家境不相类，也无法与后来公婆相继饿死、张公救济、五娘祝发买葬等情节相符，所以，王骥德指出“皆过富贵，非赵所宜”[②]。从故事情境的角度来对赵五娘的口吻做出批评。人物的言语与其所处的整个故事情境不相符，不但会使人物形象不真实，而且会影响叙事效果。关于人物口吻与情境相合的问题，清代顾家相在读剧时曾做过细致的推敲，他在读金圣叹的《西厢记》评本《长亭》一出时，觉结尾处［耍孩儿］六曲尚有可议，于是反复推敲，将其改为［耍孩儿］七曲。其中认为［三煞］“情事部位，不应在此”，应放在最后，故将其作为最后一煞，且换去末三句为：“［又］方才的一处来，霎时间独自归，归家怕看罗帏裹。昨宵是绣衾奇暖留春住，此后是翠被生寒有梦知。从今起，收拾了笔端螺黛，盒底胭脂。”至此，才觉“位置於此，确是回车时口吻”[③]。我们从其内容可见，这一曲应是在张生已离开，莺莺也准备归家时所言，其意是莺莺在送别后准备回车时对归家后的情景及未来生活的预想，所以不应放在送别的中间，而应放在结尾处。顾家相这里的用心之处及其改后所显出的巧妙之处，正是口吻与情境相合的最好体现。

另外，人物的言语、动作除了要符合自己的身份、地位以及具体的

① 高明：《琵琶记》，黄竹三等编《六十种曲评注》第一册，吉林人民出版社 2001 年版，第 105 页。

② 王骥德：《曲律》，俞为民、孙蓉蓉《历代曲话汇编》明代编第二集，黄山书社 2009 年版，第 110 页。

③ 顾家相：《改订〈西厢〉〈长亭〉出［耍孩儿］并［煞尾］曲》，俞为民、孙蓉蓉《历代曲话汇编》清代编第四集，黄山书社 2008 年版，第 639 页。

故事情境之外，还要与其不同情境下的情感状态相适宜。身份与地位是不变的，而情感状态是变化的，人物有时在特定的情感状态之下，口吻与平时所表现出来的迥然不同。所以，人物的口吻也不是一成不变的，也要随着彼时彼地的情感状态的变化而改变。这一认识在明清剧论中都有反映。元高文秀的杂剧《谇范叔》，剧中范雎具有满腹才华，且有一腔报国热忱，却不得重用，只是大夫门下的一位辩士，臣相魏齐派其随大夫须贾出使齐国，在齐国中大夫邹衍面前，他说了这样一番话："俺则待把着严陵钓，耳洗衣着许由瓢，不图他顶冠束带立于朝，但得个身安乐"，此番言语，我们感到的分明是一个图安享乐的隐士口吻，与其胸怀抱国之志显然不符，但此时正是他在魏国不得重用，怀才不遇的失望与无奈心境的反映。孟称舜评价曰："极热心人偏说出极冷淡话，正是英雄失路无聊之语。"① 可见，人物心境不同，其口吻可能会截然相反。无独有偶，在《西厢记》的《赖婚》中，前因张生解围，崔夫人许下亲事，次日安排筵席。至日，莺莺得知所请之客为张生时，便急忙起床，画双蛾、拭粉香、贴钿窝，精心打扮一番满心欢喜准备赴宴，在红娘的挑逗之下，自感叹张生"命福如何"，且言："我相思为他，他相思为我，从今后两下里相思都较可。"② 此处，金圣叹批评曰："'我之与他'最是世间口头常字，然独不许未嫁女郎香口轻道。此则正将此字翻剔出异样妙文来。"③ 按莺莺未嫁女子的身份和相国小姐的地位，说"我相思为他，他相思为我"这类世俗女子所言之语是不合适的，但前有二人暗生爱慕，又有夫人许婚，这里能道出"我与他"，正是莺莺对这桩姻缘满心满愿的表现，也是她此时内在情感痴醉的表现，若不用此类语言，不足以表现"双文是日与解元贴皮贴肉，入骨入髓"的情感，金圣叹这里也正是指出了人物口吻随情感状态的变化而做出的贴切反映。

由上可见，关于戏曲故事中人物与事件的关系，古代剧论家们不仅从剧作者的角度指出了其"代言"的特征，还更深入地探讨了如何做到

---

① 孟称舜：《古今名剧合选序》，转引自《简论孟称舜的"人物论"》，《徐州教育学院学报》2001 年第 2 期。

② 王实甫：《西厢记》，《六十种曲评注》，吉林人民出版社 2001 年版，第 412 页。

③ 王实甫著，金圣叹批评本《西厢记》，凤凰出版社 2011 年版，第 95 页。

真正代言。另外，剧论家在对剧作进行品评时，还更详细地对人物的口吻、行为做了更具体的要求及理论指导，这些指导对现代戏剧创作中人物形象的体现仍具有重要的借鉴意义。

戏曲人物的类型特征，致使一些人物形象达到超乎现实的极致，甚至成为一个抽象的概念象征，缺乏丰富的形象特征，现实生活中的人应该是具有多种性格侧面的综合体，但是对于戏曲中这样的人物形象，观众没有感到虚假、离谱，相反却产生强烈的反应，达到戏曲“动人”的效果，这与其自己展现故事并从中显示其形象的叙事方式有极大关系，正是因情境的真实、语言行动的真实以及情感的真实，人物才极具艺术的真实性，故而有动人的艺术魅力。

（二）人物以自己的视角叙述故事

古典戏曲人物在展现故事的动作中有一种特殊的动作——叙述，也就是人物以叙述这一行动来讲述故事，就是席勒所言“把人物的行动移到远方”，用言语来叙述人物及其行动。但是这里没有插入第三者，叙述的主体仍然是人物，且叙述动作依然是人物的行动，这一叙述只是人物在展现故事的动作中的一种独特类型。既然是叙述，就有视角，视角是以眼睛、耳朵、思维及情感等各种感知器官来观察、感知事物或事件的角度，叙述视角是指人物叙述时观察、感知故事的角度。换言之，人物在讲述故事时，以一个角度（或称观察点）来“看”这个故事，通过这一角度或观察点将所看到的事件叙述出来。在小说叙事中，整体上是以全知叙述者的视角来呈现故事，而戏曲叙事中均是以人物的视角来叙述事件，所以，我们将其称为人物视角的叙事方式。

在古典戏曲中，人物视角的叙述主要有两种类型：

一种是人物处于故事交流语境之外的叙述，是指人物虽处于故事交流语境之外，但仍保持自己在故事语境中的视角，以这一视角来向处于故事语境之外的读者或观众来叙述故事。在戏曲叙事中，人物向读者或观众叙述故事有固定的位置，主要是人物第一次上场时的［引子］、“定场诗”和“定场白”。［引子］是主要人物登场时所唱的第一支曲子，［引子］常“道尽本人一腔心事”，内容多为人物的胸怀抱负与当下现实之间的矛盾。“定场诗”是唱完引子后所念的四句诗，内容多为自我才能的介绍以及进一步表达内心的追求。“定场白”是念完“定场诗”之后的一段独白。有时净、末、丑上场时，直接就开始“定场白”，没有［引子］和“定场诗”。生、旦上场的“定场白”往往是只叙自己的姓名、籍贯、身世经历、身份地位，以及当时所处的故事现状，引出故事。净、末、丑等其他脚色，除了简单的自我介绍外还有一些是叙述与生、旦有关的事件或故事发生的背景。在这些地方，人物叙述的对象都为观众，没有指向剧中的人物。下面以《还魂记》为例，对各个部分的叙述内容予以解释。第二出《言怀》：

［真珠帘］〔生上〕河东旧族、柳氏名门最。论星宿，连张带鬼。几叶到寒儒，受雨打风吹。谩说书中能富贵，颜如玉和黄金那里？贫薄把人灰，且养就这浩然之气。

［鹧鸪天］刮尽鲸鳌背上霜，寒儒偏喜住炎方。凭依造化三分福，绍接诗书一脉香。能凿壁，会悬梁，偷天妙手绣文章。必须砍得蟾宫桂，始信人间玉斧长。小生姓柳，名梦梅，表字春卿。原系唐朝柳州司马柳宗元之后，留家岭南。父亲朝散之职，母亲县君之封。〔叹介〕所恨俺自小孤单，生事微渺。喜的是今日成人长大，二十过头，志慧聪明，三场得手。只恨未遭时势，不免饥寒。赖有始祖柳州公，带下郭橐驼，柳州衙舍，栽接花果。橐驼遗下一个驼孙，也跟随俺广州种树，相依过活。虽然如此，不是男儿结果之场。每日情思昏昏，忽然半月之前，做下一梦。梦到一园，梅花树下，立着个美人，不长不短，如送如迎。说道：柳生，柳生，遇俺方有姻缘之分，发迹之期。因此改名梦梅，春卿为字。正是：梦短梦长俱是梦，年来年去是何年！①

［真珠帘］这首曲子是“生”上场时的“引子”，主要道出了“书中

① 汤显祖：《还魂记》，黄竹三等编《六十种曲评注》第七册，吉林人民出版社2001年版，第267页。

能富贵，颜如玉和黄金”的追求和“贫薄把人灰”的现状之间的心理苦闷。［鹧鸪天］是“定场诗”，既介绍自己“偷天妙手绣文章”的才能，又表达“必须砍得蟾宫桂”的胸襟。下面便是“定场白”，详细介绍自己的信息：姓名柳梦梅，籍贯柳州，是柳宗元之后，家住岭南，出身官宦之家，现二十过头，智慧聪颖，科举得手，但不逢时势，生活艰难，与驼孙靠种树维持生活。近日梦中遇见一美人，最后美人言“遇俺方有姻缘之分，发迹之期”，预示着故事情节发展的趋向。可见，“引子”“定场诗”和“定场白”都是由人物叙述自己的相关信息，其内容主要为个人信息，有时还可读出故事发生的背景和未来的发展趋向，另外，在一些小脚色的“定场白”中，其叙述内容不仅限于自己，还包括他人的信息以及之前发生的一些有助于故事进一步发展的背景信息。如在《还魂记》第二十五出《忆女》中，贴在“定场白”中曰：

> 自家杜府春香是也。跟随公相夫人到扬州。小姐去世，将次三年。俺看老夫人那一日不作念？那一日不悲啼？纵然老相公暂时宽解，怎散真愁？①

贴色春香在简单自我介绍后开始叙述之前发生的夫人去扬州与小姐去世的事件，然后又叙述了夫人现在的情况。元杂剧中人物上场时，除了介绍自己的身世经历外，常常还会介绍他人信息以及故事的相关背景，如《窦娥冤》中，蔡婆婆上场先介绍了自己以及家庭的状况，接着又交代了窦娥到她家的原因；窦天章上场除了叙述自己之外，还介绍了窦娥的身世经历和他们的现状。由上面分析可见，无论是叙述自己的信息，还是介绍他人及事件发生的背景，都是“致力于说明，致力于为读者提供关于人物及其生活环境的背景信息”②，美国叙事理论家杰拉德·普林斯将其称为“状态性事件”。

---

① 汤显祖：《还魂记》，黄竹三等编《六十种曲评注》第七册，吉林人民出版社 2001 年版，第 459 页。

② ［美］杰拉德·普林斯：《叙事学：叙事的形式与功能》，徐强译，中国人民大学出版社 2013 年版，第 64 页。

另一种是人物在故事交流语境中的叙述，是指人物在对话中以回答问题或告知对方的方式对已发生的事件进行叙述，其受述对象是故事交流语境中的人物，叙述内容相对于“状态性事件”而言，主要是“行动性事件”。这种类型在元杂剧中比较常见，如在元杂剧《赵氏孤儿》中第四折中，因年龄的增长，程婴恐自己有些好歹，便将之前为救下赵氏孤儿而屈死的贤臣烈士的故事画成的手卷拿出来，引来程勃的询问，程婴便一桩桩剖说前事。在叙述往事的过程中，程勃与程婴一问一答，仍处于故事的交流语境中，但往事是由程婴以回答的方式从其口中叙述出来的。另外，还有一些汇报性的叙述，元杂剧早期剧本中出现了大量的对于战况的汇报，例如：《柳毅传书》第二折中电母向泾河老龙汇报火龙与泾河小龙战斗的经过；《三战吕布》中张飞在元帅府向大家描述了孙坚与吕布的战斗过程；《追韩信》中项羽乡人吕马童拿着项羽首级向汉王报功，并向汉王汇报了其与项羽的战斗过程。本来，这些“行动性事件”应是戏剧动作展现所追求的，但这一类型的“行动性事件”却被描述出来，且这一叙事形式广泛存在于元杂剧早期，究其缘由，虽与对诸宫调等说唱艺术的继承不无关系，但也是当时戏班规模小、演员人数少以及戏台形制狭窄等诸多因素制约之下的必然选择。随着戏曲的发展，各种条件逐渐成熟，至明清传奇，此类战斗性的场面就逐渐被搬上舞台，如《曲海总目提要》“天缘记”条云：“其名曰《摆花张四姐思凡》，出于鼓词，荒唐幻妄，然铺设人物兵马、旗帜戈甲、战斗击刺之状，洞心骇目，可喜可愕，亦有足观者。”① 所以，从戏曲发展来看，由人物来叙述事件可克服戏曲舞台叙事的一些局限，也为当时戏曲舞台叙事提供了很多便利。

由上可知，在古典戏曲作品中，以人物视角来叙述事件是戏曲故事呈现的一种方法，或已成为一种手段。每个人物在呈现故事时，除了主要以自己的言语动作展现事件外，都会以自己的视角叙述其中的一些事件。从所述事件内容来看，状态性事件很难由人物行动展现出来，而这些事件又是故事必不可少的部分，故人物视角的叙述便不可缺省，并且还可以为叙事过程中人物形象的塑造及背景情节的介绍省却许多笔墨。

---

① 无名氏：《曲海总目提要》（下），俞为民、孙蓉蓉《历代曲话汇编》清代编，黄山书社2009年版，第1418页。

而对于“行动性事件”来说，虽然戏曲叙事的基本方式是由人物自己的动作展示故事，行动性事件完全可以由人物的动作展现出来，但是，一方面戏曲演出受舞台时空的限制，无法把故事中的所有事件都陈诸场上，如前面所言元杂剧中的斗争场面。而且有些事件也没有必要由动作呈现于场上。另一方面人物的行动有一些禁忌，也就是说一些动作是舞台不受欢迎的，如贺拉斯所言：“不该在舞台上演出的，就不要在舞台上演出，有许多情节不必呈现在观众眼前，只消让讲得流利的演员在观众面前叙述一遍就够了，例如，不必让美狄亚当着观众屠杀自己的孩子，不必让罪恶的阿特索斯公开地煮人肉吃……你若把这些都表演给我看，我也不会相信，反而使我厌恶。”① 所以，人物视角叙述方式的运用，又超越并弥补了人物以行动展示故事的一些局限，且人物在以自己的视角叙事，带着人物自己的感情色彩，以自己的身份、性别、经历、思想意识、价值观念来观看、审视并叙述事件，具有鲜明的立场和强烈的个人情感色彩。所以，这一视角下的叙事，读者与观众不仅可以感知到事件本身，而且也可以感知到剧中人物对事件的认知与态度，如此，叙事效果明显地增加了一层意味，甚至可以产生出由行动展示难以达到的艺术效果。所以，人物视角的叙述方式成为戏曲叙事中不可缺少的一种叙事方式。

然而，无论如何，对于戏曲这一舞台性艺术形式而言，“在舞台上需要动作。动作、活动——这就是戏剧艺术、演员艺术的基础”②。在舞台上静止地叙述故事是不太可取的，正如约翰逊所言：“在戏剧创作中，叙述部分之所以不受人欢迎，这是很自然的现象，因为它既不紧张，又不活泼，而且阻碍了情节的发展。”③ 那如何解决这一矛盾呢？中西戏剧都不约而同地采用了将“叙述”巧妙地转化为“动作”的方法。如在莎士比亚的《哈姆雷特》中，老丹麦王被克劳迪斯谋杀的事件便是由老丹麦王以阴魂出现来告知哈姆雷特，将其处理为对话过程中的告知动作。在中国古典戏曲中，不仅有这种告知或回答式的叙述动作，还专门设以

① ［古罗马］贺拉斯：《诗艺》，杨周翰译，人民文学出版社 1982 年版，第 146—147 页。

② ［苏］玛·阿·弗烈齐阿诺娃：《斯坦尼斯拉夫斯基体系精华》，中国电影出版社 1990 年版，第 78 页。

③ 杨周翰编选：《莎士比亚评论汇编》（上），中国社会科学出版社 1979 年版，第 49 页。

“自报家门”形式的叙述动作（就是前面所说的引子、上场诗、上场白），规避了静态叙述的一些不利效果。

从对古典剧论的分析来看，古代剧论家们对这一叙事方式也有所关注，且对这一叙事方式的效果做出了赏析。其中清代剧论家毛声山在对《琵琶记》进行品评时，比较详细地分析了剧中所呈现出来的人物视角的叙事效果。另外，李贽、孟称舜、李渔等对这一叙事方式也有所讨论，且对其叙事效果进行了论说，综合各家的论说，主要强调了以下两方面的叙事功能及效果：

其一，突显人物形象、调节叙事节奏。戏曲中人物形象的展现，除了由人物在展现故事时通过其语言行为表露出来之外，还常常在“自报家门”中先将人物形象特点进行告知，但当剧情需要鲜明地突显人物形象时，或人物形象特点由其自身的言语或行为难以自我表现时，又或因叙事节奏问题，不能由人物自我展现时，这时便需借剧中他人之口来表达。在《琵琶记》第三出《牛氏规奴》中，末扮老院子上来，在对牛太师的富贵夸耀之后，又用了大量的篇幅夸赞牛小姐，言她“珠翠丛中长大，倒堪雅淡梳妆，绮罗队里生来，却厌繁华气象”，夸她“半点难勾引的芳心，如几层清水彻底”“知书知礼，是一个不趋跄的秀才”“有德有行，好一位戴冠儿的君子”，感叹她是一位“贤德的小娘子，真个好一位小娘子呵”。[①] 毛声山在此出总评中曰：“将写牛氏之贤于后，先写牛氏之贞于前。……牛氏之贞不能自述，则于奴仆口中述之；牛氏自守之贞不可见，则于其规奴见之。自言其贞，不若使人言其贞；唯能使人尽言其贞，而其贞不待自言而明矣。”[②] 为了后文能顺利地写出牛小姐深明大义，能箴言谏父，处处替丈夫、公婆及五娘着想，能冲破等级观念，屈居于五娘之下，情愿做蔡伯喈的次妻，去过贫寒的生活，在前文就需先显出牛氏之贞，以为这些举动做好铺垫。但是牛氏之贞又是衬染之笔，不能多着笔墨以牛氏大量的行动来体现，而“规奴”的一个小举动似乎又难

① 高明：《琵琶记》，黄竹三等编《六十种曲评注》第一册，吉林人民出版社 2001 年版，第 47 页。

② 毛声山：《第七才子书琵琶记批语》，俞为民、孙蓉蓉《历代曲话汇编》清代编第一集，黄山书社 2008 年版，第 503 页。

以全现，牛氏也不能自言其贞。所以，这里就需要借他人之口来详言，且牛氏之贞从老院子和丫鬟口中道出，产生的效果就如小说叙事中对人物进行的侧面描写，这样显出来的牛氏形象更加真实、生动，也更显其贞。可见，叙事中巧妙地使用人物视角，不仅可以突显人物形象，同时还能为调节叙事节奏提供更多的灵活性，也能减少情节发展的头绪。试想，如果这里不使用人物视角而是由牛氏的言行来展现，那必会增出许多与主题不太贴近的头绪，使得叙事头绪繁杂。同时，又显出在无关紧要处极力敷演，使得情节发展缓慢。

其二，描述环境、渲染气氛。在人物以自己的视角叙述故事时，一些小角色上场"自报家门"常以自己的身份感知并描述客观事物以及事件发生的环境，以此来渲染气氛，为人物的行为做出铺垫，同时体现事件发展的合理性。在《琵琶记》中，写蔡状元上表辞官之前，朝廷宦官小黄门早晨起来，"只见那建章宫、甘泉宫、未央宫、长杨宫、五柞宫、长秋宫、长信宫、长乐宫，重重叠叠，万万千千，尽开了玉关金锁；又见那昭阳殿、金华殿、长生殿、披香殿、金銮殿、麒麟殿、太极殿、白虎殿，隐隐约约，三三两两，俱卷上绣箔珠帘。……金间玉，玉间金，闪闪烁烁，灿灿烂烂的神仙仪从；紫映绯，绯映紫，行行列列，整整齐齐的文武官僚……"①。此处毛声山评价曰："借黄门口中，写皇居之壮，天子之尊，百官威仪之盛，以见状元之辞官为难得。"② 对此，可以作以下几方面的解读：首先，在戏曲叙事中，故事发生的环境是不可缺的，其可产生衬托或烘托的效果，但戏曲不是小说，剧作者不能自己出来说，故借人物之口来描述环境成为必要。其次，这里借小宦官之口以一大段篇幅来描述环境，意在极力渲染皇家恢宏的气派，反衬蔡伯喈辞官的难得。在儒家"学而优则仕"的主导思想下，此情景不正是天下读书人所梦寐以求的么？相信对于寒门出身的蔡伯喈，看到此情此景应该是与小黄门同样的激动与羡慕，且对于多少年的寒窗苦读后的蔡伯喈来说，目前身为状元，这一切就在眼前，并不遥远。

① 高明：《琵琶记》，黄竹三等编《六十种曲评注》第一册，吉林人民出版社 2001 年版，第 157、158 页。

② 毛声山：《第七才子书琵琶记批语》，俞为民、孙蓉蓉《历代曲话汇编》清代编第一集，黄山书社 2008 年版，第 519 页。

但在此情此景之下，蔡伯喈却毅然辞官，准备回乡侍亲，足见其辞官的难得。最后，这里是借宦官中地位较低的小黄门之口对皇宫情景进行夸述，言语之间可见小黄门难以抑制的欣喜之情及身处其中的荣耀之感，身份、地位的低微使其更加渴望并珍惜这一切。同样出身寒门、家境困窘的蔡伯喈也应有与常人相同的感受和追求，但对此却没有流露出丝毫的留恋不舍之情，毅然决然要辞掉这一官职，故这里对环境的描述，还意在通过小黄门之口所流露的喜悦之情与蔡伯喈的态度及反应形成鲜明的对比，表现蔡伯喈超出常人的不恋荣耀、一心尽孝的可贵品质。

三 不同人物的叙事功能

一个故事中有许多人物，从不同的角度可以分为不同的类型，从叙事视角来看，不同的人物在故事中承担不同的叙事功能，可以分为不同的类型。古代剧论家们对剧中人物的类型及其功能关注较晚，至清代才逐渐开始，其中，金圣叹关注得较多一些，李渔、毛声山、李文瀚等剧论家也有一些论说，综合众人所述，我们将其概括为三类：主脑人物、针线人物、砌末人物，下面分别论述其类型特点及叙事功能。

（一）主脑人物

通过对古代剧论家们对“主脑人物”相关论说的分析，我们先对“主脑人物”作这样的总结：“主脑人物”是故事中最重要的人物，一个故事中常常只有一个，有时也可能有相同性质的两个人。就其自身来看，他是故事中的核心人物，也是整个故事叙述的目的人物，就是说这部剧作是为了写这个人的事；再就整个故事中的所有人物而言，他又是故事中其他人物的牵引点，故事中的所有人物都是围绕“主脑人物”而设的，故可以说，他又具有生发其他人物以及与之相关的其他事件的功能。然而，明清剧论家对其的认识是渐近全面的，下面对几个关键论说进行勾勒分析。

对“主脑人物”的相关论说，最早出现在明代戏曲理论家王骥德的《曲律》中，他在“大头脑”的论说中影射着对“主脑人物”的认识。其曰：“红拂私奔，如姬窃符，皆本传大头脑。”[①] 这里指出“红拂私奔”

① 王骥德：《曲律》，俞为民、孙蓉蓉《历代曲话汇编》明代编第二集，黄山书社 2009 年版，第 96 页。

是《红拂记》的“大头脑”，“如姬窃符”是《窃符记》的“大头脑”。我们进一步分析剧情，《红拂记》主要叙述隋朝末年权臣杨素的侍妓红拂女，在府中见到在大乱中投奔杨素的李靖，慧眼识出李靖的不凡，一见倾心，便大胆追求爱情，与其私奔，嫁其为妻的故事。可知，“红拂私奔”是《红拂记》的核心事件，也是叙述的目的事件，红拂是整个故事的核心人物，也是故事叙述的目的人物，王骥德称“红拂私奔”为“大头脑”，那么，红拂就是剧中的“大头脑”人物；《窃符记》主要叙述了战国时期秦国围攻赵国首都邯郸，魏国军事家信陵君为救赵国，请魏王身边的宠妃如姬盗得魏王发兵的虎符，如姬虽为一介女流，但为了国家大义（赵魏唇齿相依，唇亡则齿寒），且为了报答信陵君替父报仇的恩情，于是置个人生死于度外，毅然盗取兵符，使信陵君夺得大将晋鄙的兵权，领兵击败秦军，最终解了赵国邯郸之围的故事。故可知，“如姬窃符”是《窃符记》的核心事件，也是叙述的目的事件，如姬是整个故事的核心人物，也是故事叙述的目的人物，王骥德称“如姬窃符”为“大头脑”，那么，如姬就是故事中的“大头脑”人物。可见，这里的论说虽主要着眼于情节“红拂私奔”与“如姬窃符”，但其中包含着人物“红拂”和“如姬”，也就是说，隐藏着对人物的认识，我们可以从王骥德的论说中作出论断：“大头脑”人物是剧中的核心人物，也是故事叙述的目的人物。这里王骥德所论的“大头脑”人物应该就是我们所说的“主脑人物”，这一认识着重说明了“主脑人物”自身在故事中的地位，即“主脑人物”是整个故事中的核心人物，也是故事叙述的目的人物。

明确将“主脑”指向人物的是清代的郭棻，他指出《鸣凤记》“独是以邹、林为主脑，以杨、夏为铺张，微失本旨”①。我们再分析剧情，《鸣凤记》是一部反映明代嘉靖年间现实政治斗争的剧作，剧中主要写以夏言、杨继盛为代表的忠臣义士为国家利益和民族利益与严嵩奸党进行不屈不挠斗争的故事，歌颂了夏言、杨继盛等大臣的赤胆忠心，揭露并批判了严嵩奸党的种种逆行。在忠臣义士的斗争行列中，夏言与杨继盛的影响最大，功绩也最大，是斗争中的核心人物。但剧中对邹应龙和林

① 郭棻：《坤蛇胆表忠记·原序》，蔡毅《中国古典戏曲序跋汇编》，齐鲁书社 1989 年版，第 1524 页。

润采取的却是有头有尾的写法，比较全面地展现了二人的成长过程，从写他们游学、祈梦、乡试、避兵，到写慰孤、会试、谒忠、抚边、会边，最后又写劾严、理冤、祭告、封赠，这样似乎邹应龙与林润成了本剧的核心人物，而本剧是以"表忠记"为题目，且以"劝忠斥佞"为创作目的，故郭棻指出"邹、林为主脑"，这确实"微失本旨"。可见，郭棻所论"主脑人物"也是指剧中的核心人物，也是故事叙述的目的人物，其认识与王骥德的"大头脑"中所隐射的"主脑人物"的认识是一致的。

对"主脑人物"的类型特征及其功能进行全面论说的是清代的李渔，其在《闲情偶寄》"结构第一"中曰："古人作文，一篇定有一篇之主脑。主脑非他，即作者立言之本意也。传奇亦然。一本戏中有无数人名，究竟俱属陪宾，原其初心，止为一人而设；即此一人之身，自始至终，离合悲欢，中具无限情由，无穷关目，究竟俱属衍文，原其初心，又止为一事而设。此一人一事，即作传奇之主脑也。"① 可以看出，李渔这里的"主脑"是指"一人一事"，其中包含着人物，和上述王骥德的"大头脑"是一致的。从其论说可见，他首先指出"主脑人物"是故事叙述的目的人物，即"主脑非他，即作者立言之本意也"，"本意"是"本来的意思，原来的意图"的意思，也就是说"主脑人物"是创作的目的人物，那么就传奇而言，"主脑人物"就是传奇故事叙述中的目的人物。其次，他又指出了"主脑人物"在整个故事中的地位及作用，即"一本戏中有无数人名，究竟俱属陪宾，原其初心，止为一人而设"。指出"主脑人物"是故事中的核心人物，其对剧中其他人物具有生发作用，他衍生出剧中其他人物，并使这些人物围绕着他，共同辅助他完成整个故事的呈现。可以说，李渔在前人论说的基础上完成了对"主脑人物"的全面论说。

（二）针线人物

作用仅次于"主脑人物"的是"针线人物"。这一类人物在叙事中主要起穿针引线的作用。具体而言，这一作用又体现在两个方面：

一方面，"针线人物"连接着主要人物，在人物之间的关系发展中起

---

① 李渔：《闲情偶寄》，俞为民、孙蓉蓉《历代曲话汇编》清代编第一集，黄山书社2008年版，第240页。

着重要的连接、撮合作用。对这一类型人物进行论说的主要是金圣叹，对此，他用了两个比喻进行了分层次的论说：首先，他在对《西厢记》最后一折品评时总结曰："西厢记为才子佳人书，故其费笔费墨处，俱是写张生、莺莺二人。余俱未尝少用其笔之一毛，墨之一瀋。其有时亦写红娘者，以红娘正是二人之针线关锁，（分时红为针线，合时红为关锁。）写红娘，正是妙于写二人。"[①] 金圣叹这里明确将红娘喻为"针线关锁"，且指出其在张生与莺莺分合关系之间起着或为"针线"，或为"关锁"的或松或紧的连接作用，也就是说红娘是连接生、旦之间关系的"针线人物"，连接着主要人物，成为其直接接触的桥梁。这是第一层次的论说，指出了"针线人物"在主要人物关系之间的连接作用。其次，他又在《读第六才子书西厢记法》第四十九条中以一个更为形象的比喻来强调红娘的作用，曰："譬如药，则张生是病，双文是药，红娘是药之炮制。有此许多炮制。便令药往就病，病来就药也。"[②] 这里强调的是红娘在主要人物张生与莺莺之间关系的"炮制"作用，"炮制"是指用中草药原料制成药物的加工过程，将红娘的行为解释为"炮制"，即是强调她在张生与莺莺之间关系的发展、结合中所起的"催化"作用。从剧中我们可知，红娘的连接与撮合作用体现得很明显。在男女授受不亲的封建社会中，在莺莺作为一个大家闺秀、在莺张二人地位悬殊等条件下，张生与莺莺这对有情人能终成眷属，红娘的穿针引线、往来调停等一系列活动在其中起着重要的作用。当莺莺扭扭捏捏、假意害羞、不主动时，红娘便及时跳出来有意识地推动她，比如在普救寺西厢的假期之夜，是红娘一把把莺莺推进了门；当张生没有自信、苦闷无法时，是红娘替他想了不少办法，克服一重又一重的障碍，如"听琴"一折，是红娘给张生献计来"琴挑"莺莺。总之，从起初的传书递简到后来的挺身捍卫，红娘在剧中的活动无不对崔张二人的结合起着重要的连接、撮合作用。这一类人物常常存在且活动于主要人物的周围，且多与双方的关系都较为密切。清

---

① 金圣叹：《贯华堂第六才子书西厢记总评》，俞为民、孙蓉蓉《历代曲话汇编》清代编第一集，黄山书社 2008 年版，第 197 页。

② 金圣叹：《读第六才子书西厢记法》，俞为民、孙蓉蓉《历代曲话汇编》清代编第一集，黄山书社 2008 年版，第 132 页。

代孔尚任的《桃花扇》中，柳敬亭在侯方域和李香君之间也起着“往来牵密线”的作用，也属于“针线人物”。

另一方面，从整个故事情节的发展来看，“针线人物”在主要人物之间起连接作用的同时，又推动着情节的发展，起着“推波助澜”的作用。对此，金圣叹又以一个比喻来暗示，其曰：“红娘是文字之起承转合。有此许多起承转合，便令题目透出文字，文字透入题目也。”① 金圣叹在这里将红娘比喻为“起承转合”，既说明了红娘在莺莺与张生关系发展中的撮合作用，同时也表达出红娘对故事情节发展的推动作用，红娘撮合着莺莺与张生的结合，也就推动着情节的发展。

另外，在历史剧中，还有一种特殊的针线人物。在古代剧作中有一类以生旦爱情故事为线来串演国家兴亡，以此来表达儿女之情与历史兴亡关系的历史剧。在这一类剧作中，写生旦之爱情故事不主要为了写生旦之事，而是通过写生旦之爱情故事来串合一代王朝治乱、兴亡的历史过程，但生旦作为个人与国家的兴亡有着密切的关系，生旦之间的悲欢离合与国家的盛衰兴亡交相辉映。他们既是剧中的总纲性、要领性人物，又起着举网提纲的连接作用。清代孔尚任的《桃花扇》就是通过写明末复社文人侯朝宗与秦淮名妓李香君之间爱情的悲欢离合的发展来反映南明一代兴亡的历史。对于剧中生旦的功能，孔尚任在《桃花扇·凡例》中总结曰：“一生一旦，为全本纲领，而南朝之治乱系焉。”② 指出其在剧中的纲领性作用。后金埴又曰：“东京才子侯朝宗方域、南京名妓李香君为一部针线，而南朝兴亡遂系之桃花扇底。”③ 特别强调了生旦的爱情线串合历史兴亡的针线作用。故我们将这些剧中的生旦称为具有针线作用的纲领性人物，将其放在针线人物的类型中。这类人物及剧作在元明清的历史剧中都有，且不同的剧作中他们之间的关系又不尽相同，或者他们的爱恨情仇关乎着国家的兴盛衰亡，或者国家的兴亡影响着他们的爱

---

① 金圣叹：《读第六才子书西厢记法》，俞为民、孙蓉蓉《历代曲话汇编》清代编第一集，黄山书社 2008 年版，第 132 页。

② 孔尚任：《桃花扇出末总评》，俞为民、孙蓉蓉《历代曲话汇编》清代编第一集，黄山书社 2008 年版，第 678 页。

③ 金埴：《不下带编》，俞为民、孙蓉蓉《历代曲话汇编》清代编第一集，黄山书社 2008 年版，第 690 页。

情婚姻。总之，这些剧中生旦的爱情故事与国家的兴衰成败相伴而行，具有“皮与毛”的共存亡关系。在元杂剧中，现被誉为中国十大古典之一的白朴的代表作《梧桐雨》就属于此类，剧中的唐明皇与杨贵妃就是此剧中的“纲领性人物”，此剧以他们的爱情故事为纲领串演了唐王朝盛极而衰的历史过程。唐明皇对杨贵妃的极度宠爱以及他们之间奢靡的爱情生活导致了国家的动乱、灭亡。他们之间爱情的海誓山盟之时正是为国家的衰亡埋下祸患之时，逆贼谋反、国家危亡之际也正是他们爱情的终结之时。再如明清传奇中的一些历史剧中也有大量的此类剧作及人物，明代嘉靖、隆庆年间，梁辰鱼的《浣纱记》中范蠡和西施也是剧中的“纲领性人物”，剧中与范蠡和西施的悲欢离合的发展相伴随的是吴越两国兴盛衰亡的历史过程，不同于《梧桐雨》的是，剧中生旦的爱情结合受着国家兴亡的影响。范蠡与西施为了越王复仇血耻的大业牺牲了个人的爱情，范蠡举荐西施去迷惑吴王，最后越国破吴，范蠡与西施又重新结合，登舟远遁。清康熙年间洪昇的《长生殿》与杂剧《梧桐雨》一样，剧中通过唐玄宗与杨玉环宫廷生活的发展变化，将唐代天宝年间盛极而衰的政治史展现出来。这些剧作都将生旦的个人命运与国家重大政治事件结合起来，以生旦的悲欢离合为纲领来展现国家的兴盛衰亡。

（三）砌末人物

在主脑人物、针线人物之外，剧中还有大量的人物，金圣叹称这些人物为“应用之家伙”，其曰：“《西厢记》止写得三个人：一个是双文，一个是张生，一个是红娘。其余如夫人，如法本，如白马将军，如欢郎，如法聪，如孙飞虎，如琴童，如店小二，他俱不曾着一笔半笔写，俱是写三个人时所忽然应用之家伙耳。”① 这里指出，这些人物作为剧中人物的一个组成部分，他们的存在主要是为了剧情的发展，只在“应用”时出现，“如风吹浪，浪息风休；如桴击鼓，鼓歇桴罢”②。与道具的性质极为相似，就如戏曲场上表演中的砌末，故将其称为“砌末人物”。将他们

① 金圣叹：《读第六才子书西厢记法》，俞为民、孙蓉蓉《历代曲话汇编》清代编第一集，黄山书社 2008 年版，第 132 页。

② 金圣叹：《贯华堂第六才子书西厢记总评》，俞为民、孙蓉蓉《历代曲话汇编》清代编第一集，黄山书社 2008 年版，第 198 页。

称为“砌末人物”，主要是为了突出其叙事功能，作为人物，他们仍有自己的形象特征，当其卷入情节时，也会产生一种有助于解释情节的个性，只是他们的形象也是为了实现其叙事功能而设的。据剧论家们的分析，这些“砌末人物”又分担着不同的叙事功能：

其一，陪衬功能。

这类人物常在主人公身边起帮衬或衬托作用。清代李文瀚比较注重这一类人物在剧中的功能，他在清道光年间创作了《味尘轩四种曲》，在这四部剧作中，他都很好地发挥了这一类人物的帮衬及衬托作用，且在其著作的凡例中对剧中人物的设置及其功能也多有介绍，其中多次涉及陪衬性人物。如在介绍《银汉槎》中的人物时曰：“场中脚色，以张骞为主，汲黯为宾。故叙张详，而叙汲略。至东方朔、严君平，乃张骞之陪客；卜式，乃汲黯之陪客。一则证疑，一则助饷，皆凑趣於张、汲，而有功於河海斯民者，故为牵涉之。”[①] 剧中写西汉元狩年间，天上灾星下凡，幻化为雌鼍王在人间兴风作浪，导致水灾泛滥，于是武帝派遣张骞前往解决，最后妖魔降除，水患平息，海晏河清。在张骞赈灾除怪的过程中，汲黯作为地方官救济遭受水灾的人间难民，在张骞的整个赈灾活动中起了重要的辅助作用，另外，东方朔、严君平也帮助张骞证疑，牛郎、织女赠张骞支机石助其战胜雌鼍王，在汲黯下面又有卜式助饷，这些人共同帮助张骞完成赈灾除怪的任务，李文瀚称他们为“陪客”，且指出了其中一些人物的帮衬作用。此剧中起帮衬作用的都是正面人物的正面举动。在古代剧作中还有一些反面人物，其行为虽是反动的，但对主要人物的目的实现却起着正面的推动作用，比较典型的如《西厢记》中的孙飞虎，他围寺抢亲，却为张生与莺莺的结合推动了一大步，故也可以说具有帮衬功能。

李文瀚在对《凤飞楼》中的人物介绍时又指出了具有衬托功能的人物，其曰：“是本以梁大业父女为主，而珊如又主中主。故写珊如处着意，写梁大业次之。至义绅孝子，皆梁氏之陪客，概从其略。”[②] 《凤飞

---

① 李文瀚：《银汉槎凡例》，俞为民、孙蓉蓉《历代曲话汇编》清代编第四集，黄山书社2008年版，第427页。

② 李文瀚：《凤飞楼凡例》，俞为民、孙蓉蓉《历代曲话汇编》清代编第四集，黄山书社2008年版，第430页。

楼》主要写仙界凤凰被派遣下界转世为梁珊如来抗明末流寇之乱的故事。主脑人物是梁珊如，为突出梁珊如，剧中又写了梁建廷、蹇逢吉等人作为陪衬，义绅梁建廷在国家危难之际，致仕回乡义召壮丁，企望忠君保国；岐山普通百姓蹇逢吉为守城救父义无百顾英勇作战，最后惨遭杀害，第一女主角巾帼节烈的梁珊如在这两个人物的衬托下，更显英勇豪壮。在故事中起衬托作用的人物，分为“反衬”和“旁衬”两类，他在《琵琶记》第七出《才俊登程总评》中曰：“应试之士虽多，此三人者，足以概之矣。若夫孝子之心则不然，不但花酒非其所恋，即功名亦非其所贪。既超出於庸流之上，更超出於才俊之中者也。故以两庸流反衬之，又以一才俊旁衬之。”[①] 此出主要写四举子在应试途中面对同一自然景象却唱出不同的四种风光。其中两人或见画桥烟柳、墙头红粉佳人，引起色欲之思，或见垂杨瘦马、枯树昏鸦，无心赏景急求大吃一顿、痛饮一番；另一人则见萋萋芳草，绿荫红雨，便引起桃浪、龙门、绿绶之想，表现出强烈的利禄欲求。而蔡伯喈则只见飞絮满身、残花飘零、空中杜宇，见出其惦念高堂的伤心愁苦之情。前二人不求功名，只为满足生理需求，毛声山称其为庸流，此二人的出现是为了反衬蔡伯喈的不求私欲。另一人则汲汲于功名，毛声山称其为才俊，此人的出现则为了旁衬蔡伯喈能不为功名，而心念亲老的孝顺之情，同行应举的这三人的出现共同来映衬烘托出蔡伯喈的形象。

其二，阻挠功能。

这类人物其实是矛盾的另一方，其存在主要是为了在主要人物实现目的的过程中起阻碍作用，其中包括制造矛盾冲突的人物，也包括对矛盾的发展起“添油加醋”或“煽风点火”促进作用的人物。金圣叹对这类人物的认识是“如夫人等，算只是炮制时所用之姜、醋、酒、蜜等物”[②]。金圣叹把这些人比作“炮制”过程中的“姜、醋、酒、蜜”等调味品，也就是说这类人物为故事矛盾的生成、发展起推动作用。《西厢记》中的老夫人以

---

① 毛声山：《第七才子书琵琶记批语》，俞为民、孙蓉蓉《历代曲话汇编》清代编第一集，黄山书社 2008 年版，第 509 页。

② 金圣叹：《读第六才子书西厢记法》，俞为民、孙蓉蓉《历代曲话汇编》清代编第一集，黄山书社 2008 年版，第 132 页。

及金圣叹对其存在极有争议的郑恒都属于此类人物，老夫人两次赖婚阻挠张生和莺莺的结合，是造成张生和莺莺难结连理的主要人物，而郑恒争婚抢莺又为莺莺与张生的最后团聚添了一堵。再如《琵琶记》中牛丞相和拐儿，牛丞相是致使蔡伯喈与赵五娘分离以及阻碍他们团聚的主要人物，而拐儿的诈骗又使蔡伯喈与赵五娘的团聚之期延误许久。这一类人物的功能主要是在主脑人物实现目的的过程中起或大或小的阻碍作用。

其三，点缀场面的功能。

这一类人物对故事情节的发展似乎不起多大作用，但对于作为舞台艺术的戏曲而言，其在一些情景场面中却不可缺少，为烘托场面气氛起着重要的点缀作用。对这类人物功能的关注也数李文瀚为多，他在其《味尘轩四种曲》中的第一部传奇《紫荆花・凡例》中曰“李大麻子，无足轻重之人，借来点缀场面，不问其有无可也”[①]。可知，李文瀚在《紫荆花》中设置李大麻子这个人物，主要就是为了点缀场面。在《银汉槎・凡例》中又指出“《策使》一折，张、李、霍、卫四文武，引武帝登场者，不过循传奇之故套，借袍笏以炫观者之目，并非故藏褒贬”[②]。又可知，李文瀚在《银汉槎》中设置张、李、霍、卫四文武，也是为了点缀场面，进而起“炫观者之目”的作用。所以说，这类人物主要是为了观演效果而设。

缩结而言，我国古代剧论家们的论说所涉及的人物类型主要有三大类。其中：“主脑人物”是核心，既是叙事的目的人物，又是生发其他人物的枢纽人物。“针线人物”是连接主要人物之间关系的重要人物，其在发挥连接功能的同时，又推动着情节的发展。一些历史剧中的纲领性的针线人物又以他们的爱情故事为纲领串合着一代王朝的治乱、兴亡。其他大量的人物都是“砌末人物”，他们在叙事中分担着不同的职责，或在主人公身边起帮衬或衬托作用，或在主要人物实现目的的过程中起阻碍作用，或起点缀场面的作用。这三类人物基本上涵盖了故事中的所有人物。

---

① 李文瀚：《紫荆花凡例》，俞为民、孙蓉蓉《历代曲话汇编》清代编第四集，黄山书社2008年版，第424、425页。

② 李文瀚：《银汉槎・凡例》，蔡毅《中国古典戏曲序跋汇编》，齐鲁书社1989年版，第2122页。

第三章

叙事动作

故事是由一系列事件组成的，叙事动作主要就是将这一系列事件组织成一个完整的故事。具体而言，它有两个重要的动作，首先是这个完整故事整体框架的构建，即整体布局；然后是对这一系列事件的具体组织，也就是组织情节。

第一节　整体布局

整体布局就是指对故事整体结构的布置，亚里士多德曾言："情节不论采用现成的，或由自己编造，都应先把它简化成一个大纲。"① 就是说，在叙事之前，应先有一个大纲，这个大纲就是整体结构。在中国古代戏曲理论中，关于戏曲整体结构的布置，剧论家们是如何看待的？对中国古典戏曲结构而言，整体布局有何原则要求？在整体结构中，哪几个部分是其主要部分，它们该如何设置？这些都是需对整体布局进行的必要研究。

一　布局意识②

在古典戏曲理论中，布局有不同的称谓，明代李贽称"结构"、王骥德称"定规式"或"定间架"、凌濛初称"搭架"，清代李渔称"制定全形"或"结构"、张雍敬称"立局"。虽然名称不同，但意义是相同的。

---

① ［古希腊］亚里士多德：《诗学》，罗念生译，人民文学出版社1982年版，第56—57页。

② 本节内容以《论古典剧论中的布局意识》之名发表于《齐鲁艺苑》2017年第1期。

综合各家的论说，见出布局的主要意思为：在戏曲叙事之始，先为故事的全局定下框架。具体而言，就是布置故事的各个主要部分，尤其是头、腹、尾三部分。古代剧论家非常重视叙事过程中的布局，在谈论布局时一再强调：在抽笔之前一定要先布局。王骥德说："须先定下间架，立下主意，排下曲调，然后遣句，然后成章。"① 李渔也说："至于'结构'二字，则在引商刻羽之先，拈韵抽毫之始。"② 张雍敬更详细地指出："其虚神何在？其实义何在？何处当轻？何处当重？为是徼足上文，为是带起下意？又一一得其窾窍，然后立局。或宜顺讲，或宜逆入；或宜浑做，或宜分疏；或贵虚描，或贵实发，使胸中先有成竹。三者工夫既毕，然后斫墨提笔。"③ 抽笔之前需先布局这一观点，西方戏剧理论家也有共识，美国戏剧家哈密尔顿同样强调说："剧作家的问题首先是形成结构，其次才是进行写作。"④ 英国近代戏剧理论家威廉·阿契尔也以设计图为喻强调了布局的重要性，其曰："在一个有相当规模的戏剧结构中，由于各部分间的比例、平衡和相互联系是那么重要，因此一个剧本提纲对于剧作者来说，几乎跟一套设计图对于建筑师那样必不可少。"⑤ 那么，为什么在叙事之始要先布局？布局对整个叙事过程究竟有何影响？通过对古典剧论的分析，我们发现中国古代剧论家们从以下几个不同的角度作了详细而又深刻的论说：

首先，布局是勾勒出全剧的整体框架，若叙事之前没有勾勒出一个完整的面貌，那么很可能使故事难以呈现一个完整的艺术体。所以说，布局关乎着故事结构的完整性。对此，清代李渔以一个生动的比喻来阐释，其曰：布局"如造物之赋形，当其精血初凝，胞胎未就，先为制定

① 王骥德：《曲律》，俞为民、孙蓉蓉《历代曲话汇编》明代编第二集，黄山书社 2009 年版，第 91 页。

② 李渔：《闲情偶寄》，俞为民、孙蓉蓉《历代曲话汇编》清代编第一集，黄山书社 2008 年版，第 236 页。

③ 张雍敬：《醉高歌总评》，俞为民、孙蓉蓉《历代曲话汇编》清代编第一集，黄山书社 2008 年版，第 652 页。

④ Clayton Hamilton, *The Theory of the Theatre*, New York: Henry Holt and Company, 1910, p. 11.

⑤ ［英］威廉·阿契尔：《剧作法》，吴钧燮、聂文杞译，中国戏剧出版社 1964 年版，第 47 页。

全形，使点血而具五官百骸之势。倘先无成局，而由顶及踵，逐段滋生，则人之一身，当有无数断续之痕，而血气为之中阻矣！”[①] 这里，李渔的论说可以作以下两个方面的解读：第一，李渔以造物之前的赋形来解释叙事之前的布局，认为自然界在创造生命时，在生命还未成形的时候，先构造一个完整的胚胎，制定完整的“五官百骸之势”，如此，所造之人才能是完整的。这就是说，完整的生命来自健全的胚胎。叙事同造人一样，在构思之时就着眼全局，设置出故事的各个主要部分，尤其是头、腹、尾，如此故事结构才是完整的。人体的“五官百骸”缺一个部分都不能称其为“完人”，一个故事如果没有相应的头、腹、尾以及其他主要部分也是不完整的。第二，人体在“精血初凝”之时先为其制定一个“全形”，然后再依据这个“全形”来为“五官百骸”点血，如此才能使“五官百骸”之间没有“断续之痕”，最终成为一个血脉贯通的人体，否则由顶及踵、逐段滋生，那形成的人体各部分之间将会有断续之痕，进而血气受阻，也不能称其为一个完整的人。叙事同造物一样，若事先没有“成局”，叙事过程也是逐段滋生、尺接寸附、拼凑而成，结果支离破碎，各部分不能合理联贯，故事也不能呈现为一个有机的整体。所以，如果没有全局意识，故事就难显完整。

其次，布局是提笔之前对整体结构的全盘设置，从这个角度来讲，就是要使故事的各个部分能各居其位，进而各司其职。明代王骥德的论说暗含着这一认识，其在《曲律·论章法》中曰：“作曲，犹造宫室者然，工师之作室也，必先定规式，自前门而厅，而堂，而楼，或三进，或五进，或七进，又自两厢而及轩寮，以至廪庾、庖湢、藩垣、苑榭之类，前后、左右，高低、远近，尺寸无不了然胸中，而后可施斤斫。作曲者，亦必先分段数，以何意起，何意接，何意作中段敷演，何意作后段收煞，整整在目，而后可施结撰。”王骥德认为戏曲的结构形式与古建筑结构形式有相通之处，所以以造宫室之前的“定规式”来解释作曲之前的布局。造宫室之前的“定规式”是要安排好宫室中包括厅、堂、楼、两厢、轩寮、廪庾、庖湢、藩垣、苑榭等各个部分的前后、左右、远近、

---

① 李渔：《闲情偶寄》，俞为民、孙蓉蓉《历代曲话汇编》清代编第一集，黄山书社 2008 年版，第 236 页。

高低的位置，如此才可以施斫。作曲亦如此，在创作之前要先安排好曲中各部分的位置、顺序，如此才可施结撰。为什么需要这样做？王骥德进一步阐释道："於曲，则在剧戏，其事头原有步骤；作套数曲，遂绝不闻有知此窍者，只漫然随调，逐句凑拍，掇拾为之，非不间得一二好语，颠倒零碎，终是不成格局。"① 因为在戏剧中，曲的套数间各部分之间的位置、顺序与故事的各个部分的位置、顺序是紧密相连的。故事中的各个部分都要有其内在联系和逻辑关系，同时还要符合客观世界的规律，故各部分的位置、顺序很重要。如果在作曲时没有对各部分进行安排，在具体的叙事过程中便是"逐句凑拍，掇拾为之"，致使各部分难处于应有的位置，颠倒零碎，最终失去其在故事中应有的功能，如此叙事自然是失败的。借造宫室来喻，就是如果工师在建室之前没有成局就开始随意挥斤运斧，结果会使厅、户不能占据其应有的位置，它们之间也没有合理的次序，导致花费巨资却不能尽其所用，甚至不能用。从这一方面来看，抽笔之前的布局对于南戏、传奇而言尤为重要，北杂剧剧情简短，且由一个人唱，故事整体结构安排相对轻松，而南戏、传奇故事情节冗长，且要安排不同的人来唱，整体结构的布置要受更多的限制，所以，叙事之前的全盘设置就更为必要。

再者，从上面所引李渔的将布局喻为造物赋形的论说中我们也能看到，动笔之前的布局也影响着故事各部分之间的联贯。人体五官百骸之间要血气贯通，结构的各部分之间也要有固有的联贯性。这一点，明代的王骥德在论作曲时已有明确的认识："套数之曲，元人谓之'乐府'，与古之辞赋，今之时义，同一机轴。有起有止，有开有合。须先定下间架，立下主意，排下曲调，然后遣句，然后成章。切忌凑插，切忌将就。务如常山之蛇，首尾相应，又如鲛人之锦，不着一丝纰纇。"② 王骥德虽是从作曲的角度来论，但戏曲叙事的过程无不如此，在叙事之前定下间架，这样才能在具体的叙事过程中，按其所定间架注意情节前后之间的合理的联贯，如此整个结构才能既如"长山之蛇"，有头有尾，头尾相

① 王骥德：《曲律》，俞为民、孙蓉蓉《历代曲话汇编》明代编第二集，黄山书社 2009 年版，第 81 页。

② 同上书，第 91 页。

应，又如“鲛人之锦”，首尾贯通，天衣无缝。一个故事首先要“有起有止，有开有合”，如此才能使故事达到形式上的完整，其次各部分都要处于其应有的位置，如此才能发挥出各自应有的作用，但更为重要的是，故事的起止开合等各部分之间还要有合理、紧密的联贯，这样故事才能成为一个真正的“活”的完整的艺术体。而且，在情节尚“奇”审美观念的影响之下，古代剧论家往往要求情节各部分之间能在变幻中出奇，而只有在叙事之前胸中已有完整的布局，才能在合理的联贯中做到情节的稳中出奇。正如明代剧论家袁宏道所言：“元之大家，必胸中先具一大结构，玲玲珑珑，变变化化，然后下笔，方得一出变幻一出，令观者不可端倪，乃为作手。”[①] 在袁宏道看来，元代的大剧作家在下笔之前往往胸中已先有一个完整的布局，所以他们在具体的叙事过程中才能自由调节情节各部分的联贯方式，进而使整体结构表现出令观众难以捉摸而又惊喜万分的婉转曲折之妙。

关于布局在叙事中的关键性和重要性，明清剧论家们纷纷对其进行理论性的总结。李贽从鉴赏的角度指出：“传奇第一关棙子全在结构，结构活则节节活，结构死则节节死，一部死活只系乎此。”[②] 意在言一部戏曲的死活全看布局。凌濛初也从创作的角度来谈：“戏曲搭架，亦是要事，不妥则全传可憎矣。”[③] 强调整体布局是戏曲叙事成功的首要前提。祁彪佳也从创作的角度指出：“作南传奇者，构局为难，曲白次之。”[④] 他将布局看作是叙事过程中最艰难的过程，且将其难度提到曲词与宾白的写作之上。汤显祖又指出：“结构串插，可称传奇家从来第一。”[⑤] 将布局看作是戏曲作家叙事中第一位的问题。李渔在对前人作品进行分析之后，

---

① 袁宏道：《紫钗记总评》，俞为民、孙蓉蓉《历代曲话汇编》明代编第二集，黄山书社2009年版，第413页。

② 李贽：《荆钗记总评》，俞为民、孙蓉蓉《历代曲话汇编》明代编第一集，黄山书社2009年版，第543页。

③ 凌濛初：《谭曲杂札》，俞为民、孙蓉蓉《历代曲话汇编》明代编第三集，黄山书社2009年版，第193页。

④ 祁彪佳：《远山堂曲品》，俞为民、孙蓉蓉《历代曲话汇编》明代编第三集，黄山书社2009年版，第610页。

⑤ 秦学人、侯作卿：《中国古典编剧理论资料汇辑》，中国戏剧出版社1984年版，第77页。

又指出："尝读时髦所撰，惜其惨淡经营，用心良苦，而不得被管弦，副优孟者，非审音协律之难，而结构全部规模之未善也。"① 这是现实的教训。可见，古代剧论家们对布局的重要性是深有感触的。

动笔之前的整体布局可以说是所有文学创作的共同要求，王骥德就曾言："此法，从古之为文，为辞赋，为歌诗者皆然。"② 所以，这一法则为更多的理论家所重视。在西方理论史上，法国哲学家狄德罗也以形象的比喻强调叙事过程中"布局"对全局完整性的影响，他认为有些剧作者"先写各场，然后迁就它们去布局。因此，剧情的发展甚至对话都是勉强的，许多劳动和时间都白费了，工地上只是一大堆木片刨花。"③ 就是说，在叙事过程中若不先布局就开始写各场，就如工师造室没有整体布局就开始挥斤运斧一样，结果看不到完整的建筑，也看不到建筑中的各个部分，更没有各部分之间的顺序与关系，只能看见"一大堆木片刨花"。由此足见，动笔之前的布局是极为重要的，它是戏曲叙事过程中至关重要的、不可缺少的一环，也是关乎全局的重要环节，是作品成败的关键，在戏曲叙事中具有基础性和决定性的意义。从某种程度上可以说，没有布局，就没有故事。

二　正反中和——戏曲布局的美学原则

"正反中和"是古典哲学中的辩证思想，"正反"指两极对立的两个元素，如阴阳、清浊、刚柔、悲喜、冷热等，"中和"指"融合""和谐"，"正反中和"就是两极对立的两种元素之间相交融合，对立统一，达到一种和谐的状态，如"阴阳交错""刚柔相济""悲喜交织"。这一思想的渊源可以追溯到上古时期，相传伏羲画八卦，其核心——阴阳就代表着一切相反又相成的事物，体现出辩证思想。《易经》包蕴的基本哲学思想也是"阴阳互补，刚柔相济"的辩证思想，后老子以这种思想为哲学基础指出：有与无相互依赖而产生，难与易相互对立而促成，长与

① 秦学人、侯作卿：《中国古典编剧理论资料汇辑》，中国戏剧出版社1984年版，第245页。

② 王骥德：《曲律》，俞为民、孙蓉蓉《历代曲话汇编》明代编第二集，黄山书社2009年版，第81页。

③ ［法］狄德罗：《狄德罗美学论文选》，人民文学出版社1984年版，第148页。

短相互比较而显现，高与下相互包含而形成，音与声相互协调，前与后相互依伴，这是世界万事万物存在及发展的永恒不变的普遍规律。老子的这一论说基本代表了古代思想史上的辩证思想。这一思想深深地影响着古代文学作品的创作与鉴赏，成为古典美学的审美范畴。在古典戏曲理论中，这一思想同样闪烁着它的光辉，发展成为古典戏曲布局的“正反中和”的美学原则，戏曲叙事的布局正是在这一原则的指引下完成的，下面试从剧作家在布局时对各个要素的考虑中去体味这一思想在戏曲故事布局中的具体渗透，并揭示这一美学原则在戏曲中的审美效果及存在的具体原因。

（一）冷热相济的排场气氛

在叙事的整体布局中，首先考虑的是整体场面的气氛。场面依据故事内容的反应有偏寂静、清冷的，有偏热闹、喧嚣的。在整体布局时，古代剧论家们要求热闹的场面要与冷寂的场面相互交错、对照安排，也就是“冷热相济”，或称“半寂半喧”，总之，整体上体现出“静喧得宜”的状态。这一观点，明代孙鑛就已指出，其曰：“淡处作得浓，闲处作得热闹。”[①] 这就是要求在整体布局中，场面气氛的浓淡、冷热相互调节，且其将这一原则列为南戏创作的“十要”之一。从对古典剧论的分析来看，这一原则既是剧作家在布局过程中需考虑的要素之一，也是剧论家品评剧作的标准之一。明代涵阳子的《杖策》是以历史上“邓禹杖策谒光武”之事为本事，剧中主要写因邓禹杖策谒见刘秀，为其献平定天下之计，后被光武帝刘秀重用，二十四岁被封侯，成为中兴汉室的名臣之事。但因考虑到历史事件可能产生沉寂之感，所以剧中插入了邓禹与梅福的离合之情，如此才使故事整体场面喧寂适宜。其后祁彪佳在品评此剧时，也很能理解涵阳子的这一做法，曰：“此记半杂以家人离合之情，不使有偏喧寂。”[②] 再从吕天成《曲品》中的品评可知，他已将故事场面的冷热相济作为衡量剧作品第的重要标准。比如，其对乌镇王雨舟

---

① 吕天成：《曲品》，俞为民、孙蓉蓉《历代曲话汇编》明代编第三集，黄山书社 2009 年版，第 110 页。

② 祁彪佳：《远山堂曲品》，俞为民、孙蓉蓉《历代曲话汇编》明代编第三集，黄山书社 2009 年版，第 574 页。

极为赞赏，称其“人以曲称，曲缘事重”，且将其作品列为神品，主要原因就是其剧作“颇知炼局之法，半寂半喧”[①]。可见，剧作者与剧论家在这一问题上达成了共识。

“冷热相济”场面气氛的要求具有明显的心理学依据，或者说，这一要求是基于观众的心理要求。先秦时期《国语·周语下》就有相关论说，《国语》中记载，公元前522年，周景王打算铸造一个声音特高和一个声音特低的乐钟，卿士单穆公表示反对，并阐释曰：“夫乐不过以听耳，而美不过以观目。若听乐而震，观美而眩，患莫甚焉。”就是说，耳目视听之感会作用于人的心理，或“震”或“眩”等极度刺激的感受，会引起心理上的不适不快，也就难以产生美感，具有适当强度的视听之感才能使人接受。在古典戏曲理论中，“冷热相济”这一布局原则的贯彻主要考虑的也是搬演时观众的心理。戏曲施之场上，场面若一直处于低沉、冷寂状态，观众会觉得沉闷；但若长时间喧闹，又会令人产生烦躁之感。所以，为了适应观众的审美心理，调节场上气氛，剧论家们一致要求场面布局要“冷热相济”。西方戏剧理论中也有这一认识，且其论说也是出于对观众心理的考虑，如英国当代戏剧理论家马丁·艾思林说：“一个极平静的场面，在另一个平静场面之后也许显得令人腻烦，而在一个极喧闹的场面之后，就会是个受欢迎的调剂场面了。”[②]平静的场面与喧闹的场面相互交错，更容易使观众接受，也更受观众的欢迎。

另外，冷热场面在相互交错的过程中也体现着一定的关系，在古代剧作中，一些剧作者就通过场面冷热相错的布置来反映故事情节发展的因果关系，进而揭示故事所要表达的意旨。这种关系或表现为“冷是热之果”，或表现为“热是冷之果”。在一些历史剧中，常用“冷是热之果”来揭示朝代兴衰的原因，如元人白仁甫的杂剧《梧桐雨》，前半部分极力描写唐玄宗与杨玉环的情话缠绵，尽力渲染唐宫的热闹场景，后半部分却是马嵬坡的生死离别与唐宫的夜雨凄凉，前半部分的热闹更反衬出了后半部分的凄凉，同时也表达了唐明皇的重情任性导致了个人的悲

---

① 吕天成：《曲品》，俞为民、孙蓉蓉《历代曲话汇编》明代编第三集，黄山书社2009年版，第85页。

② ［英］马丁·艾思林：《戏剧剖析》，罗婉华译，中国戏剧出版社1981年版，第47页。

苦和国家由盛而衰的结局的因果关系。再如孔尚任的《桃花扇》，上本写侯、李风光旖旎的生活，下本便是他们的凄凉岁月；上本写弘光帝的选优演戏，马、阮的赏雪观梅，传歌开宴，下本则是国破家亡的场景。显然，这一布局不仅调节了气氛，也通过场面冷热相配的因果关系深刻地体现出剧作的主旨，正如剧中人物柳敬亭所言："那热闹局面就是冷淡的根芽。"①

所以，"冷热相济"的场面布局既是场上观众的心理需求，也是揭示故事主旨的需要。

（二）详略疏密的结构安排

在古典戏曲理论中，剧论家们对结构布置的整体要求是详略适宜、疏密相间，也体现着"正反中和"的美学原则。结构布置的详略问题是戏曲叙事中的重要问题，它既关乎着故事中心的显现，也决定着戏曲舞台叙事的效果。同时它也是比较难处理的，清代丁耀亢称"词有三难：一布局，繁简合宜难"②，将布局的详略问题看作著词三难之中的第一难。故在古典戏曲作品中，详略失宜的剧作比比皆是，明代祁彪佳在《远山堂曲品》《远山堂剧品》中对剧作品评时就多次指出剧作中的这一问题，例如：批评《合剑》曰"载唐、隋事，一味铺叙，详略失宜"③；批评《无双传补》时曰"伯龙心逊天池《明珠》之作，而独於王之会采蘋也，以为详略未当，增五百余言，仍是《浣纱》整丽之笔"④。诸如此类的批评还有很多。总体而言，这些剧作的问题是：或平铺直叙，没有详略之分；或当详不详，当略不略，总之都未能做到详略适宜。

那么，如何才能做到详略适宜？明代王骥德的"审轻重"就是对此而论的，其在《曲律》中曰："传中紧要处，须重着精神，极力发挥使透。如《浣纱》遗了越王尝胆及夫人采葛事，红拂私奔，如姬窃符，皆

① 孔尚任：《桃花扇》，《中国古典文学读本丛书》，人民文学出版社1959年版，第71页。

② 丁耀亢：《啸台偶著词例数则》，俞为民、孙蓉蓉《历代曲话汇编》清代编第一集，黄山书社2008年版，第92页。

③ 祁彪佳：《远山堂曲品》，俞为民、孙蓉蓉《历代曲话汇编》明代编第三集，黄山书社2009年版，第574页。

④ 祁彪佳：《远山堂剧品》，俞为民、孙蓉蓉《历代曲话汇编》明代编第三集，黄山书社2009年版，第641页。

本传大头脑，如何草草放过！若无紧要处，只管敷演，又多惹人厌憎，皆不审轻重之故也。”① 王骥德将故事中的情节分为“紧要处”和“无紧要处”。“紧要处”应是表现主旨、纽结故事全局的中心情节，其他情节都是围绕着此处展开的，对于此处以及围绕此处而设的一些主要情节，在具体的叙事中就要把千笔万笔凑聚此处，不能轻率放过，要集中笔墨，大肆渲染，使其点染成峰，也就是说，这些情节要详写；“无紧要处”应是一些辅助叙事的情节以及对于中心情节而言无关紧要的过场情节，对于起辅助作用的情节，在叙事中只需达到其在故事中所起的作用即可，不需漫然敷演，另一些对于中心情节而言无关紧要的过场情节，更应一带而过或作简略的交代即可，不可多费笔墨。但如果将事关故事主旨的紧要情节草草放过，而对可有可无的情节一再敷演，这样就会详略失宜，也会导致全剧失去中心，影响故事主题的呈现，还会令观众产生厌憎之情。比如《浣纱记》，剧中主要写吴越两国争霸，最终越国战胜吴国的故事。在历史记载中，越王为不忘会稽败辱之耻，置胆于坐，饮食尝之，立志雪耻图强，夫人还亲自去葛山采葛，织成葛布献给吴王，迷惑吴王，因而最终战胜了吴国，故“越王尝胆”和“夫人采葛”都是故事中至关重要的事件，这样的情节就应饱蘸笔墨，绝对不可草草放过，其他情节就相应地要略写。如此才能详略适宜，突出主旨，也才能产生良好的舞台效应。

以上论说可知，王骥德以具体例子对故事的“紧要处”与“无紧要处”的详略问题的论说，是从宏观视角对详略适宜问题进行了强调与具体指导。具体“紧要处”如何详写，清代毛声山又在王骥德的基础上作出了更详细的论说，曰：

> 文章紧要处，只需一手抓住、一口噙住，斯固然也。然使才子为文，但一手抓住、一口噙住，则一语便了，其又安能洋洋洒洒著成一部大书，而使读者流连讽咏於其间乎？夫作者下笔著书之时，必现出十分文致，然后书成；而人读之，领得十分文情。是故才子之为文也，既一眼觑定紧要处，却不便一手

① 王骥德：《曲律》，俞为民、孙蓉蓉《历代曲话汇编》明代编第二集，黄山书社2009年版，第96页。

抓住、一口噙住，却于此处之上下四方，千回百折，左盘右旋，极纵横排宕之致，使观者眼光霍霍不定，斯称真正绝世妙文。今观《琵琶》文中，每有一语将逼拢来，一笔忽漾开去，漾至无可拢处，又复一逼，及逼到无可漾处，又复一开。如是者几番，方才了结一篇文字。正如狮子弄毬、猫狸戏鼠，偏不便抓住、噙住，偏有无数往来扑跌，然后狮子意乐，猫之意满，而人观之之意，亦大快也。①

毛声山认为剧中的“紧要处”，在叙事中要看准，但不应抓住，尤其不宜抓紧，而应在其上下、左右做“千回百折、左盘右旋”的“头绪”牵引，使此部位“极纵横排宕之致”，以此对观众产生强烈的吸引力，使其产生强烈的期待感，进而对全剧产生“流连讽咏”的情感。

从微观视角来看，在具体每一出、每一处的情节设置中同样要考虑详略适宜，具体如何做到？清代毛声山在《琵琶记》的品评中又作出了相关论说。在《琵琶记》中，牛小姐与蔡伯喈都表达了对婚姻的愁闷和担忧。第十五出《金闺愁配》写牛小姐埋怨其父强人所难、做事不停当，又写其请老姥姥劝丞相放过蔡伯喈，表现出她的明理大度，也表达了她对强迫的婚姻难以幸福的担心；第十九出《强就鸾凤》主要写牛小姐与蔡伯喈的成婚过程，在这一过程中写了蔡伯喈嘲笑自己攀权附贵，不顾高堂孤独、旧人哭泣与牛小姐勉为婚姻，表达了他的苦闷之情，而在这样的场景之下却没有写牛小姐的苦闷担忧。对此，毛声山说：“《金闺愁配》一篇，既写小姐之闷於前，而至此则独写状元之闷，更不复写小姐之闷。盖状元辞婚为正笔，小姐愁配为旁笔。正笔在所加意，旁笔不当着相，此又斟酌之最精者耳。”② 这里毛声山以“正笔”“旁笔”来论，对此，我们可以这样理解：每一出都有一个叙事中心，关于中心的都是“正笔”，需详写，其他的则为“旁笔”，要略写或不写。《金闺愁配》一

① 毛声山：《第七才子书琵琶记总论》，俞为民、孙蓉蓉《历代曲话汇编》清代编第一集，黄山书社2008年版，第474—475页。

② 毛声山：《第七才子书琵琶记批语》，俞为民、孙蓉蓉《历代曲话汇编》清代编第一集，黄山书社2008年版，第523页。

出的中心是牛小姐，故这一出的“正笔”是牛小姐，这里写了牛小姐的愁闷，而《强就鸾凤》一出的“正笔”是蔡伯喈，故这里详写状元愁娶，小姐的苦闷就不再写了。其实我们可以看出，毛声山与王骥德的论说虽说针对的范围不同，也有表达上的不同，但实质要求是一致的。

详略适宜是结构布局的基本要求，疏密相间则是其追求。若能在详略适宜的基础上做到疏密相间而出，那将是完美的结构布局。在古典戏曲作品中，元人吴昌龄的《张天师断风花雪月》杂剧在结构布局的详略、疏密处理方面曾受到盛赞。此剧写书生陈世英与桂花仙子在中秋之夜遇合相恋的故事。剧中先略写秀才陈世英赴京赶考途中，在八月十五之夜，与其叔陈太守在后花园饮酒赏月之后为排遣寂寞伤感而弹琴，琴声解救了桂花仙子，因此，桂花仙子要下凡来报答陈世英，为其风花雪月之夜做好铺垫。进而详写桂花仙子在封姨（即风神）和桃花仙子的陪伴下，来到陈太守家，在书房与陈世英相会，二人饮酒叙谈，情投意合，相处甚欢的情景。接着略写桂花仙子走后，陈世英相思成疾，错过赶考。然后又详写第二年的中秋节，陈世英仍盼望着与桂花仙子相会，但病情日趋加重。恰在这时，云游洛阳的天师道三十七代传人张天师准备回龙虎山修行，特来向陈太守辞行，登坛作法，勾来桂花仙子，使陈世英病体康复，接着又略写了风花雪诸神及桂花仙子受罚的下场，至此，陈世英的风花雪月之夜得以了结。剧中结构布局从整体来看先略后详，再略再详，略写部分为二人相见做简单的铺垫，详写部分则将二人相见情景描绘得淋漓尽致。如此，详略得当，疏密相间而出，且将结构的详略设置与故事主旨的呈现紧密结合，“风花雪月”的主旨在详略、疏密的设置中得以体现。为此，梁廷楠极赞曰：“布局排场，更能浓淡疏密相间而出，在元人杂剧中，最为全璧，洵不多观也。”①

（三）苦乐悲喜的情感变化

故事情节的发展线条也是情感发展变化的轨迹，随着情节的发展变化，故事中所传递、流露的情感也相应地发生变化。戏曲叙事在整体布局时还要考虑情感的总体变化，通过对古典戏曲理论的分析可见，在故事情感变

---

① 梁廷楠：《曲话》，俞为民、孙蓉蓉《历代曲话汇编》清代编第四集，黄山书社 2008 年版，第 23 页。

化中，剧论家们的总体要求是“苦乐相错”“悲喜交替”，就是要求苦乐、悲喜两种情感交替出现，同样体现着“正反中和”的哲学思想。

“苦乐相错”最初是由吕天成在评高明的《琵琶记》时提出，他在盛赞《琵琶记》布景写情有运斤成风后指出：“串插甚合局段，苦乐相错，具见体裁。”[①] 的确，在《琵琶记》的布局中，无论从整体情感发展来看，还是就局部情感变化来看，高明都将情感“苦乐交错”原则发挥得淋漓尽致。就整体情感发展来看，开头部分是高堂称寿的喜庆氛围，处处渲染着温馨天伦的快乐，中间部分便进入蔡伯喈背亲弃妻、骨肉分离和赵五娘糟糠自厌、祝发买葬的悲伤，结尾部分又是夫妻团聚、荣获旌奖的喜悦，情感变化整体上呈现出喜—悲—喜的发展轨迹；再就局部来看，将蔡伯喈在牛府的豪华生活和赵五娘在家乡的苦难景象交错演出，苦乐两种情感交替出现。例如：一边是赵五娘感叹青春易逝，夫妻分离的愁苦情景，一边是蔡伯喈欢庆及第高中、春宴游园的喜庆场面；一边是蔡家生活顿窘，蔡母哀叹失意，一边是牛相奉旨招婿，得意神气；一边是五娘饥饿难耐，糟糠自厌，一边是蔡伯喈赏花玩月，琴诉荷池；等等。“苦乐相错”的情感设置渗透于情节发展的始终。在悲喜交织的情感布置方面，明代柯丹邱的《荆钗记》也是一个代表，剧中整个故事的设置几乎都是悲情与喜情场次交替出现，上一出是“辞灵”之悲，下一出便转入“合卺”之喜；上一出是合居之喜，下一出便是分别之悲；上一出是王十朋高中会元之喜，下一出便是钱玉莲在闺中的相思、祈盼之苦；上一出是王十朋传递好音之间，下一出便是家书被套改之苦，再如“祭江”与“见母”、“夜香”与“民载”、“荐亡”与“责婢”、“疑会”与“团圆”都是悲喜交错的情感搭配，颇见作者之匠心。在这些剧作中，“苦乐相错”的情感变化往往推动着情节向前发展，且可以产生以甘映苦、以喜衬悲的效果，增强了故事的矛盾冲突。

“苦乐相错”情感设置的要求，也解释了何以中国古典戏曲很少有纯粹的悲剧或喜剧，或者说一悲到底或一喜到底的剧作很少，谢柏梁曾对现存的一百五十多种元杂剧故事情节进行审定，认为悲剧“共有二十五

① 吕天成：《曲品》，俞为民、孙蓉蓉《历代曲话汇编》明代编第三集，黄山书社 2009 年版，第 111 页。

种”，而“一悲到底型”的只有七种，剩下的一百一十八种便是“亦悲亦喜型”或“团圆收束型”，[①] 以元杂剧为一斑可见古典戏曲结构布局中情感悲喜相照的正反中和原则的普遍性。

对于“苦乐相错”的情感设置原因，清代丁耀亢在总结“词有十忌”时说：“十忌悲喜失窾，观听起厌。”[②]“窾”是“空”的意思，就是说，故事中情感的悲与喜二者缺一不可，不可只有悲，也不可只有喜。如果一直是一种幸福、欢愉的气氛，观众会觉得虚假，难以产生动人的效果；同样，如果长时间处于悲伤、低沉的气氛中，观众在其自身的情感上也接受不了。可见，与冷热场面的设置原因一样，“苦乐相错”的情感设置同样是出于对观众心理需求和审美趣味的考虑，也是出于对剧场效果的考虑。德国戏剧家席勒也曾说：“如果要使心灵持续在痛苦的感受上面，就必须把这种感受非常聪明地隔一时打断一下，甚至用截然相反的感受来代替，使这种感受再回来的时候威力更大。”[③] 所以，戏曲故事中“苦乐悲喜”情感设置既易于观众接受，同时又会在其内心打下更深刻的烙印，产生令人满意的接受效果。

（四）善恶美丑的人物设置

自先秦以来，圣人们就把人分为君子与小人，将其相对而论。孔子说：“君子坦荡荡，小人长戚戚。”庄子说：“君子淡以亲，小人甘以绝。”君子光明磊落、心胸坦荡，小人则斤斤计较、患得患失；君子遵循自然规律，舒适安宁，小人则为外物所奴役，求名逐利；君子间的交往像水一样清淡却心地亲近，小人间的交往像甜酒一样甘浓却往往断绝。所以，渐渐地，便以品质的好与坏来区别君子与小人，君子指有德之人，小人指无德之人。社会的矛盾多在君子与小人之间展开，戏剧故事要展现矛盾冲突，正反人物的设置便是必不可少的。在清代，丁耀亢正式提出“君子以小人反”的人物设置原则。西方戏剧家在创作大型剧作时，在动笔之前，常常会编制人物表，对剧中人物进行布置。在中国古典戏曲作

---

① 谢柏梁：《中国悲剧史纲》，学林出版社 2012 年版，第 105—106 页。

② 丁耀亢：《啸台偶著词例数则》，俞为民、孙蓉蓉《历代曲话汇编》清代编第一集，黄山书社 2008 年版，第 92 页。

③ ［德］席勒：《论悲剧艺术》，《古典文艺理论译丛》第 6 期。转引自牛国玲《中外戏剧美学比较简论》，中国戏剧出版社 1994 年版，第 113 页。

品中，比较大型的剧作应属历史剧，历史剧的创作往往要将历史事件纳入男女悲欢离合的模式中，所以剧情相对复杂，人物也较多，对人物提前进行布置显然很有必要。但在古典剧论史上，剧作者对剧中人物布置做出详细交代的只有孔尚任，他在《桃花扇纲领》中说："君子为朋，小人为党，以奇偶计之，而两部毫发无差。"① 可知，孔尚任以君子与小人为别将剧中人物设为奇、偶两部，一部是以史可法为首的效忠明朝的左良玉、黄得功、高杰等正面人物，一部是以马士英为首的权奸卖国贼阮大铖、田雄、刘良佐等反面人物，所有人物均以君子与小人为别正反相对而出。可以说，孔尚任在《桃花扇》中的人物设置完美地体现了"正反中和"原则，如其所言"毫发无差"。在其他剧作中，虽人物设置不一定像《桃花扇》那样正反毫发无差，但剧中主要人物必是正反相对的，且总体来看，人物都可以分为正、反两个阵营。在元杂剧反映社会现实的剧作中，正反人物的设置也比较明显，如《窦娥冤》，剧中主要人物窦娥与张驴儿善恶相对，窦娥善良顺柔，是个极孝之人，却遇到了恶毒无情、贪财好色的张驴儿，窦娥的冤案主要是由张驴儿的恶行劣迹直接造成的，故事的矛盾冲突就是围绕这一善一恶两个主要人物展开的。且在古典戏曲作品中，"君子以小人反"的人物设置，有着广泛的内涵，不仅仅是善、恶之别，凡美与丑、忠与奸、勇与怯、贞与淫、有德与无德等搭配都体现着正反中和的思想。

"极欢极合之中，而悲离之几，已兆于此，从来世事，大抵如斯。"② 世界万事万物无不体现出对立又统一的关系，戏曲布局中正反中和的美学原则不仅体现在上述四个方面，实则渗透在布局的每个因素中，清代丁耀亢就总结了六反："清者以浊反，喜者以悲反，福者以祸反，君子以小人反，合者以离反，繁华者以凄凉反。"③ 可知，除上述所论，还有情节发展的聚合离散、世道的清浊混淆、人生境遇的福祸相依、繁华凄凉

---

① 孔尚任：《桃花扇纲领》，俞为民、孙蓉蓉《历代曲话汇编》清代编第一集，黄山书社 2008 年版，第 670 页。

② 毛声山：《第七才子书琵琶记批语》，俞为民、孙蓉蓉《历代曲话汇编》清代编第一集，黄山书社 2008 年版，第 501 页。

③ 秦学人、侯作卿：《中国古典编剧理论资料汇辑》，中国戏剧出版社 1984 年版，第 212、213 页。

的情景交替。且不仅是布局，戏曲语言的使用同样要求“通琢句之方，或庄或逸”[①]。故可以说，戏曲中的各种元素均体现着正反中和的思想。正如孔尚任所言：“名曰传奇，实一阴一阳之为道也。”[②]

戏曲布局“正反中和”的原则，首先强调正反的对立，要求二者缺一不可。清代蒋新说：“文章但有顺而无逆，便不成为文章。传奇但有欢而无悲，亦不成为传奇。”[③] 这一论说正如今人所言，“没有冲突，就没有戏剧”，情节的起与伏，情感的悲与喜，人物的善与恶等正反因素的对比正是冲突的反应，谭帆曾说：古典戏曲理论中“作为戏剧故事第一要义的冲突论始终没有引起相应的重视”[④]。这些理论现象便可以证明古代剧论家对戏曲冲突的重视。另外，无白不显黑，正反两种元素在相互对立中又相互增强，互相衬托，二者在相反中相成，在相互排斥中互相彰显。若没有先前的冷寂，则难以衬显当下的热闹；若没有别离之苦，则难见相聚之乐；君子之良善更显小人之丑恶；相反情节段落的安排，不是相互削弱，恰是相互增强。其次，“正反”的妙趣又在于相互间的“中和”，正中寓反，反中寓正，正如毛声山所言：“可於悲中见喜，可於喜中见悲，可於冷中寓热，可於热中寓冷，可於苦中得甘，可於甘中得苦。”[⑤] 正反相互中和、熔铸一体，更能使故事整体呈现出一个统一、平衡的局面。德国美学家黑格尔也曾说：“动作与反动作是密切相联系在一起的。只有在这种动作与反动作的错综中，艺术理想才能显出它的完满的定性和动态。”[⑥] 同样认为正反相互交织更能呈现出整体的完满性。可见，戏曲布局正反中和的美学原则，体现着对立又统一的辩证思想。

总之，在古代辩证思想的影响下，也因戏曲叙事及观众的要求，“正

---

① 吕天成：《曲品》，俞为民、孙蓉蓉《历代曲话汇编》明代编第三集，黄山书社 2009 年版，第 85 页。

② 孔尚任：《桃花扇纲领》，俞为民、孙蓉蓉《历代曲话汇编》清代编第一集，黄山书社 2008 年版，第 670 页。

③ 蒋新：《琵琶记》第一出批语，转引自秦学人《古典编剧美学的精辟概括》，《戏剧》1996 年第 2 期。

④ 谭帆、陆炜：《中国古典戏剧理论史》，中国社会科学出版社 1993 年版，第 31 页。

⑤ 毛声山：《第七才子书琵琶记参论》，俞为民、孙蓉蓉《历代曲话汇编》清代编第一集，黄山书社 2008 年版，第 495 页。

⑥ 顾仲彝：《编剧理论与技巧》，中国戏剧出版社 1981 年版，第 85 页。

反中和”的哲学思想及审美范畴在古典戏曲理论中发展成为戏曲叙事布局的主要原则。古代戏曲理论家要求在排场气氛、结构布置、情节发展、人物设置、人物情感变化等诸要素中都体现出“正反中和”的美学原则，且强调正反两种元素在相互对立时，又能相互交织，融为一体，进而使整个故事呈现出一种和谐、统一的局面。它的运用在突出戏剧矛盾冲突的同时，又可产生一种和谐、平稳的局面，整体呈现出“中和”之美，体现着世界万物矛盾统一的永恒规律。

三　开头

由前面论说已知，故事整体结构的主要部分是头、腹、尾这三个部分。在这三个部分中，就中间部分来说，从结构上来看，主要表现在转换承接上，这里的关键是结构之间要具有内在的一致性；从内容上来看，主要是“猪肚”的敷演。总体而言，就如王骥德所言，主要考虑“何意接，何意做中段敷演”[①]。从整体布局的角度来看，若开头与结尾确定之后，中间部分的组织在整体布局原则的指导下，主要是谨记这两点，更加详细的就在具体的情节组织中了，故下面只就开头与结尾部分的相关论说做详细研究。

万事开头难，戏曲故事开头的设置也不例外，“难”的原因主要是在于它的重要性，在中外戏剧理论史上，这一点理论家们是有共识的，法国戏剧理论家狄德罗说：“一个剧本的第一幕也许是最困难的一部分。要由它开端，要使它得以发展，有时候要由它表明主题，而总要它承先启后。”[②] 从情节的生发、故事的主题、整体结构等角度谈开头的重要性。俄国批判主义作家果戈里在《剧场门口》中又从人物与内容关系的角度谈开头的设置。他认为一个剧的开端应囊括一切人物，而不是一个两个，应该涉及所有角色多多少少都关心的内容。不仅如此，戏剧作为一种舞台性艺术，如何在一开始就能抓住观众的注意力，把观众的兴趣激发出

---

① 王骥德：《曲律》，俞为民、孙蓉蓉《历代曲话汇编》明代编第二集，黄山书社 2009 年版，第 81 页。

② ［法］狄德罗：《论戏剧艺术》，《文艺理论译丛》第 2 册，人民文学出版社 1958 年版，第 122 页。

来，也是戏剧开头设置所考虑的重要问题。可见，开头片言居要，关系重大，从某种意义上讲，决定着全剧的命运。那么，中国古典戏曲的开头是如何设置的，古代剧论家们对此又是如何认识的？

在中国古典戏曲中，南戏、传奇的开头部分有一个特有的固定形式，即第一出的“副末开场”，或称“开场”。这一形式在《永乐大典戏文三种》中已基本固定，到《琵琶记》时成为一种不可移之定式。这一开头不是故事情节线条的开始部分（情节线条的开头是第二出的“冲场”），而是剧本或演出的开端部分，但其与后面部分紧密相关，故南戏、传奇的开始部分应包括前两出，即身处情节线条之外的“副末开场”和情节线条开头的“冲场”。对南戏、传奇故事开始部分理论的研究也应包括这两部分，但这两个部分的形式、功能等各方面都是不同的，故分而论之。杂剧的故事开头没有“副末开场”，第一出就是情节线条的开端，所以，将南戏、传奇的第二出与杂剧的第一出的相关理论放在一起讨论。

先看“副末开场”，最全面的“副末开场”有以下三个部分：先是夸说曲词或演唱、劝人行乐、表明创作意旨的上场小曲，然后是副末与后台关于今天所演剧目的问答，最后是叙述故事梗概的“家门”。通过剧论家们对这几个部分的相关论说，我们认为“副末开场”的设置应考虑以下三个方面：

（一）宣示意旨

“副末开场”中只出现了一个人，末或副末（因开场形式中多为副末，故以下统称副末），剧本中也有一个副末，“副末开场”中的副末与剧本中的副末是不同的。剧本中的“副末”是故事中的人物，他以自身的唱、白、介等动作来呈现故事，是其自身动作的执行者，其所说、所做不超过自己的角色范围，而“副末开场”中的“副末”却是故事的局外人，“副末开场”中的所有人物及其行为都是通过“副末”之口陈述出来的，故这里的“副末”就犹如小说叙事中的全知叙述者，他的叙述方式可使剧作者借其口插入自己的视角来明其立言大意，也就是剧作者可以在这里宣示其创作的意旨，即“开章明义”。对此，清代李渔作了详细的总结，其曰：“未说‘家门’，先有一上场小曲。如［西江月］、［蝶恋花］之类，总无成格，听人拈取。此曲向来不切本题，止是劝人对酒忘忧、逢场作戏诸套语。予谓词曲中开场一折，即古文之冒头，时文之破题，务使开门见山，不当借帽覆顶。即将本传中立言大意，包括成文，与后所说‘家门’一词，相为表里。前是暗说，后是明说。”① 李渔指出剧作者可以两种方式表明其立言主旨，即暗说与明说。具体来看，“明说”就是直言，这一直言是在上场小曲中，典型的如高明的《琵琶记》［水调歌头］曲中的“休论插科打诨，也不寻宫数调，只看子孝与妻贤”的创作意旨的表达。再如孙柚《琴心记》［月下笛］“风流写入宫商调，劝取骚场浪客，愿休辞潦倒。看俯仰古今陈迹”的创作意图的表达。“暗指”是在“家门”中，常常通过对故事中事件及人物的情感态度间接流露出来，具体方式是使用感情色彩鲜明的形容词或副词，以及在对全剧情节的取舍和情节之间逻辑关系的安排中体现，先看以感情色彩鲜明的形容词或副词来表达意旨的方式，另一种在下面“叙事指引”中详论，如《千金记》的“家门”：

> ［沁园春］勇士年乖，佳人命薄，淮阴同受凄凉。强秦暴虐，六国并吞亡。四海干戈扰攘。英雄困，何处显名扬？遭无赖低头胯下，寄食好凄惶。使夫妻分别，拆散两鸾凰。投奔西楚，官卑执戟，未露辉光。运至风云际会，逢萧相方得佐明皇。功成就，筑坛拜将，衣锦耀乡邦。②

分析这一“家门”以及剧作的具体内容，可知《千金记》的“家门”通过“年乖、命薄、凄凉、英雄、凄惶、辉光、耀”等字眼表达其“论先期胜负”及“预扣兴亡”的创作意旨，可以说，这是作者为实现创作意图在叙事技巧上所做的努力。

（二）包括通篇

法国美学家狄德罗说：“我希望大家要求戏剧作家把开头的几场戏这样安排，使整个剧本的提纲就包括在当中。”③ 在中国古典戏曲中，“整个

---

① 李渔：《闲情偶寄》，俞为民、孙蓉蓉《历代曲话汇编》清代编第一集，黄山书社2008年版，第287页。

② 毛晋：《六十种曲·千金记》，中华书局1982年版，第1页。

③ ［法］狄德罗：《论戏剧艺术》，《文艺理论译丛》第2册，人民文学出版社1958年版，第183页。

剧本的提纲”在“副末开场”的“家门”中就被勾勒出来了。故从叙事视角来看，“家门”应包括通篇。对此，明清剧论家都进行过相关论说，最早对其进行论说的是明代的徐渭，他在《南词叙录》中说：“宋人凡勾栏未出，一老者先出，夸说大意，以求赏，谓之‘开呵’。今戏文首一出，谓之开场，亦遗意也。”[①] 徐渭从演剧目的和观众接受的角度来分析，指出在演剧之始有一位老者对剧情“大意”进行夸耀性的解说，以使观众在明白剧情大意的同时产生期待，吸引观众继续观看，最后达到求赏的目的。从观众接受的这一角度来谈，清代的李渔也说“开场数语，包括通篇”，对于其中的原因，他又说“未说之先，人不知所演何剧，耳目摇摇，得此数语，方知下落，始未定而今方定也”。[②] 表达了与徐渭相同的认识。可见，这一开端就如商店的门面，其设置要能令人一望便知道它的规模和性质，吸引人们进入，故这里要赋予观众对整个故事的洞察力，在观众不知要演何剧，不知故事内容如何，心神不定，难以明确是否继续观看之时，需要有一个人将全剧大意事先告知观众，使观众摇摆不定的心确定下来。所以，开场时“包括通篇”的述说很重要，清代惰园主人的几部传奇因急于完成都没有“开场”，但他深知这种“开场”的重要性，故希望“有欲排演者，当为补之，仆自乐此不疲也”[③]。可见，在古代剧论家看来，传奇开场对全剧内容的总括性介绍与场上观众的心理有密切联系。戏曲作为一种具有舞台性特征的叙事艺术，出于吸引观众的目的，需要在开端部分展示出全剧的内容大意，以此来及早抓住观众的眼球。

这种心理在一定程度上来自观众的整体性意识，正如俗语中常说的“看戏看全套”的欣赏习惯和审美心理。这种整体性意识也贯穿在剧本的其他地方，每折开头的“引子”也要“使一折之事头，先以数语该括尽之，勿晦勿泛，此是上谛”[④]，这种整体性意识和中国人时间观念上的整

---

① 徐渭：《南词叙录》，俞为民、孙蓉蓉《历代曲话汇编》明代编第一集，黄山书社 2009 年版，第 490 页。

② 李渔：《闲情偶寄》，俞为民、孙蓉蓉《历代曲话汇编》清代编第一集，黄山书社 2008 年版，第 288 页。

③ 惰园主人：《极乐世界凡例》，俞为民、孙蓉蓉《历代曲话汇编》清代编第三集，黄山书社 2008 年版，第 613 页。

④ 王骥德：《曲律》，俞为民、孙蓉蓉《历代曲话汇编》明代编第二集，黄山书社 2009 年版，第 97 页。

体性认识又是分不开的。如杨义所说："时间的整体性观念以及大小相衔的时间表述体制，携带着丰富的文化密码，深刻地影响了中国叙事作品的开头形态。"① 中国叙事作品尤其是长篇叙事作品的开头，常常有整体性地概括大意的部分，如叙事性大曲的开首、一些小说话本开头的"入话"、章回小说的引首或楔子。古典戏曲"家门"对全剧内容的概括正是为了克服南戏传奇因情节过长而影响观众对剧情整体把握的困难。

（三）叙事指引

"家门"对故事内容的概述，涉及叙述者对全剧情节的取舍及情节之间逻辑关系的安排，从这一角度来看，全剧叙事决定着"家门"的叙事，反过来，从既定的故事来看，这种"取舍与安排"对全剧叙事又起着指引作用。故可以说，"家门"的叙事指引着全剧的结构框架和情节发展的脉络，这一认识李渔在《闲情偶寄》中曾作过深刻的论述，他认为开场中的"家门"部分虽然字数不多，但要体现出整个故事的结构，所以"然非结构已完，胸有成竹者，不能措手"。只有在将整个故事的结构了然于胸时，才能依此结构来写"家门"。而且，即使结构已定，在具体写作中，情节的发展也可能"势有阻挠，不得顺流而下，未免小有更张"，与"家门"所示有出入。所以，如果能做到"机锋锐利，一往而前，所谓信手拈来，头头是道，则从此折做起"，如果不能，完全可以"姑缺首篇，以俟终场补入"，总之，正文的结构框架以及情节发展的脉络都要与"家门"中的概述相吻合。

为什么要这样做？李渔又以形象的比喻作了深入的阐释："塑佛者不即开光，画龙者点睛有待，非故迟之，欲俟全像告成，其身向左，则目宜左视，其身向右，则目宜右观，俯仰低徊，皆从身转，非可预为计也。"② 答案就是："家门"就像人的"眼睛"，对此我们可以作以下两方面的认识：首先，从叙事的角度谈，"家门"的叙事是全剧叙事的点睛之笔，故"家门"必在全剧已现或心中已有全剧时方可下笔；其次，从既定的故事来看，"家门"犹如人的眼神，剧本正文是人的身体，眼神决定

① 杨义：《中国叙事学》，人民出版社1997年版，第129页。

② 以上李渔的论说均出自《闲情偶寄》，俞为民、孙蓉蓉《历代曲话汇编》清代编第一集，黄山书社2008年版，第286、287页。

着人注视的方向，故“家门”决定着剧本正文叙事的方向，对全剧的叙事起着方向性的引领作用，是剧本正文叙事之“法”，甚至可以说是正文叙事之“魂”，不仅指引着全剧的结构框架和情节发展的脉络，甚至反映着全剧叙事的主旨。下面通过分析明徐复祚的《投梭记》开场，来看“家门”的叙事如何对正文起指引作用：

［满庭芳］江左风流，谢郎称最，居平醉日恒多。东邻有女，一见缔丝萝。奈可虔婆作梗，轻贫士取闹投梭。生恶计，巧乘折齿，逼泛豫章艖。王敦方犯阙，钱凤继起，满地干戈。痛周戴尚书骂贼遭磨。幸有伊尼助阵，战采石重整山河。缥风氏死中得活，重会秣陵阿。[①]

《投梭记》共三十二出，家门［满庭芳］一曲全面概括了在朝廷内部奸臣当道、社会动乱不堪的黑暗现实之下，谢鲲与元缥风二人之间悲欢离合的爱情。这里八个句子八个时空，时空之间的转移跨度很大，简约清晰地勾勒出了故事的结构框架及情节发展的脉络。很明显，剧作者在勾勒故事梗概时择取了剧本正文中的一些核心事件，对这些事件的择取又体现着剧作者的叙事导向。试对谢鲲的妻子王氏做一分析，剧本正文中王氏共出现了六次，第一次出现在第六出“拒奸”中，是为了通过描写王氏维持家中艰难的生计来表现谢鲲虽在官场之外且处艰难之境却心系朝廷。第二次出现在第十出“应聘”中，这一次出现从她的口中道出谢鲲“半世颠狂，一生酩酊。家徒四壁，日缺三餐”[②] 清苦而旷达的生活情形。第三次出现在第十三出“闺叙”中，写她理解并同意了谢鲲对元缥风的爱恋。第四次出现在第二十一出“出守”中，写她送别丈夫去征讨钱凤。第五次出现在第二十八出“闺叙”中，写她与元缥风柞认并拜为姐妹。第六次出现在最后一出“大会”中，写其与谢鲲团聚，与元缥风共侍一夫。从以上六出的叙事中可以看出，作为谢鲲的妻子，王氏没有占据谢鲲的感情生活，而是成为展示谢鲲困苦的生活以及谢鲲与元缥

① 毛晋：《六十种曲·投梭记》，中华书局 1982 年版，第 1 页。

② 同上书，第 99 页。

风情感侧面的一个人物。为了表现谢鲲在出世与入世之间的矛盾斗争，文中不得不对能展现其艰难生活的妻子王氏着墨。也就是说，王氏个人本身在谢鲲的事业发展与情感生活中不占位置也不具影响作用，故虽然其在剧本正文中出现六次，但不在剧作所要表达的意旨中，所以“家门”对其不着丝毫笔墨，没有任何王氏的信息。可见，“家门”对整个故事的框架、情节发展的脉络及故事传达的意旨等方面均起到了指引性的作用。

所以，“副末开场”的设置，首先要以一明一暗两种方式表明剧作者的立言大意，其次，“家门”中要对全剧作进行整体性概括，且要在概括的同时反映出全剧的结构框架、情节脉络、立言意旨等，对全剧叙事起着“魂”的指引作用。

再看情节线条的开端，也就是杂剧的第一出与南戏、传奇的第二出。作为情节发展的开端部分，此处应埋伏着全剧的端线，后面的情节都要在此透露，故这里既应是全剧结构“起承转合”之“起”，也应是全剧情节发展之“根”，这是古代剧论家们对杂剧第一出与南戏、传奇第二出设置的共同要求。另外，因杂剧没有“副末开场”，所以除以上要求之外，杂剧的第一出还要肩负“开宗明义”之责。

关于杂剧第一出的设置，明代徐复祚在品评《西厢记》第一折《佛殿奇逢》时作了较全面的分析：

首先，他将第一折《佛殿奇逢》喻为“衣裳之有要领，时文之有破题，策表之有冒头”，可见李渔将南戏、传奇的“副末开场”喻为“古文之冒头，时文之破题”，是对徐复祚论说的继承。由此也可知，古代剧论家认为杂剧开场第一折与“副末开场”一样，同样具有“开宗明义”的功能。那么，具体而言，《西厢记》的第一折是如何表明的？在［节节高］一曲中，张生初见莺莺时唱“正撞着五百年风流业冤”，徐复祚指出“此一句为本折片言居要句，亦通本之吃紧句也”，也就是说，这一句是暗含全剧要义之句。通过对全剧的分析可知，确实“五百年风流业冤”正是此剧“情爱”主题的表达。

其次，徐复祚又指出“篇中处处埋伏后十五折情节”，实质就是说，这里是全剧故事情节发展之“根”。何以见得？我们具体分析：张生在［柳叶儿］曲中唱“门掩着梨花深院，粉墙儿高似青天”，这一句是为后面第十一出《乘夜逾墙》中张生跳墙与莺莺幽会“张本”。再如张生在

［赚煞］曲中唱“空着我透骨髓相思病染”，这一句又为后文第十二出《倩红问病》张生病重，莺莺着红娘去问病送方“张本”。详细分析，会发现开头这一折处处都是后面情节发展的苗头，流露着情节发展的征兆。

最后，在这一折结尾处张生唱“怎当他临去秋波那一转”，对此，徐复祚又曰：“舍此句更当如何承起?”[①] 也就点明了“临去秋波那一转”是全剧结构“起承转合”之“起”，这里蕴含着使全剧情节得以发展的最初的“力”，有了“那一转”，才能展开后面张生与莺莺之间的爱情纠葛。如果没有“那一转”，就难以有后面情节的发展，所以，这里要“起”，没有“起”，就没有后面的“承”。对此，王骥德也曾说这里要考虑“以何意起”。

可见，《西厢记》开头设置完成了其在主题、结构及情节发展中所应具有的功能，徐复祚的全面分析也代表了古代剧论家们对杂剧开头设置的认识。

对于传奇第二出的设置，李渔在介绍传奇格局时对其做了详细的理论阐释，其曰：“开场第二折，谓之‘冲场’”，这里“非特一本戏文之节目，全於此处埋伏，而作此一本戏文之好歹，亦即於此时定价。何也?开手笔机飞舞，墨势淋漓，有自由自得之妙，则把握在手，破竹之势已成，不忧此后不成完璧”[②]。“一本戏文之节目，全於此处埋伏”，可见，他也认为这里应是全剧情节发展之“根”，埋伏着全剧情节发展的端线。另外，他还认为这里若形成“破竹之势”，则“不忧此后不成完璧”，也就是说，这里应是全剧结构“起承转合”之“起”，且要能“起”来，如此才有望全局为“完璧”。可见，古代剧论家们对传奇第二出与杂剧第一出的设置的认识是一致的。

关于副末开场与情节线条开端部分的设置，清李渔作了总结：“开场数语，包括通篇，冲场一出，蕴酿全部”，且认为这是“一定而不可移者”[③]，可谓概括精辟。

综上可见，对于戏曲开头的重要性，中国古代剧论家是有共识的，

---

① 以上徐复祚的论说均出自《南北词广韵选批语》，俞为民、孙蓉蓉《历代曲话汇编》明代编第二集，黄山书社 2009 年版，第 339 页。

② 李渔：《闲情偶寄》，俞为民、孙蓉蓉《历代曲话汇编》清代编第一集，黄山书社 2008 年版，第 288 页。

③ 同上书，第 286 页。

且从主题、情节、结构方面都做出了准确且合理的认识。

四 结尾

结尾与开头在故事结构中的重要性难分轩轾。在对古典戏曲结尾的研究中，学者们主要集中于“大团圆”结局的研究，且似乎认为古典戏曲的结尾仅有“大团圆”一种，对其的研究也主要集中在对原因的探究上，而对这一结局自身的审美内涵挖掘得比较少。然而，古代剧作的结尾形式多样，在古典戏曲理论中，古代剧论家们对戏曲结尾的认识也很丰富。他们不仅对结尾提出了要求，还对剧作中存在的结尾形式进行了详细、深入的评价与品析，尤其是对今人所说的“大团圆”结局有新的认识。下面就主要围绕这几个方面看古人对古典戏曲结尾的认识。

（一）结尾的要求

“无论是在‘理论’上，还是就某部小说或某一时期的小说而言，对于叙事的末尾都很难下定论，这决不是偶然的。”[①] 在古典戏曲理论中，剧论家们同样认为在整个构局过程中，“最难是末折”[②]。因为结局不仅是一个故事在发展、高潮之后的必然结果，还包含故事主要冲突的解决方式，同时也反映着作品所要表达的主要思想指向，正如苏联作家阿·托尔斯泰所言，剧作家决定结尾永远依赖于“当演员说出最后一个字的时候，戏剧家要把观众带到一个怎样的心理状态”[③]，且这一状态必须是根据故事情节发展的必然规律而产生的。做到这些其实是很不容易的，故古典戏曲的结尾常常因各种问题而受到剧论家们的诟病。但是，对于戏曲故事的结尾，剧论家们却提出了更高的要求：结局要更有精神。在古典戏曲理论中，这一观点最早由王骥德在论曲之尾声时指出：“尾声以结束一篇之曲，须是愈着精神，末句更得一极俊语收之，方妙。凡北曲煞尾，定佳。作南曲者，只是潦草收场，徒取完局，所以戏曲中绝无佳者，

---

① ［美］J. 希利斯·米勒：《解读叙事》，申丹译，北京大学出版社 2002 年版，第 49 页。

② 陈烺：《花月痕》，俞为民、孙蓉蓉《历代曲话汇编》清代编第三集，黄山书社 2008 年版，第 22 页。

③ 程麻：《中国心理偏失：圆满崇拜》（上编），社会科学文献出版社 1999 年版，第 151 页。

以不知此窍故耳。”[①]“尾声”是指诸宫调、唱赚、杂剧、传奇等脚本中大多数套曲中最末一曲的泛称。在王骥德看来，南曲中没有佳作的主要原因就是剧作者不知“尾声”处需“愈着精神”这一法则，只为完局而“潦草收场”。王骥德的论说虽有些决断，且主要就南曲而言，但其尾声处需“愈着精神”的要求，与乔吉在论乐府作法时提出的“豹尾”的认识是一致的，后来剧论家们也将其作为对戏曲故事结尾的要求。

在古典戏曲作品的品评中，对故事结尾关注较多的是祁彪佳，他在《曲品》中对明传奇的故事进行品评时，多次就结尾做出论说，兹择几例如下：

> “金牌宣召”一折，大得作法。惜闲诨过繁。末以冥鬼结局，前既枝蔓，后遂寂寥。
>
> 乃以阴魂聚首，结局殊觉黯然。
>
> “讹奸”一节，皆六婆为之，而巧儿卒以贞终。然末段收煞，殊少精神。[②]

从祁彪佳的评论来看，这些剧作的结尾部分在内容上或寂寥或黯然，总之“少精神”。显然这与王骥德对南曲尾声“愈着精神”的要求是一致的。同时，由祁彪佳品评之一端也可见传奇结尾的这一普遍问题。不只是传奇，元杂剧的一些结尾也因“少精神”，曾被冠以“强弩之末”的名声，为此还引来一些争论。明臧懋循在其《元曲选序》中曰：“或谓元取士有填词科，若今括贴然，取给风檐寸晷之下，故一时名士，虽马致远、乔孟符辈，至第四折往往强弩之末矣。”[③] 在臧晋叔看来，元杂剧多出于以曲取士的科场，因时间所限，故结尾“强弩之末”的现象是一个普遍

① 王骥德：《曲律》，俞为民、孙蓉蓉《历代曲话汇编》明代编第二集，黄山书社2009年版，第98页。

② 以上三条出自祁彪佳《远山堂曲品》，俞为民、孙蓉蓉《历代曲话汇编》明代编第三集，黄山书社2009年版，第552、568、577页。

③ 臧懋循：《元曲选序》，俞为民、孙蓉蓉《历代曲话汇编》明代编第一集，黄山书社2009年版，第619页。

性问题，即使是名士之作也在所难免。这里将其原因归于科场有些不妥，因为元代科举，最初在元太宗九年曾开科一次，之后便废而不举，直至元仁宗元年才恢复，中间停止近八十年，而这八十年正是元杂剧创作的繁盛时代。所以，仅将其归于场屋之故有欠周圆，实则与故事结尾本身难以处理不无关系。但也确实指出了元杂剧结尾“强弩之末”的这一现象，表达了对故事结尾“有精神”的追求。直到清末，仍有理论家为元杂剧结尾的这一问题进行论说，梁廷楠说：“元人百种，佳处恒在第一、二折，奇情壮采，如人意所欲出。至第四折，则了无意味矣。”但他对郑廷玉的《楚昭公》杂剧进行分析后又说：“第三折以下，则字字珠玑，言言玉屑。自尾倒尝，渐入佳境。论者谓‘元人杂剧至第四折为强弩之末’，未尽然也。”[①] 梁廷楠对元杂剧《楚昭公》结尾的肯定其实是对论断元杂剧结尾尽为“强弩之末”的反驳，同时，通过对《楚昭公》结尾的赞扬，也表达了他对杂剧故事结尾应“愈着精神”的倡导。故可知，戏曲故事结尾需“有精神”是明清理论家们的共同要求。

那么，何谓“有精神”？从祁彪佳、梁廷楠等理论家的论说来看，应包括三个方面：其一，从语言上来看，结尾处的语言仍要有文采，具有一定艺术水准，不能有江郎才尽之感；其二，从情节发展来看，结尾处应是沿着全剧情节的发展而设有饱满的情节，不是生硬拼凑、草草了事，更不是戛然而止。换言之，结局处应充分表现出故事情节发展的必然结局；其三，更为重要的是，从格调上来说，意趣不能降低。也就是说，结局处所反映的思想境界不能低俗、无趣，就是把观众引向的那个方向不能太浅俗。如在元杂剧作品中，反映当时社会现实、揭露社会矛盾的剧作比较多，但在结尾处，对于矛盾的解决，剧作者在现实生活中似乎难以寻求一条满意的道路，于是，便会借助虚幻的鬼神力量来表现伸冤理枉的理想。祁彪佳一直不看好剧中插入神鬼情节，他认为剧中一涉鬼神便无好境趣，故在他看来，结尾部分借鬼神来圆合，故事所流露的意趣便大减。

---

① 以上两条出自梁廷楠《曲话》，俞为民、孙蓉蓉《历代曲话汇编》清代编第四集，黄山书社 2008 年版，第 46、24 页。

（二）结尾样式的品评

那么，在这样的要求之下，古代剧作的结尾是如何呈现的？对此剧论家们又是如何认识的？通过分析可知，中国古典戏曲的结尾主要有两种样式，剧论家们也集中对这两种样式进行了分析。

首先是“大团圆”式结尾。这一结尾方式是指在故事的结尾处，分散支离的情节线条被收拢在一起，主要人物也依循着情节的发展最终得到一个团圆、完满的结局，矛盾冲突被化解，一切都恢复到一个和谐、喜悦的状态。明代张凤翼的《红拂记》的结局就属此类，剧中写隋代末年布衣李靖在谋取功业的途中与西京留守杨素府中侍婢红拂女相识，二人一见倾心，深夜于月下山盟海誓，结为夫妇，于夤夜私奔，在途中，他们结识了闻名遐迩的虬髯客，李靖与其结交为友，红拂女与其拜为兄妹。他们一起投奔李世民，虬髯客因感知李世民英俊干练、年轻有为，便无意与其争权夺利，飘然而去。与此同时，与红拂女同在杨素府中的另一美妓南朝陈的乐昌公主，在陈将灭亡时，其与丈夫徐德言分镜诀别，而又合镜团聚，且徐德言成为李靖的参军。而在此期间，因战乱致使红拂女走失，夫妻分离。后李靖、徐德言、虬髯客共同辅佐李世民定霸，战功赫赫，在故事的结尾，李靖与其参军徐德言功成归来，虬髯客被封为扶馀国主，红拂因避难投乐昌家得以与李靖团聚，乐昌公主也与徐德言重新聚首，共享团圆之乐。可以看出，这一故事情节发展线条相对较繁复，因此也受到了一些剧论家的批评，但在结尾处剧作者将四散纷乱的各条线索聚拢在一起，犹如将繁杂的线条理顺且打成一个大大的结，且每条线索下的人物都得到了圆满结局。可见剧作者的“大团圆”的结尾意识。对此，陈继儒大赞曰：“好结局，各从散漫中收做一团，妙，妙！”① 陈继儒的称赞主要是就情节发展的角度而言的，另外，“大团圆”的结尾还应包括两方面的内涵：一是结构的完整。在这里，故事中的矛盾得以解决，情节的发展有了完满结局，故完成了结构的完整性。二是情感的圆满。在这里分离者终得团聚、奋斗者功成名就……总之，从情感上来看，都是其乐融融的。近代王国维将元杂剧的结尾总结

---

① 陈继儒：《红拂记跋》，俞为民、孙蓉蓉《历代曲话汇编》明代编第二集，黄山书社2009年版，第232页。

为："始于悲者终于欢，始于离者终于合，始于困者终于亨。"[①] 所以，无论从结构、情节发展上，还是从情感上来看，这一结尾方式都是完满的，故可以称其为"封闭式结尾"。

在古典戏曲中，这一结尾方式受到了更多剧作家的偏爱，几乎成为古典戏曲的结尾定式，无论在元杂剧、南戏还是在明清传奇中，"大团圆"的结尾比比皆是。同时，也受到了许多理论家的肯定与赞成。除上述明代陈继儒连连称赞《红拂记》"收做一团"的大结局"妙"之外，还有更多的理论家对其表达了赞赏之意。其中清代李渔在《闲情偶寄》中明确要求戏曲故事结尾应具有"大团圆"之势，且将其称为"大收煞"，并以人物为例对其解释曰："如一部之内，要紧脚色，共有五人，其先东西南北，各自分开，到此必须会合。"但是，他觉得这一结尾方式"谁不知之"，古代剧作中绝大多数的结尾都属这一类型，关键是要做到有趣味，即达到以下两个要求：一"无包括之痕"，二"有团圆之趣"。关于二者，李渔又进行了详细的解释，"无包括之痕"指结尾要"自然而然，水到渠成，非由车戽。最忌无因而至，突如其来，与勉强生情，拉成一处"。"有团圆之趣"意为"或先惊而后喜，或始疑而终信，或喜极、信极而又致惊疑，务使一折之中，七情俱备，始为到底不懈之笔，愈远愈大之才，所谓有团圆之趣者也"[②]。李渔对"大团圆"结局提出的这两个要求，主要是在表达"大团圆"的形势应是故事情节发展的必然归属，且其发展是在大悲之后的大喜、极疑之后的终信，就是要达到"破涕为笑"的效果，如此才能使这一结局既合情合理，又能体现出"团"的趣味。

"大团圆"结局方式除李渔所论的趣味之外，还有何长处？或者说其受到剧作家及剧论家的如此青睐，原因何在？通过对剧论家们相关论说的分析，认为主要有以下三方面原因：

其一，从舞台效果来看，产生绚烂热闹的场上效果。因这一结尾为全剧主要人物的大团聚，在此他们常常会云集到一个特定的时空环境中，

---

① 王国维：《红楼梦评论》，俞为民、孙蓉蓉《历代曲话汇编》近代编第二集，黄山书社2009年版，第731页。

② 李渔：《闲情偶寄》，俞为民、孙蓉蓉《历代曲话汇编》清代编第一集，黄山书社2008年版，第290页。

各行当脚色一齐登台演唱，同时展现各个行当的绝技，故舞台场面宏大，阵容可观，热闹非凡。戏曲作为一种舞台艺术，场上效果也是影响戏曲叙事的重要因素，结尾处绚烂热闹的场面可以说是给观众一个很好的回馈。在古典戏曲作品中，产生这一效果比较明显的是汤显祖的《邯郸梦》的结尾，清代梁廷楠大赞其曰："汤若士《邯郸梦》末折《合仙》，俗呼为'八仙度卢'，为一部之总汇，排场大有可观。"[①] 在《邯郸梦》的结局中，前几出已出现的钟离权、何仙姑、张果老、吕纯阳在此出齐聚，剩下的四仙在这里也一起出现，故八仙同台齐聚，他们或独唱或合唱，共同来点醒卢生，排场壮观且热闹非凡，观众的接受效果自然不言而喻。其实卢生在上一出已经从梦中省悟过来，这一出八仙只是再提醒一番，可知，剧作者此处让八仙同出，并非只考虑剧情的需要，更多地在为可观的排场着想。

其二，从整个故事结构来看，这一结局常常表现为有情人在历经磨难、尝尽离别之苦后能终成眷属、夫妻重逢，底层善人在被迫害诬告之后能得以昭雪，贪官奸人在做尽坏事之后能终得惩治，智忠豪杰在竭尽忠诚之后能高官厚禄……总之，矛盾冲突被圆满解决，在结构的完整性中体现出内容上的"一团和气"。而这"一团和气"的意旨也是剧作者的追求，冯梦龙的传奇《楚江情》的"大团圆"结尾设置就是出于这一追求，如其所言："末折劝婚修好，稍仿乐道德收科，然必如此结局，方是一团和气。"[②] 那么，剧作者何以会有"一团和气"的追求？归根究底，这又是古典戏曲"关风化"的使命使然。在中国古代文论中，历来有"声音之道，与政通矣"的观念，在戏曲理论中，积极倡导这一思想的莫过于具有政治身份的明宁献王朱权，他在其《太和正音谱序》中曰："礼乐之和，自非太平之盛，无以致人心之和也。故曰治世之音，安以乐，其政和。"[③] 故事结尾反映出"一团和气"景象的戏曲，正是统治者所要

① 梁廷楠：《曲话》，俞为民、孙蓉蓉《历代曲话汇编》清代编第四集，黄山书社 2008 年版，第 25 页。

② 冯梦龙：《楚江情自序》，俞为民、孙蓉蓉《历代曲话汇编》明代编第三集，黄山书社 2009 年版，第 37 页。

③ 朱权：《太和正音谱序》，俞为民、孙蓉蓉《历代曲话汇编》明代编第一集，黄山书社 2009 年版，第 29 页。

求的反映帝泽仁风和政通人和之象的盛世之音。

其三，因这一结局是悲后之欢、离后之合、困后之亨，所以从情感上来看，或为历经磨难夫妻重逢之喜，或为贫家公子中举喜结良缘之乐，或为奸恶小人终遭报应之快，或为被陷忠良终得昭明之庆……总之，都洋溢出欣喜和乐的情感色彩，而这一欢愉效果是应和了“乐天精神”的中国广大观众的要求，如此结尾也正是为了满足他们的美好理想和愿望。孔尚任曾指出：“顾子天石，读予《桃花扇》，引而申之，改为《南桃花扇》。令生、旦当场团圆，以快观者之目。”① 可知，顾天石将孔尚任《桃花扇》的结尾改为“大团圆”的方式，主要是为了“快观者之目”。众所周知，戏曲艺术的整个形成及发展过程，一直与普通大众的审美需求紧密相连。在戏曲叙事中，各种要素的考虑都要归旨于广大观众的要求，以满足广大观众的需求为宗旨，这也可以说是每一种形式的戏剧生存的根本，正如阿契尔所言：“戏剧一旦放弃了它作为群众艺术的要求，而自满于一味面向少数同好——尽管他们多么‘有教养’——那么这就等于说戏剧放弃了它主要的权利和荣誉。”② 就中国古代普通的戏曲观众而言，娱乐需求是其观戏的主要目的之一。或者说，他们观戏的目的首先是为了心里的痛快。对此，李渔的把握是很精准的，他曾在《风筝误》末出收场诗中言：“传奇原为消愁设，费尽杖头歌一阙，何事将钱买哭声，反令变喜成悲咽？惟我填词不卖愁，一夫不笑是吾忧。”所以结尾处要将观众引向喜乐的情绪中。而且，如王国维所言，“吾国人之精神，世间的也，乐天的也”，他们总相信善有善报、恶有恶报。所以，无论剧中故事情节如何演进，结尾处都要营造出欢娱的氛围，如此观众才肯罢休，这也是一些剧作在结尾处生硬加上个光明的尾巴的原因。也正是因为来自广大观众的认可，有着深厚的群众基础，这一结尾方式方能在古典戏曲作品中具有如此之强的生命力。

其次是“离别”式结尾。确实，“大团圆”结局不仅是元杂剧的常

① 孔尚任：《桃花扇本末》，俞为民、孙蓉蓉《历代曲话汇编》清代编第一集，黄山书社 2008 年版，第 664 页。

② ［英］威廉阿契尔：《剧作法》，吴钧燮、聂文杞译，中国戏剧出版社 1964 年版，第 10 页。

套，也几乎是明清传奇的定式，“收作一团”也是古代绝大多数剧论家的共同要求。然而，在古典剧论中，对“大团圆”结局也有反对的声音，且在古代剧作中，一些剧作家又尝试了不同于“大团圆”的“离别”式结尾，一些剧论家也更赞赏这一结尾形式。

对“离别”结尾的倡导，始于对王实甫所著《西厢记》结尾的讨论。对于王实甫《西厢记》的结尾，明代徐复祚说“《西厢》后四出，定为关汉卿所补”，且认为“《西厢》之妙，正在于草桥一梦，似假疑真，乍离乍合，情尽而意无穷，何必金榜题名、洞房花烛而后乃愉快也”①。“草桥一梦”也就是《草桥惊梦》一折，写张生与莺莺在热恋中被拆散后赴京赶考，途中旅馆宿歇，孤寂思念之情难忍，梦中见莺莺私奔而来，二人尽情对唱。梦中莺莺的所有言语皆由自己来唱，且张生见莺莺半夜赶来，心疼曰“乡鞋儿被露水泥沾惹，脚心儿管踏破也”，这情景极其逼真，是梦境，又似真境，正如徐复祚所言“乍离乍合”，情趣无穷。以梦境写离思，让我们深感二人的情意绵绵，所以徐复祚认为这种情意无穷的结尾也不亚于欢愉的“大团圆”结局。之后，祁彪佳在《曲品》中也肯定了王实甫所著《西厢记》止于《草桥惊梦》一折，且其态度明显地倾向这一结尾方式。他认为王实甫以《惊梦》来终结《西厢记》，正是要“不欲境之尽也”，但后来“汉卿补五曲，已虞其尽矣”，再后来“田叔再补《出阁》《催妆》《归宁》四曲，俱是合欢之境”，最后成为张生金榜题名、崔张终成连理的大团圆结局。如此以“合欢”收煞，一切都尘埃落定，圆满结束，毫无悬念，从整个剧情来看，这里就显得“戏”淡了。且随着剧情的结束观众的感受也就此结束，可以说，在欢愉之后，没有更多可咀嚼、可深思的意味。而以梦收煞的结局没有明确点明崔张的情感结局，对于他们的将来，可使观众产生无限遐想，如此结局意境更为悠远，故相较而言，祁彪佳认为“合欢”之尾“情致终逊於谱别离者”②。清代金圣叹被李渔誉为能知《西厢记》所以为第一之故者的唯一

---

① 徐复祚：《关汉卿补〈西厢记〉后四出》，俞为民、孙蓉蓉《历代曲话汇编》明代编第二集，黄山书社2009年版，第264、265页。

② 祁彪佳：《远山堂剧品》，俞为民、孙蓉蓉《历代曲话汇编》明代编第三集，黄山书社2009年版，第648页。

之人，他同样认为王实甫所著《西厢记》止于《草桥惊梦》一折，且指出“旧时人”能识《西厢记》结尾这一妙处，他们“读《西厢记》，至前十五章既尽，忽见其第十六章乃作《惊梦》之文，便拍案叫绝，以为一篇之文，如此收束，正使烟波渺然无尽”[①]。可见，金圣叹认为旧时人对这一结尾的大赞，是因其以思念入梦来收煞，可使人产生无限的想象，取得余音袅袅的效果，产生“渺然无尽”的妙处。综上，对于这一“离别”式的结尾，剧论家们从内容上看，认为其具“情意无穷”之效；从情趣上看，认为这是剧作者在有意追求一种“不尽”之境；从审美效果上看，认为其可产生一种“渺然无尽”之感：其实质都是在欣赏着这一“离别”式结尾所产生的种种“不尽”之意。

其实，对故事结尾“不尽”之意的倡导，在古代剧论中早已有之，且一些剧论家将其看作是结尾的最高境界。明初李贽就曾言：“昔闻之至人云：凡事以不尽为大家。如《明珠记》殊不尽也，而作者之意则似以为尽矣，此所以不能升为大家也。”[②]《明珠记》的结尾处王仙客虽救出了刘无双，但此时他已有采蘋为妻，曾经互相爱慕的二人已无法以团圆作结，但作者生将王仙客与刘无双复合。且皇帝下诏特赦刘震及其夫人崔氏、其婿王仙客、其女刘无双之前罪，并对其进行表彰。这是古典戏曲大团圆结局的常套，似乎无可非议，但剧作中又写到皇帝竟作自我检讨，称自己“朕惟明如日月，薄蚀尚侵；信若四时，寒暑或爽”[③]。皇帝为受冤屈的人平反，实属莫大的恩泽，已是剧作者在表达广大民众的愿望，为此而自我检讨，实在是强作圆合。再者，剧中古押衙本是一名侠士，自小武艺精通，豪侠好义，曾为父报仇，杀人于都市之中，因看不惯权奸为恶且不愿听其驱使去刺杀忠良，遂而弃官归隐做了隐士，在救出无双之后他依然入山隐居。他始终保持着独立的人格，没有以依附皇权为荣的奴颜媚骨，但在剧中结尾处，剧作者写他欣然下山接受皇帝的封诰，

---

① 金圣叹：《贯华堂第六才子书西厢记总评》，俞为民、孙蓉蓉《历代曲话汇编》清代编第一集，黄山书社 2008 年版，第 189 页。

② 李贽：《明珠记总评》，俞为民、孙蓉蓉《历代曲话汇编》明代编第一集，黄山书社 2009 年版，第 552 页。

③ 陆采：《明珠记》，黄竹三等编《六十种曲评注》第六册，吉林人民出版社 2001 年版，第 562 页。

这一行为既不合他弃官归隐的初心，也不合他如今离俗修道的作为，显然是为完成“好人终有好报”的道德规范的蛇足。如此种种，正如李贽所言，本是“不尽”最妙，但作者却强意尽之。可见，李贽这里的批评已流露了对“不尽”结尾的赞赏之意。之后，徐复祚曰：“尾贵有涵蓄，欲尽不尽方妙。”[①] 明确指出结尾“不尽方妙”，清代刘熙载则明确要求结尾要“优游不竭”。与对曲之尾声“愈着精神”的要求一样，曲论家对于曲之尾声，也以“不尽”为上，明代凌濛初指出：“尾声，元人尤加之意。而末句最紧要。北曲尚矣，南曲如《拜月》，可见一斑。大都以词意俱若不尽者为上，词尽而意不尽者次之。若词意俱尽，则平平耳，犹未舛也。”[②] 故可以说，古代学者们对曲之尾声、戏曲故事之结尾有共同的追求，正如李贽所言“事以不尽为大家”。剧论家们对“离别”式结尾的倡导与对“无尽”之尾的追求是不谋而合的。

另外，在古典戏曲作品中，“离别”式结尾比较明显的当推孔尚任的《桃花扇》，《桃花扇》结尾处生侯方域与旦李香君经过种种波折终于相聚，却因张道士的当头棒喝，彼此幡然醒悟，双双入道，撒手分离。这一结尾是孔尚任在与“大团圆”结局对比之下而有意为之的，他曾这样说：“此灵山一会，是人天大道场，而观者必使生旦同堂拜舞，乃为团圆，何其小家子样也！”[③] 可知，孔尚任是觉“大团圆”结局“小家子样”，故有意设置了“离别”之尾。我们推测这里“小家子样”的内涵，首先应有祁彪佳所言“情致”不足之意，若深入思考，这种有意为之的欢乐结尾让人感到的是一种平庸的、转瞬即逝的感觉，而《桃花扇》中的“别离”之尾，生、旦“双双悟道”则意味悠长。其次，“大团圆”的结尾方式走到清后期，已是传奇家的公式与俗套，剧作者人人都可以为之，观众也可以预知，难以使人产生新鲜感。更主要的是，一些剧作的结尾并不是情节发展的必然结果，也未能体现出剧

① 徐复祚：《南北词广韵选批语》，俞为民、孙蓉蓉《历代曲话汇编》明代编第二集，黄山书社 2009 年版，第 321 页。

② 凌濛初：《谭曲杂札》，俞为民、孙蓉蓉《历代曲话汇编》明代编第三集，黄山书社 2009 年版，第 191 页。

③ 孔尚任：《桃花扇出末总批》，俞为民、孙蓉蓉《历代曲话汇编》清代编第一集，黄山书社 2008 年版，第 686 页。

中矛盾冲突的彻底终结。且这种结局方式更多的是为了迎合普通大众心理上的满足，不利于对人物性格及社会现实的深层揭示。如《桃花扇》中侯、李二人除了追求双方爱情上的美满结合外，还有他们的抱负，以“离别”结尾更能体现二人性格的真实性，更真实地反映出在当时国家纷乱的社会背景下，生、旦之间爱情的圆满是难以实现的。也许，这也是“离别”式结尾受肯定，而“大团圆”结局遭受批判的原因之一。

（三）“大团圆”结尾的变体

正因故事结尾的重要，也因剧作家们对其的重视，一些剧作家在惯用的“大团圆”结局基础上又进行了创新，如此使古典剧作的结尾更为丰富，也避免了“大团圆”结局的强弩之末之感。一些剧论家也读出了这些独特形式，并对其进行品评。要而言之，主要有以下两种：

其一，“无结尾为结尾”。南戏、传奇奠基之作《琵琶记》的结尾，现在学者们多将其定义为“大团圆”结局，甚至有的学者认为：“中国古代戏曲中的‘大团圆’结局是随着《西厢记》和《琵琶记》的‘经典化’过程而渐成定格的。”[①] 但清代剧论家毛声山却不以为然，他认为《琵琶记》以《旌门》结尾是“写一不平之事以终篇，又大异乎今之传奇之终也”，是“以无结尾为结尾也”。何以见得？他进一步阐释说：“以有结尾为结尾”即意味着“善必获福，恶必蒙祸，死者必恶，生者必善，此常套也”，以此来看《琵琶记》结尾，若以“团圆”来论，应是连理得重谐，高常必再庆，但现在二亲已仙，空赐纶章於身后，何以见出团圆之乐？再以“因果报应”的规律来看，“以久困清贫、望子成名之蔡翁，偏不得与亲儿相见；自恃富贵、夺人骨肉之牛相，反得与亲女重逢”，又何以见出公平？“故曰《琵琶》之以有结为结，犹之以无结结也”[②]。且他以神龙作比，认为文章结尾之妙也应如“神龙见首不见尾”，“以无结尾为结尾”比“以有结尾为结

---

① 冯文楼：《“大团圆”结局的机制检讨与文化探源——兼论中国戏曲的文化精神》，《陕西师范大学学报》（哲学社会科学版）2008 年第 4 期。

② 毛声山：《第七才子书琵琶记批语》，俞为民、孙蓉蓉《历代曲话汇编》清代编第一集，黄山书社 2008 年版，第 555 页。

尾”更妙，对此，他又进一步阐释曰：“从来人事多乖，天心难测，团圆之中，每有缺陷，报反之理，尝致差讹，自古及今，大抵如斯矣！”但是因“今人惟痛其不全”“恨其不平”，所以“极定其全”“极写其平”，高明《琵琶记》的这一结尾正是要“以不全归之运数，以不平还之造物”。可见，毛声山对“无结尾为结尾”的偏爱，主要是因其能表现出真实的现实结局，更客观地反映出人事之顺与乖。

其二，“末生波折”。这一称呼是由凌濛初在评《拜月亭》的结尾时提出的，“所谓至尾回头一掉也”[①]。也就是指在结尾处的收煞中又现波澜。在《拜月亭》结尾《团圆》一折中，在王瑞兰与蒋世隆历经周折终于团聚之时，王瑞兰竟然责骂起了蒋世隆，怒责蒋世隆“一纸鱼封不更传”“不将人挂念”“一投得官接了丝鞭”等，在团聚和乐的气氛中生出了这些波澜，正所谓“末生波折”。著名的《牡丹亭》的结尾也属于“末生波折”式，且其表现更为明显。在末折《圆驾》中，柳梦梅已中状元，杜丽娘也已复生，正将奉旨完婚之际，杜宝却要把柳梦梅当作掘墓贼抓起来，又要把丽娘当作妖怪诛除，且认为杜夫人的出现也是鬼魅在作祟，正所谓收煞时突显波澜。这一结尾方式博得了明清许多剧论家的赞赏，他们分别从不同的角度表达了肯定与欣赏之意。明代臧懋循认为：“传奇至底板，其间情意已竭尽无余矣。独此折夫妻、父子俱不识认，又做一翻公案，当是千古绝调。”[②] 臧懋循称其为“千古绝调”，以宏观视角给予极高的评价。其后，冯梦龙从艺术审美视角来看，认为这一结尾极具委婉之姿。至清代，吴仪一在《吴吴山三妇合评牡丹亭》本中曰：“传奇收场多是结了前案，此独夫妻、父子各不相识，另起无限端倪，始以一诏结之，可免强弩之诮。”[③] 在吴仪一看来，这样的结尾最起码可避免前人对戏曲结尾“强弩之末”的讥诮。之后，陈烺又从接受效果的角度做出赏析，他认为故事的结尾处“到此波浪已平，无可播弄，即收拾兜裹得好”，这在人们的预料之中。但能于此处“翻空出奇，临了又生出

---

① 凌濛初：《南音三籁评语》，俞为民、孙蓉蓉《历代曲话汇编》明代编第三集，黄山书社 2009 年版，第 298 页。

② 秦学人、侯作卿：《中国古典编剧理论资料汇辑》，中国戏剧出版社 1984 年版，第 100 页。

③ 同上书，第 330 页。

峰峦无数"[①]，这样的结局却能出人意料，使观者产生意外之喜。然而，这样的结尾方式，也受到一些理论家的指摘，如明代祁彪佳认为"结尾只宜收拾全局"，这种峰峦叠起的结尾"反致障眼"[②]。显然，这是与"大团圆"结局对比之下的认识。

综上可见，古代剧论家对戏曲故事的结尾分外重视，对于剧作中呈现出来的结尾样式，从戏曲的功用、观众的需求及演出的效果这些角度考虑，更赞成"大团圆"结尾；侧重于从艺术审美角度来看、则更欣赏"尽而不尽"的结尾；从新奇独特的角度来看，"无结尾为结尾"与"末生波折"的结尾又引起了一些剧论家的注意。这些结尾方式，从不同的视角来看各有所长。"大团圆"结局更符合一个完整的艺术世界。故事开头所设下的各种障碍都被清除，这个世界中的各种矛盾也都完满地得以解决，皆大欢喜。对于一些难以圆满的结局，剧作者便将其引入虚幻的世界中，或借神鬼助力，或将其化为神仙，以一种浪漫主义的笔法来表达对理想的追求，满足广大民众的祈愿。既具通俗性，又具艺术性，符合雅俗共赏的要求；"尽而不尽"的开放式结尾，又能给观众留下更多的思考和想象空间，让观众自己去参与、完成故事的构建，从而表达各自不同的理解，实现不同的愿望，所以，这一方式也是观众所乐意接受的，同时又是极具艺术美感的；"以无结尾为结尾"更具现实性，令人深思；而"末生波折"这一方式是极具现场冲击力的，故事情节本在高潮之后渐渐走向结局，准备收束，没承想又突现波澜，出乎观众的预料，此处在舞台现场必会引起不小的哄动。所以，每种结尾类型虽各有优势、各有特点，又各有难度，但若处理得当，兼可"有精神"。

第二节　组织情节

整体布局是对故事结构主要部分的布置，组织情节则是对情节进行

① 陈烺：《花月痕评辞》，俞为民、孙蓉蓉《历代曲话汇编》清代编第三集，黄山书社2008年版，第22页。

② 祁彪佳：《远山堂曲品》，俞为民、孙蓉蓉《历代曲话汇编》明代编第三集，黄山书社2009年版，第562页。

具体的组合。它们是叙事过程中两个重要的动作。从对古典戏曲理论的分析来看，情节的组织主要依循以下原则来进行：首先是情节的组织要围绕主要人物和中心事件，其次情节的发展要联贯且有节奏，同时又不能平铺直叙，要曲折有致、引人入胜。也就是要贯穿集中性、联贯性、节奏性及曲折性这四个主要原则。

一　集中性

每一个完整的故事都由一定数量的事件组成，而这些事件的存在必然是为着一个目的，这一目的就是故事的核心。所以，情节的组织首先就要让这些事件围绕着这一核心，使其集中于这一核心周围，正如别林斯基所言："莎士比亚的每一个剧本都是一个完整的、个别的世界，有它的中心，有它的太阳，许多行星和卫星环拱着这颗太阳旋转。"① 故我们将情节组织紧密围绕核心的这一原则称为集中性原则。集中的内涵不仅是围绕一个中心，还包括情节之间的紧凑性。戏曲因其舞台特征的要求，故事要在有限的时空中演出，所以故事情节的集中性尤为重要。然而，在古代剧作中，一些剧作家未能认识到这一原则在戏曲叙事中的重要性，或未能很好地遵循这一原则，故而剧作中出现了一些问题。关于这一现象，从明中期的李贽就开始讨论，后吕天成、徐复祚、王骥德、冯梦龙、祁彪佳等都有论及，到清初李渔逐渐清晰、完善，并从理论上得以解决。那么，从古代剧论家对剧作的分析来看，哪些现象可能会导致情节难以集中，这一问题又该如何解决？

（一）情节"集中性"的问题

在古代戏曲中，因杂剧篇幅较短，情节简单，人物也较少，故情节的集中性问题处理得相对好些。相对于杂剧，传奇则篇幅较长，情节较复杂，人物也较多，在组织情节时容易出现散漫拖沓的弊病，所以，在古典戏曲理论中，关于情节集中性问题的探讨，主要是针对传奇而言。且在明清之际，戏曲的创作主体是文人，其中一些文人因傲于自身的文采、学识，在创作中便逞其博洽，在组织情节时多加铺叙，致使情节枝

① ［俄］别林斯基：《莎士比亚的剧本〈哈姆雷特〉》，见《别林斯基选集》第 1 卷，上海译文出版社 1979 年版，第 490 页。

蔓芜杂，这一现象在明清传奇中比较严重。

最初关注这一现象的是明代的李贽，他在对明传奇进行批评时多次指出了剧作家以文人手笔创作传奇，导致情节组织不能集中的问题，如批评《琵琶记》曰："卖弄学问，强生枝节，……此文章家大病也。"①指出《拜月亭》"首似散漫"②。在其所论的剧作中，此种现象最为严重的是《鸣凤记》，针对《鸣凤记》中的这一现象，他两次提出批评：

> 《鸣凤记》原出学究之手，曲白尽佳，不脱书生习气，而大结构处极为庞杂无伦，可恨也！③
>
> 凡传奇之胜，乃在结构玲珑，令人不测。如此部传奇，填词度曲，时入胜境，亦可谓极尽才人之致矣。而小小串插，良苦用心，不谓无之。只恨头绪太多，支离破碎，难登作者之坛耳。④

从李贽的批评可见，《鸣凤记》的主要问题是"庞杂无伦""支离破碎"，也就是情节的集中方面出了问题。《鸣凤记》全剧共41出，展现了明嘉靖年间"双忠八义"共十位大臣与严嵩、其子严世蕃及其党羽斗争的全过程。从人物组成来看，故事中除了"双忠八义"与严嵩父子外，还有严嵩及其子严世蕃的朋党，如仇鸾、赵文华、鄢懋卿等，还有一些大臣的家室，如夏言的大妻小妾及其遗腹子、夏言妻子的侄子、邹应龙的妻子、杨继盛的妻子，等等。可见，人物不仅繁多，且关系复杂，显出冗杂之弊病；从情节发展线条来说，既有"双忠八义"与严嵩父子前仆后继的斗争线，又有邹应龙与林润的成长线，从游学、乡试、避兵到慰孤、会试、抚边、会边，最后劾严、祭告、封赠；局部来看，还有

① 李贽：《琵琶记卷末评》，俞为民、孙蓉蓉《历代曲话汇编》明代编第一集，黄山书社2009年版，第548页。

② 李贽：《拜月亭》，俞为民、孙蓉蓉《历代曲话汇编》明代编第一集，黄山书社2009年版，第541页。

③ 李贽：《三刻五种传奇总评》，俞为民、孙蓉蓉《历代曲话汇编》明代编第一集，黄山书社2009年版，第549页。

④ 李贽：《鸣凤记总评》，俞为民、孙蓉蓉《历代曲话汇编》明代编第一集，黄山书社2009年版，第550页。

夫妇之间的情感线，如邹应龙夫妻、林润夫妻、杨继盛夫妻，还有夏言妻及遗腹子的流徙线、一些牵扯之人为避严家杀害的逃亡线……情节发展的多组线条错综复杂地交错在一起，且一些次要线条也铺之甚悉、甚繁，线条之间的关系难分主从。李贽评其为“头绪太多”，也就是指情节发展线条太多、太枝蔓，所以导致了“无伦”“破碎”。可见，人物冗杂、线条繁多是导致情节组织难以集中、紧凑的原因之一。因人物冗杂、线条繁多而致使情节枝蔓的现象，《鸣凤记》可以说是传奇中的一个典型代表，故其后不断有评论者论及，如明代吕天成就曾发出“稍厌繁耳”的惋叹。至于近世，仍不断有学者指出，如刘大杰说《鸣凤记》“因事件过繁，故结构颇为松懈”①，也认为是因头绪太繁而致使情节不集中。

对于《鸣凤记》出现这一现象的原因，李贽就认为与出于“学究之手”不无关系。关于《鸣凤记》的作者，有不同的说法：吕天成《曲品》中把它列为“作者姓名有无可考”一类中；晚明毛晋汲古阁原刻初印本《六十种曲》中，卷首总目题《鸣凤记》为“明王世贞撰”；清代焦循又认为是王世贞门人所作。现多数学者认为是明王世贞所作。对于王世贞，明徐复祚、王骥德等人一致认为他“于词曲不甚当行”，这一认识显然与李贽评《鸣凤记》“不脱书生习气”有一致之处。

且从上引李贽的评论来看，他认为若剧作中情节发展不集中，那么，即使情节曲折离奇、词曲极尽才人之致，最终也难登剧作者之坛，因为在他看来：“凡传奇之胜，乃在结构玲珑。”“玲珑”意为精巧细致，情节发展头绪简单、集中紧凑了，整体结构才能精巧细致。这里体现出李贽对戏曲结构区别于其他叙事文体的独特性的正确认知。戏曲的舞台性特征使其一切因素具有了场上决定性，结构也不例外。首先，情节结构简单清晰，故事更容易被认知，尤其对于那些妇孺而言，若情节发展线条繁多，他们是难以接受的，且舞台的时空条件及环境氛围也不利于太复杂的故事情节的传播。其次，戏曲故事要由脚色来扮演，无论是杂剧，还是南戏、传奇，戏曲脚色都只有数人，人物太多难以扮演。所以，戏曲故事情节头绪繁多、人物驳杂在曲坛上是难以取胜的。其后，祁彪佳

① 刘大杰：《中国文学发展史》，上海古籍出版社1982年版，第1086页。

通过对戏剧作品的品评也多次表达了他对戏曲故事情节尚简的认识，如在评能品《赤松》时说："全以简练为胜，遂使一折之中无余景，一语之中无余情。"[①] 因戏曲叙事以简练为胜，故与叙事中心联系不太紧密的情节设置应尽量从简，绝不拖拉，与叙事中心无关的情节则一概不涉。清代的张潮也作了明确的理论表述："大抵传奇须分可演、可读二种，总以情节为主，而情节又以从来戏文所少者为佳。"[②] 张潮从舞台可演性及剧本可读性考虑，以"少"来定位戏曲故事情节。所以，对于《鸣凤记》而言，若从文学或史学叙事角度来看，就情节组织而言，能将时间跨度长、事件纷纭繁杂、牵涉人物众多的重大历史事件组织为一个完整的艺术体，不乏其成功之处，如余秋雨所言："不要过多责怪《鸣凤记》的线条繁多。作者要表现一支确实出现在历史上的人数不少、组成复杂的争抗队伍，……单线突进的结构方式，已无法表现这场铺盖到很大的空间范围和时间范围的政治斗争。"[③] 但这不符合戏曲结构"玲珑"的特征。余秋雨的论说实则是强调了《鸣凤记》具有强烈的历史叙事特征，也正是李贽所说以"学究之手"来创作传奇的毛病。所以，李贽所论是就戏曲艺术的本色特征而言的，也指出了情节组织的集中性原则在戏曲叙事中独特的重要性。

关于情节组织的集中性问题，除了人物冗杂、情节线条繁多所致之外，还有另外一个更为严重的现象，那就是一个故事中竟然有两个中心，这一现象中较典型的剧作是张伯起的《红拂记》传奇，《红拂记》是据杜光庭小说《虬髯客传》中虬髯客与红拂、李靖的故事和孟棨的《本事诗》所记乐昌公主与徐德言的故事合编而成的，名字改为《红拂记》，主要叙红拂慧眼识英雄，大胆追求爱情与李靖结合这一事件。所以，其他的人物与事件必须围绕、服务于这一人物及其事件。乐昌公主是与红拂在同一府中的另一美妓，红拂与李靖在私奔后北上，途中走失，为避难红拂偶投乐昌家，此时徐德言是李靖部下的参军，由于乐昌公主和徐德言的

---

① 祁彪佳：《远山堂曲品》，俞为民、孙蓉蓉《历代曲话汇编》明代编第三集，黄山书社2009年版，第553页。

② 张潮：《尺牍偶存·致黄周星书》，见《李渔全集》第十九卷，浙江古籍出版社2010年版，第309页。

③ 转引自黄竹三主编《六十种曲评注》第四册，吉林人民出版社2001年版，第787页。

夫妇关系，使得李靖与红拂女重逢。从主要事件的发展来看，乐昌公主和徐德言的出现只是李靖与红拂女重逢的铺垫，所以剧中只需叙述乐昌公主和徐德言结为夫妇关系即可，不必要再写徐德言与乐昌公主的爱情离合。“徐德言与乐昌公主的合镜重聚”这一情节是游离于叙事中心的，是增出的不必要的情节，但在故事中却占了很大篇幅来敷演，几乎成为一个完整的故事存在。所以，徐复祚评其曰：“张伯起先生，余内子世父也，所作传奇有《红拂》《窃符》《虎符》《扊扅》《灌园》《祝发》诸种，而《红拂》最先，本《虬髯客传》而作，惜其增出徐德言合镜一段，遂成两家门，头脑太多。”[①] 徐复祚这里称“两家门，头脑太多”就是指故事中出现了两个中心。先看“家门”，“家门”在古典戏曲里有着丰富的内涵，既指南戏第一出传奇“副末开场”中概述故事情节的“家门”，也指“自报家门”中角色向观众的自我介绍。另外，在古典剧论中，还可以看到“正生家门”“正旦家门”，在陶宗仪的《南村辍耕录》记录院本名目中有“秀才家门”“孤下家门”“和尚家门”“卒子家门”“邦老家门”“仵作家门”等，“正生家门”是指这一出以正生为主或专演正生之事的，“卒子家门”下面有“甲仗库、军闹、阵败”的介绍，可知“卒子家门”主要是演卒子之事的院本。由这些名目可见，这里“家门”应是指“以……为主”“以……为中心”，所以徐复祚指出“两家门”意为故事有两个中心，或者说叙述了两件事，自元杂剧时，戏曲就有要求叙“一事”的规定，如明冲和居士说：“元曲不拘正旦、正末，四出总出一喉，盖总叙一人事也。”[②] 《红拂记》中有两个中心，故事情节发展自然不能集中。

再看“头脑”，关于《红拂记》的“头脑”问题，王骥德也曾论及，他在《曲律》中曰：“红拂私奔，如姬窃符，皆本传大头脑。”[③] 这里指出“红拂私奔”是《红拂记》的“大头脑”，“如姬窃符”是《窃符记》的“大头脑”。《红拂记》的故事中心是红拂私奔与李靖结合这一事，所

---

① 徐复祚：《三家村老曲谈》，俞为民、孙蓉蓉《历代曲话汇编》明代编第二集，黄山书社 2009 年版，第 258 页。

② 冲和居士：《歌代啸·凡例》，《徐渭集》，中华书局 1983 年版，第 1232 页。

③ 王骥德：《曲律》，俞为民、孙蓉蓉《历代曲话汇编》明代编第二集，黄山书社 2009 年版，第 96 页。

以“红拂私奔”应该是全剧故事的中心。《窃符记》主要记叙信陵君魏无忌救赵的故事，救赵的主要方式是通过窃符，如姬作为一介女流，为了国家大义置个人生死度外，毅然盗取兵符，使信陵君救援赵国成功。所以“如姬窃符”也应是全剧叙事的中心。可见，这里“大头脑”指整个故事的中心。徐复祚还指出：“《琴心记》极有佳句，第头脑太乱，脚色太多，大伤体裁，不便于登场。”① 由此可以推论，“头脑”是指围绕“大头脑”，在“大头脑”之下的小的叙事中心，故事中所有的“头脑”都要围绕“大头脑”展开，而“头绪”是围绕“大头脑”“头脑”展开的情节线条。所以，徐复祚所言“家门”与“头脑”都指叙事的中心，中心太多或太乱也是导致情节发展不能集中紧凑的原因之一。

诸如人物驳杂、头绪繁多、中心太多而导致情节组织疏散枝蔓的现象，在明清传奇中已成为一个普遍性问题。吕天成在其《曲品》中多次指出这一问题，他在评《浣纱记》时曰“罗织富丽，局面甚大，第恨不能谨严”，评《纨扇记》时又曰“情节阔大，而局不紧，是道学先生口气”，“局面……不能谨严”“局不紧”，也就是情节发展没有紧紧围绕一个中心展开，或头脑、头绪太多，或人物太繁，总之，太散漫，不集中。同样，祁彪佳在《远山堂曲品》中，也对多部传奇的这一问题作出批评，如评《翡翠钿》曰“头绪过繁，大有可删削处”，评《赐剑记》曰“头绪纷如，全不识构局之法，安得以畅达许之”等，诸如此类的批评在《曲品》中俯拾即是。

（二）情节“集中性”的理论探讨

那么，上述这些现象所反映出的情节的“集中性”问题究竟该如何解决？对此，明清一些理论家也从不同的角度进行了讨论。

由上面出现的情况可知，戏曲情节的组织是否能够集中、紧凑，与人物构成是否具有高度的集中性关系极大。人物是事件的主体，人物的设置与写作、与情节是否枝蔓有很大关系，但需要强调的是，人物的繁多是导致情节难以集中的原因之一，但并不是其直接原因，同样表现政治斗争的历史剧《长生殿》中就有七十余人，而我们看到的是情节发展

① 徐复祚：《曲论》，转引自黄竹三等编《六十种曲评注》第十册，吉林人民出版社 2001 年版，第 596 页。

线条主从分明、井然有序，整体结构集中紧凑。所以，如果人物多，却设置不恰、处理不当，就很容易导致线条杂乱、不集中。故而，为了保证情节的集中，在人物的设置及其写作上也应注意。

一方面，在设置人物时，要精简与中心人物及事件无关紧要的人物。这一认识吕天成在《曲品》中对具体剧作中的人物分析时多有表达，如他在评张伯起的传奇《扊扅》时曰："此伯起得意作。百里奚之母，蛇足耳。"[①] 再如，评沈璟的水浒戏《义侠记》曰："武松有妻，似赘。叶子盈添出，无紧要。"[②] 剧中主要写武松一步步被逼上梁山之事，其中武松之妻与苏州先生叶子盈两个人物对武松上梁山之事没有起任何影响作用，剧中却增加了这两个人物，由此还增设了几出来敷演这两个人物，如此使得情节的发展显得松散、不集中。冯梦龙在对剧作进行改编时，也很注重情节组织的集中性问题，且多从人物设置方面考虑，如他在对《风流梦》进行改编时曾言："凡传奇最忌支离。一贴旦又翻出小姑姑，不赘甚乎？今改春香出家，即以代小姑姑；且为认真容张本，省却葛藤几许。"[③] 可见，为了保证情节发展的集中性，首先要避免出现与主要人物、中心情节无关紧要的人物。

另一方面，对于剧中已选择、确立好的人物，在叙事中也要注意笔墨轻重问题，这一方面的论述首推清代金圣叹，他在品评《西厢记》时就从这一角度对人物的写作作出了详细的评析，其曰"《西厢记》只写得三个人：一个是双文，一个是张生，一个是红娘"，其余诸人"俱不曾着一笔半笔写，俱是写三个人时所忽然应用之家伙耳"。[④] 这里我们且不论《西厢记》的核心人物究竟是谁，就其写法上来看，对于剧中所设置的人物，金圣叹认为在写作中应将笔墨放在主要人物身上，其他人物只是随着剧情的需要而出现，这样不仅会解决人物的集中问题，而且对情节集

---

① 吕天成：《曲品》，俞为民、孙蓉蓉《历代曲话汇编》明代编第三集，黄山书社 2009 年版，第 124 页。

② 同上书，第 119 页。

③ 冯梦龙：《风流梦总评》，俞为民、孙蓉蓉《历代曲话汇编》明代编第三集，黄山书社 2009 年版，第 38 页。

④ 金圣叹：《读第六才子书西厢记法》，俞为民、孙蓉蓉《历代曲话汇编》清代编第一集，黄山书社 2008 年版，第 132 页。

中问题的解决也是极有帮助的。可见，明清剧论家们在对具体作品进行品评或改编时，对人物设置及其写作的集中性问题已有所关注，也针对性地提出了一些可行之法。但缺乏理论概括，也没有与情节的集中相结合而论，因为单单人物的集中、一致是不足以使事件凝成一个整体的。

单就情节而言，王骥德曾从戏曲的舞台搬演角度说："勿太蔓，蔓则局懈，而优人多删削。"① 强调不要过分地扩展次要情节。真正把人物与情节相结合这一问题从理论上彻底进行解决的是清代的李渔，他在"头脑""大头脑"理论的基础上提出"立主脑"，以此来解决戏曲叙事中无"头绪"、情节组织不集中的问题，其曰：

> 古人作文，一篇定有一篇之主脑。主脑非他，即作者立言之本意也。传奇亦然。一本戏中，有无数人名，究竟俱属陪宾，原其初心，止为一人而设；即此一人之身，自始至终，离合悲欢，中具无限情由，无穷关目，究竟俱属衍文，原其初心，又止为一事而设。此一人一事，即作传奇之主脑也。②

李渔此论不只针对剧中人物，且对剧中事件同时做出要求，正如亚里士多德所言："有人认为只要主人公是一个，情节就有整一性，其实不然；因为有许多事件——数不清的事件发生在一个人身上，其中一些是不能并成一桩事件的；同样，一个人有许多行动，这些行动是不能并成一个行动的。"③ 李渔同样认为戏曲故事中的"无数人名""无穷关目"的设置不仅要围绕一个人，还要围绕这一个人的一件事，此"一人一事"就是作传奇的"主脑"。在叙事中，首先要明确其"一人一事"，如此才能解决传奇创作因不明集中性原则而使"作者茫然无绪"，以及剧作缺乏集中性而使"观者寂然无声"的问题。那么，李渔这里强调的"一人一事"究竟是哪"一人一事"？因从李渔"立主脑"的整个体系来看，着

---

① 王骥德：《曲律》，俞为民、孙蓉蓉《历代曲话汇编》明代编第二集，黄山书社 2009 年版，第 96 页。

② 李渔：《闲情偶记》，俞为民、孙蓉蓉《历代曲话汇编》清代编第一集，黄山书社 2008 年版，第 240 页。

③ ［古希腊］亚里士多德：《诗学》，罗念生译，人民文学出版社 1982 年版，第 27 页。

眼点不同似会有不同的解读，所以关于这“一人一事”究竟指什么，学界难以定论，曾引起不小的争议。

这“一人一事”前人曾认为是“主要事件”“关键情节”“主要冲突”等，但从李渔所举两例来看，并非如此。如赵景深所言：“李渔说，‘主脑非他，即作者立言之本意也。’这两句话很不妥当，容易使人误会他所谈的是主题思想。其实他指的是最重要的关目，或戏剧情节，也就是联络全剧人物的枢纽。”① 傅谨也说：“李渔在这里所说的戏剧作品的‘主脑’，不是这个戏中主要的故事情节，更不是当代写作学每每引用这段话时所解释的作品里的‘主题’，而是作者写这个戏的缘由，或者说是戏里引发所有事件的一个契机。”② 郭英德等人所著《中国古典文学研究史》中的论说更为详细：“这种‘一人一事’的‘主脑’，是全剧结构的枢纽。这一结构枢纽，一方面联络和归拢着全剧的诸人诸事，是全剧结构布局中的一个‘经穴’所在，一个扣住全剧间架的‘结’，一条贯穿全剧的主线。”③ 但是遗憾的是，他们虽指出了“主脑”在全剧中的“枢纽”作用，但都没有说明“主脑”因何而成为全剧的情节“枢纽”，因为它不是全剧主题思想的“枢纽”。

姜永泰将这一问题推进了一步，他说：“作为一本戏的‘主脑’也不必是全剧中的重要场子（分量不必是最重的），也不必置于全戏场子序列的开端，但却是属于情节发展的枢纽地位。”“它只是作品中主要人物（这倒不限于一人）最强烈的行为——戏剧动作的潜在的和最有力的引发点，而不是这种行为的直接激发和起始，所以也不必是全剧的主要情节或基本事件。”“李渔主张的作为全剧‘主脑’的这场戏，在性质和作用上，和西方戏剧理论所说的‘必需场面’有一个共同点，即以戏剧动作发展中的一个单元，来引起观众的更具体的期待。”姜永泰认为“主脑”是人物戏剧动作和全剧期待的引发点，因而成为全剧的“枢纽”，这个认识是独到的，也符合李渔所说这“一人一事”具有的奇特性。但对于“主脑”作为“引发点”的论述仅限于剧中人物的戏剧动作和观众的期

① 赵景深：《曲艺初探》，上海古籍出版社1980年版，第51页。

② 傅谨：《中国戏剧艺术论》，山西教育出版社2000年版，第118页。

③ 郭英德、谢思炜、尚学锋等：《中国古典文学研究史》，中华书局1995年版，第604页。

待，而没有从作者的叙事角度去分析，所以对于“主脑”之前的内容的分析是不到位的，他说：“这里却是全剧主要戏剧动作的真正的开端，在此以前的多出（折）的戏，都可以看作是为了适应较长的演出规制而拉长并分了场的‘序幕’。”① “这里”指“主脑”，但从李渔所举例子来看，“主脑”之前的内容占全剧将近一半的篇幅，它仅仅是“序幕”吗？

其实从李渔的思路来看，首先明确传奇叙事为了什么，然后才能围绕“什么”进行。在李渔看来，“此一人一事，果然奇特，实在可传，而后传之，则不愧为传奇之目，而其人、其事与作者姓名，皆千古矣”②。传奇叙事的目的是传这奇特的“一人一事”，叙事便要围绕这奇特的“一人一事”进行，其前后情节的设置都要围绕这“一人一事”进行，对于其之前情节的设置应是孕育出它的奇特性，逗引出观众因其奇特产生的期待，对其之后情节的设置则是满足这一期待。前后情节从叙事的角度来看，同样重要。“主脑”之前的情节内容是孕育期待的必不可少的重要情节，没有前面情节的孕育，难见“主脑”情节的奇特，也就不会引起后面的情节。所以对于孕育欲求的前半部分情节，必须做足铺垫，使期待的产生水到渠成，势所必然，这样才能使观众产生的期待更为强烈。没有期待的产生，就没有对期待的满足，对于后半部分的满足期待的情节更要极力发挥使透，就是要极力拖延对欲求的满足。延宕期待的满足，会使期待更强烈，如《琵琶记》中没有蔡伯喈的“三不从”和父母、妻子对其的寄托与期盼等的铺垫，则不足以见其“重婚牛府”的奇特，也不足以引起观众的强烈愤恨之情，不足以产生强烈的期待。没有因蔡伯喈“重婚牛府”产生的欲求，则没有其二亲的遭凶、其妻的尽孝等对期待的满足的情节。《西厢记》中没有张君瑞书生身份的介绍、没有与莺莺的偶遇相恋等情节的铺垫，则不足以见“白马解围”的奇特。没有“白马解围”引起观众强烈的好奇感，也不会有张生之望配、莺莺之失身的情节。所以相比较而言，对欲求的满足比对期待的逗引对观众更具吸引

① 以上四条出自姜永泰《戏曲艺术节奏论》，文化艺术出版社 1990 年版，第 50、49、52、51 页。

② 李渔：《闲情偶记》，俞为民、孙蓉蓉《历代曲话汇编》清代编第一集，黄山书社 2008 年版，第 240 页。

力，传奇叙事也更注重对期待的满足，如《琵琶记》全剧共四十二出，“蔡伯喈牛宅结亲”是第十八出，“主脑”之前的内容少于“主脑”后面的内容。再如《西厢记》全剧共有五本，二十折，“张君瑞白马解围”在第二本，“主脑”之后的内容明显多于其之前的。由上可知，这“一人一事”不仅是全剧动作和期待的引发点，也是全剧叙事的枢纽，它何以具有这样的功能？答案就是它的奇特性使它成为了全剧叙事的目的。

因对作者叙事目的认识不同，故对于李渔所说《琵琶记》及《西厢记》中的“主脑”便有了不同的认识，金圣叹认为《西厢记》的“主脑”人物是莺莺而非张生，近代学者在研究中也有一些认为《琵琶记》中的“主脑”人物应该是赵五娘而非蔡伯喈。但是，要解决戏由故事情节枝蔓、无头绪、头脑多、头绪多等难以集中的问题，在情节安排中，必然要确立叙事的目的，然后所有人物都紧紧围绕这一人物而存在，所有事件的设置都为服务于这一人物的这一事件而存在。这样，不管一部剧作有多少人物，都由一人牵连着，剧中情节的所有纠葛也都集中于一事，这样的故事情节才能清晰、集中。所以，李渔这一围绕叙事目的来组织情节的观念是科学的，也是解决古典戏曲创作中情节难以集中的问题的最有效的理论指导。

二　联贯性[①]

中国古典戏曲理论中的“联贯”一词最早出现在明代祁彪佳《远山堂曲品》中，祁彪佳评王元寿的《中流柱》时曰：“传耿朴公强项立节，而点缀崔、魏诸事，俱归之耿公，方得传奇联贯之法。觉他人传时事者，不无散漫矣。”[②] 祁彪佳认为，《中流柱》重在传耿公强项立节之事，中间穿插的崔、魏之事都应与耿公之事相联贯。此处的“联贯”是指剧中人物、事件之间的连接、贯通，本书即采用此处“联贯”这一词及其意义。在中国古典戏曲理论史上，剧作家、剧论家们虽没有明确用这一词

---

① 本节内容以《论中国古典戏曲叙事联贯理论》之名发表于《中华戏曲》第 53 辑。

② 祁彪佳：《远山堂曲品》，俞为民、孙蓉蓉《历代曲话汇编》明代编第三集，黄山书社 2009 年版，第 562 页。

来表义，但借助相关词语对其内涵多有论及，从元代开始，到明清逐渐丰富，成为情节组织的一个重要原则，尽管多是零散的理论成分，不成系统，甚至是在批评中隐含了一些意识，但这一原则对戏曲故事情节的组织有着重要意义。对于联贯性原则，前贤多着重于李渔的“密针线”的研究，对于丰富的联贯思想没有作系统的梳理、总结，更没有自觉地以叙事视角对其进行深入阐述。下面我们就试图把这些成分和意识作为一个整体，从联贯性对叙事的重要性、联贯要达到的要求以及具体的联贯方式三个方面进行分析探究。

（一）“联贯性”的重要性

“无论是在叙事作品和生活中，还是在词语中，意义都取决于联贯。”① 所以，从某种程度上讲，整个故事的意义产生于各部分情节之间的联贯。没有联贯就没有整个故事。联贯性贯串于整个叙事过程中，是叙事中的重要因素。在中国古典戏曲理论史上，剧论家们十分重视联贯在戏曲叙事中的作用，主要从联贯的整体性与动作性两方面探讨了其在叙事中的重要性。

关于联贯与结构的完整性的关系，最早是在曲论中提出的，元人乔吉在论乐府作法时提出：“作乐府亦有法，曰‘凤头、猪肚、豹尾’六字是也。”陶宗仪对此论说作了进一步的阐述：“大概起要美丽，中要浩荡，结要响亮，尤贵在首尾贯穿。”② 乔吉认为乐府的作法主要是两个问题：第一，结构应分为三个部分，“头、肚、尾”。第二，在这三个部分中，开始要像凤头，中间要像猪肚，结尾要像豹尾。即是指出了完整的结构要有首、腹、尾三个部分，而且三个部分各自要有不同的特点，达到不同的要求。陶宗仪的解释中进一步指出：首、腹、尾三个部分构成一个整体，贵在其间的联贯性。这里也包含两层意思：第一，这三个部分能否构成一个整体在于它们之间的联贯性，只有这三个部分之间体现出有机的联贯性，才能保证其为一个浑然完美的艺术整体。第二，这三个部分各自特性的显现，还是决定于其间的联贯性。日本学者木村毅谈小说

① ［美］J. 希利斯·米勒：《解读叙事》，申丹译，北京大学出版社 2002 年版，第 59 页。

② 陶宗仪：《南村辍耕录》，俞为民、孙蓉蓉《历代曲话汇编》唐宋元编，黄山书社 2006 年版，第 430 页。

的结构时也曾提出类似的观点："例如《国木田独步》的'恶魔'，前半的故事并不一定便没有兴趣；后半的手记，当作手记看时，也是很有趣的。但是把前半的故事和后半的手记连在一起，当作一篇作品——一个统一体看时，则可惜得很，那连络，那结合并不能说是完全的。"[①] 木村毅也认为结构的各个部分，若单独分开来看，各有各的美，但若放在一起，各部分之间却没有很好的联贯，结果既不能体现结构的完整性，也掩盖了各部分的美。可见，无论是在曲词、小说或在戏曲中，整体的完整性都要依赖其间各个部分的联贯，各部分的美的凸显也要依赖其相互之间联贯而成的整体。

更为重要的是，戏曲的故事总体呈现为纵向的时间线条，若从整个叙事线条的角度看，情节发展应有一条联贯的线索，在这条线索中若有一处没有连接，那整个线索就断了。所以，叙事的联贯性又决定着叙事线索的存亡。这一点剧论家们是着重强调的，毛声山从创作的角度特别指出："善文者，有一篇全部大文於胸中，则其於每段小文之内，必处处提照章旨，回顾本色。若有一处疏漏，即全部线索皆脱矣。"[②] 在创作过程中，要从全局着眼，整个叙事线条中的每一段、每一处的写作中都要通过前后映照、回顾章旨等与全剧保持联贯，一处都不可疏忽，如有一处疏漏，则整个线索都将脱落。鉴于联贯性在叙事线索中的重要作用，剧论家们甚至把联贯的叙事线条比作人体的筋节，认为线条在叙事中犹如筋骨在人体中一样，起支撑全局的作用，其中筋骨之间的联贯一处都不可无。这个比喻明代徐复祚在评梁辰鱼的《浣纱记》时已隐含："梁伯龙辰鱼作《浣纱记》，无论其关目散缓，无骨无筋，全无收摄。"[③] 在徐复祚看来，梁辰鱼的《浣纱记》情节之间分散，没有集中、联贯的线索，就如人体没有筋骨一样，因而故事没能支撑起一个全局。将这一比喻明确并着重强调的是清代的陈烺，他在评《花月痕》时说："线索是传奇筋节，须要逼清，一处逗漏，全局皆

① ［日］木村毅：《小说的创作及鉴赏》，高明译，日本神州光国社1933年版，第135页。

② 毛声山：《第七才子书琵琶记批语》，俞为民、孙蓉蓉《历代曲话汇编》清代编第一集，黄山书社2008年版，第512页。

③ 徐复祚：《三家村老曲谈》，俞为民、孙蓉蓉《历代曲话汇编》明代编第二集，黄山书社2009年版，第261页。

散矣。"① 陈烺明确呼告：传奇叙事一定要有联贯的线索，而且一处不可疏漏，否则故事全局皆散。

从叙事行为的角度来看，无论是横向结构的各部分还是纵向的情节线条，其整体性的体现主要依赖于"联贯"这一动作，所以从一定程度上讲，"联贯"是组织情节的核心动作。清代李渔清醒地认识到了这一点，并以形象的比喻作了阐释，他说："编戏有如缝衣。"② "缝"即是"联贯"，李渔以"缝衣"来指称整个"编戏"过程，足见在李渔看来，整个戏曲叙事过程的实质动作是"联贯"。关于"缝衣"这一比喻，在明代，王骥德已用"针线"来指称，他在批评沈璟的《坠钗记》时就说："特何兴娘鬼魂别后，更不一见，至末折忽以成仙会合，似缺针线。"③《坠钗记》中何兴娘以鬼魂的形式与崔兴哥相别后，一直没有再出现，到了最后一折竟突然会合，人物前后的出现及情节先后的发展没有联贯，所以王骥德称"缺针线"。清代冯梦龙承续王骥德的比喻，也以针线喻联贯，并赞叹紧密的针线带来的畅达叙事。"父女岳婿借此先会一番，省得末折抖然毕聚，寒温许多不来，此针线最密处也。"④《永团圆》中《巧合》一折父女岳婿小聚合，与结尾《双合》一折中的全剧人物的大团聚在情节发展上做好了必要的联贯，使得前后情节相联系、相贯通，叙事自然合理。由上足见，联贯是叙事行为中重要的动作，决定着叙事的优劣。

另外，叙事是一个动态的过程，其间情节结构的安排要考虑其发展、演进的节奏。"联贯"作为安排情节结构的主要动作，其"紧与松"会直接影响叙事的节奏。上引王元寿在评《中流柱》时认为节奏散漫是因不得联贯之法，情节之间联贯疏散，从而使得叙事节奏拖沓、散漫。因而，情节之间巧妙的联贯可以调节叙事的节奏，铺叙的情节往往拖沓，情节

---

① 陈烺：《花月痕评辞》，俞为民、孙蓉蓉《历代曲话汇编》清代编第三集，黄山书社2008年版，第21页。

② 李渔：《闲情偶寄》，俞为民、孙蓉蓉《历代曲话汇编》清代编第一集，黄山书社2008年版，第242页。

③ 王骥德：《曲律》，俞为民、孙蓉蓉《历代曲话汇编》明代编第二集，黄山书社2009年版，第126页。

④ 冯梦龙：《永团圆总评》，俞为民、孙蓉蓉《历代曲话汇编》明代编第三集，黄山书社2008年版，第43页。

之间的巧凑妙插，可使平铺直叙的叙事表现出起伏顿挫的节奏，使故事呈现婉转曲折之趣。如汤显祖在评《焚香记》时说："此独妙于串插结构，便不觉文法沓拖，真寻常院本中不可多得。"[①] 汤显祖认为结构布置中若穿插联贯好了，叙事节奏便不觉拖沓了。反之，叙事的节奏也会影响叙事的联贯性，明王骥德指出："勿太促，促则气迫，而节奏不畅达，毋令一人无着落，毋令一折不照应。"[②] 叙事节奏不能太快、太急，否则会使部分人或事与整个结构照应不周，缺乏联贯而脱落，可见，叙事的联贯性与叙事节奏相互影响。

由上可见，在中国古典戏曲叙事理论中，联贯性不但影响静态叙事结构的完整性，而且还影响到动态叙事节奏的畅达、叙事线索的贯通，成为叙事中不可缺少的关键动作和因素，决定叙事的成败优劣。

（二）情节联贯的要求

联贯作为叙事的关键动作成为评价叙事优劣的首要尺度，为此，古典戏曲剧作者及剧论家们提出了一些要求，要而言之，有以下几个方面：

1. 合理性

叙事的联贯性是建立在合理性基础之上的，故事中的联贯有其内在的贯串因素，既要符合生活本身的客观规律，还要符合戏剧故事规定的情理，表现出自然、必然的相连，不是有意的纽结，更不是生涩的扭结，这是联贯的基本要求。李卓吾先生在评《琵琶记》时说："《琵琶》短处有二：一是卖弄学问，强生枝节；二是正中带谑，光景不真。"[③] 在他看来，《琵琶》叙事的短处之一，就是某些情节突兀，缺乏必要的铺垫，与整个故事联贯不合理、不自然。清代梁廷楠评《荆钗记》时说："《荆钗》曲白都近自然，惟《赴试》折家国离情，路上自不必向朋辈喁喁绪语，且末、净合唱'蒙嘱咐，牢记取，教我成名先寄数行书'，又居然与

---

① 汤显祖：《新刻玉茗堂批评焚香记》，俞为民、孙蓉蓉《历代曲话汇编》明代编第一集，黄山书社 2008 年版，第 607 页。

② 王骥德：《曲律》，俞为民、孙蓉蓉《历代曲话汇编》明代编第二集，黄山书社 2008 年版，第 96 页。

③ 李贽：《李卓吾先生批评琵琶记》，俞为民、孙蓉蓉《历代曲话汇编》明代编第一集，黄山书社 2009 年版，第 548 页。

王十朋心事关照，殊嫌着相。”[①] 在梁廷楠看来，《荆钗记》的《赴试》一折中，在赴试的路上，末、净的合唱情节与生日后中状元寄家书的情节联贯得有些刻意，违背生活本身的客观规律，表现出有意纽结的痕迹，不自然。合理的联贯应符合客观生活的情理、事理，表现出艺术生活的真实自然，不露纽结的痕迹。明代徐复祚便赞赏了《西厢记》情节结构的联贯：“处处着力，处处针线，正如天马行空，神龙戏海，无从而睹其踪迹也。”[②]《西厢记》叙事处处联贯，但其联贯合理，丝毫不见其痕迹，浑然天成，犹如清代丁耀亢所说：“前后线索，冷语带挑，水影相涵，方为妙手。”[③] 其不见痕迹的联贯如水与影自然相融，得镜花水月之趣，这便是合理的联贯达到的自然顺理的极妙境界。

对于情节联贯的合理性，西方理论家亚里士多德也有同样的认识，他在解释悲剧定义的两个要求“完整”和“一定长度”时，都强调了其对联贯的依赖和对联贯的合理性的要求，如他在解释“完整”时说：“所谓‘完整’指事之有头，有身，有尾。所谓‘头’，指事之不必然上承他事，但自然引起他事发生者；所谓‘尾’，恰与此相反，指事之按照必然律或常规自然地上承某事者，但无他事继其后；所谓‘身’，指事之承前启后者。所以结构完美的布局不能随便起讫，而必须遵照此处所说的方式。”亚里士多德认为，“结构完美的布局”要求情节的“头、身、尾”之间必须依照“必然律或常规自然”来“上承、下启”，即是说要达到完美的布局，必须遵照“必然律或常规自然”联贯，这里“必然律或常规自然”即是真实生活或故事规定情节下的自然合理；再看他对“一定长度”的界定，“一般的说，长度的限制只要能容许事件相继出现，按照可然律或必然律能由逆境转入顺境，或由顺境转入逆境，就算适当了”[④]。他又认为一定长度的事件是建立在其事件之间的相互联贯基础之上的，

---

① 梁廷楠：《曲话》，俞为民、孙蓉蓉《历代曲话汇编》清代编第四集，黄山书社 2008 年版，第 44 页。

② 徐复祚：《南北词广韵选批语》，俞为民、孙蓉蓉《历代曲话汇编》明代编第二集，黄山书社 2009 年版，第 354 页。

③ 丁耀亢：《啸台偶著词例》，俞为民、孙蓉蓉《历代曲话汇编》清代编第一集，黄山书社 2008 年版，第 93 页。

④ 以上两条出自亚里士多德《诗学》，罗念生译，人民文学出版社 1982 年版，第 25、26 页。

而且其间的联贯也要符合“可然律或必然律”。

2. 紧密性

剧论家们把作剧比作缝衣，剧作的优劣则由针线的松紧所决定，所以联贯必要做到紧密。联贯的紧密性也是许多理论家经常注意的问题。如日本学者木村毅谈小说的结构时强调了结构联贯的紧密性：“组成结构的各部分，应当十分有连络，并且紧密地结合着。”[①] 古希腊亚里士多德也明确指出“情节要有紧密的联系”[②]。在古典戏曲理论中，关于叙事线条联贯的紧密性，明清剧论家们主要从两方面来论述：

首先，剧论家们直接肯定情节之间联贯紧密的文章方为妙文。从明代开始，剧论家们在品评中就表达了这一观点，如明代胡应麟高度评价了《水浒》情节联贯的紧密性：“然《琵琶》自本色外，‘长空万里’等篇，即词人中不妨翘举，而《水浒》所撰语，稍涉声偶者，辄呕哕不足观，信其伎俩易尽，第述情叙事，针工密致，亦滑稽之雄也。”[③] 在胡应麟看来，在叙事中，紧凑的联贯远远胜过精工的用词遣句，《水浒》虽声“呕哕不足观”，但因“述情叙事”联贯紧密而被誉为“滑稽之雄”。可见，在明代，联贯的紧密性已被置于一定的高度。叙事联贯紧密常常赢得“无缝天衣”的赞誉，至清代，这一赞声更为热烈，孔尚任就多次美赞《桃花扇》的联贯：“一折之中，千补百纳，合而成之，乃天衣无缝，岂非妙文!”[④] “七只[香柳娘]，离奇变化，写尽亡国乱离之状。君相奔亡，官民逃散。或离城，或出宫，或自楚来，或入山去。纷纷攘攘，交臂接足，却能分疆别界，接线联丝。文章精细，非人力可造也。”[⑤] 《桃花扇》叙爱情、家国之事，其间头绪繁多、情节错杂，但是作者能将这众多的人物、纷沓的事件进行“千补百纳”“接线联丝”的贯串，令人深感其丝丝相连、环环紧扣的浑然天成的联贯之妙，因此孔尚任极赞其巧夺

---

① ［日］木村毅：《小说的创作及鉴赏》，高明译，日本神州光国社 1933 年版，第 135 页。

② 亚里士多德：《诗学》，《文艺理论译丛》1958 年第 2 期。

③ 胡应麟：《少室山房笔丛·琵琶与水浒之比》，俞为民、孙蓉蓉《历代曲话汇编》明代编第一集，黄山书社 2009 年版，第 659 页。

④ 孔尚任：《桃花扇出末总批》，俞为民、孙蓉蓉《历代曲话汇编》清代编第一集，黄山书社 2008 年版，第 680 页。

⑤ 同上书，第 683—684 页。

天工的细针密线，称之为非人力可造的妙文。稍后于孔尚任的梁廷楠对这个问题在赞赏之余作了更细致的赏析，其言："红友关目，於极细极碎处皆能穿插照应，一字不肯虚下，有匣剑帷灯之妙也。曲调於极闲极冷处，皆能细斟密酌，一句不轻放过，有大含细入之妙也。非龙梭、凤杼，能令天衣无缝乎？"[①] 在梁廷楠看来，红友剧作联贯紧密也达到了炉火纯青的地步，"一字""一句"不肯放过，在"极细极碎""极闲极冷"处仍有细针密线，联贯周到严密，堪称"天衣无缝"的妙文。

其次，情节之间的联贯性对结构完整性的决定作用，其间联贯的紧密性是关键。剧论家们认为情节联贯必须紧密，若情节联贯不紧密会使完整的结构显得松散，所以谨严的联贯关乎到故事整体的完美。明代徐复祚对这一认识尤为深刻，从正反两方面作了评述：首先，他从正面肯定了《西厢记》"白马解围"一折，"云间何孔目元朗首赏此折，谓是西厢之冠。徐文长不谓为然。然通篇入得闲冷，接得紧峭，叙得完整"[②]。在《西厢记》中，何良俊首赏"白马解围"一折，徐渭却不以为然，但在徐复祚看来，在这一折中因联贯的紧密而达到故事的完整性，这一点值得称道。另外，他在对比王骥德与其朋友屠长卿之作时，批评了屠长卿作品的联贯不紧密这一缺点："今观其词，使事向于禹金，风格不及伯起，其在季、孟之间乎？独其结构如抟沙，开阖照应，了无线索，每于紧处散缓，是又大不如伯起者也。"[③] 可见，若叙事的联贯不能做到紧密，便虽有若无，犹如手中的一团沙，看似相连，但不成其为有机的整体。

3. 血脉畅通

在古典戏曲理论中，早在明代李卓吾就将文章中的文字与精神相比，"读别样文字，精神尚在文字里。读至《西厢》曲，便只见精神，并不见

---

① 梁廷楠：《曲话》，俞为民、孙蓉蓉《历代曲话汇编》清代编第四集，黄山书社2008年版，第39页。

② 徐复祚：《南北词广韵选批语》，俞为民、孙蓉蓉《历代曲话汇编》明代编第二集，黄山书社2009年版，第325页。

③ 徐复祚：《三家村老曲谈》，俞为民、孙蓉蓉《历代曲话汇编》明代编第二集，黄山书社2009年版，第260页。

文字。咦！异矣哉！”[①] 在李卓吾看来，我们不仅要感受到戏曲作品的形式美，更重要的是要感受其中的精神内蕴之美。同样，叙事结构的联贯不仅要做到筋骨相连，更重要的是做到血液畅通。只有情节之间做到了血脉一贯，才能使整个故事成为一个有机的生命体，否则如泥人土马，徒具其形而欠生气。与李卓吾处同一时期的屠隆就已认识到联贯性这一要求：“然针线连络，血脉贯通，止为成就木公一事。”[②] 他不仅赞扬了《昙花记》中情节的联贯达到了“血脉贯通”的水平，而且认为因其各部分之间的“血脉贯通”，真正成就了“木公一事”。其实，李渔在创作中提出“结构第一”，就是为了保证创作中全剧叙事的血脉畅通，如他在论“结构第一”时说：“倘先无成局，而由顶及踵，逐段滋生，则人之一身，当有无数断续之痕，而血气为之中阻矣。”[③] 可见，叙事的核心要求是保证情节联贯的血脉畅通。为此，李渔在“重机趣”中又做了更详细的说明：

> 所谓无断续痕者，非止一出接一出，一人顶一人，务使承上接下，血脉相连，即于情事截然绝不相关之处，亦有连环细笋伏於其中，看到后来方知其妙，如藕於未切之时，先长暗丝以待，丝于络成之后，才知作茧之精，此言机之不可少也。[④]

在此，李渔从反面将情节线条的联贯性称为“无断续痕”，指出线条的联贯性不仅要做到出与出之间、人与人之间形式上的相连，而且要做到其精神上的血脉相通，同时借用动物学中的比喻来论说情节线条血脉相连的妙处，“丝于络成之后，才知作茧之精”，情节、人物之间处处血脉相连，之后才可见整体结构之精妙、完美。西方后经典叙事学

---

① 李贽：《李卓吾先生读〈西厢记〉类语》，俞为民、孙蓉蓉《历代曲话汇编》明代编第一集，黄山书社 2009 年版，第 543 页。

② 屠隆：《昙花记凡例》，俞为民、孙蓉蓉《历代曲话汇编》明代编第一集，黄山书社 2009 年版，第 588 页。

③ 李渔：《闲情偶寄》，俞为民、孙蓉蓉《历代曲话汇编》清代编第一集，黄山书社 2008 年版，第 236 页。

④ 同上书，第 250—251 页。

理论中，对此也有同感，如希利斯·米勒在论小说叙事线条时多次强调：

> 浪漫主义小说中涡卷线状的叙事序列，暗地里受制于它所朝向的那个无穷远处隐而不见的中心。这类叙事具有隐喻性语言的统一性。这是一种“精神上的”而非“字面上的”统一性。
>
> 小说的统一性不是字面上的，而是精神上的，即通过与一个精神中心点的共同关联将各个部分连接为一体，这永远也无法直接展现，只能通过比喻或者寓言来间接地再现。①

希利斯·米勒由谈涡卷线状的复杂线条的精神上的相通联贯，提出小说联贯的统一性是体现在“精神上”，非仅局限于“字面上”。足见，这是小说叙事与戏剧叙事乃至所有叙事文学组织情节的共同要求。

（三）联贯的方式

对创作方法和技巧的研究，是中国古典戏曲理论中十分注重的问题。剧论家们对联贯的重要性给予了高度重视，也提出了要求，为了达到这些联贯的要求，对联贯之法也给予了更多的关注，做了多角度的探索，这些经验为当时及其后戏曲创作及叙事提供了许多切实可行的指导。

1. 情节之间的联贯

情节之间的联贯是有原因的，或因时间关系，或因空间关系，或因功能关系，或因主题关系等被连接到一个完整的结构中，戏剧的故事是一个时间的纵向序列，整体上体现为纵向叙事序列上因时间先后关系而产生的先因后果的联贯。

在整个因果联贯的情节线条上，前面的内容常常作为事情发展的缘由、依据，支配、牵引、预示着后面的内容，从而形成一种由前引后的联贯方式。古典剧论家们称之为“张本”、“埋伏”、“伏线”、“伏笔”等，如徐复祚评《西厢记》的《佛殿奇逢》一折，曰：“此折为《西厢》

---

① 以上两条出自［美］J. 希利斯·米勒《解读叙事》，申丹译，北京大学出版社 2002 年版，第 71—72 页。

首倡，如衣裳之有要领，时文之有破题，策表之有冒头也。故篇中处处埋伏后十五折情节，如‘粉墙’句便为跳墙张本，‘透骨髓’句便为问病送方张本。总之，从‘正撞着五百年风流业冤’生出来。”[①] 这里，徐复祚指出《西厢记》的首折《佛殿奇逢》中句句、处处为后面情节做埋伏、张本，以此来生出后面的情节。其后，明代冯梦龙也指出“张本”这一联贯方式，“原本径扮‘大士’一折，虽曰新奇眩俗，然邻於乱矣。况云大士故赐藏金於负心之人，使之现报以儆世俗，尤为悖理。今移‘大士’折於‘赠金设誓’之后，为‘冥中证誓’张本，线索始为贯串”[②]。冯梦龙认为《人兽关》中“大士”“赠金设誓”“冥中证誓”三折的顺序安排不顺，使得情节发展不合理，调整之后，使“大士”折放在“冥中证誓”之前，为其预先做好安排，这样联贯，才使故事线索贯通。可见，前面情节引出后面情节的同时，也为后面情节发展做好了铺垫，使后面情节具有发展的缘由和依据。清代毛声山就强调了“张本”的这一作用，“文章有步骤不可失、次序不可阙者，如《牛氏规奴》为《金闺愁配》张本，《金闺愁配》为《几言谏父》张本；《临妆感叹》为《勉食姑嫜》张本，《勉食姑嫜》为《糟糠自厌》张本。若无《才俊登程》，则杏园之思家为单薄；若无《激怒当朝》，则陈情之不许为突然”。毛声山认为若没有前一出为后一出张本，则后一出显得单薄、突然、无序、无根、急遽、无本。在他处毛声山又以“以前引之”“伏线”“伏笔”阐释之，如“如此篇写宫花……无数绚烂文字，皆旁笔也，其正笔只在‘未许嫦娥爱少年’一句，为后文辞婚伏线；又只在‘高堂菽水谁供奉’一句，为后文辞官司伏线”[③]。虽“张本”“以前引之”“伏线”“伏笔”在联贯中有些细微的不同，但主要是指由前文内容引出后文内容，为后文出现的内容在前文做铺垫，以使后面的内容有根有本，从而使故事中情节之间合理地贯通。

---

① 徐复祚：《南北词广韵选批语》，俞为民、孙蓉蓉《历代曲话汇编》明代编第二集，黄山书社 2009 年版，第 339 页。

② 冯梦龙：《人兽关总评》，俞为民、孙蓉蓉《历代曲话汇编》明代编第三集，黄山书社 2009 年版，第 41 页。

③ 以上两条出自毛声山《第七才子书琵琶记总论》，俞为民、孙蓉蓉《历代曲话汇编》清代编第一集，黄山书社 2008 年版，第 477、512 页。

在纵向的叙事线条中，当前面的因决定着后面的果的同时，后面的果也回应着前面的因。

而且如果说前面的内容经常支配着后面的内容，那么反过来也可以说，后面的内容在一定程度上也规定着前面的内容。在古典戏曲理论中，毛声山就指出了由后面内容来回应前面内容的联贯。

> 若能算到全局，而后看此十数着，则无一着是闲着。《琵琶》之为文，亦犹是也。尝见其闲闲一篇，淡淡数笔，由前而观，似乎极冷极缓，极没要紧；乃由后而观，竟为全部收局中极紧极要极不可少之处。①

毛声山指出叙事线条中的某些情节，若顺着先后发展顺序由前向后看，觉此处情节与前文没有联贯，有些许冷寂，似乎有些赘余，但若“由后而观”，才知其与叙事中心的联贯，才显其在文中的地位，足见其意义由后面的内容而彰显，这是联贯的一种极妙的境界。为此徐复祚指出了一种形象的做法：“大率作传奇，於本传吃紧要旨，须一步一回头。”② 为实现这一效果，在组织情节时须“一步一回头”，一步一照应。

在上述情节线条的联贯方法中，我们看到，前面决定着后面，后面规定着前面。整个叙事线条即是从开端到结尾的往复运动，是双向的，不知谁是因，谁是果，二者互为条件，互为因果。这样的联贯效果，张衢曾提到：“况数十出中，回环照应，打成一片，是真一大八股也。”③ 张衢以应试文章的要求评价了自己的传奇《芙蓉楼》回环相连，前后形成一片。下文所引陈烺在论述人物出场时，也指出了这种巧妙的联贯方式：“回环入妙”。对于回环照应的联贯方式，李渔在总结前人的基础上，在

---

① 毛声山：《第七才子书琵琶记总论》，俞为民、孙蓉蓉《历代曲话汇编》清代编第一集，黄山书社 2008 年版，第 477 页。

② 徐复祚：《南北词广韵选批语》，俞为民、孙蓉蓉《历代曲话汇编》明代编第二集，黄山书社 2009 年版，第 346—347 页。

③ 张衢：《芙蓉楼偶言》，俞为民、孙蓉蓉《历代曲话汇编》清代编第三集，黄山书社 2008 年版，第 63 页。

具体的做法上又作了进一步的阐释：

> 编戏有如缝衣，其初则以完全者剪碎，其后又以剪碎者凑成。剪碎易，凑成难。凑成之工，全在针线紧密。一节偶疏，全篇之破绽出矣。每编一折，必须前顾数折，后顾数折。顾前者，欲其照映，顾后者，便于埋伏。照映、埋伏，不止照映一人，埋伏一事，凡是此剧中有名之人，关涉之事，与前此、后此所说之话，节节俱要想到。①

李渔认为要做到回环照应，在折与折之间需“前顾数折，后顾数折”，做到瞻前顾后，前设伏、后照应，造成此呼彼应的情势，这里也回答了他自己所提出的“血脉贯通”的联贯要求。

2. 人物的联贯

在古典戏曲理论史上，对人物出现的联贯，剧作家及剧论家们关注得比较晚，清代陈烺在自己的《花月痕》传奇卷首这样说道：

> 传奇最怕中间弄不来，忽生个人来扭合，令看者蓦然眼生。传於下半应用的人，早於起手伏下一笔，到应用时，便令看者皆厮熟了。至乞婆、苏氏二人，前半借作波折，到下半却是得力的人。不知是因下半方有前半，因前半方有下半，但觉回环入妙。②

人物的出现不能没有联贯性，贸然而生。在以人物扮演的方式来展示故事的戏曲中，这个要求尤为重要。人物的前后出现与情节的先后发展是有密切关系的，所以人物出现的方式与情节先后联贯的方式是相通的。陈烺认为，后文的情节发展中的得力之人，应于前文作些引子，应

---

① 李渔：《闲情偶寄》，俞为民、孙蓉蓉《历代曲话汇编》清代编第一集，黄山书社 2008 年版，第 242 页。

② 陈烺：《花月痕评辞》，俞为民、孙蓉蓉《历代曲话汇编》清代编第三集，黄山书社 2008 年版，第 22 页。

提前参与到情节发展的波澜中去。清梁廷楠也继承了这一认识："《紫钗记》最得手处，在'观灯'时即出黄衫客，下文'剑合'自不觉突。"[①]在梁廷楠看来，《紫钗记》最得手的地方，就是体现出来的人物先后出现的联贯功夫。人物的出现前后联贯了，故事线索才能够畅通。且这样之下，可能会产生一种与情节联贯相同的效果：这个人物的前后行为不知是因后生前，还是因前生后，构成一种"回环入妙"的境界。

在陈烺指出不同人物出场的联贯法后，毛声山又指出不同人物之间联贯的一种绝妙的技巧：

> 文章有单行法，有双关法，单行之分，不若双关之合，则斯篇称最善焉。……如"携手共那人不厮放"，本是念妻，而曰："教他好看承我爹娘。"则念妻却是念亲。……有令人不能分指其何语为孝子之言，何语为义夫之言者。无缝天衣，望之但成云锦一片，岂复人间所能有哉！[②]

毛声山高度赞扬了这种"双关法"，他认为人物之间有一种联贯方式为：因语义双关而产生联贯。一种语义双关两人，这样的联贯方式可使叙事产生事半功倍的效果。

然而无论是何种联贯方式，都要受制于一个叙事的中心，正如美国叙事理论学家希利斯·米勒所说：即使是一条荒诞不经的、弯来绕去的线，它仍然受制于那个无穷远的中心，也就是在组织情节的集中性原则中所说的那个叙事的目的。这个叙事的目的既是叙事结构中横向的一个面的目的，也是一部作品中整个情节纵向线条的目的，也就是，既要受制于"头脑"，也要受制于"大头脑"，或称"主脑"。围绕叙事目的产生的联贯，才能达到血脉贯通。

综上可见，戏曲情节组织的联贯性，实是众多剧作家及批评家所共

---

① 梁廷楠：《曲话》，俞为民、孙蓉蓉《历代曲话汇编》清代编第四集，黄山书社 2008 年版，第 44 页。

② 毛声山：《第七才子书琵琶记批语》，俞为民、孙蓉蓉《历代曲话汇编》清代编第一集，黄山书社 2008 年版，第 528、529 页。

同关注的一个问题，也确是叙事过程中的重要问题。它是组织情节的核心动作和核心要求，关乎到叙事的成败优劣。因此，对戏曲联贯性的重要性、要求及方式、技法的总结，对当下叙事理论的完善以及对叙事实践的指导不无积极意义。

三　节奏性[①]

节奏是指事物存在及其发展变化中的各种因素的对比规律。我国著名美学家朱光潜说，“节奏是宇宙中自然现象的一个基本原则”，“节奏有‘主观的’与‘客观的’两种”。[②] 俄国著名戏剧理论家斯坦尼斯拉夫斯基也说：“人的每一种激情、每一种心境、每一种体验都有自己的速度节奏，每一种意象或形象都有自己的速度节奏。”[③] 不仅动态的激情、体验有节奏，看似静态的意象、形象都有其自身的节奏。不仅客观的事物有节奏，如日常饮食起居有生活节奏、写文章有行文节奏、群山起伏有节奏、河流蜿蜒有节奏，而且人的心理、情感也有节奏。可以说，节奏无处不在，它是生活中所有事物存在及发展变化的一种表现形式。那么，在戏曲叙事中，节奏意味着什么？我们说故事是“有一定长度的行动”，故从这一意义上来说，故事的开端、发展、高潮、结局便是一个长长的行动。对于动作或行动而言，可以说节奏是其全部的生命，以舞蹈为例，其所有想要表达的东西都是借姿态的节奏表现出来。所以，节奏在这“有一定长度的行动”的故事中是极其重要的，那么，在情节的组织中，对于表现“情节安排与演进的韵律感”[④] 的节奏的研究自然必不可少。从对古典剧论的分析可知，剧论家们对故事情节安排中的节奏问题也较为重视，他们不仅从观众的角度对其在叙事中的重要性作了分析，还分别从整体和局部作了不同的要求。

（一）节奏的重要性

在古代剧论中，剧论家们或以“急与缓”，或以“迟与速”，或以

---

① 本节内容以《古典戏曲叙事节奏理论管窥》之名发表于《戏剧之家》2016 年第 8 期。

② 朱光潜：《诗论》，北京出版社 2005 年版，第 149、150 页。

③ ［俄］斯坦尼斯拉夫斯基：《演员自我修养》，林陵、史敏徒译，艺术出版社 1956 年版，第 238 页。

④ 赵山林：《中国戏剧学通论》，安徽教育出版社 1995 年版，第 413 页。

“蔓与促”等语词来评论剧作中情节发展节奏的快与慢的问题。在故事情节的安排中，节奏的调节是剧论家们严格要求的。对于情节安排缺乏节奏的剧作，剧论家们会予以严厉的批评与指责，如吕天成批评新传奇《昙花记》曰：“但律以传奇局则漫衍乏节奏耳。”[①]《昙花记》故事情节本不丰富，以杂剧的四折一楔的格局来敷演已足矣，但以传奇的格局，用四五十出来漫演这一故事，情节发展的节奏就显缓慢松散了，大多在迟缓中进行，所以吕天成批评其缺乏节奏。而对于一些情节安排体现出明显的节奏性的剧作，剧论家们又是大为赞赏，即使有其他问题，都能接纳。如祁彪佳在收录作品时，只因《髯虎》“稍知节奏，故不以韵病、词病辄弃之”[②]。可见，在祁彪佳这里，故事情节发展节奏的重要性是胜过了曲中词韵问题的。那么，具体而言，在古典戏曲叙事中，节奏的重要性主要体现在哪里？对此，古代剧论家们主要表达了两方面的认识：

首先，情节发展的急与缓之间的节奏，寄寓着剧作者对故事主题呈现的目的，叙事节奏的调节是深化剧作主题的有效手段之一。这一认识，毛声山在评《琵琶记》时有所反映，他认为：“夫人之听红娘，当下即便回嗔，文妙於速；丞相之听小姐，一时不肯遽纳，文又妙於迟。”[③] 同样的以下犯上，一个妙在速应，一个却妙在迟应，这两种不同的节奏设置，正是故事主题呈现的需要。在《西厢记》中，红娘作为贱婢，竟敢直斥老夫人的言而无信，直言其行为将会造就一对怨女旷夫，这在地位等级森严的封建社会，绝对是大逆不道之举，但老夫人竟认为“这小贱人也道得是”，承认了自己的错误，这一速回就推动了故事情节的快速演进，使得老夫人赖婚这一行为成为张生与莺莺爱情道路上的一个波折。这样下来不仅使情节的发展呈现出了曲折波澜之致，更主要的是回应了有情人历经磨难，与封建礼教、婚姻制度斗争后终成眷属的主题。可见剧作者的匠心独运；相反，在《琵琶记》中，牛小姐是丞相宠爱的独女，牛

---

① 吕天成：《曲品》，俞为民、孙蓉蓉《历代曲话汇编》明代编第三集，黄山书社 2009 年版，第 128 页。

② 祁彪佳：《远山堂曲品》，俞为民、孙蓉蓉《历代曲话汇编》明代编第三集，黄山书社 2009 年版，第 590 页。

③ 毛声山：《第七才子书琵琶记批语》，俞为民、孙蓉蓉《历代曲话汇编》清代编第一集，黄山书社 2008 年版，第 540 页。

小姐也下气柔声地劝谏父亲，希望能回去尽侍奉公婆之礼，且这也是纲常伦理的体现，但身居相位的父亲却迟迟不答应，这一不应就减缓了故事情节发展的速度，使得蔡伯喈与赵五娘的相逢迟迟不能实现，加深了赵五娘的悲苦命运，更衬托出其贤孝的形象。可见，这不同情境下的一“速”一“迟”的节奏调节，正是故事主题的需要。叙事节奏与主题呈现的紧密关系，在日常讲故事中体现得也很明显，如当我们回忆某些难忘的生活片段，表达对这一段记忆的珍视时，讲述的节奏就自然而然地慢了下来。故而，毛声山所流露的这一观点是极为合理的。

其次，戏曲作为一种舞台艺术，情节发展的节奏直接影响到观众的观演情绪。在古典戏曲叙事中，剧作者在对情节节奏进行调节时，常通过情节发展的急与缓使故事呈现出曲折离奇之势，以此来把控观众的情绪。具体如何来做？同样是清代毛声山的论说较为深刻，他认为：“妙在人急而我缓之，人缓而我急之。人急而我不故示之以缓，则文澜不曲；人缓而我不故示之以急，则文势不奇。”① 在毛声山看来，为了调节场上气氛，调动观众情绪，当观众正急于了解故事下一步的发展趋向时，此时需故意放慢情节演进的节奏，以吊起观众的胃口，使其产生欲罢不能、奇痒难耐之感；反之，当观众正处于松懈之时，此时则宜加快情节发展的节奏，以便使观众的审美注意力更多地集中到剧情中，再次精神抖擞。如此调节节奏，可使情节发展一张一弛，跌宕起伏，也使观众的情绪时而焦急，时而舒缓，既消除了身体和心理上的疲倦，又能产生复杂而又刺激的审美体验。可见，情节发展节奏的急与缓是调节场上观众情绪的主要手段，故也是决定场上叙事效果的重要因素。

可见，叙事的节奏既决定着故事主题的呈现，又影响到观众的观演。故而，无论就剧本而言，还是就案头而言，叙事节奏的调节都是极为重要的。

（二）情节发展节奏的要求

斯坦尼斯拉夫斯基还说：“每一件事情和每一个事件也是按着和它相

---

① 毛声山：《第七才子书琵琶记总论》，俞为民、孙蓉蓉《历代曲话汇编》清代编第一集，黄山书社 2008 年版，第 476 页。

适应的速度节奏来进行的。”[1] 也就是说，每一个故事以及具体的事件都有其适宜的节奏。那么，就古典戏曲故事情节的发展而言，其适宜的节奏应是什么呢？下面分别从故事的整体、局部及细微处这几个角度来分析古典戏曲故事情节发展节奏的具体要求。

古代剧论家们对戏曲故事情节发展节奏的整体要求是：勿蔓勿促，既不要太快，也不能太慢。这一观点是由明代王骥德在《论剧戏》中提出的，具体为：“勿太蔓，蔓则局懈，而优人多删削；勿太促，促则气迫，而节奏不畅达，毋令一人无着落，毋令一折不照应。”[2] 王骥德对戏曲情节节奏的整体认知充分体现了戏曲的舞台性特征。对于戏曲而言，故事不仅要呈现给读者，其最终目的是要施之于场上，这就带来两个要求：第一，要适合场上搬演；第二，演后要易于观众接受。从场上搬演来看，如果戏曲故事情节发展整体节奏缓慢，则需敷演的时间便长，一个剧目几天都演不完，如需演出，优人便会删削，如此就可能会有损作者的原意或故事原本的完美，所以很明显，戏曲故事情节发展太松懈不利于场上搬演。反之，如若戏曲故事情节整体节奏促迫，那情节跳跃性便大，铺垫自然就会少一些。那么，对剧本而言，人物出现可能会突兀，也可能会脱落，情节之间前后联贯也难以紧密，所以太快也是不利的；再就观众而言，若情节发展节奏太缓慢，观众或者会着急，或者不会紧跟剧情的发展，观演效果就可想而知了，反之，在相对嘈杂的环境中，在吃喝玩乐的观演氛围下，若情节发展跨度太大，观众则很难捋清情节发展的前后脉络，这样的节奏也不适合观演。所以，总体而言，对于戏曲故事情节发展的节奏，正如王骥德所要求的：勿太蔓、勿太促。如此，整个故事情节发展不但能自然顺畅，而且便于施之场上，也易于观众接受。

在古代剧论中，对戏曲故事局部情节节奏的集中关注同样是在明代，就目前所见资料来看，局部情节节奏的讨论主要集中在情节发展的“紧

---

① ［俄］斯坦尼斯拉夫斯基：《演员自我修养》，林陵、史敏徒译，艺术出版社 1956 年版，第 238 页。

② 王骥德：《曲律》，俞为民、孙蓉蓉《历代曲话汇编》明代编第二集，黄山书社 2009 年版，第 96 页。

要处”这一处，或称“要紧处”，或称“吃紧关键处”。对于此处的节奏，明代多位剧论家作了要求，如李贽、徐复祚、祁彪佳等，他们一致认为：情节紧要处的节奏要快，要尽力铺写，切忌散漫、松懈。最早是李贽在评《玉合记》时的论说，其曰：“此记亦有许多曲折，但当要紧处却缓慢，却泛散，是以未尽其美，然亦不可不谓之不知趣矣。”① 此处，李贽称为“要紧处”，明确指出情节发展“要紧处”的节奏不能缓慢，同时认为此处的节奏处理将会影响到故事整体的叙事效果。具体情节的“紧要处”是指什么，这里没有明说，也难以推论。王骥德在《曲律》中也指出情节的“紧要处”，他认为《红拂记》中的“红拂私奔”是整个故事的“紧要处”，《窃符记》中“如姬窃符”是整个故事的“紧要处”。据这两个情节在故事中的地位，我们可以推知情节的“紧要处”是故事中的枢纽情节，或者称为叙事的目的情节，总之，“紧要处”是故事中的关键情节。对于“紧要处”的节奏问题王骥德没有论及，其后徐复祚将“紧要处”称为“吃紧关键处”，并对其节奏进行了论说。他在评王骥德的《题红记》时多次指出剧中“每於紧处散缓”②，“每於吃紧关键处，啴缓散慢”③。可见，徐复祚也认为：情节发展的“吃紧关键处”，节奏不能松懈，情节的“紧要处”正是情节发展的关键时刻，此处应紧锣密鼓，情节推进要快，还要密，以便突显其重要性，也利于抓住观众的注意力。《题红记》是王骥德仅存的一部传奇作品，是由传说故事“红叶题诗”敷演而成，也是一部写生旦之间悲欢离合的传奇经历的剧作。但剧中故事每每写生、旦二人之间的关系时，情节发展就舒缓下来，转向对旦角韩翠屏无尽怨情的敷演，所以剧中的“紧要处”没能突显出来。此类状况，明代朱鼎的《玉镜台记》中也有出现，祁彪佳批评其曰：“惟铺叙太真事迹，於紧切处反按以极缓之节。”④ 可见，情节发展的“紧要

---

① 秦学人、侯作卿：《中国古典编剧理论资料汇辑》，中国戏剧出版社 1984 年版，第 57 页。

② 徐复祚：《三家村老曲谈》，俞为民、孙蓉蓉《历代曲话汇编》明代编第二集，黄山书社 2009 年版，第 260 页。

③ 徐复祚：《南北词广韵选批语》，俞为民、孙蓉蓉《历代曲话汇编》明代编第二集，黄山书社 2009 年版，第 287 页。

④ 祁彪佳：《远山堂曲品》，俞为民、孙蓉蓉《历代曲话汇编》明代编第三集，黄山书社 2009 年版，第 572 页。

处”的节奏应快、应密，这一点明代剧论家是有共识的。

情节发展的细微处也就是具体情节发展的每一处，是相对于宏观而言的微观处。对于情节发展细微处的节奏方式，明代的茧室主人从情感表达的角度来论，其观点颇为重要。另外，清代金圣叹的体察也极为细致，他在对《西厢记》叙事过程的分析中注意到了情节发展极细微处的节奏方式，且认为具体情节发展的节奏不仅要体现故事情节推进的必然性与合理性，同时还应注意把握读者、观众在对故事欣赏过程中的心理情绪节奏。以下就对两位剧论家所提到的三方面做出分析：

其一，情节发展的节奏要与情感的表达协调一致。这一观点是由明代茧室主人的论说体现出来的，他指出了当时戏曲的一种现象，曰：“至于个中情景，舌乱齿忙，本味未出，而心已为关目促去。作者以此投时，演者以为省事。”① 就是在当时剧作者创作中或场上演剧中，一些作者或演者为省事，匆匆加快节奏，影响了剧中情感的表达。由此我们便可以说，在叙事过程中，情节的推进要给情感的发挥留出足够的余地，“必欲节节尽情”，使情感的表达发挥殆尽，不能为了推进故事情节或一味地追求情节的曲折离奇而影响了情感的表达与流露，人物胸中有情而不抒，或言而不尽情，不仅会使叙事减了意趣，少了情趣，同时也难以有力地激发观众的情绪。茧室主人这里流露出来的对节奏的这一要求也反映出戏曲写情目的要求下的节奏的独特个性。

其二，情节发展的节奏应体现出故事发展的必然性与合理性。这一观点是由金圣叹在《西厢记》中莺莺与张生的情感发展过程的品评中体现出来的，我们将其摘录如下并进行分析：

> 何谓三渐？《闹斋》第一渐，《寺警》第二渐，今此一篇《后候》第三渐。第一渐者，莺莺始见张生也；第二渐者，莺莺始与张生相关也；第三渐者，莺莺始许张生定情也。此三渐，又谓之三得。何谓三得？自非《闹斋》之一篇，则莺莺不得而见张生也；自非《寺警》之一篇，则莺莺不得而与

① 茧室主人：《想当然成书杂记》，俞为民、孙蓉蓉《历代曲话汇编》明代编第三集，黄山书社2009年版，第364页。

> 张生相关也；自非《后候》之一篇，则莺莺不得而许张生定情也。①

“三渐”就是指情节发展的渐进性节奏，情节的展开如春山出云般一层一层显示出来，第一渐引出第二渐，第二渐引出第三渐，没有第一得便没有第二得，没有第二得便没有第三得，如此层层递进，推动故事情节逐步展开、渐近发展，使故事情节的变化造成必然之势，“人自不觉，势已无奈也”。这一精微而深刻的分析展现了剧作中缜密而有序的叙事节奏，也体现了金圣叹对情节发展的节奏与故事推进的合理性关系的体察及其对叙事艺术独到的眼光。

其三，情节细微处节奏的运用要与对观众心理情绪的把握相结合。金圣叹对《西厢记》故事情节的分析中就流露出了这一观点，如其所言：

> 何谓二近?《请宴》一近，《前候》一近。盖近之为言，几几乎如将得之也。几几乎如将得之之为言，终于不得也。终于不得，而又为此，几几乎如将得之之为言者，文章起倒变动之法也。三纵者也，《赖婚》一纵，《赖简》一纵，《考艳》一纵。盖有近，则有纵也。欲纵之，故近之；亦欲近之，故纵之。纵之为言，几几乎如将失之也。几几乎如将失之之为言，终于不失也。终于不失，而又为此，几几乎如将失之之言者，文章起倒变动之法。②

戏曲故事在场上表演中，很关键的一点吸引观众。故而，在叙事节奏的调节中，也要考虑到对观众的吸引力的保持。金圣叹所阐释的情节组织的“欲纵之，故近之”“欲近之，故纵之”的“一近”“一纵”的节奏摆渡，就是要让观众产生“欲得之而不能”“欲失之又不能”的欲罢不能之感，进而紧紧地抓住观众的兴趣。显然，这与情节发展节奏在场上

① 秦学人、侯作卿：《中国古典编剧理论资料汇辑》，中国戏剧出版社 1984 年版，第 240 页。

② 同上。

的重要性的认知是一致的。

可见，无论从剧本来看，还是从场上表演来考虑，戏曲故事情节节奏的调节对故事的呈现有着极大的影响。戏曲情节节奏的调节是调动场上观众情绪的主要手段之一，也是反映故事主题的方式之一。对故事情节节奏的调节既需贯串在整体的叙事步伐中，又需体现在局部及具体的情节安排中。在戏曲叙事中，从整体上来看，要勿蔓勿促；从局部来看，情节发展“紧要处”节奏不能缓散；就具体细微处而言，情节发展的节奏要与情感的表达协调一致，与对观众的心理情绪的把握相结合，且要体现出故事发展的必然性与合理性。

四 曲折性

“文似看山不喜平”，一部优秀的叙事作品，故事情节发展要求曲折多姿，不能一马平川、平坦无奇。戏曲作为一种叙事艺术，同时又是一种独特的舞台艺术，故事情节的曲折性对戏曲故事自身以及舞台呈现有着更为重要的意义，故“文以曲为贵”的观念在古典戏曲理论中表现得尤为明显。通过对古典戏曲理论的分析，我们发现剧论家们已充分认识到故事情节曲折的重要性，视其为品评剧作的重要标尺，进而将其作为情节组织的重要原则，且从多个角度较为详尽地对其意义进行阐发，又从大量的作品中总结提炼出一些方法与技巧，这些理论论说对当时的戏曲创作及批评具有重要的实践指导意义。以下分别就这几个方面进行阐释。

（一）曲折的重要性

在文学理论中，曲折是指情节发展波澜起伏，是相对于平淡无奇而言的。在古典戏曲理论中，明清剧论家将戏曲故事情节的曲折性置于极高的地位。明嘉靖年间李贽就提出：“凡传奇之胜，乃在结构玲珑，令人不测。”① 认为情节发展的曲折性是戏曲取胜的主要条件。此后，剧论家们纷纷从各个角度以各种方式表达它的重要性。在明代，一些剧论家们将其作为品评戏曲作品的标尺之一，对于故事情节发展曲折多姿的剧作，

---

① 李贽：《鸣凤记总评》，俞为民、孙蓉蓉《历代曲话汇编》明代编第一集，黄山书社2009年版，第551页。

剧论家们给予高度的评价，如徐复祚见《琵琶记》中“许多转折，许多参错，揣情决策，纵横变化”，便高度赞扬其为“绝奇文笔也”。[①] 汤显祖也赞《焚香记》：“一线索到底，宛转变化，妙不可言。”[②] 反之，对一些平淡无奇的戏曲故事，剧论家们又给予严厉的批评，如祁彪佳指责汪廷讷的《高士》“仅能敷演，殊无曲折之趣”[③]。冯梦龙因有感于当时一些剧作故事情节平铺直叙的现象，明确表示：“传奇情节恶其直遂。”[④] 至清代，剧论家们直接以审美的角度对故事情节的曲折性进行了理论概括，如金兆燕指出“波澜有自然之妙”是传奇数美中的一美，金圣叹也说：“文章之妙，无过曲折。”毛声山又从反面强调：“文章不曲折则不妙。”在此基础上，一些剧论家便明确要求戏曲故事情节发展要曲折多姿，将曲折性作为组织情节的重要原则之一，如清代丁耀亢在其提出的作词七条法则中，第一条便是曲折性，其曰：“词有七要：一要曲折，有全部中之曲，有一出中之曲，有一曲中之曲，有一句中之曲。”[⑤] 从剧中的一曲、一出，再到一句，无不要求曲折多姿。可见，在明清时期，故事情节的曲折性由作为品评剧作优劣的审美标准，逐渐发展为戏曲叙事的重要法则或称原则。

古代剧论家们如此重视戏曲故事情节发展的曲折性，将其作为情节组织的重要原则之一，那么，具体而言，其意义究竟表现在哪些方面？通过对古代剧论家们对此问题论说的分析，我们认为主要有如下三方面：

首先，从叙事内容来看，故事情节线条越曲折，传递的信息量越大，反之，叙事线条越直，表现的故事内涵也就越少。曲折多变的情节线条，相比于直流而下的情节线条自然能表现更丰富的故事内容。小说《水浒

---

① 徐复祚：《南北词广韵选批语》，俞为民、孙蓉蓉《历代曲话汇编》明代编第二集，黄山书社 2009 年版，第 327 页。

② 秦学人、侯作卿：《中国古典编剧理论资料汇辑》，中国戏剧出版社 1984 年版，第 77 页。

③ 祁彪佳：《远山堂曲品》，俞为民、孙蓉蓉《历代曲话汇编》明代编第三集，黄山书社 2009 年版，第 600 页。

④ 转引自祁森华《中国曲学大辞典》，浙江教育出版社 1997 年版，第 898 页。

⑤ 丁耀亢：《啸台偶著词例数则》，俞为民、孙蓉蓉《历代曲话汇编》清代编第一集，黄山书社 2008 年版，第 93 页。

传》一件事竟用了二十册来记叙，从故事容量的丰富性来看堪比《史记》，这在李开先看来，正是由于其情节的“委曲”。[①] 戏曲叙事要在有限的时间与空间中展现更丰富的内容，情节线条曲折发展是尤为必要的。在古典戏曲创作中，剧作者们也常常通过情节发展的曲折来展现丰富的内容。如李贽指出《荆钗记》中“生出王士弘改调一段，於是夫既以妻为亡，妻亦以夫为死，各各情节蓦地横生”[②]。就是说，这里就是由“王士弘改调”这一障碍生出了后面的诸多情节。剧中本来王十朋给其妻写了家信，但中途却被王士弘暗改为休妻之书，这一波澜便生出了后面更为丰富的情节。钱玉莲接信后万念俱灰，便投江而尽。王十朋得知消息后也痛不欲生，发誓终生再不另娶。没承想最后玉莲却被福建安抚钱载和从江中救起，并收为义女，带往福州，在福州又闻得现任饶州王佥判病死的消息，误解十朋已亡故，也悲痛欲绝，誓不再嫁，直至五年后，因各方力量相撮合，两人才最终重新团聚。可见，王士弘改写家信的这一转折给王十朋和钱玉莲两人的会合增加了更多的波折，其间的大量情节也便由此曲折而生出。这不仅增加了故事的容量，同时也丰富了故事的内涵，使得故事的叙述更为详尽、丰富。

其次，就故事本身而言，大起大落、大悲大喜的情节可使故事产生抑扬顿挫之趣，由此而产生的曲折性正是构成戏曲故事传奇性、戏剧性的关键所在。如英国戏剧理论家阿·尼柯尔所言：“一出戏里，大小震惊安排得越巧妙、越有力，这出戏就越富于强烈的戏剧性。”[③] 在古典戏曲理论中，这一观点体现在剧论家们对故事“情趣”的阐释中。清代杨恩寿的同学曾茶村著有《蕙兰芳》传奇，剧中主要叙述了张承敞因张献忠之乱，与其妻离而复合之事。剧中《感怀》一出中，张承敞在历经政治之乱后，以为其妻已经离开人世，在回家的路上感伤哀悼，最后回到家

---

① 李开先：《词谑》，俞为民、孙蓉蓉《历代曲话汇编》明代编第一集，黄山书社 2009 年版，第 297 页。

② 李贽：《荆钗记总评》，俞为民、孙蓉蓉《历代曲话汇编》明代编第一集，黄山书社 2009 年版，第 544 页。

③ ［英］阿·尼柯尔：《西欧戏剧理论》，徐士瑚译，中国戏剧出版社 1985 年版，第 39 页。

中，竟然发现其妻尚在人间，情节发展经历了由大悲转为大喜的转折，对此，杨恩寿品其曰："用笔曲折有致。"① "有致"意为"有情趣"，由悲到喜的这一转折就使故事有了情趣，也使故事有了戏剧性。反之，一些情节发展直线而下的戏曲故事明显会让人感到缺乏生趣，祁彪佳就批评南词《摘缨》"止就绝缨一事，敷演成曲"，缺乏"婉转之致"②。汤显祖也指出《种玉记》若无第二十八出《误醋》所产生的情节发展的曲折之姿，则整个故事情节"几于水直波穷，便少余趣"③。对于故事情节曲折性与趣味性的关系，陈烺从文字的角度作出了理论性的解释："文字有整齐处，有变化处，不整齐则散，不变化则板。"④ 文字不变化则显死板，同样，故事若平淡无奇更显呆板呆滞，戏曲故事若只知直而不知曲，何来趣味性、戏剧性可言？如此，也丧失了戏曲应有的传奇魅力。故事情节的曲折性也是戏曲"非奇不传"之"奇"的体现之一，谭帆曾言，在古典剧论中，"奇"这一审美范畴主要指情节的曲折多姿。当然，"奇"还有"未经人见"之"新"、"摹写真情实景"之"真"等更丰富的内涵，但也说明了情节的曲折性关乎着戏曲的传奇性。

再者，从读者与观众的视角来看，故事情节的曲折性也是其欣赏的趣味所在。也就是说，读者、观众欣赏的趣味产生于体味情节起伏跌宕、婀娜多姿之时。故事情节平板无曲，像是一片荒原，连一个小丘也没有，何来观赏的兴致。相反，故事情节曲折变化、波澜起伏、不可捉摸，首先使读者或观众感到新奇，不产生厌倦之感，在此基础上，此曲折又能构成新的悬念，对读者、观众产生新的吸引力，如此，故事才能更引人入胜，观众才能产生更浓郁的兴趣。戏曲作为一种舞台艺术，对观众的吸引是其首要任务，要令观众有"戏"可看，情节的波澜起伏更是场上效果的需要。所以剧论家们纷纷以这一视角来评判故事情节，如吕天成

---

① 杨恩寿：《词余丛话》，俞为民、孙蓉蓉《历代曲话汇编》清代编第四集，黄山书社2008年版，第558页。

② 祁彪佳：《远山堂曲品》，俞为民、孙蓉蓉《历代曲话汇编》明代编第三集，黄山书社2009年版，第555页。

③ 秦学人、侯作卿：《中国古典编剧理论资料汇辑》，中国戏剧出版社1984年版，第81页。

④ 陈烺：《花月痕评辞》，俞为民、孙蓉蓉《历代曲话汇编》清代编第三集，黄山书社2008年版，第21页。

称《结发》就因“情景曲折”[①]，令人产生了新奇之感，故得到了观众的认可。与吕天成同一时期的祁彪佳也从观众赏戏的角度表达了因情节的曲折性所产生的审美效果，他认为王元寿的《题燕》就因剧情的层叠曲折、婉转多姿，“令观者转入而转见其巧”[②]，使其产生了欣赏的愉悦之感。

从情节的曲折性给观众带来的新奇感及趣味性的角度来讲，孔尚任的《桃花扇》很值得一提，正如他在凡例中说：“排场有起伏转折，俱独辟境界；突如而来，倏然而去，令观者不能预拟其局面。”[③]“不能预拟其局面”的情节发展自然会使观众对所出现的情节产生新奇之感。同时，故事情节层层曲折，令观众产生新奇感的同时，还可使其产生步步惊心之感，增强观赏的趣味性。另外，此剧中人物的出入也表现出曲折惊人之处，如第三十一出《草檄》中“写昆生，倏然而来，写敬亭，倏然而去，俱如战国、先秦时人须眉，精神忽忽，惊人奇笔也”[④]。如此“倏然而来”“倏然而去”的变化之趣，同样令人欣喜，这样的剧作能引得读者与观众争相赏析，自然不足为怪。在古典戏曲作品中，这样的作品也不在少数，因此，此认识也是很多剧论家的同感，清代熊华有感于《齐人记》曲折的情节线条，也指出故事情节线条越曲折多变，故事的演述越能引起观众的兴趣，使“观者无不意满”[⑤]。

从读者的角度来看故事，剧作因曲折的情节而使人产生浓厚的阅读兴趣，金圣叹的体会最深刻，他说：“诚得百曲、千曲、万曲、百折、千折、万折之文，我从心寻其起尽，以自容與其间，斯真天下之至乐也。”[⑥]对于曲折多变的妙文，金圣叹以真诚的热情去细致地体察其曲折多变的

---

① 吕天成：《曲品》，俞为民、孙蓉蓉《历代曲话汇编》明代编第三集，黄山书社2009年版，第121页。

② 祁彪佳：《远山堂曲品》，俞为民、孙蓉蓉《历代曲话汇编》明代编第三集，黄山书社2009年版，第563页。

③ 孔尚任：《桃花扇凡例》，俞为民、孙蓉蓉《历代曲话汇编》清代编第一集，黄山书社2008年版，第665页。

④ 孔尚任：《桃花扇出末总批》，俞为民、孙蓉蓉《历代曲话汇编》清代编第一集，黄山书社2008年版，第682页。

⑤ 熊华：《齐人记·总论》，蔡毅《中国古典戏曲序跋汇编》，齐鲁书社1989年版，第1037页。

⑥ 金圣叹：《贯华堂第六才子书西厢记总评》，俞为民、孙蓉蓉《历代曲话汇编》清代编第一集，黄山书社2008年版，第169页。

起讫始末，且将自己融入这曲折多变的故事情节中，所以在他看来，阅读戏曲故事的“至乐”便来自这千万的“曲折”。

可见，无论是从故事自身的容量、戏剧性来看，还是从场上观众观赏的趣味、效果来看，情节的曲折性都起着重要的作用。

（二）情节曲折的方式

在古典戏曲中，剧作者们努力尝试用各种方式来达到情节的曲折变幻，所以，情节曲折方式的探索也成为曲折论中不可缺少的一环。对于剧论中的这些方式，大致总结为以下四类：

1. 隐瞒误会

故事情节通常会通过一些误会来达到情节的波澜曲折，比如将人物错认而产生误会，进而使情节产生波澜。这种误会有时是因人物完全不知而产生的，如祁彪佳《曲品》中《鹣钗》“此记波澜，只在荆公误认宋广平为康璧耳，搬弄到底，至於完姻之日，欲使两女互易，真戏场矣，柳沃若桃斗一段，大有逸趣”①。《鹣钗》中故事开始便将两女误认，从此两女的命运便出现了转折，故事情节也产生了无限波澜，最后才将两女交换。故事在这种误会中生出无限波澜，加大了情节的张力，也增添了叙事的趣味。在古典戏曲作品中，更多的误会是因人物故意隐瞒而产生的，如《西厢记》中，莺莺与张生的相恋以及相配，全赖于红娘之力，但过程也有几许波澜，这既体现了其结合的不易，也使故事情节发展表现出曲折悠扬之致，而这其中的妙处主要在于“莺莺偏要瞒着红娘”，向红娘隐瞒其内心的真实想法。同样，在《琵琶记》中，赵五娘与蔡伯喈得以最终团聚，全赖牛小姐的贤德，但在团聚过程中却有无数波折，故事中感人至深的场面都在这个过程中有所体现，其中赵五娘节妇孝妇的形象与蔡伯喈的两难心境也得到淋漓尽致地体现，故事情节如此安排的妙处也是因“伯喈偏要瞒着牛氏”，没有直接告知牛氏自己家中有妻子的事实。毛声山指出，这两部剧作“其曲折处，正是一样笔墨”②，都是通

① 祁彪佳：《远山堂曲品》，俞为民、孙蓉蓉《历代曲话汇编》明代编第三集，黄山书社2009年版，第566页。

② 毛声山：《第七才子书琵琶记参论》，俞为民、孙蓉蓉《历代曲话汇编》清代编第一集，黄山书社2008年版，第490页。

过隐瞒而使故事产生曲折跌宕之致。需要强调的是，要注意误会的强度，不能太浅薄，就是要有足够的说服力，否则曲折是无力的，也难有趣味。

2. 反向突变

这一类转折是指情节正常的发展过程中突然向反方向转变，如在大喜之后设置大悲情节，在大起之后却是大落，如此更显情节的跌宕起伏之感。这最初由明代李贽批评《琵琶记》时指出，其曰："《琵琶》更不可及处，每在文章尽头处复生一转，神物，神物!"[①] 在《琵琶记》中，多处情节表现出了悲喜之间的突变。如在故事的开始部分，当高堂称寿的喜庆氛围展开后，"科举"这一不和谐的音符便不合时宜地侵入了，如此搅乱了温馨的天伦之乐，也透出了骨肉分离的预兆，在李贽看来，情节发展的这种转折设置正是《琵琶记》的胜人之处。毛声山也指出了《琵琶记》中这一类型的转折，同时也指出了《西厢记》中的这一类型的转折，他称这种方法为"反跌法"，其曰："至于文章之妙，妙在反跌。尝读《西厢》，有崔夫人'赖婚'一段文字在后，则先有'请宴'一篇，两口相同，欣欣然以为姻之必就，以反跌之。今读《琵琶》，有蔡状元'却婚'一段文字在后，则先有'招婿'一篇，三口相同，欣欣然以为媒之必成，以反跌之。盖作文之法，不正伏，则下文不现；不反跌，则下文不奇。""反跌"也就是从预期情节发展的反方向进行。可见，高明比较偏爱这种方式，除了上述所论前文反跌后文之外，还有"前篇反跌后篇"现象，如剧中"前篇於丑、末口中有'一场好事''管取团圆'之语"，而后篇却于"丑、末口中有'书生命穷''别选佳婿'之语"[②]，而且还出现了一篇之内上文逆跌下文的情况，如《激怒当朝》一出中，牛丞相听闻蔡伯喈不愿与牛小姐成婚，则一怒再怒，想必下文有摒弃贬斥之意，谁料完全不是，最后反应竟是"且由他"。清代孔尚任也喜用这一方式，《桃花扇》第十三出《哭主》一出中，写左良玉元帅收复了武昌，功封侯爵，又奉新恩，加了太傅。其子左梦庚也挂总兵之印，由巡抚按

① 李贽：《琵琶记卷末评》，俞为民、孙蓉蓉《历代曲话汇编》明代编第一集，黄山书社2009年版，第548页。

② 以上两条出自毛声山《第七才子书琵琶记批语》，俞为民、孙蓉蓉《历代曲话汇编》清代编第一集，黄山书社2008年版，第515、517页。

御史黄澍来宣旨，九江督抚袁继咸又亲自发给三十船粮食，故元帅大喜，设宴黄鹤楼，请袁、黄两公饮酒看江，正当大家“把酒喜洋洋”时，却传来了“可怜圣主好崇祯，缢死煤山树顶”的噩耗，众人便望北叩头，大哭起来。此一转折正如孔尚任所言“正满心快意，忽惊魂悸魄”[①]。这种曲折奇幻的变幻方法，易使读者与观者产生惊疑不定之感，更具奇特性。

在具体的情节发展中，因“作鲠”而使情节产生突变是一种较常见的现象。“作鲠”是在情节发展的过程中，设一思想相左、行动相反的人来使情节向反方向发展，由此使情节发展产生无限波澜，同时也间接地推动了情节的发展。如毛声山在评《琵琶记》时说：情节发展“所以有逆有悲者，必用一人从中作鲠，以为波澜。如《西厢》有崔夫人作鲠，《琵琶》有牛丞相作鲠。乃夫人作鲠是赖婚，丞相作鲠是逼婚。夫是赖婚，到底赖不成；丞相逼婚，竟逼成了”[②]。在《西厢记》中，当张生请故人杜将军击退孙飞虎后，按其原来与老夫人的约定，张生与莺莺便可以顺利结合，但崔夫人却从中“作鲠”，强迫其结为兄妹，最后因张生取得功名，两人才终得结合。纵观张生与莺莺由合到离再到合的曲折结合过程，正是由崔夫人从中“作鲠”而致。同样，《琵琶记》因牛丞相从中“作鲠”，使蔡伯喈与赵五娘本应团聚而却分离，使故事情节发展产生无限波澜。再如，明张四维的《双烈记》传奇中南宋抗金英雄韩世忠与才貌双杰的教坊女子梁红玉在结合的过程中，也是由梁母子“作鲠”。以“作鲠”来引起情节发展的曲折变幻在明清传奇中已成为一种常套。

3. 层层掀翻

“层层掀翻”出自祁彪佳的《远山堂曲品》，祁彪佳在品评《唾红》时说：“层层掀翻，如一波未平，一波复起。”[③] 此处的“层层掀翻”就

① 孔尚任：《桃花扇出末总批》，俞为民、孙蓉蓉《历代曲话汇编》清代编第一集，黄山书社2008年版，第675页。

② 毛声山：《第七才子书琵琶记参论》，俞为民、孙蓉蓉《历代曲话汇编》清代编第一集，黄山书社2008年版，第490页。

③ 祁彪佳：《远山堂曲品》，俞为民、孙蓉蓉《历代曲话汇编》明代编第三集，黄山书社2009年版，第566页。

是指情节发展一波三折的转折之势，这一种曲折方式使情节在发展过程中奇势迭出，情趣无穷，形成排山倒海之势，最能产生引人入胜的效果。徐复祚在品评《琵琶记》时也指出［太师引］与［前腔］二曲一共十六句，就有十六处转折，作品如此曲折多转，真是“意态无穷”①。再如汤显祖评《种玉记》第十五出《促晤》时说：“妙在书停使去，转出子夫力挽仲孺逞赴塞晤。此变中又变、错中更错，生出几许峦峰，弄出几许波澜，提放之巧若此。”② 汤显祖也认为《促晤》一折变中有变、错中又有错，故事情节发展无限波澜、无限曲折，这正是戏曲叙事的极巧妙之处。我们发现，“层层掀翻”或“变中又变”主要集中在情节发展的某一处，这里的变化也许是由一些长期的、缓慢的发展过程引起的，但它们却在一段很短的时间内发生，这种曲折变化是最富于戏剧性的，也是戏曲叙事最钟爱的。

4. 绝处逢生

这种曲折方式也属于逆转，常常表现为当情节发展演化到山穷水尽、几成绝境之时，突然柳暗花明，竟绝处逢生，这样的曲折变化格外离奇，出乎想象，能使人产生惊心动魄之感。古代剧论家对此种变幻曲折的情节也是极为赞颂的，如祁彪佳称史槃的《青蝉》“绝处逢生，取境甚巧”③。这种方式最妙常用在剧尾，以产生余味无穷之致，清代陈烺称赞这种令人难以莫测的变幻方式是最妙的，他认为自己的《花月痕》：“文妙在绝处逢生，令人猜测不出。传中离而合，合而又离，至《释鸾》折，则前此葛藤尽断，只须生旦一会，便完局矣。忽转出男离女离，舟行若穷，忽又无际，此岂复意想所及?”④ 《花月痕》剧中写萧步月与霍映花分分合合，曲折多致，最后一折本想萧步月与霍映花二魂相会，便组成个完整的叙事结构，但此时帝驮尊者挥杵打断情魔，二人始悟前生为金

① 徐复祚：《南北词广韵选批语》，俞为民、孙蓉蓉《历代曲话汇编》明代编第二集，黄山书社 2009 年版，第 293 页。

② 秦学人、侯作卿：《中国古典编剧理论资料汇辑》，中国戏剧出版社 1984 年版，第 81 页。

③ 祁彪佳：《远山堂曲品》，俞为民、孙蓉蓉《历代曲话汇编》明代编第三集，黄山书社 2009 年版，第 565 页。

④ 陈烺：《花月痕评辞》，俞为民、孙蓉蓉《历代曲话汇编》清代编第三集，黄山书社 2008 年版，第 21 页。

童玉女，双双又归真还元，如此使故事的结尾余味无穷，令人难以想象。李渔在论“大收煞”时，也极为推崇这一曲折方式，其曰：“水穷山尽之处，偏宜突起波澜，或先惊而后喜，或始疑而终信，或喜极信极而反致惊疑。”① 剧情由始离转为终合，由先惊转为后喜等此种两极相反相成的曲折方式就体现出“绝处逢生”式的喜悦，表现出了剧情结尾的大团圆之趣。

通过上述的论说，我们发现，古代剧论家们品评总结出来的这些曲折方式，多具有“激”“突”等特征，也就是说古典戏曲情节发展体现出激变或突变性的规律，就如亚里士多德所言的西方悲剧中的“突转”，故可以说，这是戏剧情节曲折变化的特征。同样作为叙事艺术，小说的情节发展也要曲折变化，但相对而言，其情节发展的变化较为缓慢。对此，可以借英国近代戏剧理论家阿契尔的一句话来概括，就是“我们可以称戏剧是一种激变的艺术，就像小说是一种渐变的艺术一样”②。

需要强调的是，情节曲折性的可贵之处在于不务曲而曲。所以情节发展不仅要求曲折婉转、引人入胜，而且还要做到自然不做作，即情节的曲折性既要出人意料，又应在情理之中。也就是说，情节的由折性在故事中必须合乎逻辑关系，无论这种关系是表面的还是内在的，是复杂的还是简单的。在古希腊时期，亚里士多德就曾言：“如果一桩桩事件是意外的发生而彼此间又有因果关系，那就最能，（更能）产生这样的效果。”③ 这里的“因果关系”便是故事情节之间的一种内在逻辑关系。在古典戏曲理论中，这一“关系”不仅指故事情节发展的逻辑关系，还指故事所体现的深层人情事理。明代祁彪佳对此有较全面的认识，他在批评《灌城》时指出：“此等意境，安能求其委折？得畅达如此记，足矣。”④ 也就是说，情节的组织首先应使其符合先后发展的逻辑关系，不能因追求情节的曲折变幻而使情节前后不畅。情节的曲折也是建立在整

---

① 李渔：《闲情偶寄》，秦学人、侯作卿《中国古典编剧理论资料汇辑》，中国戏剧出版社1984年版，第263页。

② ［英］威廉·阿契尔：《剧作法》，吴钧燮、聂文杞译，中国戏剧出版社1964年版，第33页。

③ ［古希腊］亚里士多德：《诗学》，罗念生译，人民文学出版社1962年版，第31页。

④ 祁彪佳：《远山堂曲品》，俞为民、孙蓉蓉《历代曲话汇编》明代编第三集，黄山书社2009年版，第591页。

个故事情节贯串畅达的基础之上。另外，他在对《盐梅》的品评中又指出："构思曲折，极欲超出俗套，但其中如宋道光已登贤书，复改青衣之饰，人情乎？"[①]《盐梅》从整体上来看，故事情节曲折婉转，但其中的"宋道光已登贤书"，却又"改青衣之饰"这一情节发展似乎不合人情。所以，情节婉转曲折的变化是要符合人情事理的，组织情节时不仅要使其符合先后逻辑关系，还要符合人情常理。

综上可见，曲折性是叙事文学艺术最普遍的要求之一。对于戏曲而言，却是其情节组织的主要原则。此观点古代剧论家们是有共识的。为此，他们十分重视故事情节的曲折性，从各个角度强调其重要性。从故事本身而言，情节的曲折性可使故事产生抑扬顿挫之趣，是构成戏曲传奇性和戏剧性特征的关键所在，情节没有曲折性的戏曲故事难以体现戏曲的传奇性与戏剧性，也很难引起读者与观众的兴趣。更为重要的是，从叙事角度来看，故事情节线条越曲折，传递的信息量越大，故事情节的曲折性使戏曲在有限的时间与空间中展现出了丰富的故事内容。另外，情节的曲折性又成为能吸引读者和观众阅读与观赏兴趣的主要手段之一。所以，情节的曲折性既是戏曲故事的主要审美特征之一，也是戏曲叙事的重要法则之一。古典戏曲理论家们对情节曲折论的阐释，点明了戏曲作为叙事文学艺术以及舞台艺术的重要特征。同时，剧论家们总结出的一些使情节产生曲折多变效果的手段与方法，为当时戏曲创作提供了理论指导。这些方法对当下的戏剧创作仍有重要的指导价值。

① 祁彪佳：《远山堂曲品》，俞为民、孙蓉蓉《历代曲话汇编》明代编第三集，黄山书社2009年版，第589页。

第四章

叙事媒介

不同艺术的呈现有不同的媒介，一些艺术靠颜色、姿态来呈现，如绘画、雕塑；一些艺术靠声音来呈现，如歌唱艺术。对于戏剧艺术故事的呈现来说，因其既属于文学艺术，又属于舞台艺术，故媒介比较丰富。作为文学艺术，它的叙事媒介是书面文字，也就是语言；作为舞台艺术，它的主要叙事媒介是场上的演员。然而，对于中国古典戏曲而言，在场上叙事中，又有一个独特的媒介——脚色，演员通过脚色扮演来呈现故事，且这一媒介影响着文本的叙事，故对戏曲叙事媒介的研究只就文本来说，也不能忽视脚色，本章就集中探究语言与脚色这两个媒介与叙事的关系，以及这些媒介在叙事中的运用等相关理论。

第一节　戏曲文体特征之下的语言风格论[①]

在西方存在主义的代表人物萨特和海德格尔看来，“语言”从本体来看是作为一种“存在”或叙述“世界”而存在的，也就是说语言本身是一种存在，就其自身来看，并无“好坏”“高低”之分。同时，它又作为一种工具而存在，当使用时，通过与表现的对象是否合适有效而体现出“好坏”之别。所以，语言与其所表现的对象的相配程度决定着语言的表现力及张力。

---

① 本节内容的《古典戏曲文体特征之下的语言“本色论”》之名发表于台湾《戏剧学刊》第二十七期，2018 年 1 月。

戏曲作为一种文学艺术，语言文字是其展现的媒介，或称工具。语言这一媒介在展现不同的文学形式时，表现出了不同的风格特征，若泛泛地讲，诗歌的语言风格偏典雅，而小说的语言风格则偏通俗。也就是说，语言所要展现的文学艺术形式的特征决定着其所用的语言风格。故而，对语言特征的论说不能仅就其外表色相品说，应结合其所表现的内容来谈。正如元代朱德清所言："未造其语，先立其意，语、意俱高为上。"① 先应明确内容，然后再以相应的语言形式表达，不能脱离其内容要求，单纯追求语言形式。同样，对语言整体风格进行品评时也应结合其所表现对象的特征。在古典戏曲理论中，剧论家们常以"本色"来论戏曲语言，那么，"本色"究竟指什么？它在指称古典戏曲语言风格时，其内涵又有哪些？进而，戏曲这一艺术形式的特性是如何决定其语言风格的？其中戏曲叙事的这一特征又是如何要求其语言媒介的？

一 "本色"及戏曲语言"本色"的内涵

在古典戏曲理论中，戏曲语言风格的核心概念是"本色"。然而，不同剧论家从不同的角度对戏曲语言进行阐释时，其"本色"内涵又有一些差异。所以，我们有必要探讨何谓"本色"。"本色"一词最早出现于史籍《晋书·天文志中》，书中记载曰："凡五星有色，大小不同，各依其行而顺时应节。色变有类，凡青皆比参左肩，赤比心大星，黄比参右肩，白比狼星，黑比奎大星。不失本色，而应其四时者，吉；色害其行，凶。"② 可知，"本色"原指事物本来的颜色。后来，刘勰将"本色"一词引入古代文学理论领域，其在《文心雕龙·通变》中曰："夫青生于蓝，绛生于茜，虽逾本色，不能复化。……故练青濯绛，必归蓝茜；矫讹翻浅，还宗经诰。"③ 刘勰将蓝、茜之"本色"比喻为事物之"宗"或"本"，且强调每一类事物都有其"宗"，事物的发展变化都不能离其"宗"，所以，这里的"本色"是指每一类事物区别于其他事物的本质特

① 周德清：《中原音韵正语作词起例·作词十法》，俞为民、孙蓉蓉《历代曲话汇编》唐宋元编，黄山书社 2006 年版，第 289 页。

② 房玄龄等：《晋书·志第二·天文中》（二），中华书局 1974 年版，第 320 页。

③ 刘勰：《文心雕龙·通变第二十九》，周振甫《文心雕龙注释》，人民文学出版社 1981 年版，第 331 页。

征。例如，文学之“宗”为“经”，无论其如何发展演变，都不能脱离“经”的要求，都要以“经”为楷模。首次以“本色”来论词语言特点的是宋代词人张炎，其曰：“句法中有字面，盖词中一个生硬字用不得。须是深加锻炼，字字敲打得响，歌诵妥溜，方为本色语。”① 此处所论词之语言“本色”要求为“字字敲打得响，歌诵妥溜”。因诗词的用途首先在于诵读，其次有一些还要合乐歌唱，故而对其语言的要求也主要为“歌诵妥溜”，这是诗词语言风格之“本”。由上面这些论述，我们便可得出：本色，本来色相是谓也，指由事物的本质决定的外部表现形式，正如徐渭所言：“世事莫不有本色，有相色。本色犹俗言正身也，相色，替身也。替身者，即书评中‘婢作夫人终觉羞涩’之谓也。婢作夫人者，欲涂抹成主母而多插带，反掩其素之谓也。”② 婢女有婢女之本色，主母有主母之本色，婢女“涂抹”“插带”虽掩其本色，却难改其本色。

探究事物的“本色”，实质是探究其本质特征，“本色”只是外部的表现形式。故而对戏曲语言风格“本色”内涵的探讨，不能仅就其外部表现而言，而应结合语言所表现的内容的内在特征来讨论，如此才能更深刻地理解戏曲语言作为一种媒介对戏曲的反映，同时也能明白戏曲特征对戏曲语言所起的决定作用。当然，也有一些剧论家在对戏曲语言进行论说时没有使用“本色”一词，但是指出了戏曲语言的本色，所以我们结合这两种方式的论说进行研究。

由于受我国古代诗学批评传统中对语言风格品评的影响，戏曲语言风格的阐发一直是戏曲批评的重心之一。从明代嘉靖年间开始，剧论家们就以“本色”来论戏曲语言的风格。最早以“本色”来论戏曲语言风格的是李开先，且他已认识到文学之“体”决定着语言的风格，即文学的本质特征决定着语言的风格。其曰：“词与诗，意同而体异，诗宜悠远而有余味，词宜明白而不难知。以词为诗，诗斯劣矣；以诗为词，词斯

① 张炎：《词源·字面》，俞为民、黄蓉蓉《历代曲话汇编》唐宋元编，黄山书社 2009 年版，第 209 页。

② 徐渭：《西厢序》，俞为民、孙蓉蓉《历代曲话汇编》明代编第一集，黄山书社 2009 年版，第 498 页。

乖矣……用本色者为词人之词，否则为文人之词。”[①] 这里“词”实指“词曲”，李开先虽指出了曲之“体”决定了其语言“明白而不难知”的本色内涵，但曲之“体”为何，它对语言的决定作用具体如何体现，李开先并没有详释。

在李开先以“本色”论戏曲语言风格之后，剧论家们也纷纷以此对戏曲语言进行品评。也许是受诗论中对诗人语言风格论说的影响，虽然李开先已意识到文学特征与语言风格的关系，但最初这些理论家在对语言风格进行品评时，很少将其与戏曲特征联系起来，仅就其外在色相进行品评。比如何良俊，他对戏曲语言十分关注，对多部剧作的语言进行了品评，但也没有将戏曲特征与语言风格结合而论。虽然如此，但何良俊所论“本色”的内涵很全面，基本认清了戏曲语言的特色，他在评《西厢记》与《琵琶记》时说：“盖《西厢》全带脂粉，《琵琶》专弄学问，其本色语少。盖填词须用本色语，方是作家。”评郑德辉的《倩女离魂》中的［越调・圣药王］中“近蓼花，缆钓槎，有折蒲衰草绿蒹葭；过水洼，傍浅沙，遥望见烟笼寒水月笼沙，我只见茅舍两三家”这一段时又曰：“如此等语，清丽流便，语入本色，然殊不浓郁。”评王实甫《丝竹芙蓉亭》杂剧中仙吕一套时曰：“通篇皆本色，词殊简淡可喜。”评《西厢记》中的个别语言曰：“语意皆露，殊无蕴藉”，又称赞郑德辉剧作中的一些语言曰：“此语何等蕴藉有趣!”[②] 何良俊以上所评都比较中肯，综合其所评可知，戏曲语言“本色”的内涵为：简淡不浓艳，同时又要清丽、蕴藉，也就是既要“明白而不难知”，又要有意趣和韵致。可以说，这些认识包含了古典戏曲语言“本色”的基本内涵。

二 戏曲文体特性之下的语言本色论

自明嘉靖以后，随着戏曲创作渐趋繁荣，剧作中的语言问题也更为凸显，语言追求藻饰骈丽、堆积套词的现象越来越严重。于是，更多的

---

① 何良俊：《西野春游词序》，俞为民、孙蓉蓉《历代曲话汇编》明代编第一集，黄山书社 2009 年版，第 412 页。

② 以上五条取自何良俊《四友斋丛说》，俞为民、孙蓉蓉《历代曲话汇编》明代编第一集，黄山书社 2009 年版，第 464、465、466、466、465 页。

剧论家便开始思考戏曲之“体”究竟为何，其决定之下的语言究竟应是什么风格，故而就出现了结合戏曲的基本特征对语言风格进行论说的现象。从对古典剧论的分析来看，剧论家们主要从以下三个角度来论：

首先，戏曲的舞台性兼文学性的特征决定了语言“文而不文，俗而不俗”的风格，这就是戏曲语言的“本色”风格。其实戏曲语言“文而不文，俗而不俗”的这一观点元代周德清在其《中原音韵》的“作词十法”中就已经提出来了，只是其所述对象不仅指剧曲，还包括当时能入乐歌唱的散曲，其曰：“造语必俊，用字必熟。太文则迂，不文则俗；文而不文，俗而不俗。要耸观，又耸听。”[①] “要耸观，又耸听”就是说剧曲或散曲都是场上艺术，其表现出的内容要产生“耸观”“耸听”的观演效果，这就决定了语言要“通俗易懂”，即“用字必熟”，如此观众才能听懂、看懂。同时戏曲又是一种文学艺术，故“用语必俊”，即要有文采，如此才能吸引读者与观众。但不能“太文”，“太文”则显得迂腐，不清丽，又不能太俗，太俗则俚。故“文而不文，俗而不俗”的恰到好处是所有剧曲和散曲语言的总体要求。周德清这里的语言理论不仅是针对散曲而言，也包含剧曲，且其所论结合戏曲特征，故给后人以不小的启示。明代徐渭便继承其论说，针对戏曲语言正式提出：“填词如作唐诗，文既不可，俗又不可。”对于“俗”的提倡，徐渭也是结合戏曲的舞台性特征而言，其曰：“夫曲本取于感发人心，歌之使奴、童、妇女皆喻，乃为得体。”[②] 戏曲施之舞台，其生存与发展的决定因素是观众，为观众所接受是其宗旨，古典戏曲的群众性特征就要求语言具有通俗性，所以，徐渭对戏曲语言的要求是“奴、童、妇女皆喻”。清代焦循在极赞花部时，就曾指出雅乐昆曲因语言的“繁缛”而使观众难以接受的弊端，其曰：“盖吴音繁缛，其曲虽极谐于律，而听者使未睹本文，无不茫然不知所谓。”[③] 这也是昆曲衰落而花部兴起的原因之一。在“俗”之外，徐

---

① 周德清：《中原音韵正语作词起例·作词十法》，俞为民、孙蓉蓉《历代曲话汇编》唐宋元编，黄山书社 2006 年版，第 289 页。

② 以上两条出自徐渭《南词叙录》，俞为民、孙蓉蓉《历代曲话汇编》明代编第一集，黄山书社 2009 年版，第 487、486 页。

③ 焦循：《花部农谭》，秦学人、侯作卿《中国古典编剧理论资料汇辑》，中国戏剧出版社 1984 年版，第 353 页。

渭也强调了戏曲语言要“文”，徐渭对于戏曲语言应“文”的倡导，其实不亚于“俗”，他对《琵琶记》的肯定正是因其“用清丽之词，一洗作者之陋”，在他看来，戏曲应与“古之乐府”“唐之律诗、绝句”之地位相同，而非“村坊小曲”，故语言不能“鄙下”，所以他大批《西厢记》中的“俚语太凿凿”。可见，徐渭对戏曲语言“文既不可，俗又不可”特色的认识是在对戏曲本体特征思考之后而发的，也揭示出戏曲在其本体特质要求之下的语言特色。

其后，明代曲论家徐复祚、吕天成、王骥德、祁彪佳、凌濛初、孟称舜等在戏曲语言的“俗与雅”的特征上基本都持与徐渭相同的观点，且也都能结合戏曲本体特征来论。其中王骥德据戏曲艺术“可演可传”的特征将戏曲语言恰当地定位为“浅深、浓淡、雅俗之间”；徐复祚指出戏曲舞台性特征决定之下语言“通俗”的风格后，又从舞台约束的角度作了进一步阐释，其曰：“文章且不可涩，况乐府出乎优伶之口，入于当筵之耳，不遑使反，何暇思维，而可涩乎哉！”[①] 这里强调戏曲施之舞台由优伶搬演，若语言艰涩，首先，优伶难以演唱，其次，戏曲的舞台叙事是演员与观众面面相对的直接交流，这一传播方式又决定了其语言具有口头性、不可逆性，要使观众当场听懂、明白，语言就不能“涩”；另外，孟称舜、凌濛初又对“文与俗”内涵的界限作了强调，孟称舜说：“元人高处，在佳语、秀语、雕刻语络绎间出，而不伤浑厚之意。王系国初人，所以风气相类，若后则俊而薄矣，虽汤若士未免此病也。”[②] 强调戏曲语言风格之“文”是指俊且淳厚，而非俊而浮薄。凌濛初对沈璟所谓的本色语批评曰：“沈伯英审於律而短於才，亦知用故实、用套词之非宜，欲作当家本色俊语，却又不能，直以浅言俚句，掤拽牵凑，……以鄙俚可笑为不施脂粉，以生梗雉率为出之天然。”[③] 综合二者的论说，就是“文”不是“涩”、不是“浮”、不是“繁”，“俗”也不是“鄙俚”，

---

① 徐复祚：《三家村老曲谈》，俞为民、孙蓉蓉《历代曲话汇编》明代编第二集，黄山书社2009年版，第259页。

② 孟称舜：《古今名剧合选》，俞为民、孙蓉蓉《历代曲话汇编》明代编第三集，黄山书社2009年版，第484页。

③ 凌濛初：《谭曲杂札》，俞为民、孙蓉蓉《历代曲话汇编》明代编第三集，黄山书社2009年版，第189页。

语言“通俗”的特征是在剧作者发挥才情、追求文采基础之上的。总之，简淡与蕴藉都不能偏执，否则简淡会流于浅露，蕴藉会失之隐晦。由上可见，明代剧论家们对戏曲语言“文而不文，俗而不俗”的风格与戏曲本体特征的论说是结合戏曲的文学性与舞台性特征来谈论的，且其论说可谓全面、透彻。

至清代，丁耀亢又从舞台性特征的角度对戏曲语言作出了新的要求，这里一并对其进行阐释。其曰：“故同一意也，诗余必出以尖新，同一语也，元曲必求其稳贴。要使登场扮戏，原非取异工文，必令声调谐和，俗雅感动。”[①] 这里指出戏曲场上“俗雅感动”的效果要求语言要“稳贴”。具体而言，就是戏曲舞台性的特征决定其具有雅与俗不同类型的观众，也是就“贤愚共赏”，这就决定其语言不能“尖新”，太“尖新”担心有些观众难以接受，或听不懂。故而，为了满足不同群体的观众，戏曲语言只为“稳贴”，不求“尖新”。语言本身也处于一个不断蜕变和发展的过程中，由于社会的发展、政治的影响以及新的文化现象的出现等种种因素，每一个时期都有一些语言文字消失，也有一些新的语言现象出现，语言的发展变革对文学必然有着重要的影响，但对戏曲而言，全民性的观众特征决定其使用语言应保守，不提倡使用那些新潮的或不常见的新奇语，这就是丁耀亢对戏曲语言提出的新要求，这其实也是从语言通俗易懂的角度来谈的。

其次，从戏曲叙事的特征来看，“于事谐”就是本色语。就是说，当戏曲语言与其所叙之事相称时，才是真正的“本色”语。这一认识明中前期程巨源在评《西厢记》时已露端倪。据前面所论，明中期时剧论家们已对戏曲语言“通俗不浓艳”的风格有了基本共识，所以《西厢记》的语言“以露圭着迹、调脂弄粉”而受人诟病，但在程巨源看来，“夫事关闺闱，自应浓艳”[②]。《西厢记》所述之事关于闺中女子之事，故事的特征就决定了其语言自然应浓艳一些。从当时《西厢记》演出受广大观

---

① 丁耀亢：《赤松游题辞》，俞为民、孙蓉蓉《历代曲话汇编》清代编第一集，黄山书社 2008 年版，第 91 页。

② 程巨源：《崔氏春秋序》，俞为民、孙蓉蓉《历代曲话汇编》明代编第一集，黄山书社 2009 年版，第 560 页。

众热情赞赏的接受状况来看，此类切合故事特征的语言也是为观众所接受的。程巨源没有像大多数剧论家那样以戏曲语言的整体风格来品评《西厢记》的语言，而是能针对其具体所叙故事本身的特征来论其语言风格，在当时来看极为难得，且其以故事的特征来品定其语言风格的这一视角也极为可贵。其后，李贽在对《西厢记》的语言进行品评时也渗透着这一视角，其曰："白易直，《西厢》之白能婉，曲易婉，《西厢》之曲能直。"① 为什么《西厢记》之白能婉、曲能直？且从李贽的语气来看，应该是抱以赞赏的态度。这里正体现着故事本身的特征对其所用语言风格的决定作用。宾白应直也易直，但《西厢记》之白却婉转，正是因其事为闺中女子之情事，需婉转。曲词因有曲牌和宫调，其语言本就较宾白更为婉转，且《西厢记》所叙为情事，就故事本身来看本已含蓄隐晦，若曲词再浓艳，那真就违背了戏曲语言的通俗性。所以，李贽这里对《西厢记》语言"白能婉、曲能直"的赞赏正是切合着其所叙之事的特征而言的。

上述程巨源、李贽等理论家虽然看到了个别剧作在其故事特征决定之下的不同语言风格，但还没有明确表达故事本体特征与语言风格的决定关系，也没有从叙事特征这一视角指出戏曲语言"本色"的内涵。关于戏曲故事本体特征决定语言风格的这一具有高度性的理论认识，依然是由善于在前人理论基础之上层楼独上的王骥德提出的，其曰："《西厢》组艳，《琵琶》修质，其体固然。何元朗并訾之，以为'《西厢》全带脂粉，《琵琶》专弄学问，殊寡本色'。夫本色尚有胜二氏者哉？过矣！"② 这里王骥德就从戏曲语言的"本色"要求出发，指出《西厢记》语言浓艳是因为"其体固然"，《琵琶记》语言修质也是因为"其体固然"，《西厢记》的语言风格与《琵琶记》的语言风格不同，是因为其"体"不同，切合其"体"的语言才是真正的"本色"语。那么何为"体"？"体"是事物最本质的、最内在的特征，《西厢记》与《琵琶记》最大的

① 李贽：《李卓吾先生读西厢记类语》，俞为民、孙蓉蓉《历代曲话汇编》明代编第一集，黄山书社 2009 年版，第 543 页。

② 王骥德：《曲律》，俞为民、孙蓉蓉《历代曲话汇编》明代编第二集，黄山书社 2009 年版，第 109 页。

不同是其故事内容不同。所以这里“体”应指故事特征，也就是说，王骥德指出了戏曲的故事特征决定着语言“本色”的风格，当戏曲语言与其所叙之事相称时，才是真正的“本色”语。《西厢记》写儿女情事，故事本身的特点要求语言更浓艳一些，而《琵琶记》主要写书生应试、中举以及与妻子离合之事，所以故事中不免有些饾饤填塞，这正是切合其故事特征的本色语。王骥德的这一认识，清代徐大椿又作了回应与补充，其曰：“必观其所演何事，如演朝廷文墨之辈，则词语仍不妨稍近藻绘，乃不失口气；若演街巷村野之事，则铺述竟作方言可也。总之，因人而施，口吻极似，正所谓本色之至也。”[①] 徐大椿这里不仅强调戏曲语言的“本色”就是要求语言切合其所叙之事的特征，且进一步指出：事由人为之，事的特征在很大程度上是由其主体人物的特征所决定的，故戏曲语言因事而施，也是因人而施。

以故事特征来论戏曲语言的“本色”主要是在戏曲语言整体上“简淡不浓艳”观点的背景下提出的，所以，剧论者强调一些语言具有“典雅”风格的故事特征，那么，在古代剧论家看来，哪些剧作的语言应更“雅”一些呢？主要涉及以下三种：

其一，事关儿女情事，语言需“浓艳”一些。儿女情事，事关闺阁中人，故其语言自然需典雅，若太通俗浅直，则与其叙之事中之人不相称。再从“言情”的角度来解其缘由，对此，清代梁廷楠的论说比较深刻，其曰：“言情之作，贵在含蓄不露，意到即止。其立言，尤贵雅而忌俗。然所谓雅者，固非浮词取厌之谓。此中原有语妙，非深入堂奥者不知也。……如此，则情在意中，意在言外，含蓄不尽，斯为妙谛。”[②] 男女之情的表达妙在委婉含蓄，意在言外为最妙，故语言需婉转、典雅一些。所以，事关男女情爱之剧作，其语言需香艳一些。

其二，事涉文人学士，语言需“文雅”一些。元代王子一的杂剧《误入桃源》，写东汉文人士子刘晨、阮肇因天下大乱，不愿为官，入山

---

① 徐大椿：《乐府传声》，俞为民、孙蓉蓉《历代曲话汇编》清代编第二集，黄山书社2008年版，第58页。

② 梁廷楠：《曲话》，俞为民、孙蓉蓉《历代曲话汇编》清代编第四集，黄山书社2008年版，第24页。

采药，遇丽质仙女结为夫妇的传说故事，剧中折射着元明之际文人学士在受尽尘世的悲凉，深感世事混乱之后对成仙入道的人生理想的追求，以及尘世与林泉之间徘徊的矛盾心理，孟称舜评其曰："此剧有悲愤语、凄凉语，然语气自是秀逸清丽，不得以粗雄目之。"① 因剧中刘晨、阮肇都为文人士子，故其悲愤、凄凉之语是俊秀、文雅的，而不是粗俗的。张坚的《怀沙记》记楚国大夫、诗人屈原之事，剧中主人公的身份决定其语言必将浓艳一些，正如剧作者所言："此种代屈抒怀，势不得不点缀《骚》词以入曲调。"② 此剧中多使用典丽之语，或直接将诗文中的语言拿来，这些都使剧作语言整体体现出浓艳之风，但张坚深知"词贵清真"，剧中语言"虽浓艳典丽，而显豁明畅"，也就是"文"却不"涩"。

其三，事涉上层阶级，语言需"典雅"一些。王骥德的《题红记》中第八出《御苑躬桑》写季春三月皇后躬亲蚕事，徐复祚评其曰："亦觉肉胜，然是皇后亲蚕，不妨敷腴绮丽。"③ 事关国母皇后，且亲蚕是古代的一个国家大典。古代社会男耕女织，男人负责耕田，女人负责养蚕织布，皇后举行"亲蚕"大典，代表全国女性向上天祈祷，无论从所涉之人来看，还是从所叙之事来看，都决定其语言必须雍容典雅。再如明传奇《鸣凤记》，剧中主要叙朝廷内部的政治斗争事件，所涉之人主要是朝廷上层官员和青衿学子，故汤显祖评其语言风格曰："填词多学究语，然与题相称，亦不妨也。"④ 点明剧中主要人物的身份对其语言整体风格的规定性。

相对于"浓艳"，哪些剧作的语言应更"质朴"一些呢？这一方面古代剧论家也略有所论，主要强调了关于忠孝节义之事的这一类剧作，也就是伦理剧。对此，清代毛声山总结说："盖传佳人才子之事，其文香艳，易于悦目；传孝子贤妻之事，其文质朴，难於动人。"⑤ 毛声山这里

---

① 孟称舜：《古今名剧合选》，俞为民、孙蓉蓉《历代曲话汇编》明代编第三集，黄山书社 2009 年版，第 484 页。

② 张坚：《怀沙记・凡例》，蔡毅《中国古典戏曲序跋汇编》，齐鲁书社 1989 年版，第 1708 页。

③ 徐复祚：《南北词广韵选批语》，俞为民、孙蓉蓉《历代曲话汇编》明代编第二集，黄山书社 2009 年版，第 319 页。

④ 转引自黄竹三等编《六十种曲评注》第四册，吉林人民出版社 2001 年版，第 280 页。

⑤ 毛声山：《第七才子书琵琶记总论》，俞为民、孙蓉蓉《历代曲话汇编》清代编第一集，黄山书社 2008 年版，第 486 页。

是将写“孝子贤妻之事”的伦理剧与写“佳人才子之事”的爱情剧相对来谈，区别了古代剧作中两大故事类型的语言风格，指出伦理剧的语言应偏质朴一些。但“难於动人”之说难以成立，焦循在谈到花部相较于昆曲的优势时曾曰：“其事多忠、孝、节、义，足以动人；其词直质，虽妇孺亦能解，其音慷慨，血气为之动荡。”① 所以，语言直质的恰可动人，或者说，正是因语言直质才使其更加动人。毛声山与焦循虽指出了古代伦理剧作语言较质朴的现象，但对其原因没有作深入分析，后张衢又将毛声山所分的两类剧作具体化来谈，对伦理剧语言何以如此作了提示，其曰：“金人董解元始作北曲，名《西厢记》。《西厢记》，言情之书也。其后，元人多效之，故作传奇者多主艳体词。他如《荆钗》《琵琶》，独传节孝之事，其言粹然，於劝世为正，於词例为变风。”② 从张衢的论说可知，关于忠孝节义之事的剧作，因以“劝世为正”，故其语言也应“粹然”，即纯正、质朴一些。这与唐人刘知几在《史通》中对史书中叙事语言“质而不俚”的认识是一致的，历史叙事要达到彰善惮恶的目的，故要求语言质朴、切实。所以，伦理剧故事内容的直质决定了其语言质朴的风格。

最后，戏曲传情动人的目的又特别要求其语言要“真”。明初徐渭与其同代人李贽倡导的自然天成的创作理念相呼应，提出戏曲语言在“宜俗”的同时还应“宜真”。何为“真”？按徐渭的话来说就是不扭捏、不恧缩打扮、不着脂粉、不杂糠衣，“从人心中流出”，如此才是“真本色”。那么，徐渭何以会呼应李贽的“真心”“化工”说，或者说他对戏曲语言的这一要求由何而来？关于这方面，他曾说：“凡语入紧要处，略着文采，自谓动人，不知减却多少悲欢。此是本色不足者，乃有此病。”③ “文采”在这里就是徐渭所谓“脂粉”，从这里的论说便可知，徐渭强调戏曲语言要现其本色、少着脂粉的原因之一是为了对“悲欢”等情感的

---

① 焦循：《花部农谭》，秦学人、侯作卿《中国古典编剧理论资料汇辑》，中国戏剧出版社1984年版，第353页。

② 张衢：《芙蓉楼·偶言》，蔡毅《中国古典戏曲序跋汇编》，齐鲁书社1989年版，第2040、2041页。

③ 徐渭：《题昆仑奴杂剧后》，俞为民、孙蓉蓉《历代曲话汇编》明代编第一集，黄山书社2009年版，第500页。

极尽表达。换言之，戏曲写情的目的决定了语言“真”的“本色”内涵。这就如德国戏剧理论家莱辛所言：“感情绝对不能与一种精心选择的、高贵的、雍容造作的语言同时产生。”[①] 从人心流出的真感情，不可能是以矫情藻饰的语言表达的，最本色的语言才能表达最真挚的情感。

到明万历时期，极力倡导戏曲应写情、传情的汤显祖自然不会不关注语言对情感传递的影响作用，其曰：“填词皆尚真色，所以入人最深，遂令后世之听者泪，读者颦，无情者心动，有情者肠裂。”[②] 汤显祖这里的论说不仅指出了戏曲写情、传情的目的决定语言应“尚真色”，还进一步阐释了戏曲要达到传情的目的首先要动人，而动人效果的产生便要求语言具有“真色”，真挚才能感人。善于总结前人理论之长且又能将其巧妙、深刻地融为一体的王骥德，又作出更为全面、更为完善的总结，其曰：“夫曲以模写物情，体贴人理，所取委曲宛转，以代说词，一涉藻缋，便蔽本来。”[③] 王骥德将“情”的范围扩大，提出戏曲不仅要写“人情”，还要写“物情”“人理”，要真实、深刻地表现这些内容就要求语言以其“真色”出现，不涉“藻缋”、不蔽“本来”。此后，戏曲语言“真切”的这一主张得到了广泛的响应。如晚明时期祁彪佳又强调说：“词之能动人者，惟在真切。”[④] 因为在当时的戏曲创作中，确有一些剧作因语言缺乏“真色”，而难以达到传情的目的，明末的冯梦龙就指出了这一现象，其曰：“文之善达性情者，无如诗。《三百篇》之可以兴人者，唯其发于中情，自然而然故也。自唐人用以取士，而诗入于套；六朝用以见才，而诗入于艰；宋人用以讲学，而诗入于腐；而从来性情之郁，不得不变而之词曲。……今日之曲，又将为昔日之诗，词肤调乱，而不足以达人之性情。”[⑤] 在冯梦龙看来，诗歌本是

---

① ［德］莱辛：《汉堡剧评》，张黎译，上海译文出版社 1981 年版，第 307 页。

② 汤显祖：《焚香记》，俞为民、孙蓉蓉《历代曲话汇编》明代编第一集，黄山书社 2009 年版，第 607 页。

③ 王骥德：《曲律》，俞为民、孙蓉蓉《历代曲话汇编》明代编第二集，黄山书社 2009 年版，第 80 页。

④ 祁彪佳：《远山堂曲品》，俞为民、孙蓉蓉《历代曲话汇编》明代编第三集，黄山书社 2009 年版，第 551 页。

⑤ 冯梦龙：《太霞新奏序》，俞为民、孙蓉蓉《历代曲话汇编》明代编第三集，黄山书社 2009 年版，第 7 页。

最“善达性情者”，但因语言使用套语、艰语、腐语等非“真色”语而使性情表达阻滞，最终导致了衰亡，于是出现了能“达人之性情”的词曲，但在当时的戏曲创作中，大多数剧作又出现了“词肤”的现象，也就是语言肤浅、虚假，非从人心流出的真挚之语，甚至还有“调乱”的情况出现，这样的剧作怎么能“达人之性情”？冯梦龙正是在这样的创作现状之下，再一次强调戏曲语言要“本于自然”。语言真实、自然，所表达的情才能真，情真了才能达到动人情的目的，所以他在对剧作品评时，对语言“真”的剧作极为看重，如其在《太霞新奏》中赞龙子犹之《有怀》的语言曰：“子犹诸曲，绝无文彩，然有一字过人。曰‘真’。”[①] 语言要具“真色”的提出，对纠正当时泛滥于剧坛的“时文风”和“道学风”也起到一定的作用。至清代，丁耀亢总结前人创作经验，提出“词有十忌”，其中第二条便明确指出戏曲语言“忌堆砌，假字面不近人情”[②]。从语言文字运用的角度强调语言就不能“假”，就是要表现其“本色”，不能着“相色”，如此才能使剧作“近人情”。其实，这也是所有艺术的一般规律，艺术无真，难以传之久远，虚假、伪饰之词，当日即朽。

通过分析我们可以看到，戏曲语言“本色”风格的精髓在于“真”，语言真实自然，如此才能感发人心。无论是“俗”还是“雅”，其前提都必须“真”，“真”才是其“正身”的自然表现。

综上可见，戏曲的文体特征决定着其媒介——语言的主要风格，也即决定着其语言“本色”的内涵。戏曲的舞台性特征要求其语言不能太文雅，太文雅首先优伶难以演唱，其次一些文化层次较低的观众难以听懂，戏曲作为一种文学艺术形式，其语言又不能太俚俗。而戏曲本质为一种叙事艺术，剧作语言的风格必须与故事内容相衬。所以，在坚持“文而不文，俗而不俗”的基本原则之下，根据具体故事内容的特征，其语言可以适当偏“艳”，或“质”一些，但无论如何，戏曲语言传情的功

① 冯梦龙：《太霞新奏批语》，俞为民、孙蓉蓉《历代曲话汇编》明代编第三集，黄山书社 2009 年版，第 22 页。

② 丁耀亢：《啸台偶著词例》，俞为民、孙蓉蓉《历代曲话汇编》清代编第一集，黄山书社 2008 年版，第 92 页。

能都要求其必须“真”，只有“真”语言才能打动人心。

第二节 多种语言形式的不同叙事功能[①]

戏曲语言主要有两种形式——曲词和宾白，曲词是指入乐的韵文，宾白是不入乐的散文，戏曲的文学美感主要由曲词体现，但宾白虽不入乐，也要念着上口，声韵铿锵。因二者形式不同，其功能也有一些差异。前人常言“曲文抒情，宾白叙事”，或认为曲词不叙事，或避而不谈其叙事功能。其实，如果曲词只具有抒情功能，那从故事情节发展的角度来看，曲词就成为情节发展中的插曲，成为游离于剧情之外的附属物。再者，对于本质为叙事艺术的戏曲而言，曲词作为一大语言形式，不可能不具有叙事的功能。又因故事中的情与事是密切相连的，曲词的抒情也与宾白的叙事有着密切关系，曲与白相融合才是一部完整的戏曲作品，所以曲词与宾白一道，共同承担着戏曲叙事的任务。且不同的形式有不同的特点，曲词与宾白这两种独特的语言形式在承担叙事功能时，自然也会有不同的分担，呈现出不同的特色，这也是前贤们在研究中所忽略而需要深入研究的。另外，“插科打诨”是我国古典戏曲特有的一种表现形式，作为具有喜剧性的语言和动作的科诨，从叙事角度来看，虽然没有直接的叙事功能，但对戏曲叙事所起的辅助功能却不可忽视，故本节就古代剧论者对这多种语言形式的叙事功能的论说进行探讨。

一 曲词的叙事功能

在古典戏曲理论中，对于曲词的批评主要集中在词藻鉴赏或音律规范方面，关于其功能的探讨也多侧重于描景或抒情方面。而对于曲词叙事的论说则着眼无多，究其原因，一方面是曲词具有强烈的抒情功能，另一方面也与剧论家重抒情、轻叙事的认识有关。然而这样的客观事实并不妨碍部分古代剧论家对曲词叙事功能的深刻认知。即便这方面的论

① 本节部分内容以《古典戏曲中宾白与曲词的叙事功能及其相互关系》之名发表于《南通大学学报》（人文科学版）2017 年第 2 期。

说或是一地散钱，或是引弓不满，但古代剧论家关于曲词叙事的真知灼见不应被掩盖，条分缕析，仍能让后代学者获益良多。我们现就将剧论家点滴的论说从以下三个方面来提要钩玄：

（一）曲词的叙事特点

曲词作为戏曲语言的一个重要组成部分，在戏曲叙事中承担着不可替代的叙事功能。与宾白相比，又表现出独特的叙事风格。对于曲词的叙事特点，我们可以通过分析孔尚任在《桃花扇·凡例》中的一段论述来作出认识：

> 词曲非浪填，凡胸中情不可说，眼前景不能见者，则借词曲以咏之。又一事再述，前已有说白者，此则以词曲代之。若应作说白者，但入词曲，听者不解，而前后间断矣。其已有说白者又奚必重入词曲哉！①

这段话有三方面的意思：首先，孔尚任肯定了词曲的主要功能是抒情。词曲长于抒情的奥秘，在于曲词有曲牌和宫调。不同的曲牌、宫调表达着不同的感情。如祝肇年所言：“调牌的格式与一定的感情内容相谐，是曲牌体的一个重要标志。”② 可见，曲词的情感内容若得到调牌相助，会使情感的表达更加充分、透彻。同时，在古典戏曲中，调牌的运用要求与故事所要表达的情感相配。正如张大复所言：“用宫调须称事之悲欢苦乐，如游赏则用仙吕、双调等类，识怨则用商调、越调等类。以调合情，容易感动得人。”③ 所以古典戏曲中的曲词常常与一定的宫调相谐，唱出来后使情感的流露更加真切、深刻，也很容易使人感动。词曲长于抒情的原因也正在于此，所以当“胸中情、眼前景”不能由宾白直接说，或者宾白不可直接说尽时，则借词曲来歌咏，以此表达出故事中所含的曲折婉转的情感。

---

① 孔尚任：《桃花扇凡例》，俞为民、孙蓉蓉《历代曲话汇编》清代编第一集，黄山书社2008年版，第666页。

② 祝肇年：《古典戏曲编剧六论》，中国戏剧出版社1986年版，第88页。

③ 张大复：《寒山堂曲话》，俞为民、孙蓉蓉《历代曲话汇编》清代编第一集，黄山书社2008年版，第24页。

其次，孔尚任肯定了词曲还有一个重要的功能，就是叙事，同时指出曲词的叙事是将宾白中已述之事进行再叙。当宾白中已将故事的大概告知观众而又需再叙时，此时则需以词曲代宾白再叙。那么为什么曲词要将宾白中已述之事进行再叙？正如孔尚任所言“其已有说白者又奚必重入词曲哉”？对这个问题的回答可以解答词曲叙事的特点。宾白已将故事大概告知观众，若曲词进行再叙岂不是惹观众生厌，给观众、读者留下啰唆累赘的印象？那曲词的叙事肯定就不是简单的再叙了，而由前面所言，曲词的主要功能是抒情，所以答案就出来了，词曲叙事的主要目的是借事抒情，所以曲词虽在叙事，却旨在传情。曲词绝非简单地重复宾白的内容，而是将宾白的内容加以修饰、点染、诠释，使宾白的内涵更加充实，同时借宾白的意思达到表达情感的目的。

最后，孔尚任在这里又隐约指出，曲词的叙事与宾白的叙事不能等同。宾白的叙事需要清晰、明了。当剧情发展到需要向观众介绍情节始末脉络时，非宾白不可。因为宾白不受曲牌、宫调的限制，能相对自由地直接达意，所以观众易懂。故宾白介绍故事始末与脉络这一功能，曲词是不能越俎代庖的。曲词的叙事也无心与宾白竞争，因为它主要是为了抒情的目的而叙事。因为曲词的叙事特点是事中寓情。若之前已由宾白交代故事情节，观众已经了解了故事梗概，而事中之情增至需要抒发之时，就需要由曲词再叙故事来达到借事抒情的目的。

另外，当剧情中主要叙说情事时，也可直接由曲词来叙述，如《拜月亭》中“‘走雨’、‘错认’、‘上路’馆驿中相逢数折，彼此问答，皆不须宾白，而叙说情事，宛转详尽，全不费词，可谓妙绝”①。因情事本身需曲折婉转，由曲词来叙说更能尽其委婉含蓄之态，这正是曲词叙事的特点与优势。这一点，宾白是不能相比的。

（二）曲调与叙事的关系

如前所述，宫调、曲牌与曲词情感的抒发有着密切的关系，曲词中

① 何良俊：《四友斋丛说》，俞为民、孙蓉蓉《历代曲话汇编》明代编第一集，黄山书社2009年版，第470页。

某种感情的表达若得到与之相谐的曲牌格式的相助会益彰愈显。另外，曲词也叙事，与之相关的宫调也不可避免地参与了叙事。因此宫调的选择除了要考虑与所抒情感的关系外，还要考虑其与所叙之事的关系。关于曲词的宫调与叙事的关系，古代剧论家们大略表达了两方面的认识：

一方面，曲调要与事体相称。这一方面的认识，明代曲论家张禄在《重刊增益词林摘艳叙》中对宫调解释时有所体现，首先，剧作家在选择曲词时会对其叙事功能作考量，如他在解释［仙吕调］时说："仙吕，凡诸传奇，首必有之，以其易於铺叙事体，且多清新绵邈之音，故曰仙，而抑扬沉着，多搬涉之意。"[①] 传奇故事篇幅长、内容多，短则二三十出，多则四五十出，其中故事情节丰富，［仙吕调］因其易于铺叙事体，所以成为传奇中首选的曲调。其次，在曲调的运用中，也体现出对宫调的特征与叙事要求是否相称有权衡。对于戏曲的结尾，剧论家一直认为要有"精神"，如王骥德在《曲律》中说："尾声以结束一篇之曲，须是愈着精神，末句更得一极俊语收之，方妙。"[②] 祁彪佳也从反面指出："然末段收煞，殊少精神。"[③] 所以在结尾曲调的运用中，也要考虑其能否体现出叙事的精神。张禄在《重刊增益词林摘艳叙》中就指出："起［新水令］，终以各［煞］体也。其间亦有与中吕出入者，然而音响节奏，豪健激烈，故多於传奇之末见之，愈有精采，故古人有'凤头、猪肚、豹尾'之喻。若双调者，其传奇之豹尾与！"[④]［双调引］节奏激烈，可使结尾更显精神，因而多用于传奇之末。

另一方面，曲调还能衬事。戏曲表现手段丰富，叙事也因其表现手段的不同表现出不同的效果。如前所述，故事可以由宾白来直接呈现，达到叙事的明晰，也可借曲词来呈现，传达出事中之情。另外，曲词的

---

① 张禄：《重刊增益词林摘艳叙》，俞为民、孙蓉蓉《历代曲话汇编》明代编第一集，黄山书社2009年版，第241页。

② 王骥德：《曲律》，俞为民、孙蓉蓉《历代曲话汇编》明代编第二集，黄山书社2009年版，第98页。

③ 祁彪佳：《远山堂曲品》，俞为民、孙蓉蓉《历代曲话汇编》明代编第三集，黄山书社2009年版，第577页。

④ 张禄：《重刊增益词林摘艳叙》，俞为民、孙蓉蓉《历代曲话汇编》明代编第一集，黄山书社2009年版，第242页。

运用还能使叙事表达出不同的效果，如吕天成在评新传奇《鞣鞨》时指出："事鄙俚，而以秀调发之，迥然绝尘，似为贾人子解嘲者。"① 吕天成认为《鞣鞨》之故事本来很粗俗、浅陋，但当其披以"秀调"来叙述时，结果却与故事本色迥然不同，竟然表现出超然绝尘的效果，改变了故事的"原色"。更重要的是，这样似乎可以达到"为贾人子解嘲"的叙事目的。可见，在曲词叙事中，曲调的运用还可以改变故事的"原色"，使故事生色不少，从而让故事表达出更深刻的意旨。

（三）独立叙事功能

毋庸置疑，曲词的主要功能在于抒情而其叙事大多也旨在抒情。当然也有例外存在，曲词也独自承担过叙事功能，剧论家发现这种例外后既惊且喜，为之不吝美词。如明代沈德符就对《拜月亭》中曲词独立叙事的现象流露出褒奖之情。"至於《走雨》《错认》《拜月》诸折，俱问答往来，不用宾白，固为高手；即旦儿［髻云堆］小曲，模拟闺秀娇憨情态，活脱逼真。"② 沈德符指出《拜月亭》中有几折都是只用曲词叙事，而且极赞能使曲词独自承担叙事的剧作家为高手。可见在剧论家的意识中，曲词抒情是其本职，相对比较容易，但若使曲词独自承担叙事任务而又兼抒情实属不易。剧作家若能使曲词独自承担叙事任务而又不失细腻情感的表达，实在是老手大胆方能为之。孔尚任的《桃花扇》中就有这种现象，二十一出《孤吟》，全用词曲，而二十出《闲话》全用宾白，孔尚任指出："此出全用词曲，与《闲话》相配。"③ 这一方面体现了文字的变化，一方面也体现了曲词独立叙事的能力。

其实，在戏曲产生之前，也就是在尚无演白之时，传奇中的叙事任务都是由曲词来承担的。这一认识，最早由清代梁廷楠指出，他在《曲话》中说："至宋赵令畤作商调鼓子词，谱《西厢》传奇，始有事实矣，

① 吕天成：《曲品》，俞为民、孙蓉蓉《历代曲话汇编》明代编第三集，黄山书社 2009 年版，第 134 页。

② 沈德符：《顾曲杂言》，俞为民、孙蓉蓉《历代曲话汇编》明代编第三集，黄山书社 2009 年版，第 67 页。

③ 孔尚任：《桃花扇出末总批》，俞为民、孙蓉蓉《历代曲话汇编》清代编第一集，黄山书社 2008 年版，第 678 页。

然尚无演白也。”[①] 言外之意，即是《西厢》传奇中叙事由曲词来承担。其后，毛奇龄肯定了梁廷楠的认识，并明言《西厢》传奇中纯以事实谱词曲间，如他在《词曲转变》所言：“宋末有安定郡王赵令畤者，始作《商调鼓子词》，谱《西厢》传奇，则纯以事实谱词曲间，然犹无演白也。”[②]

由上可见，在戏曲语言中，曲词也承担着重要的叙事功能，而且表现出独特的个性。因其有调牌相助，不但使故事在叙述中容易流露情感，而且使用不同的曲调还可以使故事本身表达出不同的效果，使戏曲故事表达出更丰富的内涵。

二　宾白的叙事功能

宾白作为戏曲语言的一个组成部分，承担着多种功能，包括介绍环境、塑造人物形象、增加戏剧效果、抒发情感等，但长于叙事是它的特性，因而在古典戏曲理论中，关于宾白的叙事理论颇为丰富。要而言之，古代剧论家们主要从以下三个角度阐释了宾白的叙事功能：

（一）从故事情节结构来看，宾白起承上启下的作用

宾白的存在有多种状态，或居于曲词之前，如上场诗。或在一折之末，如下场诗，这些都是韵白。还有一些穿插于曲词之间的散白，如“带白”“插白”，“带白”是角色在演唱曲词时穿插在其中的宾白，边唱边白，且叙事且抒情，有“曲白相生”之说。“插白”是主唱者唱曲词的时候，旁边的角色插入的宾白。“带白”与“插白”都不太长，存在于上下唱词之间，串联上下情节，起承上启下的作用。如《琵琶记》第十四出《激怒当朝》中的“插白”：

［前腔］（丑）媒婆告相公知，恨那人作怪跷蹊。千不肯，万推辞，（外）我奉圣旨招他为婿，你曾把这话对他说么？（丑）

① 梁廷楠：《曲话》，俞为民、孙蓉蓉《历代曲话汇编》清代编第四集，黄山书社 2008 年版，第 54 页。

② 毛奇龄：《词曲转变》，俞为民、孙蓉蓉《历代曲话汇编》清代编第一集，黄山书社 2008 年版，第 589 页。

这话头不惹些儿。道始得及第，纵有花容月貌休提。他骂相公骂小姐，(外) 他骂小姐甚么? (丑) 道脚长尺二。(末) 这般说谎没巴臂。①

上述唱段“外”的宾白与“丑”的唱词问答承接，起着串联上下情节的作用。最早论及宾白这一叙事功能的是李开先，他在《词谑》中说：“词外承上启下，一切应答言语，谓之白。”② 李开先这里强调的应答言语的宾白，实质就是“插白”。此外，宾白的承上启下作用尤其表现在不同内容转换变化的过程中。叙事过程中，当不同的内容之间转换时，就需要用“带白”或“插白”连接，总结上段，引出下段，避免内容支离破碎，以此保证戏曲叙事结构的连贯性与完整性，从而使故事呈现为一个统一和谐的整体。所以，巧妙地使用“带白”或“插白”，不同的曲词内容之间能够随意推展，所谓“岭断自有云连，天堑可变通途”。

对于宾白在叙事结构中的这一作用，清代剧论家们也貌异心同：

梁廷楠评赞吴昌龄《风花雪月》一剧就指出：“吴昌龄《风花雪月》一剧，雅驯中饶有韵致，吐属亦清和婉约。“带白”能使上下串连，一无渗漏。”③ 这里梁廷楠既指出“带白”在叙事中起承上启下的作用，同时点明该剧妙用“带白”而使情节联贯、不见断续之痕，举“一无渗漏”四字考语，足见梁氏对该剧善用“带白”的推崇。杨恩寿的阐发更加明晰，他认为陈厚甫先生所著《红楼梦》院本中“每出正文后另插宾白，引起下出；下出开场，又用宾白遥应上出，始及正文”④。杨恩寿用“引起”和“遥应”清晰地解释了宾白在叙事结构中呈现出照应上文、引出下文的联贯作用，老吏断狱，一语中的。

宾白的这一叙事功能，使得杂剧、传奇与清曲、套数在叙事方面相

---

① 高明：《琵琶记》，黄竹三等编《六十种曲评注》第一册，吉林人民出版社 2001 年版，第 149 页。

② 李开先：《词谑》，《中国古典戏曲论著集成》(三)，中国戏剧出版社 1959 年版，第 297 页。

③ 梁廷楠：《曲话》，俞为民、孙蓉蓉《历代曲话汇编》清代编第四集，黄山书社 2008 年版，第 23 页。

④ 杨恩寿：《词余丛话》，俞为民、孙蓉蓉《历代曲话汇编》清代编第四集，黄山书社 2008 年版，第 572 页。

比显出明显的优势。兹拈数例，聊畅厥旨：明代张琦将传奇与清曲相比，指出："传奇有答白，可以转换，而清曲则一线到底。"[①] 传奇借助宾白的联贯实现剧情的转换，且花开两朵，各表一枝，使故事呈现出跌宕起伏的叙事效果；而清曲则一张口难说两家话，虽曲尽其力却仅能"一线到底"。清代刘熙载则将杂剧与套数相比，指出"套数视杂剧尤宜贯串，以杂剧可借白为联络耳。"[②] 即杂剧在叙事中可借宾白来联络情节，使得情节之间较之套数更容易连接、贯通。

以上二例，都足以说明前人早已洞见宾白在戏曲叙事结构中承上启下的联贯作用，且已明了宾白之于杂剧与传奇在叙事中体现出独特优势的重要性。

（二）从故事内容来看，宾白的内容展现了故事的本末脉络

宾白穿插于曲词之间，在辅助曲词、贯串结构的同时，在内容上也展现出了故事的始末脉络，从一定程度上来看，宾白构筑了戏曲故事的整体框架。对于宾白的这一功能，散白中的独白和上下场诗的韵白表现比较突出，这些宾白在自我介绍或对故事情节的概括总结中呈现出了故事的框架与发展的缘由与脉络。如《浣纱记》第三出《谋吴》小生的韵白：

> ［鹧鸪天］缥缈孤城海上居，萧条霸业继无余。夙传宛委山中瑞，犹佩当年金简书。西扼楚，北连吴，雄心未远竟何如。他年匡济尊周室，始信东南有丈夫。（众）奴婢叩头。（小生）寡人越王勾践是也。隔绝中华，生长东鄙，谬领民社之寄，殊惭茅土之封。自神禹逮于前王，更历四十余世；由不榖至亍夏后，几及二千余年。文固不足以安邦，武亦不足以定国，仅能上承宗社，下守边疆。不料近年以来，兵连吴地，始击之亍槜李，复败之于姑苏。我臣灵浮，操戈而直前；彼主阖闾，伤指

① 张琦：《衡曲麈谭》，俞为民、孙蓉蓉《历代曲话汇编》明代编第三集，黄山书社 2009 年版，第 349 页。

② 刘熙载：《艺概》，俞为民、孙蓉蓉《历代曲话汇编》清代编第四集，黄山书社 2008 年版，第 461 页。

而走死。嫌隙既构，忿怒愈深。其嗣主夫差日讲武于长洲，彼勇将伍员时耀兵于笠泽。窃念寡不敌众，弱难御强，若不预定计谋，终被强梁侵侮。幸喜元配夫人知诗达礼，更仗大夫蠡、种擅武能文。且待夫人出来，再作区处。内侍们，后宫请夫人出来。①

越王的这一段独白阐述了越国基业的来龙去脉，交代了下文故事发展的缘由与趋向，为观众了解下文情节的发展做了铺垫。再如最后一出《泛湖》的下场诗：

尽道梁郎识见无，反编勾践破姑苏。
大明今日归一统，安问当年越与吴。②

这首下场诗一揽故事的结局。宾白中的上、下场的韵白与人物上场时的独白等这些宾白共同勾勒出了情节的始末与发展脉络，宾白在叙事中的这一功能对于戏曲的演出非常重要。对此，李渔的阐述比较深刻，他从舞台演出的角度出发，指出“新演一剧，其间情事，观者茫然。词曲一道，止能传声，不能传情。欲观者悉其颠末，洞其幽微，单靠宾白一着”③。李渔认为，对于新剧的演出，如果不靠宾白对故事始末的介绍，观众当场很难听懂。因为曲词要配上音乐声腔演唱，曲文典雅，表达不像宾白那么明朗、清晰，尤其在欣赏唱腔复杂的曲词时，对于不谙曲律，之前又不了解剧情的观众来说，若只听曲词，则很难了解故事情节的起因、发展，更何况情节的隐秘幽微处。所以脱离宾白，戏剧的艺术表现力与感染力将大大被削弱。加之古代戏曲观众层面广泛，尤其是那些老弱妇孺，他们并不具备基本的音乐常识。所以，要使观众很清楚地知道故事自始至终的过程，并在此基础上察觉事件的起因、发

① 梁辰鱼：《浣纱记》，黄竹三等编《六十种曲评注》第三册，吉林人民出版社 2001 年版，第 29 页。

② 同上书，第 293 页。

③ 李渔：《闲情偶寄》，俞为民、孙蓉蓉《历代曲话汇编》清代编第一集，黄山书社 2008 年版，第 277 页。

展等隐微之处，就需要依仗宾白把故事的始末轮廓不时地告诉他们，这样才能使观众在了解剧情的基础上来体悟情感、欣赏表演。由此可见，宾白对新剧故事脉络的展现尤为重要，在很大程度上影响着观众观演的效果。

宾白的这一功能也为许多剧论家所洞晓，而且关于宾白对故事脉络的展现，有的剧论家还提出了要求，如清代的黄振在《石榴记凡例》中说："词曲，譬如画家颜色；科白，则勾染处也。勾染不清，不几将花之瓣、鸟之翎，混而为一乎？故折中如彼此应答，前后线索，转弯承接处，必挑剔得如须眉毕露，不敢稍有模棱，致多沉晦。"① "勾染"就是对故事框架的勾勒，这里黄振不仅认为戏曲故事情节的轮廓要靠宾白来勾勒，而且还指出宾白对故事情节轮廓的勾勒要清晰明确，不能与曲词混而为一，即使是极细微之处也不能含糊不清，整体要产生脉络鲜明的效果，这样观众才能更清晰地明了剧情。

（三）独立承担叙事功能

戏曲语言有唱词和宾白两个部分，虽然唱词主要承担着描景、抒情的功能，但也承担着重要的叙事职能，随着剧论家、剧作家们对宾白重要性的逐步认知，宾白在戏曲叙事中所承担的功能也越来越多，甚至一折不设一曲，全用宾白。如孔尚任的《桃花扇》中就有这种现象，第二十出《闲话》全用宾白，对于其原因，孔尚任在《桃花扇凡例》中指出："又全折但用科白，不填一曲，是异样变化文字。"② 虽然，在孔尚任看来，这样做是为了体现文字的变化，而从叙事角度来看，这一折的叙事则都由宾白一力承担了。这种现象，明代屠隆的《昙花记》的表现最为突出，戏中第三出《祖师说佛》、第七出《仙佛同途》、第十三出《天曹采访》、第二十四出《西来遇魔》、第三十出《冥官迓圣》、第三十一出《卓锡地府》、第三十三出《遍游地狱》、第三十四出《冥司断案》、第三十八出《阴府凡情》等，皆为有白无曲，全以宾白来演述佛道事，这固

---

① 黄振：《石榴记凡例》，俞为民、孙蓉蓉《历代曲话汇编》清代编第二集，黄山书社2008年版，第205页。

② 孔尚任：《桃花扇凡例》，俞为民、孙蓉蓉《历代曲话汇编》清代编第一集，黄山书社2008年版，第677页。

然与佛经道法难以制曲有一定的关系，但也是宾白在叙事中能够独当一面的体现。

由此可见，宾白虽不是戏曲语言的主体部分，却承担着主要的叙事任务，若没有宾白的叙事，故事难以清晰地呈现，上下情节也不易联贯，整个故事便难有清晰的框架与脉络。

随着戏曲的发展，故事逐渐主要靠宾白来呈现。甚至可以说，宾白的出现才使词成为剧、成为戏。对此，古代剧论家析毫剖微，明代茧室主人将宾白独立看待，有“是本合白即记，拆白即词”① 之论。清代周亮工附和前人，发“插入宾白则成剧，离宾白亦成雅曲”② 之声。吴震生称“须合白即戏，拆白即词”③，焦循也认为“曲分视之则小令，合视之则大套，插入宾白则成剧，离宾白则成雅曲”④，都是同心之言。

一言以蔽之，剧与词的最大区别就是叙事性，宾白对戏曲叙事功能的承担是使曲成为剧的重要标志。

三 宾白叙事功能之下的语言特点

据上面所论已知，宾白在戏曲中承担着主要的叙事任务，且在古典戏曲理论史上，关于宾白的来源，常有宾白出自优人之手、来自场上之说，如明代王骥德曰：“凡北剧皆时贤谱曲，而白则付优人填补。”⑤ 清代孔尚任也说：“旧本说白，止作三分，优人登场，自增七分。”⑥ 虽在旧本中，宾白是否来自场上、出自优人之手尚未定论，但由此也说明了在戏曲场上表演对宾白的需要。宾白的叙事功能及其叙事对象必然对其语言

---

① 茧室主人：《想当然成书杂记》，俞为民、孙蓉蓉《历代曲话汇编》明代编第三集，黄山书社 2009 年版，第 363 页。

② 周亮工：《书影》，俞为民、孙蓉蓉《历代曲话汇编》清代编第一集，黄山书社 2008 年版，第 402 页。

③ 吴震生：《笠阁批评旧戏目》，俞为民、孙蓉蓉《历代曲话汇编》清代编第三集，黄山书社 2008 年版，第 306 页。

④ 焦循：《剧说》，《中国古典戏曲论著集成》（八），中国戏剧出版社 1985 年版，第 129 页。

⑤ 王骥德：《新校注古本西厢记评语》，俞为民、孙蓉蓉《历代曲话汇编》明代编第二集，黄山书社 2009 年版，第 162 页。

⑥ 孔尚任：《桃花扇凡例》，俞为民、孙蓉蓉《历代曲话汇编》清代编第一集，黄山书社 2008 年版，第 666 页。

风格有特殊的要求，那么，古代剧论家们对此是如何认识的？我们通过从以上两个角度对古代剧论家们关于宾白语言论说的分析，将宾白的语言特点概括为以下三点：

（一）直

“直”与“曲”相对，是指宾白语言要直言明说，不能晦涩，不需波折。这是宾白语言最主要的特征。古代剧论家们在对宾白解释时已明确道出了宾白的这一特点。如徐渭说：“宾白，言其明白易晓也。”① 凌濛初称：“古戏之白，皆直截道意而已。”② 从以上二人对宾白的理解，我们就可以见出：宾白要将其表达的意思直接说出，达到明白易晓的效果，不能隐晦曲折。即使是要显露才华的定场白，也不能深晦，所以能够流传下来而不废的宾白多是借寻常话语来直接达意，人人都能听懂。这一点王骥德也深有感触，他在称赞《琵琶记》中的宾白时便说：“《琵琶》黄门白，只是寻常话头，略加贯串，人人晓得，所以至今不废。”③ 王骥德认为《琵琶记》中小黄门的宾白能够流传至今，就是因为其语言多是用寻常语言“略加贯串”，没有太多波折，人人都能明白。我们不妨看一下《琵琶记》中小黄门在劝说蔡伯喈时的一段宾白：

> （末）状元，你何须虑，不用焦，人世上离多欢会少。大丈夫当万里封侯，肯守着故园空老？毕竟事君事亲一般道，人生怎全忠和孝，却不见母死王陵归汉朝？④

小黄门这一段宾白，虽用到了班超的“万里封侯”和“陵母伏剑”的典故，但以简朴、直白的寻常话语加以连缀，如“大丈夫”“不用焦”等口头话，即使是不知典故的观众也能明白其意思。

---

① 徐渭：《南词叙录》，俞为民、孙蓉蓉《历代曲话汇编》明代编第一集，黄山书社 2009 年版，第 490 页。

② 凌濛初：《谭曲杂札》，俞为民、孙蓉蓉《历代曲话汇编》明代编第三集，黄山书社 2009 年版，第 194 页。

③ 王骥德：《曲律》，俞为民、孙蓉蓉《历代曲话汇编》明代编第二集，黄山书社 2009 年版，第 100 页。

④ 高明：《琵琶记》，黄竹三等编《六十种曲评注》第一册，吉林人民出版社 2001 年版，第 161 页。

在一切事物中，目的是最关键的，目的起着决定性作用。宾白语言的这一特征，与其叙事目的自然不无关系。宾白的叙事目的主要是满足场上观众了解剧情进程始末的需求，而场上观剧与读书不同，读书可以细细咀嚼、反复玩味，而观剧则是顺流而下，不能有片刻停顿，更不能回逆，所以，要使观众能闻言而达意，使整个欣赏过程流畅自如，戏曲语言必须浅显易懂，尤其是展现故事梗概的宾白，绝不能晦涩。另外，戏曲观众层次很广泛，这就要求其语言顾及各个文化层次的观众，尤其是儿童、老人、妇女，他们的文化程度都不高，戏曲故事要让妇女、儿童、老人都听懂、理解。不入乐的宾白一定不能深晦，要浅浅易晓，务求人人晓得。对此凌濛初作了很好的总结，他在《谭曲杂札》中说："盖传奇初时本自教坊供应，此外止有上台勾栏，故曲白皆不为深奥。其间用诙谐曰'俏语'，其妙出奇拗曰'俊语'，自成一家言，谓之'本色'，使上而御前、下而愚民，取其一听而无不了然快意。"① 凌濛初就从剧本与场上的关系来分析，指出传奇剧本或为教坊供应，或上勾栏之台，都要施之于场上，要使"上""下"各个层次的观众都能一听了然，故曲词、宾白都不能深奥，尤其是宾白要"直接道意"。

（二）简

"宾白最忌烦杂琐碎，兹独出之简括。"② "简括"即简单而概括，宾白语言的这一特点，在一定程度上是由其叙事内容所决定的，通过上述对宾白叙事功能的分析，我们知道宾白呈现着故事的始末脉络，而且要清晰可见，所以其语言不能烦琐，达其意即可。正如苏长公所言"行乎其所当行，止乎其所不得不止"③，所以冗杂的宾白常常受到指摘，臧懋循批评《琵琶记》中的《登程》折和《赐宴》折："至曲每失韵白，多冗词，又其细矣。"④ 指出其韵白多冗词的失误。孟称舜在编选《古今名

---

① 凌濛初：《谭曲杂札》，俞为民、孙蓉蓉《历代曲话汇编》明代编第三集，黄山书社2009年版，第194、195页。

② 张衢：《芙蓉楼偶言》，俞为民、孙蓉蓉《历代曲话汇编》清代编第三集，黄山书社2008年版，第63页。

③ 王骥德：《曲律》，俞为民、孙蓉蓉《历代曲话汇编》明代编第二集，黄山书社2009年版，第100页。

④ 臧懋循：《玉茗堂传奇引》，俞为民、孙蓉蓉《历代曲话汇编》明代编第一集，黄山书社2009年版，第623页。

剧合选》时认为《范张鸡黍》“原本数段宾白冗杂可厌”[1]，故在收入选集时对其进行了删改。祁彪佳批评全无垢的《呼卢》在“传宋武微时至发迹”之事时“白之闲语亦多”[2]。在古典戏曲理论中，诸如此类对宾白冗杂的批评还有很多，故可知，宾白尚简忌繁是古代剧论家们的共识。

当然，对宾白“冗杂”的批判，并不意味着宾白越少越好，而是在“意期多”的前提下“求字少”。作为主要承担叙事功能的宾白，若叙事需要，宾白又不得不多，正如明代臧懋循所言：“曲白不欲多。唯杂剧以四折写传奇故事，其白有累千言者。观《西厢》二十一折，则白少可见，尤不欲多骈偶。”[3] 一般元杂剧只有四折的篇幅，折数少，曲词也少，但若要呈现与传奇容量相等的故事，那就不得不较多地使用宾白了。但若用二十几折来写传奇故事的话，那其间曲词就多了，宾白承担的叙事任务也就相对少了，宾白也就不需要太多了。这一点，清代梁廷枏也有共识，他在《曲话》中称：“杂剧以四折叙传奇故事，其白不得不密，不得不多。”[4] 故可以说，宾白的繁与简是由剧本内容及其叙事任务的需要所决定的，若叙事需要宾白也可多可密，但是不能有冗余。

对于宾白语言尚“简”的认识，清初的李渔似乎有不同看法，他在《闲情偶寄·词曲部·宾白第四》中说：“传奇中宾白之繁，实自予始。”在宾白的繁简问题上，前人都尚“简”，李渔为什么要将宾白写得“繁”一些呢？李渔宾白之“繁”究竟是什么意思？其实，李渔所说宾白之“繁”是指将前人“留余地以待优人”来增益的部分写出来了，他考虑到“优人之中，智愚不等”，增益的宾白难以“悉如作者之意”，所以“与其留余地以待增，不若留余地以待减”。对于由此而造成的宾白之“繁”，他解释道“此予不得不若是之故也”，他还曾说“文贵洁净”，“洁净者，简省之别名也”。那么如何平衡“宾白之繁”与“文贵洁净”呢？李渔

---

① 孟称舜：《古今名剧合选评语》，俞为民、孙蓉蓉《历代曲话汇编》明代编第三集，黄山书社2009年版，第499页。

② 祁彪佳：《远山堂曲品》，俞为民、孙蓉蓉《历代曲话汇编》明代编第三集，黄山书社2009年版，第571页。

③ 臧懋循：《元曲选序》，俞为民、孙蓉蓉《历代曲话汇编》明代编第一集，黄山书社2009年版，第619页。

④ 梁廷枏：《曲话》，俞为民、孙蓉蓉《历代曲话汇编》清代编第四集，黄山书社2008年版，第63页。

又作出了精辟的解释："多而不觉其多者，多却是洁；少而尚病其多者，少亦近芜。"[①] 就是说，或繁或简主要看叙事的要求，若是叙事需要，多与少都要恰到好处。所以，李渔所说宾白之"繁"实则与其前剧论家们的认识是一致的，即力求言简而意赅。

（三）俗

这里"俗"与"雅"是相对的，指宾白语言要通俗自然，不须典丽文雅。首先，宾白具有贯串故事情节、勾勒故事轮廓的叙事功能，要求其语言要通俗，不通俗难以表达清其所要叙述的内容。其次，从戏曲的舞台性特征来看，面对场上不同层次的观众，要使观众达到了解故事始末的目的，宾白也不能文雅，所以宾白最忌用文语。这一点徐渭感触颇深，他多次告诫剧作者宾白切莫用文语，尤其是散白，如在《题昆仑奴杂剧后》中曰："散白尤忌文字、文句及扭捏使句整齐，以为脱旧套，此因小失大也。令人不知痛痒，如麻痹然。"[②] 在徐渭看来，散白中使用"文字、文句"，好处是可使句式整齐、新颖，但结果却使所要表达的内容不清晰，令观者、听者不知所云，很难达到叙事的目的。所以黄宗羲说："语入紧要处，不可着一毫脂粉，越俗越家常，越警醒。若於此一恧缩打扮，便涉分该婆婆，犹作新妇少年，正不入老眼也。"[③] "紧要处"是故事的关键之处，此处的宾白语言更应通俗，越通俗家常越能警醒观众，达到叙事的目的。

在明前期曲坛上，由于受八股文风气和道学风气的影响，一些剧作家以儒生的手脚来编剧，把戏曲作为理学家宣传忠孝节义的教科书。他们的创作脱离舞台实际，喜欢在文辞上炫耀才学，搬弄典故。剧中骈四俪六，绮绣满眼，而且好引古文、古诗，连宾白都是文字、文句，这一风气的形成，起于丘濬的《五伦全备记》和邵璨的《香囊记》，此后影响了一大批剧本的创作，如屠隆的《昙花记》中的曲白就如一部"类书"，

---

① 以上李渔的论说出自《闲情偶寄》，俞为民、孙蓉蓉《历代曲话汇编》清代编第一集，黄山书社 2008 年版，第 276—279 页。

② 徐渭：《题昆仑奴杂剧后》，俞为民、孙蓉蓉《历代曲话汇编》明代编第一集，黄山书社 2009 年版，第 501 页。

③ 黄宗羲：《胡子藏院本序》，俞为民、孙蓉蓉《历代曲话汇编》清代编第一集，黄山书社 2008 年版，第 217 页。

梅鼎祚《玉合记》中的宾白尽用骈语。对于引起这一风气且表现比较严重的《香囊记》，徐渭给予了严厉的批评，尤其斥责其“宾白亦是文语，又好用故事作对子，最为害事”[①]。因宾白在戏曲中主要承担向观众呈现故事始末的任务，若宾白中用了文句、文语、故事等，观众不解为何语，难以知晓故事的梗概，进而影响整个欣赏过程和整体的欣赏效果，所以宾白中用文句、文语、故事等，极为害事。

另外，徐渭又将散白与整白相比，认为“散白与整白不同，尤宜俗宜真，不可着一文字”，如果散白中“扭捏一典故事，及截多补少，促作整句”，就会使剧作成为“锦糊灯笼，玉镶刀口，非不好看，讨一毫明快，不知落在何处矣”！此种现象就是“本色不足，仗此小做作以媚人，而不知误入野狐，作娇冶也”[②]。所以，宾白的通俗不仅是其叙事功能及观众观演的需要，同时也关乎着戏曲语言的本色问题。后王骥德也从这一角度来谈，曰：“对口白须明白简质，用不得太文字；凡用之、乎、者、也，俱非当家。”[③] 这里他主要针对“对口白”而言，要求其“用不得太文字”，认为“对口白”中用文字不能体现戏曲语言本色、当家的特点。

至清代，梁廷楠又从场上优伶搬演的角度指出宾白切不可用文句，他在《曲话》中指出：“《鸣凤记》《河套》一折，脍炙人口；然白内多用骈俪之体，颇碍优伶搬演。”[④] 他认为宾白用骈俪之体也很妨碍优伶的搬演，宾白是要念出来的，骈俪之白不易上口，影响搬演。

戏曲宾白“直、少、俗”的审美特点与宾白的叙事功能及其叙事对象有着密切的关系。古代剧论中对宾白语言特点的揭示，体现了戏曲语言“俗”的本色要求，也使戏曲更适宜舞台演出，同时对当时乃至当今的戏曲创作都有重要的指导、借鉴意义。

---

① 徐渭：《南词叙录》，俞为民、孙蓉蓉《历代曲话汇编》明代编第一集，黄山书社2009年版，第486页。

② 徐渭：《题昆仑奴杂剧后》，俞为民、孙蓉蓉《历代曲话汇编》明代编第一集，黄山书社2009年版，第500页。

③ 王骥德：《曲律》，俞为民、孙蓉蓉《历代曲话汇编》明代编第二集，黄山书社2009年版，第100页。

④ 梁廷楠：《曲话》，俞为民、孙蓉蓉《历代曲话汇编》清代编第四集，黄山书社2008年版，第43页。

四 曲、白的关系

宾白与曲词是戏曲语言的两个重要组成部分，它们各自在以不同的方式进行叙事的同时，又相互辅助，相互生发。

宾白在叙事中对曲词的辅助，首先表现为引起曲词抒情与叙事，进而为全剧的情节发展起事先铺垫和预先暗示的作用。古典戏曲剧作家及剧论家中，对于宾白的作用予以重视并付诸实践的莫过于李渔，他在大力强调宾白重要性的同时就指出了“当有因得一句好白而引起无限曲情”[①] 这一现象。戏曲曲词的功能主要表现在对感情的抒发上，但曲词的抒情中或体现着事件的行进，或表现为借叙事来抒情的现象，所以宾白通过交代人物情节、描写人物心理等，引发人物曲词的抒情与叙事，进而推动着全剧情节向前发展。

其次，宾白对曲词叙事的辅助作用还表现在弥补、完善曲词叙事的不足。曲词的表达受宫调、曲牌等音乐结构的限制，而宾白，尤其是散白，语言形式灵活多样，叙事自由方便。所以当曲词叙事有难以表达的，或有叙事不尽的，或容易被人忽略的地方时，则由宾白来阐明、补充、强调，以此来实现叙事的完整效果。如梁廷枏赞扬吴洲仲云涧对《红楼梦》的删改效果时说：“《红楼梦》工於言情，为小说家之别派，近时人艳称之。其书前梦将残，续以后梦，卷牍浩繁，头绪纷琐。吴洲仲云涧取而删汰，并前后梦而一之，作曲四卷，始於《原情》，终於《勘梦》，共得五十六折。其中穿插之妙，能以白补曲所未及，使无罅漏。”[②] 其中最主要的一点就是认为删改后的剧本中宾白能补曲词叙事的不足，与曲词叙事相互穿插，使整个叙事达到无缝隙、无漏洞的效果。

对宾白既可以引起曲词叙事又能弥补曲词叙事的论说，表述得更为鲜明而又集中的首推清代的梁廷枏，他在《曲话》中明确指出：“以白引

① 李渔：《闲情偶寄》，俞为民、孙蓉蓉《历代曲话汇编》清代编第一集，黄山书社 2008 年版，第 273 页。

② 梁廷枏：《曲话》，俞为民、孙蓉蓉《历代曲话汇编》清代编第四集，黄山书社 2008 年版，第 32 页。

起曲文，曲所未尽，以白补之，此作曲圆密处。”[1] 由宾白引起曲文，再补曲文叙事的不足，如此才能达到叙事的完备周密。同时，他还强调宾白在引起并补充叙事不足的同时，应与曲词的叙事达到相互照应的效果，这一点《金钱记》中的曲白叙事就做得不太好，于是梁廷楠对此提出批评：“《金钱记》第三折韩飞卿占卦白中，连篇累牍，接下［红绣鞋］一曲，并未照应一字。”[2] 如果宾白的叙事与曲词的叙事不能达到相互照应的效果，那从整个故事叙述来看，也便达不到畅通完整，所以宾白在辅助曲词进行叙事时，还应注意与曲词叙事的呼应。

宾白除了对曲词叙事的实际辅助之外，还承担着更高层次的叙事功能，即为曲词的叙事润色、填彩，使曲词叙事更显精神。而且这正是宾白叙事的优点。关于这一点杨恩寿很有感触，他以一大段表述其认识：

> 凡词曲皆非浪填，胸中情不可说、眼前景不可见者，则借词曲以咏之。若叙事，非宾白不能醒目也。仅以词典叙事，不插宾白，匪独事之眉目不清，即曲之口吻亦不合。即如《牡丹亭》写杜丽娘游园之时，便道：“不到园林，怎知春色如许也！”紧接“原来姹紫嫣红开遍，似这般都付与断井残垣”。若不用宾白呼起，则“原来”二字不见精神。此下叙亭馆之胜，於毡则“朝飞暮卷，云霞翠轩”，於水则“雨丝风片，烟波画船”。而此调尚有三字两句，若再写园景，便嫌蛇足。故插宾白云：“好景致，老奶奶怎不提起也？”结便宜以“锦屏忒看韶光贱”反诘之笔足之。即景抒情，不见呆相。究竟此支词曲之妙，皆由宾白之妙也。[3]

杨恩寿认为曲词抒情、写景是其长处，但论叙事，还以宾白为最。

---

① 梁廷楠：《曲话》，俞为民、孙蓉蓉《历代曲话汇编》清代编第四集，黄山书社2008年版，第22页。

② 同上书，第22页。

③ 杨恩寿：《词余丛话》，俞为民、孙蓉蓉《历代曲话汇编》清代编第四集，黄山书社2008年版，第554页。

在曲词的叙事中，如果不加入宾白与之呼应，只用曲词来叙事，那么不仅会使整个故事显得头绪不清、条理不畅，而且会使故事的呈现显得呆板、沉闷，没有神采。但若插入宾白为曲词做铺垫，与曲词相呼应，就会使曲词的叙事与抒情自然流畅、水到渠成，也能体现曲词的生机。为此，袁宏道作了一个形象的比喻："凡乐府家，词是肉，介是筋骨，白、诨是颜色。"[①] 袁宏道将宾白比作颜色，指出戏曲中若没有宾白，就少了色彩，叙事也就了无生趣。而当叙事中"润以宾白，胸中数人，始出而拱揖笑啼於纸上"[②]，就是说，曲词叙事中润以宾白，才能使人物活起来，故事也才能生动起来，而且好的宾白，可使故事的叙述极尽人情世态。

可见，宾白的叙事对曲词的发展起着重要的辅助作用，不仅对曲词抒情与叙事起着实际的推动作用，更主要的是衬显了曲词叙事的"精神"。

同样，曲词对宾白也有重要的促发作用。对此，剧论家也多有论说。如毛奇龄在品评《西厢记》时说："风将来烛，则曲中先伏曰：'烛灭香消。'《跳墙》折，红将处分生，则曲中先伏曰：'香美娘处分俺那花木瓜。'"[③] 毛奇龄这里详释了《西厢记》中的曲词对宾白内容的引发和铺垫作用。

宾白与曲词相互照应，互相生发、相辅相成。戏曲故事通过二者的紧密融合，才得以完满呈现。对此，李渔的论说详细而又深刻："曲之有白，就文字论之，则犹经文之於传注，就物理论之，则如栋梁之於榱桷，就人身论之，则如肢体之於血脉，非但不可相无，且觉稍有不称，即因此贱彼，竟作无用观者。故知宾白一道，当与曲文等视。有最得意之曲文，即当有最得意之宾白。但使笔酣墨饱，其势自能相生。当有因得一句好白而引起无限曲情，又有因填一首好词而生出无穷话柄者，是文与文自相触发，我止乐观厥成，无所容其思议。"[④] 李渔将曲白的关系比喻

① 袁宏道：《紫钗记总评》，俞为民、孙蓉蓉《历代曲话汇编》明代编第二集，黄山书社2009年版，第413页。

② 王光鲁：《想当然叙》，俞为民、孙蓉蓉《历代曲话汇编》明代编第三集，黄山书社2009年版，第366页。

③ 秦学人、侯作卿：《中国古典编剧理论资料汇辑》，中国戏剧出版社1984年版，第273页。

④ 李渔：《闲情偶寄》，俞为民、孙蓉蓉《历代曲话汇编》清代编第一集，黄山书社2008年版，第273页。

为栋梁与榱桷、肢体与血脉，指出一句好的宾白能引发无限的曲情，一首好的曲词也可以生发出无穷的宾白，表明了曲白的相互倚靠、互相触发、不可偏废、相得益彰的关系，这就是前贤常常论及的“曲白相生”。

通过以上分析可知：曲词作为戏曲的主要媒介之一，也承担着一定的叙事任务，且与宾白一道都具有独立叙事的功能。但曲词与宾白作为两种不同的语言形式，在叙事中各有所长。宾白在故事结构中起着承上启下联贯作用的同时，清晰地展现出故事的脉络，承担着主要的叙事任务，且宾白对戏曲叙事功能的承担是使曲转为剧的重要标志；由词虽主要承担抒情的任务但也具有一定的叙事功能，其叙事的目的主要是抒情，“事中寓情”是其叙事的主要特点，叙情事是其优势。另外，因曲词有宫调、曲牌，这一方面要求事体与其相配，一方面宫调、曲牌的巧妙运用又可使故事表达出更深刻的意旨；宾白与曲词同为戏曲叙事的媒介，二者在叙事过程中是相互融合的，宾白为曲词抒情做铺垫的同时，又弥补其叙事的不足且衬显出其叙事的“精神”。曲词引发宾白的叙事且同样为其叙事做铺垫。故宾白与曲词相互照应、互相生发、相辅相成，共同完成戏曲的叙事。

五　科诨在叙事中的意义

科，与介同义，“戏文於科处皆作‘介’，盖书坊省文，以‘科’字作‘介’字，非科、介有异也”。科主要指人物的动作，如“相见、作揖、进拜、舞蹈、坐跪之类，身之所行，皆谓之科”①，有时也指人物的表情或舞台效果的规定语。科介在戏曲中，虽不像曲、白承担着主要的叙事功能，但作为人物的行动、表情的提示，科介对人物前后的行动以及事件的发展可起到连接、贯串的作用，且有时人物的一个科介，对于人物的全部行动描写以及事件的发展能起到举足轻重的作用。如邵璨《香囊记》第二十九出《邮亭》中张母的哀哭声，这一出写张九成的母亲在逃难途中露宿于古驿站回廊中，夜里与一位同病相怜的妇人倾诉其思

---

① 徐渭：《南词叙录》，俞为民、孙蓉蓉《历代曲话汇编》明代编第一集，黄山书社 2009 年版，第 490 页。

念儿子儿媳、哀叹家破人亡的悲痛之情，不免啼哭起来，这一哭惊扰了今晚来此驿馆歇宿的张探花大人，张探花便命其手下着啼哭之人来见问其究竟，不料二人相见，原来张探花即是张九成，此啼哭之人正是其母亲。这一啼哭声在这里便起到了穿针引线的作用，使母子得以相会，推动了故事情节的发展。诸如此类作为重要细节的科介在古典戏曲中发挥着不可忽视的叙事作用。

另外，在戏曲演出中，常设一些滑稽、幽默的科介与诨（诨，主要指人物的语言，“於唱白之际，出一可笑之语以诱坐客，如水之浑浑也”[①]），俗称“插科打诨”。在古典戏曲理论中，剧论家们更多地关注了这些与诨结合的令人发笑的科介，对于剧本中代表舞台提示的科介没有太多的讨论，所以，本节主要从叙事视角分析古代剧论家关于滑稽、幽默的科诨在叙事中的意义的理论论说。

滑稽、幽默的科诨虽然没有直接的叙事功能，但科诨的运用与故事的呈现有着密切关系。

首先，人物的动作与语言是人物性格的外部表现之一，科诨作为极具喜剧性的动作与语言，同样可以表露人物的性格及情感，且较正常的语言、行为更为深刻，正如俄国叙事理论家普罗普所言：“艺术家们常常使用最简单的喜剧性来深化和强化基本的喜剧情境和喜剧性格。”[②] 在古代剧作中，一些剧本也充分利用科诨展现人物的性格、表现人物的情感，孔尚任在其《桃花扇凡例》中便“设科之嬉笑怒骂，如白描人物，须眉毕现，引人入胜者，全借乎此。今俱细为界出，其面目精神跳跃纸上，勃勃欲生，况加以优孟摹拟乎”[③]。在这一条的上一条中孔尚任曾曰“设科打诨”，所以这里“科之嬉笑怒骂”有些是指人物滑稽、幽默的科诨。我们不妨试举一例来鉴赏《桃花扇》中科诨的“描人”功能。滑稽、幽默的插科打诨在净丑脚色中运用得比较多。在《桃花扇》中，柳敬亭以

---

① 徐渭：《南词叙录》，俞为民、孙蓉蓉《历代曲话汇编》明代编第一集，黄山书社 2009 年版，第 490 页。

② ［俄］普罗普：《滑稽与笑的问题》，杜书瀛等译，辽宁教育出版社 1998 年版，第 173 页。

③ 孔尚任：《桃花扇凡例》，俞为民、孙蓉蓉《历代曲话汇编》清代编第一集，黄山书社 2008 年版，第 666—667 页。

丑扮，虽是因正色不足，且在场上也洗去了花面，但在其语言行动中仍有一些丑脚的特色，如在第五出“访翠”中，在清明佳节，柳敬亭与侯方域去卞家参加盒子会，在会中的酒行令中，柳敬亭的诙谐之语多次引得众人大笑，侯方域赞其曰：“敬老妙人，随口诙谐，都是机锋。”如在罚苏昆生唱时，柳敬亭曰“唱的唇上的樱桃，不是盘中的樱桃”，再如在唱到“柳”字时，香君腼腆不唱，要请个代笔相公，便掷到了柳敬亭，柳敬亭说：“我老汉姓柳，飘零半世，最怕的是柳字，今日清明佳节，偏把个柳圈儿套住我的老狗头。”[①] 柳敬亭的这些诙谐的科诨就生动、形象地展现出其幽默风趣的艺人形象。另外，科诨对人物的描摹常具有漫画式勾勒的效果，关于“柳”字的诙谐之语又道出其在乱世中欲求安稳却事与愿违的无奈之情，又体现出其为国家安定而四处奔波的爱国忠君形象。

其次，科诨作为戏曲叙事媒介的一个重要组成部分，它在制造幽默感的同时，也具有深刻的含义，甚或呈现出讽刺的意味。关于这一认识，李渔以三个例子来阐释，他指出科诨“所难者，要有关系。关系维何？曰：於嘻笑诙谐之处，包含绝大文章，使忠孝节义之心，得此愈显。如老莱子之舞斑衣，简雍之说淫具，东方朔之笑彭祖面长，此皆古人中之善於插科打诨者也。作传奇者苟能取法於此，则科诨非科诨，乃引人入道之方便法门耳”[②]。可见，在李渔看来，“科诨”之难正在于其令人发笑的同时还蕴藏着深刻的寓意。如老莱子穿着五彩斑斓的衣服像小孩儿一样跳舞、啼哭，令人发笑的背后寄托着他对年事已高的父母的孝心；简雍借言路人有淫具欲行淫事，讽刺性地批判了官吏见酿具便以为已酿酒而抓人的行为；东方朔笑彭祖人中有八寸长，来讥笑善相者的“人中长一寸，寿当百岁”的言论。古人的这三个笑话，在引人发笑的同时，蕴含着深刻的寓意，一些也极具讽刺意味，足以引人深思。在古典戏曲中，大量的科诨都蕴含着讽刺的意味，剧作者以笑为武器嘲弄社会上一些不合理的现象，使科诨成为戏曲中的讽刺武器，也成为戏曲叙事主题揭示的主要手段，这样的科诨在古典戏曲中比比皆是，尤其在净丑的身

---

① 孔尚任：《桃花扇》，王季思、苏寰中、杨德平合注，人民文学出版社 1984 年版，第 41 页。

② 李渔：《闲情偶寄》，俞为民、孙蓉蓉《历代曲话汇编》清代编第一集，黄山书社 2008 年版，第 284、285 页。

上表现较多。如《窦娥冤》中，净扮赛卢医上场，说道："行医有斟酌，下药依本草。死的医不活，活的医死了。自家姓卢，人道我一手好医，都叫做赛卢医。"这里赛卢医代表了庸医一类人，他的"死的医不活，活的医死了"的诨语就是在讽刺这一类庸医。再如太守上场时说："我做官人胜别人，告状来的要金银。若是上司当刷卷，在家推病不出门。"太守的诨语揭示了昏官的丑恶行径。又如《薛仁贵》中的张士贵："我做总管本姓张，生来好吃条儿糖。但听一声催战鼓，脸皮先似蜡渣黄。"张士贵的诨语讽刺了胆小怕死的将军。这些科诨都表现为对一类人行为的讽刺，诸如此类的还有《钱大尹智勘绯衣梦》中的贾虚，《勘头巾》中的太守，《遇上皇》中的臧府尹等人物。这些人物有官吏、将军、医生，他们往往以洞达世事人情的诨语来揭示其道貌岸然形象之下丑恶的内心、罪恶的行径，抨击社会上这些丑恶的现象，这些"科诨"的讽刺力量也反映出古典戏曲叙事的斗争精神。

再者，在场上叙事中的科诨，还可以为观众接受故事做必要的铺垫，同时也可调节场上的叙事节奏。在戏曲演出中，如果长时间叙事，场上气氛就会沉闷，观众会感觉精神疲劳，甚至不到剧终便思睡，这时就需要发挥科诨的戏谑功能，通过插入诙谐的科诨制造喜剧效果给观众一种兴奋和刺激，诱导其继续观赏，如王骥德所言："大略曲冷不闹场处，得净、丑间插一科，可博人哄堂，亦是剧戏眼目。"[①] 李渔也说"文字佳，情节佳，而科诨不佳，非特俗人怕看，即雅人韵士，亦有瞌睡之时。……戏文好处，全在下半本。只消三两个瞌睡，便隔断一部神情。瞌睡醒时，上文下文已不接续，即使抖起精神再看，只好断章取义作零出观。"[②] 可见，在他们看来，科诨对场上叙事所起的作用举足轻重，直接影响到场上叙事的接受效果。所以，对于以施之场上为终级目标的戏曲而言，作为观剧的"参汤"的插科打诨自然是必不可少的。但是，科诨要达到祛睡魔、提精神以此来诱坐客的作用，还须"作得极巧，又下

① 王骥德：《曲律》，俞为民、孙蓉蓉《历代曲话汇编》明代编第二集，黄山书社 2009 年版，第 100 页。

② 李渔：《闲情偶寄》，俞为民、孙蓉蓉《历代曲话汇编》清代编第一集，黄山书社 2008 年版，第 283 页。

得恰好。如善说笑话者，不动声色，而令人绝倒，方妙，大略涉安排勉强，使人肌上生粟，不如安静过去”①。也就是说，科诨的插入首先要真实、自然且有意义，使观众真正从内心发笑，而不是故意搬弄噱头，忸怩作态。其次，科诨的插入要切合剧中人物的性格，从剧情自然生发，表现出水到渠成、天机自露的自然之感，要随机应变但不能随心所欲，离题太远，生搬硬套更不可取。另外，李渔还指出科诨要近俗，不俗则类腐儒之谈，难以产生戏谑之感，达不到哄堂的效果，但又不能太俗，尤其不宜及淫邪之事，不仅有伤风化，且“雅人塞耳，正士低头”，唯恐有污视听。所以，无论从插入的时间还是从科诨内容上来看，恰到好处的“科诨”才能产生需要的效果。

在古典戏曲作品中，一些剧作家虽有插科打诨之意，但未能认真考虑到上述这些因素，剧中虽设科诨却难以产生令人满意的效果，如《紫钗记》虽“诨间有之，不能开人笑口”②，袁宏道批评其“可恨！可恨”。所以，古代剧论家们认为：戏曲叙事中设科诨要“贵自然”“合情境”“忌俗恶”，如此方能产生令人哄堂的效果，进而起到诱人之观听的作用。

综上可见，曲、白是构成中国古典戏曲叙事的两大语言媒介，各自承担不同的功能，各抒所长，各尽所能。其中，宾白承担着主要的叙事任务，从故事情节结构来看，起承上启下的作用，从叙事内容来看，展现着故事的颠末脉络；而曲词常常表现为将宾白中所叙内容再叙，因其得到曲牌、宫调相助，将浓郁的情感蕴含在戏曲的一吟一唱中，使戏曲故事的表达具有了情事相容、意蕴丰富的内涵；同时，曲词与宾白在叙事中相互倚助、互相推动、不可偏废。另外，舞台提示的科介对人物前后的行动以及事件的发展可起到连接、贯串的作用，具有幽默性质的插科打诨主要起调节演出的节奏、活跃场上气氛的作用，为叙事的接受做铺垫。它们虽各司其职，但在叙事中是有机地组合在一起的，只有它们之间达到和谐的统一，才能共同完成叙事的任务。对此，剧论家们纷纷

---

① 王骥德：《曲律》，俞为民、孙蓉蓉《历代曲话汇编》明代编第二集，黄山书社2009年版，第100页。

② 袁宏道：《紫钗记总评》，俞为民、孙蓉蓉《历代曲话汇编》明代编第二集，黄山书社2009年版，第413页。

以不同的形象来比喻它们之间的关系，明代李贽曰："传奇有曲，有白，有介，有诨，如耳、目、口、鼻不可相废。《明珠》一以曲收之，亦其病也。"[①] 李贽把曲、白、介、诨比作人体的耳、目、口、鼻，以此来强调戏曲中的曲、白、介、诨正如人体的七窍一样，它们都有自身的特征，各自承担不同的职能，但互相之间又紧密相关，缺一不可，共同完成戏曲叙事的任务。袁宏道又曰："凡乐府家，词是肉，介是筋骨，白、诨是颜色。如《紫钗》者，第有肉耳，如何转动？却不是一块肉尸而何？此词家所大忌也。不意临川乃亦犯此。"[②] 袁宏道又分别将曲、介、白、诨看作人体的肉、筋骨及颜色，意在言它们在戏曲中具有不同的地位，在指出曲词重要性的同时，又强调了介、白、诨的不可替代性。可见，在古典戏曲理论中，古代剧论家们对曲、白、科、诨这些叙事媒介在戏曲中的功能有着充分的认识。

第三节　场上的叙事媒介——脚色

"填词之设，专为登场"，将故事施之于场上，这是戏曲叙事的最终目的。在舞台叙事中，故事被"体之以人身，见之於行事"[③]，以活生生的人物形象及动作来展现。如此，"敷之声歌，使有耳者之共闻；著之象形，使有目者之共观。至于离合悲欢，抑扬劝惩，不惟中人之能知，虽愚夫愚妇靡不悚恻涕洟，感悟通晓矣"[④]。这是戏剧叙事与历史叙事、小说叙事等以语言文字为媒介的其他叙事形式相比，在形象性、直观性方面所具有的独特优势。对于中国古典戏曲而言，故事在舞台呈现中，还有区别于其他戏剧形式的独特表征，西方戏剧与中国话剧等其他戏剧形式都是由演员直接化身为剧中之人去呈现故事，而在古典戏曲中，还有

① 李贽：《明珠记总评》，俞为民、孙蓉蓉《历代曲话汇编》明代编第一集，黄山书社2009年版，第552页。

② 袁宏道：《紫钗记总评》，俞为民、孙蓉蓉《历代曲话汇编》明代编第二集，黄山书社2009年版，第413页。

③ 高并：《五伦全备记序》，俞为民、孙蓉蓉《历代曲话汇编》明代编第一集，黄山书社2009年版，第214页。

④ 郑之珍：《目连救母劝善记·自序》，蔡毅《中国古典戏曲序跋汇编》，齐鲁书社1989年版，第615页。

一个重要的媒介——脚色，演员装扮为脚色，再以脚色的身份来扮演剧中人物，进而呈现故事。也就是说，故事通过脚色扮演人物来呈现。所以，研究脚色与故事的呈现关系，实质是探究脚色与人物的扮演关系。就对古典戏曲理论的爬梳来看，关于脚色与故事呈现的关系，主要从以下两方面作出分析：

一　脚色的内涵及其相互之间的关系

关于古典戏曲中的脚色，明代程羽文曾言："曰外、曰末、曰净、曰丑、曰生、曰旦，六人者出焉，凡天地间知愚、贤否、贵贱、寿夭、男女、华夷，有一事可传，有一事可录，新陈言于牍中，活死迹于场上，谁真谁假，是夜是年，总不出六人搬弄。"① 这"六人"是戏曲中的基本脚色，北杂剧基本脚色有末、旦、外、净四行，南戏与传奇基本脚色有生、旦、外、丑、净、末六色。后来在每一基本脚色下还细化出很多脚色，如小旦、小生等，我们称其为子脚色，但这些细化出来的子脚色都是基本脚色内部的分化，其主要特征和功能与基本脚色是一致的。所以，对脚色的研究主要集中在这六个基本脚色上。

探究脚色与人物的扮演关系，不得不先厘清每一脚色的内涵。关于脚色的内涵，清代剧论家讨论得比较多，近人王国维在前人基础上做出了较全面的总结，将其分为三级："一表其人在剧中之地位，二表其品性之善恶，三表其气质之刚柔也。"② 但他对每一个脚色的具体内涵没有做出详细阐释，以此为纲，结合古代其他剧论家们的论说，作具体深入的分析。

首先，脚色具有品性善恶之别。这里将脚色的品性放在第一位，旨在先挖掘脚色自身的内涵，然后再探究各自在脚色中的地位以及在剧中的地位等。关于脚色具有品性善恶之别的认识，明初李贽在分析人物与脚色的扮演关系时已有流露（下文详论），正式对其进行理论化的论述始于清代李渔，他在《结构第一·戒讽刺》中针对近世刻薄之流"借此文

---

① （明）程羽文：《盛明杂剧·序》，《盛明杂剧》（一集），中国戏剧出版社 1958 年影印本。

② 王国维：《古剧脚色考·余说一》，俞为民、孙蓉蓉《历代曲话汇编》近代编第二集，黄山书社 2009 年版，第 726 页。

报仇泄怨”这一现象，指出这些剧作者将“心之所喜者，处以生、旦之位；意之所怒者，变以净、丑之形”，后他又指出其创作时“加生、旦以美名”“抹净、丑以花面”[①]。综合李渔的这些论说，我们可知从创作的角度来看，生、旦是剧作者所褒之人，具有“美名”，而净、丑则是剧作者所贬之人，具有“丑陋”之形。也就是说，生、旦与净、丑承载着剧作者不同的情感色彩，其自身有着鲜明的美丑之别，这就如南宋影戏中“公忠者雕以正貌，奸邪者与之丑貌，盖亦寓褒贬於其间”[②]。后孔尚任又明确指出：“脚色所以分别君子小人，亦有时正色不足，借用丑、净者。洁面花面，若人之妍媸然，当赏识於牝牡骊黄之外耳（凡正色借用丑、净者，如柳、苏、丁、蔡出场时，暂洗去粉墨）。”[③] 这里，孔尚任以“君子小人”来论，也在言生、旦与净、丑有着善恶的品性之别，生、旦具君子之品，丑、净则具小人之品。同时又进一步指出：生、旦的洁面与净、丑的花面装扮分别代表着人物的美善与丑恶的内在品性。如正色不足，需借用净、丑，则须洗去其花面，或者是改其妆面。这一现象在古代戏曲中确实存在，如《桃花扇》中的柳、苏、丁、蔡本需正色扮演，但因正色不足便借用了丑、净，所以在出场时都要洗去粉墨。清仲振奎的《红楼梦传奇》也因正色不足借用了净、丑，但他们是对净、丑之妆做了修改，“净扮贾母，不敷粉墨；副净扮凤姐，丑扮袭人，皆敷粉艳妆，不敷墨”[④]。所以，我们现在看到的许多古代剧作中净、丑所扮演的人物都是正面人物，按此理来推应是借色现象，在具体的表演中他们应是改了妆面的。可见，脚色的妆面是其善恶之别的表象，脚色美丑的外表对应着所扮演人物的善恶品性。

总结上述各家的论说就是：生、旦与净、丑有着鲜明的褒贬色彩，也代表着一定的善恶品性。生、旦常具有“美善”之品，净、丑则具“丑恶”之品，生、旦扮演时的洁面装扮与净、丑扮演时的花面装扮分别

① 李渔：《闲情偶寄》，俞为民、孙蓉蓉《历代曲话汇编》清代编第一集，黄山书社2008年版，第237页。

② 灌圃耐得翁：《都城纪胜》，俞为民、孙蓉蓉《历代曲话汇编》唐宋元编，黄山书社2006年版，第116页。

③ 孔尚任：《桃花扇凡例》，俞为民、孙蓉蓉《历代曲话汇编》清代编第一集，黄山书社2008年版，第667页。

④ 仲振奎：《红楼梦传奇·凡例》，蔡毅《中国古典戏曲序跋汇编》，齐鲁书社1989年版，第1998页。

代表着人物的“美善”与“丑恶”品性，脚色的这一特性应是其扮演人物时的最基本要求。

其次，脚色又有气质之差。王国维说：“气质则於容貌、举止、声音之间可一览而得者也。盖人之应事接物也，有刚柔之分焉，有缓急之殊焉，有轻重强弱之别焉。”[①] 也就是说，气质是人物的容貌、举止、声音等表象特征。这一特征主要侧重于每一基本脚色之下的子脚色之间及其与基本脚色之间的内涵区别。在所有的子脚色中，旦色之下的子脚色之间的区别，剧论家们讨论得比较多，如韩锡胙曰：“近今梨园遇观世音、西王母，皆以老旦扮之。夫观世音，面如满月；西王母，灵姿绝世。而扮以老旦，则是村妪老婢乞儿之相，不复有毫光四发矣。故西王母断宜扮以旦而不宜扮以老旦也。”[②] 从韩锡胙的论说可知，笼统而言，老旦气质较朴实，相对于老旦，旦则较庄雅。关于小旦王懋昭又说：“兹集用小旦者，以兰英‘探郎’‘递笺’等情态，在小旦为之则肖，正旦为之则不肖也。”[③] 可知，小旦相对于正旦又更活泼俏皮，这些区别都侧重于脚色的气质内涵。可以说，一个基本脚色下的子脚色之间的最大区别就在于气质的不同。

再者，脚色的地位也是不同的。关于生、旦的地位，清代韩锡胙说：“生、旦两种色目，乃属梨园屹然两柱。”[④] 韩锡胙这里是从剧场班社的角度指出生、旦的地位，“屹然两柱”意在言生、旦两色是班社中两个坚固的柱子，支撑起一个班社，是一个戏班中最重要、不可缺少的脚色，其中流砥柱的地位是不可动摇的。其后金兆燕又从创作中对脚色的选择角度来谈，曰：“传奇之难，不难於填词，而难於结构。生旦必无双之选。”[⑤]“无双”意为“独一无二，没有可比”之意，“无双之选”便是必

---

① 王国维：《古剧脚色考·余说一》，俞为民、孙蓉蓉《历代曲话汇编》近代编第二集，黄山书社2009年版，第727页。

② 韩锡胙：《渔邨记·凡例十则》，蔡毅《中国古典戏曲序跋汇编》，齐鲁书社1989年版，第1844页。

③ 王懋昭：《三星圆·例言》，蔡毅《中国古典戏曲序跋汇编》，齐鲁书社1989年版，第2060页。

④ 韩锡胙：《渔邨记·凡例十则》，蔡毅《中国古典戏曲序跋汇编》，齐鲁书社1989年版，第1844页。

⑤ 金兆燕：《旗亭记凡例》，俞为民、孙蓉蓉《历代曲话汇编》清代编第二集，黄山书社2008年版，第198页。

然之选择。也就是说，在对扮演的脚色进行选择时，生、旦两色是必然的首选，如果只选两个脚色，最好是生、旦，如若不合剧情，最起码生、旦中必须有其中一个。这一认识，地方小戏中故事情节比较简单的二小戏、三小戏可作为例证。二小戏、三小戏的故事内容多是反映的爱情生活或家庭纠葛，二小戏由小生、小旦或小旦、小丑扮，三小戏由小生、小旦、小丑扮，虽有生、旦不全者，但小生或小旦必有一个。对于生、旦的地位，前两位剧论家或从戏班脚色组成角度而言，或从剧中存在感而言，都突出了“最主要”“不可缺”之地位。近人王国维又从其所扮演人物在故事中的地位来谈，曰：“元杂剧中，则当场唱者惟正末、正旦。……虽剧中之主人翁，苟於此折中不唱，则亦退居他色，故元剧脚色，全以唱不唱定之。南曲既出，诸色始俱唱，然一剧之主人翁，犹必为生、旦，此皆表一人在剧中之地位，虽在今日，犹沿用之者也。”[①] 就是说，无论是在杂剧还是南戏、传奇中，生、旦所扮演之人都是剧中的主人翁。可见，无论从戏班脚色组成、脚色在剧中的存在，还是从脚色所扮演人物在故事中的地位来看，生、旦的地位都是最高的。

关于“净丑外末”色的地位，早在明代，谭元春已经作了较为形象的阐释，其曰：“生、旦两人合为一传，则两人有两人之想。净丑外末，嬉笑怒骂，种种诅祝怜惜之人，则亦有净丑外末嬉笑怒骂之想。夫传两人，则两人已耳。净丑外末，两人深不愿有此。然无之则不奇，不奇则不传，世无才人，并净丑外末须眉如土木矣。”[②] 这里表达了三层意思：一、“净丑外末”与“生旦”处于两个不同的位置，“净丑外末”显然是处于次要的地位，这与上述对“生旦”地位的认识是一致的。二、“净丑外末”的重要性虽不如“生旦”，但也是不可缺少的，他们是脚色的色彩与生机的体现，若没有他们就如人无“须眉如土木矣”，“净丑外末”的这一作用在舞台表演中表现得更为明显。三、这里还隐约指出了一些剧作者对“净丑”作用忽略的现象，清代吴梅就曾明确指出这一现象，他认为《桃溪雪》“由文人作词，止喜生、旦一面，而不知净、丑衬托愈

① 王国维：《古剧脚色考·余说一》，俞为民、孙蓉蓉《历代曲话汇编》近代编第二集，黄山书社2009年版，第726页。

② 谭元春：《想当然·序》，《古本戏曲丛刊初集》，国家图书馆2016年版，第7页。

险，则其词弥工也"[①]。这里他还强调不仅不可以忽略"净丑"的存在，更重要的是不能忽视"净丑"的衬托作用。

在"外末丑净"中，"净"色在故事中的地位及其作用相对于其他几个又更为重要。明代潘之恒说："二净，色中之蒜酪也。颦笑关乎喜怒，谑浪亦示微权。古称施、孟能近人情，则二子庶几矣。"[②]"蒜酪"是北方常食的一种食物，现常以其指北方少数民族。在古典戏曲理论中，关于"蒜酪"，何良俊曾曰："然既谓之曲，须要有蒜酪，而此曲全无，正如王公大人之席，驼峰、熊掌，肥腯盈前，而无蔬、笋、蚬、蛤，所欠者，风味耳。"[③] 从何良俊的论说又可见，"蒜酪"可体现出一种独特的味道，所以，潘之恒将净色喻为脚色中的蒜酪，是为了说明"净"色是很有特色的，也就是说相对于其他脚色，其在起陪衬作用之外又有独特之处，从其论说来分析，这一独特之处就是可以通过其所起的讽谏作用来反映出剧作要揭示的题旨，如其所言"颦笑关乎喜怒，谑浪亦示微权，古称施、孟能近人情，则二子庶几矣"。净色就如古之俳优中的优施和优孟，他们的身上蕴含着剧作者所要表达的劝谏、讥刺之意，潘之恒的这一认识是正确的，也是有见地的。前面论净色的善恶之品时，已知净脚的品性应是丑恶的，剧作者正是通过展现脚色所扮演人物的丑恶之形、之品来起到劝谏和讽刺作用。但是它不同于优施与优孟的劝谏方式，优施没有扮演，只是以歌舞讲了一个"人应集于苑"的道理，优孟扮演成死去的孙叔敖来劝谏庄王，孙叔敖是个正面人物。而净色是以反面的形象来起劝谏和讽刺作用。所以，净色虽与外末丑同属于次要脚色，处于陪衬地位，但相对于其他几个脚色而言，又可以产生讽刺劝谏的作用，是较重要的。

脚色所扮演的人物之间又有固定的关系，是说脚色之间有固定的搭配关系。关于脚色的搭配关系，清代王懋昭说："戏中夫妇配合，原所不

---

① 吴梅：《桃溪雪·跋》，蔡毅《中国古典戏曲序跋汇编》，齐鲁书社 1989 年版，第 2178 页。

② 潘之恒：《鸾啸小品·艳曲十三首》，俞为民、孙蓉蓉《历代曲话汇编》明代编第二集，黄山书社 2009 年版，第 215 页。

③ 何良俊：《四友斋丛说》，俞为民、孙蓉蓉《历代曲话汇编》明代编第一集，黄山书社 2009 年版，第 469—470 页。

拘。惟正生必配正旦。”① 在剧中的夫妻关系中，正生必配正旦，这一要求不是随意而发的，而是有着深厚的哲学原理的。关于生、旦相配的原理，清人张道就以传统思想中的阴阳来阐释，曰：“生旦者，传奇之正色也。一阴一阳，道之所在。”② 他将脚色中的生、旦二色指为一阴一阳，就是在说生、旦相配是自然界对立统一的客观规律。确实，生配旦的男女夫妻关系代表着人类所有关系中最基本的对立关系，也是人类所有关系中最核心的关系。所以，生、旦是剧中的无二之选，也是必然的组合。关于其他脚色之间的搭配关系，虽没有像正生、正旦这样要求，但也形成了一些固定模式，如李渔总结道：“生、旦合为夫妇，外与老旦，非充父母，即作翁姑，此常格也。”③ 就是说外与老旦扮演父母或翁姑也是惯例。

二 脚色与人物的扮演关系

脚色的内涵及其相互之间的关系影响并决定着他们与人物的扮演关系。关于脚色与人物的扮演关系，从对古代剧论家们论说的分析来看，主要表现为以下两个方面：

一方面，以人物定脚色。由人物不同的年龄、身份、品性、气质来决定什么脚色来扮演。其实，在前面分析脚色的内涵时已有所涉及，这里要强调的是，人物在故事中的形象决定着对其扮演脚色的选择。也就是说，剧作者首先要确定人物在故事中的形象特征，善恶、刚柔等，然后再选择脚色。如在《琵琶记》中，“盖扮丞相以外，不扮丞相以净，非取其今之能教女也，取其后之能悔过也，欲以改过迁善，感动不花丞相耳”④。在毛声山看来，丞相在剧中所要体现的形象主要落在其“改过迁善”的品性上，故而剧作者选择以“外”扮演而不是“净”。以人物的

---

① 王懋昭：《三星圆·例言》，蔡毅《中国古典戏曲序跋汇编》，齐鲁书社 1989 年版，第 2060 页。

② 张道：《梅花梦·杂言》，蔡毅《中国古典戏曲序跋汇编》，齐鲁书社 1989 年版，第 2406 页。

③ 李渔：《闲情偶寄》，俞为民、孙蓉蓉《历代曲话汇编》清代编第一集，黄山书社 2008 年版，第 286 页。

④ 毛声山：《第七才子书琵琶记批语》，俞为民、孙蓉蓉《历代曲话汇编》清代编第一集，黄山书社 2008 年版，第 509 页。

形象特征来选择扮演的脚色，最有说服力的是曹寅《后琵琶》中曹操的扮演脚色。作为历史上的政治家、军事家曹操虽有“英略之君”之范，但却也有“多诈，好立诡谋”之名，且这一负面形象曾受到历代论者的指责。这些指责在传统“正统观念”的背景之下，也给文学艺术创作以巨大的影响，《三国演义》中就有很鲜明的贬曹倾向，戏曲舞台上也出现了“白脸曹操”的形象。但在《续琵琶》中，剧作者曹寅却避免了历来人们对曹操的负面认识，突破了“粉脸藏奸”的扮相，将其塑造为一个有智谋、有魄力，求贤若渴、爱才如宝的英雄形象。如在第六、七、九、十出所写十八路诸侯讨董卓情节中，表现的是曹操宽广的胸怀气度、长远的眼光，与袁绍、孙坚的寡谋、短见等形成了鲜明的对比。又如，剧中第二十三出“勤王”与第二十四出“迎驾”，这两出的剧情框架系源于《三国演义》之第十四回“曹孟德移驾幸许县……”，《三国演义》中的这段情节表现的是曹操采纳荀彧意见，“接走”了汉献帝，即所谓“移驾”许昌，从此就形成了“挟天子以令诸侯”的局面，这也是后世谴责曹操“奸诈”“弄权”的最重要依据之一。但在《续琵琶》的这两出戏里，我们看到曹操的行为纯属顺应自然之势，在东、西两京均已破败不堪的情况下，“移驾”许昌显然是唯一之路，且此时曹操的态度也表现得十分真诚。故而，在曹操脚色扮演的选择中，清代刘廷玑据其“耳所亲闻，目所亲见，身所亲历”，在《在园杂志》中指出：“乃用外扮孟德，不涂粉墨”，就因“孟德笃念故友”，且具“怜才尚义豪举”[①]。由此足见，人物在剧中的形象决定着其脚色的扮演。且据前几例的论说，也可见“外”色具有与生、旦相同的美善之品。

需要强调的是，由人物在剧中的形象来决定其扮演的脚色是由人物的主要形象特征来决定，而不是由人物个别的行动反应来决定。如《琵琶记》中的蔡婆婆，“妇人虽无远见，姑息之爱乃人之常情，不合以净脚扮蔡婆，易以老旦为是”。李卓吾也觉“竟从净扮，甚冤之”[②]。对于此

---

① 刘廷玑：《在园杂志·前后琵琶》，俞为民、孙蓉蓉《历代曲话汇编》清代编第一集，黄山书社 2008 年版，第 727 页。

② 李贽：《李卓吾批评〈琵琶记〉》，《古本戏曲丛刊初集》，国家图书馆 2016 年版，第 165、166 页。

类不太重要的人物在选择脚色时出现不相符的现象，剧论家们还较宽容。若剧中主要人物的扮演或主要脚色生旦的扮演也出现此类现象，剧论家们就不能容忍了。清人韩锡胙就指出："昔人讥《鸳鸯棒》之生，《烂柯山》之旦，全是净丑面目。"也就是说，这两部剧作都存在以生旦脚色饰演净丑面目的问题。我们现对《烂柯山》中旦色所扮演的人物作一分析，《烂柯山》又称《朱买臣休妻》，"本事"为汉代儒生朱买臣马前泼水的故事。剧中旦角朱买臣之妻崔氏因不耐贫寒，且受媒婆蛊惑，逼朱买臣写休书，改嫁张木匠。再婚后不久，发现张木匠不仅贫穷，且性情暴躁，再度离异。后朱买臣发愤苦读，上京赴试，高中科举，崔氏得知朱买臣高中，荣任会稽太守，悔恨不已，夜间梦见朱买臣差人送来凤冠霞帔，迎接她到任所团聚，万分欣喜，醒来后心想朱买臣或许会念及往日夫妻情分，重新接纳她，因此在朱买臣荣归之日，拦住其马头，要求破镜重圆，买臣命人泼水于马前，声言若崔氏能将覆水收回，则夫妻相认。崔氏羞愧后悔，投水自尽。显然，崔氏嫌贫爱富，为了追求个人幸福，弃夫妻情义于不顾，不具"美善"之品，所以此剧崔氏以旦色扮是不合理的，故遭到了人们的讥嘲，对于此种现象，韩锡胙再一次强调说："梨园之有生旦，犹人家冢子冢妇，不宜被以丑恶不洁之名。"①

在古典戏曲中，脚色是有限的，但需扮演的人物却明显超出了所具有的脚色人数，尤其是在明清传奇中，所以就会出现一些"借色"现象，在古典剧作中，净、丑在一个剧中扮演多个同类品性的人物是很常见的，甚至有"以净丑心胸，而借正生面孔"② 的现象。这样就容易出现一些问题，虽说在舞台上可以通过对妆面的改变来表示人物品性的不同，但只从剧本来看就造成了混乱，如前面清仲振奎指出《红楼梦传奇》中的"借色"现象，在舞台演出中脚色改变了妆面，而梁廷楠只就剧本而言，曰："惟以副净扮凤姐，丑扮袭人，老旦扮史湘云，脚色不甚相称耳。"③

---

① 韩锡胙：《渔邨记·凡例十则》，蔡毅《中国古典戏曲序跋汇编》，齐鲁书社 1989 年版，第 1844 页。

② 吴秉钧：《风流棒·总评》，马廉《马隅卿小说戏曲集》，中华书局 2006 年版，第 237 页。

③ 梁廷楠：《曲话》，俞为民、孙蓉蓉《历代曲话汇编》清代编第四集，黄山书社 2008 年版，第 32 页。

所以，为了防止出现脚色善恶品性不明的现象，影响观众的接受效果，在主要脚色的使用中，一方面剧作家们尽量避免品性不同的脚色之间以及主要脚色借用的现象，如韩锡胙在其剧作《渔邨记》中“以生扮慕蒙，小旦扮梅影之后，即不复派其更扮杂色人等，再使登场。一以清观者之目，一以正传奇之体也”。[①] 后来，张道在其剧作《梅花梦》的脚色使用上，也明确指出从韩氏之例，剧中“专以旦为主。自扮小青外，不扮别色”[②]。另一方面是如孔尚任等所言，在舞台演出时对扮演不同品性脚色的妆面进行改变。但尽管这样，正色不够的情况常有发生，这一矛盾如何解决？最有效的办法便是增加脚色，这就促使了脚色逐渐细化发展，到清后期，一个基本脚色下已经衍生出很多的子脚色，如周贻白先生考察了闽剧的脚色分化后指出，闽剧的旦脚就有正旦、花旦、贴旦、小旦、老旦、武旦、泼旦、丑旦这几种。其他剧种也是如此，如清乾隆年间昆班的旦角就分为正旦、闺门旦、六旦、贴旦、老旦、刺杀旦、作旦，其他的脚色也都进行了相应的细化。

另外，在韩锡胙看来，脚色具有善恶品性的内涵乃“传奇之体”，“体”为最根本的特性，所以可以说，脚色善恶品性的限定是其扮演人物时的最基本要求，在扮演人物时这一点绝不可含糊，韩锡胙的这一认识很有意义。近人王国维对此的认识就不是很清晰，他虽然指出脚色“表品性之善恶”，但他认为这只是“脚色之命意”之一，认为也有脚色的命意不以品性之善恶来定义，而是以刚柔来区别，其所举例子是孔尚任的《桃花扇》，其曰：“其定脚色也，不以品性之善恶，而以气质之阴阳刚柔，故柳敬亭、苏昆生之人物，在此剧中，当在复社诸贤之上，而以丑、净扮之，岂不以柳素滑稽，苏颇崛强，自气质上言之当如是耶?”[③] 显然，王国维的这一论说与剧作者孔尚任所言不一致。也就是说，韩锡胙所言脚色分品性之善恶是戏曲脚色的根本特征是正确的，脚色扮演人物首先

① 韩锡胙：《渔邨记·凡例十则》，蔡毅《中国古典戏曲序跋汇编》，齐鲁书社 1989 年版，第 1844 页。

② 张道：《梅花梦·杂言》，蔡毅《中国古典戏曲序跋汇编》，齐鲁书社 1989 年版，第 2406—2407 页。

③ 王国维：《古剧脚色考·余说一》，俞为民、孙蓉蓉《历代曲话汇编》近代编第二集，黄山书社 2009 年版，第 726、727 页。

考虑的是其善恶的品性，生、旦绝不可有丑恶之品，丑恶之人只能由净、丑来扮。

另一方面，脚色又规定着人物的语言、行为。前已分析每个脚色都有其自身的内涵，在扮演人物过程中，人物以其内涵来选择具有相应内涵的脚色来扮。反之，脚色也以其自身的内涵要求着所扮演人物的言语行为。这也是戏曲人物形象走向类型化的原因之一。故长期扮演下来，不同的脚色已形成不同的固定又鲜明的内涵特征，如青衣贤淑端庄、花旦刚直粗暴、老生文雅庄严、武生英武正派、小丑阴险滑稽等。这一方面还是清代李渔的认识比较深刻，他就指出“生、旦有生、旦之体，净、丑有净、丑之腔”。所以，对于主要反映人物内涵的言语的处理，首先“宜从脚色起见”。“在花面口中，则惟恐不粗不俗；一涉生、旦之曲，便宜斟酌其词。无论生为衣冠、仕宦，旦为小姐、夫人，出言吐词，当有隽雅舂容之度；即使生为仆从，旦作梅香，亦须择言而发，不与净、丑同声。”① 也就是说，脚色的基本特性是不以其所扮演的人物特征为转移的。从古典剧作中脚色所扮演人物的言行来看，也确实如此。毛声山就总结道：“古本传奇，写生、旦，必成其为生、旦之人，而不写作净、丑之事。”②

由上可见，在古典戏曲的叙事中，场上媒介——脚色在其中也起着重要的决定与影响作用。其自身不同的品性、气质以及在整个脚色中的地位，切合并标志着故事中不同人物不同的品性、气质以及在故事中的地位，同时，其自身的内涵又决定并约束着故事中人物的言行。

---

① 李渔：《闲情偶寄》，俞为民、孙蓉蓉《历代曲话汇编》清代编第一集，黄山书社 2008 年版，第 252 页。

② 毛声山：《第七才子书琵琶记批语》，俞为民、孙蓉蓉《历代曲话汇编》清代编第一集，黄山书社 2008 年版，第 469 页。

结　语

通过以上对古典戏曲理论的爬梳剔抉、分析研究，得出以下结论：

首先，中国古典戏曲理论中蕴含着丰富的叙事思想。在古典戏曲理论史上，“故事”这一要素与“讲故事”这一动作以及相关因素，自元代以来便成为剧作者、剧论家们持续讨论的话题。他们或以古代术语、概念综括，或通过文本鉴赏等方式来表达，其不拘一格的表述形式使古典戏曲叙事理论以零散性的特点散见于各种理论形态中。首先，规模较大且具有相对完整体系的专著是叙事理论的主要阵地，如徐渭的《南词叙录》、王骥德的《曲律》、李渔的《闲情偶寄》等。其次，形形色色的曲话中也聚集了大量的叙事成分，如何良俊的《曲论》、王世贞的《曲藻》、沈德符的《顾曲杂言》、凌濛初的《谭曲杂札》、梁廷楠的《曲话》、焦循的《剧说》、杨恩寿的《词余丛话》等。再者，能以三言两语道出每部剧作的优长短缺、成败得失的曲品、剧品中也透露出许多叙事理论的光亮，如吕天成的《曲品》、祁彪佳的《远山堂剧品》及《远山堂曲品》、徐复祚的《三家村老曲谈》等。另外，详细评析的评点本中也有大量的叙事主张，如孟称舜的《古今名剧合选评语》、王思任批评《牡丹亭》、金圣叹批评《西厢记》、毛声山批评《琵琶记》、吴仪一批评《长生殿》等。古典戏曲叙事理论除集中在以上规模较大的专著、曲话、曲品、评点之外，还零星点缀于序跋、凡例、诗词形式的评论中，嵌夹于杂文、日记、书信以及南戏与传奇的副末开场等多种形态中。总之，古典戏曲理论以多种形式、多种角度呈现出丰富的叙事思想。

其次，我们将这些思想梳理、归纳为较为完整、系统的戏曲叙事理论体系。从宏观视角来看，古典戏曲理论是关于戏曲叙事的观念、目的及要求的论说。通过以上研究已知，戏曲叙事理论呈现出以情节为中心的叙事观念，整个理论批评中都或隐或显地贯穿着这一观念。另外，广为流传的目的要求戏曲叙事传奇事，感动人心的叙事目的要求叙事中要写出情感，有助风化的目的又要求戏曲叙事寄寓伦理道德，具体的叙事动作在这些目的与要求之下进行；从微观视角来看，在叙事内容、叙事动作、叙事媒介方面，剧论家们又以不同的方式进行了相关论说。

在叙事内容方面，剧论家们对戏曲故事类型的认识反映了古典戏曲故事内容的丰富性、类型范围的广泛性。剧作家在写作中以及剧论家在对故事“本事”的分析中，存在一种“据实贵于杜撰”的取材观念，在“据实贵于杜撰”观念的指引下，剧作家在其著作的序跋中往往表明其“本事”的来源，从剧作家的表述来看，古典戏曲取材不拘，“本事”来源极其广泛，一切有故事的地方都可以作为戏曲“本事”的来源。但“本事”不管取自哪里，在叙事过程中，都会在其基础上有或多或少的虚构，最终都要将其虚化为艺术世界中的故事。另外，古人创作戏曲喜欢用事。对此，古代剧论家们也多持赞成态度，但他们要求戏曲叙事应该用通俗浅显、为广大观众所熟知的“当家事”而忌用僻事，戏曲中用事不可多，忌堆垛典故，且需明事暗使，隐事显使，化腐为新，为板为活，归根结底都要使插入的典故成为故事的一个有机组成部分。

人物作为事件的主体，是叙事内容中的重要成分，戏曲独特的社会功用、脚色制的表演方式等因素使戏曲人物形象整体呈现出类型化的倾向，而在传统文化心理结构和审美习惯的影响之下、在戏曲叙事审美效应的要求之下、情节“奇特性”的约束之下，剧作家及剧论家们又在追求类型中的极致化。戏曲中人物以自己的言语动作展现着故事，从中又体现出自身的形象。在人物展现故事的动作中有一种特殊的动作——叙述，人物在叙述时或处于故事的交流语境之外或处于交流语境之中，这一叙述方式为叙事过程中人物形象的塑造及背景情节的介绍省却了许多笔墨，也为戏曲舞台叙事提供了很多便利。在古代剧论家们看来，这一叙述方式不仅可以突显人物形象、调节叙事节奏，还可以通过描述环境来渲染气氛。另外，一个故事中有许多人物，他们可以以不同的角度分为不同的类型，就叙事功能而言，也可以分为不同的类型，不同类型的人物在故事中承担不同的叙事功能，古代剧论家们将其分为主脑人物、针线人物、道具性人物，分别探讨其类型特点及叙事功能。

在叙事动作方面，首先是对故事整体框架的构建，即整体布局。布局是叙事过程的第一步，也是极为重要的一个步骤。在叙事之始，若对所叙故事没有一个整体的设置，在具体的叙事过程中便没有头绪，也难以产生一个完整的故事，同时还会导致各部分之间不能血脉贯通、情节前后之间次序不明等问题出现。在整体布局的诸要素考虑中，如排场气氛、结构布置、情节安排、情节发展、人物设置、人物情感变化等方面，都要求体现"正反中和"的美学原则。在故事的整体结构中，开头与结尾是两个重要的组成部分，关于副末开场与情节线条开端部分的设置，古代剧论家们都做出了详细的论说，同样，对戏曲故事的结尾也十分重视，对于剧作中呈现出来的结尾样式，他们从戏曲的功用、观众的需求、演出的效果及艺术审美等角度对其进行分析；在具体的情节组织中，古代剧论家们认为首先要围绕主要人物和中心事件，其次要使情节联贯且有节奏地发展，同时又不能平铺直叙，还要曲折有致，引人入胜。就是说，情节的组织要求贯穿集中性、联贯性、节奏性及曲折性这四个原则。

在叙事媒介方面，戏曲既属于文学艺术，又属于舞台艺术。作为文学艺术，它的叙事媒介是书面文字，也就是语言；作为舞台艺术，在场上叙事中，有一个独特的媒介——脚色。关于语言，首先，戏曲的舞台性兼文学性特征决定了语言"文而不文，俗而不俗"的整体风格。从戏曲叙事的特征来看，"于事谐"就是本色语，也就是说，当戏曲语言与其所叙之事相称时，才是真正的"本色"语。其次，曲、白是构成中国古典戏曲叙事的两大语言媒介，各自承担不同的功能，各抒所长，各尽所能。其中，宾白承担着主要的叙事任务，从故事情节结构来看，起承上启下的作用，从叙事内容来看，展现着故事的颠末脉络。曲词则常常将宾白中所叙内容再叙，因其得到曲牌、宫调相助，将浓郁的情感蕴含在戏曲的一吟一唱中，使戏曲故事的表达具有了情事相容、意蕴丰富的内涵。同时，曲词与宾白在叙事中相互倚助、互相推动。另外，舞台提示的科介对人物前后的行动以及事件的发展可起到连接、贯穿的作用，具有幽默性质的插科打诨又可起调节演出的节奏、活跃场上气氛的作用，为叙事的接受做铺垫。它们虽然各司其职，但在叙事过程中是有机地组合在一起的，只有它们之间达到和谐的统一，才能共同完成叙事的任务；从场上表演来看，故事通过脚色这一媒介扮演人物来呈现，脚色的内涵及其相互之间的搭配关系决定并影响着它们与人物的扮演关系。每个脚色自身不同的品性、气质及其在整个脚色中的地位，切合并标志着其在故事中所扮演的人物品性、气质以及在故事中的地位。同时，脚色自身的内涵又决定并约束着故事中人物的言行。

最后，中国古典戏曲叙事理论是我国古代众多剧作家在创作中、舞台上多次实践中总结出来的经验与教训，也是众多理论家对剧作及演出等戏曲实践的理论认识，这是我国古典戏曲以及古典文化中极有价值的令后人为之感到自豪的一宗遗产。这些叙事思想的形象性的呈现方式，大大增强了理论的易解性与可接受性，故使其具有强烈的实践指导性，为当时的戏曲叙事活动及其他戏曲活动起到了很好的启发与指导作用。且在当下来看，这些理论内涵对戏剧创作及理论批评同样有着不可忽视的指导与借鉴意义。

参考文献

一　基本文献

[1] 秦学人、侯作卿:《中国古典编剧理论资料汇辑》，中国戏剧出版社 1984 年版。

[2] 蔡毅:《中国古典戏曲序跋汇编》，齐鲁书社 1989 年版。

[3] 俞为民、孙蓉蓉:《历代曲话汇编》，黄山书社 2008 年版。

[4] 黄竹三、冯俊杰主编:《六十种曲评注》，吉林人民出版社 2001 年版。

[5] 臧晋叔:《元曲选》，中华书局 1979 年版。

[6] 隋树森:《元曲选外编》，中华书局 1959 年版。

[7] 王实甫著，金圣叹批评:《西厢记》，凤凰出版社 2011 年版。

[8] 汤显祖著，王思任批评:《牡丹亭》，凤凰出版社 2011 年版。

[9] 洪昇著，吴仪一批评:《长生殿》，凤凰出版社 2011 年版。

二　主要著作

[1] 朱东润:《中国文学批评史大纲》，古典文学出版社 1944 年版。

[2] 赵景深:《戏曲笔谈》，上海古籍出版社 1962 年版。

[3] 曾永义:《中国古典戏剧论集》，台北联经出版事业公司 1975 年版。

[4] 钱南扬:《永乐大典戏文三种校注》，中华书局 1979 年版。

[5] 张庚:《戏曲艺术论》，中国戏剧出版社 1980 年版。

[6] 赵景深:《曲论初探》，上海文艺出版社 1980 年版。

[7] 陈多:《李笠翁曲话》，湖南人民出版社 1980 年版。

[8] 张庚、郭汉城:《中国戏曲通史》，中国戏剧出版社 1981 年版。

[9] 范钧宏:《戏曲编剧论集》，上海文艺出版社 1982 年版。

[10] 夏写时:《中国戏剧批评的产生和发展》,中国戏剧出版社 1982 年版。
[11] 蒋星煜:《中国戏曲史钩沉》,中州书画社 1982 年版。
[12] 杜书瀛:《论李渔的戏剧美学》,中国社会科学出版社 1982 年版。
[13] 张赣生:《中国戏曲艺术》,百花文艺出版社 1982 年版。
[14] 陈多、叶长海:《王骥德曲律》,湖南人民出版社 1983 年版。
[15] 余秋雨:《戏剧理论史稿》,上海文艺出版社 1983 年版。
[16] 叶长海:《王骥德〈曲律〉研究》,中国社会科学出版社 1983 年版。
[17] 陈衍:《中国古代编剧理论初探》,湖北人民出版社 1984 年版。
[18] 范钧宏:《戏曲编剧技巧浅论》,中国戏剧出版社 1984 年版。
[19] 王国维:《王国维戏曲论文集》,中国戏剧出版社 1984 年版。
[20] 唐文标:《中国古代戏剧史》,中国戏剧出版社 1985 年版。
[21] 齐森华:《曲论探胜》,华东师范大学出版社 1985 年版。
[22] 余秋雨:《中国戏剧文化史述》,湖南人民出版社 1985 年版。
[23] 陈德溥:《审美心理与编剧技巧》,吉林省白城地区戏剧创作室 1985 年版。
[24] 祝肇年:《古典戏曲编剧六论》,中国戏剧出版社 1986 年版。
[25] 汪效倚:《潘之恒曲话》,中国戏剧出版社 1987 年版。
[26] 陆树仑:《冯梦龙研究》,复旦大学出版社 1987 年版。
[27] 蔡钟翔:《中国古典剧论概要》,中国人民大学出版社 1988 年版。
[28] 夏写时:《论中国戏剧批评》,齐鲁书社 1988 年版。
[29] 张庚、郭汉城:《中国戏曲通论》,上海文艺出版社 1989 年版。
[30] 张建新:《徐渭论稿》,文化艺术出版社 1990 年版。
[31] 姜永泰:《戏曲艺术节奏论》,文化艺术出版社 1990 年版。
[32] 陈竹:《明清言情剧作学史稿》,华中师大出版社 1991 年版。
[33] 谭帆:《金圣叹与中国戏曲批评》,华东师范大学出版社 1992 年版。
[34] 谭源材:《中国古典戏曲学论稿》,春风文艺出版社 1993 年版。
[35] 谭帆、陆炜:《中国古典戏剧理论史》,中国社会科学出版社 1993 年版。
[36] 马也:《戏剧人类学论稿》,中国社会科学出版社 1993 年版。
[37] 俞为民:《明清传奇考论》,华正书局 1993 年版。

[38] 傅小航：《戏曲理论史述要》，文化艺术出版社 1994 年版。
[39] 俞为民：《李渔〈闲情偶寄〉曲论研究》，江苏教育出版社 1994 年版。
[40] 吴毓华：《古代戏曲美学史》，文化艺术出版社 1994 年版。
[41] 赵山林：《中国戏剧学通论》，安徽教育出版社 1995 年版。
[42] 郭英德、谢思炜、尚学锋等：《中国古典文学研究史》，中华书局 1995 年版。
[43] 苏国荣：《戏曲美学》，文化艺术出版社 1995 年版。
[44] 江巨荣：《古代戏曲思想艺术论》，学林出版社 1995 年版。
[45] 许金榜：《中国戏曲文学史》，中国文学出版社 1995 年版。
[46] 吴新雷：《中国戏曲史论》，江苏教育出版社 1996 年版。
[47] 刘彦君：《栏杆拍遍——古代剧作家心路》，文化艺术出版社 1996 年版。
[48] 沈达人：《戏曲的美学品格》，中国戏剧出版社 1996 年版。
[49] 黄强：《李渔研究》，浙江古籍出版社 1996 年版。
[50] 李昌集：《中国古代曲学史》，华东师范大学出版社 1997 年版。
[51] 徐振贵：《中国古代戏剧通论》，山东教育出版社 1997 年版。
[52] 李惠绵：《元明清戏曲搬演论研究——以曲牌体戏曲为范畴》，文史哲出版社 1998 年版。
[53] 王国维著，叶长海导读：《宋元戏曲史》，上海古籍出版社 1998 年版。
[54] 陈竹：《中国古代剧作学史》，武汉出版社 1998 年版。
[55] 叶长海：《曲学与戏剧学》，学林出版社 1999 年版。
[56] 陆林：《元代戏剧学研究》，安徽文艺出版社 1999 年版。
[57] 郭英德：《明清传奇史》，江苏古籍出版社 1999 年版。
[58] 许建中：《明清传奇结构研究》，中州古籍出版社 1999 年版。
[59] 廖奔、刘彦君：《中国戏曲发展史》，山西教育出版社 2000 年版。
[60] 傅谨：《中国戏剧艺术论》，山西教育出版社 2000 年版。
[61] 陈多：《戏曲美学》，四川人民出版社 2001 年版。
[62] 朱万曙：《明代戏曲评点研究》，安徽教育出版社 2002 年版。
[63] 施旭升：《中国戏曲审美文化论》，北京广播学院出版社 2002 年版。

[64] 罗丽蓉：《清人戏曲序跋研究》，里仁书局 2002 年版。
[65] 吕效平：《戏曲本质论》，南京大学出版社 2003 年版。
[66] 周贻白：《中国戏剧史长编》，上海书店出版社 2004 年版。
[67] 谢柏梁：《中华戏曲文化学》，南京师范大学出版社 2004 年版。
[68] 郭英德：《明清传奇戏曲文体研究》，商务印书馆 2004 年版。
[69] 张庚著，蓝凡导读：《戏曲美学》，上海书画出版社 2004 年版。
[70] 施旭升：《中国戏曲审美文化论》，北京广播学院出版社 2004 年版。
[71] 王政尧：《清代戏剧文化史》，北京大学出版社 2005 年版。
[72] 叶长海：《中国戏剧学史稿》，中国戏剧出版社 2005 年版。
[73] 胡明伟：《中国早期戏剧观念研究》，学苑出版社 2005 年版。
[74] 吴毓华：《戏曲美学论》，国家出版社 2005 年版。
[75] 郭英德：《中国戏曲的艺术精神》，国家出版社 2006 年版。
[76] 程芸：《汤显祖与晚明戏曲的嬗变》，中华书局 2006 年版。
[77] 徐国华、涂育珍：《临川戏曲评点研究》，中国戏剧出版社 2007 年版。
[78] 杨艳琪：《祁彪佳〈远山堂曲品·剧品〉研究》，中国戏剧出版社 2007 年版。
[79] 张正学：《中国杂剧艺术通论》，天津古籍出版社 2007 年版。
[80] 石建初：《中国古代序跋史论》，湖南人民出版社 2008 年版。
[81] 谭霈生：《戏剧本体论》，北京大学出版社 2009 年版。
[82] 谭霈生：《论戏剧性》，北京大学出版社 2009 年版。
[83] 刘奇玉：《古代戏曲创作理论与批评》，中国社会科学出版社 2010 年版。
[84] 敬晓庆：《明代戏曲理论批评论争研究》，中国人民大学出版社 2010 年版。
[85] 李克和：《明清曲论个案研究》，中国社会科学出版社 2010 年版。
[86] 李志远：《明清戏曲序跋研究》，知识产权出版社 2011 年版。
[87] 魏城壁：《冯梦龙戏曲改编理论研究》，南京大学出版社 2012 年版。
[88] 范春义：《焦循戏剧学研究》，凤凰出版社 2012 年版。
[89] 王伟康：《焦循戏剧理论研究》，广陵书社 2014 年版。
[90] 赵建新、陈志：《中国戏曲理论批评简史》，中国社会科学出版社

2014 年版。
[91] 梁晓萍:《中国古典戏曲品评观念研究》，中国社会科学出版社 2014 年版。
[92] 黄春艳:《李渔戏曲叙事观念研究》，人民文学出版社 2014 年版。
[93] 田雨澍:《戏曲编剧理论与技巧》，上海人民出版社 2015 年版。
[94] [日] 木村毅:《小说的创作及鉴赏》，高明译，神州光国社 1933 年版。
[95] 敏泽:《中国文学理论批评史》，吉林教育出版社 1993 年版。
[96] 袁行霈:《中国诗学通论》，安徽教育出版社 1994 年版。
[97] 宁宗一主编:《中国小说学通论》，安徽教育出版社 1995 年版。
[98] 朱世英、方遒、刘国华:《中国散文学通论》，安徽教育出版社 1995 年版。
[99] 孙琴安:《中国评点文学史》，上海社会科学出版社 1999 年版。
[100] 王平:《中国古代小说叙事研究》，河北人民出版社 2001 年版。
[101] 格非:《小说叙事研究》，清华大学出版社 2002 年版。
[102] 王汉民:《中国戏曲小说初论》，江苏古籍出版社 2002 年版。
[103] 张伯伟:《中国古代文学批评方法研究》，中华书局 2002 年版。
[104] 罗小东:《话本小说叙事研究》，学苑出版社 2002 年版。
[105] 赵兴勤:《中国古典戏曲小说考论》，吉林教育出版社 2004 年版。
[106] 高小康:《中国古代叙事观念与意识形态》，北京大学出版社 2005 年版。
[107] 陈洪:《中国小说理论史》，天津教育出版社 2006 年版。
[108] 陈平原:《中国小说叙事模式的转变》，北京大学出版社 2010 年版。
[109] 董上德:《古代戏曲小说叙事研究》，广东高等教育出版社 2011 年版。
[110] [古希腊] 亚里士多德:《诗学》，罗念生译，人民文学出版社 1962 年版。
[111] [古罗马] 贺拉斯:《诗艺》，杨周翰译，人民文学出版社 1962 年版。
[112] [英] 威廉·阿契尔:《剧作法》，吴钧燮、聂文杞译，中国戏剧出

版社 1964 年版。
［113］［美］约翰·霍华德·劳逊:《电影与戏剧的剧作理论与技巧》，邵牧君、齐宙译，中国电影出版社 1979 年版。
［114］［德］古斯塔夫·弗莱塔克:《论戏剧情节》，张玉书译，上海译文出版社 1981 年版。
［115］张寅德:《叙述学研究》，中国社会科学出版社 1989 年版。
［116］［法］热拉尔·热奈特:《叙事话语——新叙事话语》，中国社会科学出版社 1996 年版。
［117］胡亚敏:《叙事学》，华东师范大学出版社 1994 年版。
［118］［美］浦安迪:《中国叙事学》，北京大学出版社 1996 年版。
［119］杨义:《中国叙事学》，人民出版社 1997 年版。
［120］［美］希利斯·米勒:《解读叙事》，申丹译，北京大学出版社 2002 年版。
［121］［法］米克·巴尔:《叙述学——叙事理论导论》，谭君强译，中国社会科学出版社 2003 年版。
［122］苏永旭:《戏剧叙事学研究》，中国戏剧出版社 2004 年版。
［123］谭君强:《叙事学导论》，高等教育出版社 2008 年版。
［124］童庆炳:《文学理论教程》，高等教育出版社 2008 年版。
［125］申丹、王丽亚:《西方叙事学：经典与后经典》，北京大学出版社 2010 年版。
［126］［美］杰拉德·普林斯:《叙事学》，徐强译，中国人民大学出版社 2013 年版。

三 期刊论文

［1］沈尧:《戏曲结构的美学特征》，《文艺研究》1980 年第 6 期。
［2］么书仪:《谈元杂剧的大团圆结局》，《文学遗产》1983 年第 2 期。
［3］李若驰:《试探〈曲话〉的戏曲理论体系》，《延安大学学报》（社会科学版）1985 年第 1 期。
［4］谭帆:《中国古代编剧理论的宏观体系》，《戏剧艺术》1986 年第 2 期。
［5］齐森华、谭帆:《中国古代戏曲理论的逻辑演进》，《社会科学战线》

1987 年第 3 期。
[6] 谢柏良:《金圣叹论戏剧人物典型化》,《湖北大学学报》(哲学社会科学版)1987 年第 2 期。
[7] 谭帆:《金圣叹戏曲人物理论刍议》,《文学遗产》1987 年第 2 期。
[8] 谭帆:《论〈西厢记〉的评点系统》,《戏剧艺术》1988 年第 3 期。
[9] 耕耘:《中国戏曲从叙事体到代言体的嬗变》,《艺术百家》1988 年第 2 期。
[10] 李晓:《基础观念与整体结构——中国古典戏曲结构的基本原则》,《文艺研究》1989 年第 2 期。
[11] 陆林:《元人戏曲功能论初探》,《文学遗产》1989 年第 1 期。
[12] 谢柏梁:《明代戏曲的悲剧观:怨谱说》,《文学遗产》1989 年第 6 期。
[13] 刘靖安:《论"金批西厢"的叙事理论》,《衡阳师专学报》(社会科学)1989 年第 1 期。
[14] 朱伟明:《孔尚任戏剧结构理论初探》,《中国文学研究》1990 年第 1 期。
[15] 胡芝风:《念白在戏曲中的地位和功能》,《艺术百家》1990 年第 1 期。
[16] 王星琦、张宇声:《明代戏曲语言理论中的本色论》,《艺术百家》1990 年第 1 期。
[17] 李复波:《中西古典戏剧理论探异》,《社会科学家》1990 年第 1 期。
[18] 俞为民:《古代曲论中的人物论》,《古代文学理论研究》1991 年第 15 辑。
[19] 谭帆:《类型化——古典戏剧人物理论的逻辑趋向》,《文学遗产》1992 年第 5 期。
[20] 谭帆:《金圣叹戏曲语言论述评》,《古代文学理论研究》1992 年第 16 辑。
[21] 谭帆:《关于中国古典剧论的两点思考》,《社会科学战线》1993 年第 6 期。
[22] 郭英德:《叙事性:古代小说与戏曲的双向渗透》,《文学遗产》

1995 年第 4 期。

[23] 秦学人:《古典编剧美学的精辟概括》,《戏剧》1996 年第 2 期。

[24] 俞为民:《古代曲论中的情节论》,《中华戏曲》1996 年第 2 期。

[25] 俞为民:《论孟称舜的戏曲创作论》,《南京大学学报》1996 年第 3 期。

[26] 俞为民:《吕天成的〈曲品〉及其戏曲理论》,《山西师大学报》(社会科学版)1997 年第 4 期。

[27] 一峰:《关于李笠翁的"结构第一"》,《戏剧》1997 年第 3 期。

[28] 陈果安:《金圣叹论叙事节奏》,《中国文学研究》1998 年第 4 期。

[29] 陈建森:《试论元杂剧脚色与人物之间的"戏拟"关系》,《中山大学学报》(社会科学版)1999 年第 5 期。

[30] [韩] 吴庆禧:《谈元杂剧宾白的文学功能》(上、下),《戏曲艺术》1999 年第 1、2 期。

[31] 黄南珊:《以情抗理　以情役律——论汤显祖的情感美学观》,《吉林大学社会科学学报》1999 年第 1 期。

[32] 谭帆:《中国古代曲论研究的回顾与展望》,《文艺研究》2000 年第 1 期。

[33] 邓新华:《金圣叹的戏剧理论试探》,《戏剧》2000 年第 3 期。

[34] 程蔷:《民间叙事模式与古代戏剧》,《文学遗产》2000 年第 5 期。

[35] 朱万曙:《论朱权的戏曲创作与理论贡献》,《安徽大学学报》(哲学社会科学版)2000 年第 4 期。

[36] 陈维昭:《元杂剧的演唱体制及其叙事学意义》,《戏剧艺术》2000 年第 3 期。

[37] 傅谨:《国剧的脚色、行当与人物》,《戏剧艺术》2000 年第 3 期。

[38] 王茜:《李渔论戏曲情节的真实性与新奇性》,《戏曲艺术》2001 年第 2 期。

[39] 吴瑞霞:《观众接受意识与戏曲结构形式》,《戏剧》2001 年第 3 期。

[40] 陈建森:《试论元杂剧的演述性对话》,《戏剧艺术》2001 年第 4 期。

[41] 马衍:《宾白须与曲词等量齐观》,《艺术百家》2001 年第 1 期。

[42] 叶志良:《中国戏曲的叙事逻辑》,《戏曲研究》2001 年第 1 期。

[43] 人弋:《冯梦龙论戏曲情节》,《湖南大学学报》(社会科学版)

2001 年第 3 期。

[44] [韩] 吴庆禧:《元杂剧元刊本到明刊本宾白之演变》,《艺术百家》2001 年第 2 期。

[45] 马衍:《简论孟称舜的“人物论”》,《徐州教育学院学报》2001 年第 2 期。

[46] 王永恩:《孟称舜的人物塑造论》,《戏曲艺术》2001 年第 4 期。

[47] 陈建森:《戏曲“代言体”论》,《文学评论》2002 年第 4 期。

[48] 赵元领:《金圣叹叙事理论的历史渊源及其历史地位》,《济宁师专学报》2002 年第 2 期。

[49] 丁淑梅:《中国古代曲论中的叙事结构论》,《伊犁师范学院学报》2002 年第 2 期。

[50] 李文赫:《金圣叹〈西厢记〉戏曲人物论批评》,《吉林大学社会科学学报》2002 年第 2 期。

[51] 马建华:《论中国戏曲文学的叙述者》,《文艺研究》2003 年第 4 期。

[52] 王永恩:《孟称舜的语言、曲风论》,《戏曲艺术》2003 年第 4 期。

[53] 郭英德:《明清传奇戏曲叙事结构的演化》,《求是学刊》2004 年第 1 期。

[54] 祁志祥:《中国古代文论中的“用事”说》,《浙江社会科学》2004 年第 6 期。

[55] 刘汉光:《戏曲意境论概说》,《艺术百家》2004 年第 5 期。

[56] 陈蓓蓓:《宾白地位的空前提高》,《艺术百家》2004 年第 3 期。

[57] 冉常建:《意象化类型人物》,《戏曲艺术》2005 年第 2 期。

[58] 苏涵:《论戏曲叙事与戏剧性故事》,《文艺报》2005 年 3 月 31 日第 5 版。

[59] 孙福轩:《叙事为本:李渔“宾白”新论》,《华中科技大学学报》(社会科学版) 2005 年第 4 期。

[60] [韩] 李昌淑:《明清小说戏曲批评中的虚实论》,《中华戏曲》2006 年第 2 期。

[61] 解玉峰:《“脚色制”作为中国戏剧结构体制的根本性意义》,《文艺研究》2006 年第 5 期。

[62] 张萍:《试论吕天成〈曲品〉对传统戏曲批评观念的突破》,《宁波

大学学报》（人文科学版）2006 年第 6 期。

[63] 刘晓玲:《浅析〈闲情偶寄〉中的戏曲叙事理论》,《中北大学学报》（社会科学版）2007 年第 6 期。

[64] 周江洪:《汤显祖美学思想初探》,《学习与实践》2007 年第 7 期。

[65] 徐大军:《李渔“结构第一”理论的思路与内涵新探》,《求是学刊》2008 年第 2 期。

[66] 范红娟:《二十世纪传奇戏曲结构研究的历史回顾》,《戏曲艺术》2008 年第 4 期。

[67] 俞为民:《论生旦为主的戏曲脚色体制的形成》,《艺术百家》2008 年第 4 期。

[68] 冯文楼:《“大团圆”结局的机制检讨与文化探源》,《陕西师范大学学报》（哲学社会科学版）2008 年第 4 期。

[69] 李志远:《中国古典戏曲序跋研究述论》,《戏曲艺术》2009 年第 4 期。

[70] 孙琪:《祁彪佳曲论研究反思》,《戏剧文学》2009 年第 5 期。

[71] 蒋传红:《论金圣叹的戏剧叙事理论的民族特色》,《社会科学论坛》2009 年第 4 期。

[72] 吴艳萍:《以叙事为中心的戏曲文学观——试论李渔戏曲理论的叙事性》,《厦门教育学院学报》2009 年第 4 期。

[73] 吴艳萍:《李渔以叙事为中心的戏曲理论成因探讨》,《福建教育学院学报》2009 年第 2 期。

[74] 屈啸宇:《神引情节与便面窗——浅议李渔戏剧理论中的戏剧叙事观》,《大舞台》2009 年第 2 期。

[75] 李克:《近百年清代戏曲评点研究综述》,《戏曲艺术》2010 年第 2 期。

[76] 杜海军:《从〈元曲选〉对元杂剧的校改论臧懋循的戏曲观》,《戏曲艺术》2010 年第 3 期。

[77] 赵炎秋:《李渔叙事接受思想试探》,《武陵学刊》2010 年第 5 期。

[78] 赵炎秋:《叙事视野下的金圣叹故事观》,《中国文学研究》2010 年第 4 期。

[79] 祁志祥:《金圣叹的戏曲批评》,《长江学术》2010 年第 1 期。

［80］张鹏飞:《论儒家“中和之美”对中国古典戏曲叙事范式的文化观照》,《兰州学刊》2010 年第 4 期。
［81］张鹏飞:《论汤显祖戏曲“梦幻叙事”范式的文化情韵》,《华东理工大学学报》(社会科学版) 2010 年第 2 期。
［82］李志远:《明清戏曲序跋之人物塑造论研究》,《四川戏剧》2010 年第 2 期。
［83］曹胜高:《角色、脚色离合与戏曲叙述策略的形成》,《戏剧》2011 年第 2 期。
［84］李军峰:《元杂剧中科诨艺术的表现方式》,《艺术百家》2011 年第 8 期。
［85］赵炎秋:《李渔叙事结构思想试探》,《湖南工业大学学报》(社会科学版) 2011 年第 3 期。
［86］赵炎秋:《明清叙事思想发展研究》,《中国文学研究》2011 年第 3 期。
［87］李克:《文情 · 文事 · 文法: 毛声山批〈第七才子书琵琶记〉三维理论建构》,《辽东学院学报》2011 年第 2 期。
［88］元鹏飞:《中国戏曲脚色的演化及意义》,《文艺研究》2011 年第 11 期。
［89］刘奇玉、张红:《明清剧论家的整体性戏曲结构论》,《江西社会科学》2011 年第 10 期。
［90］万曙:《明清戏曲理论的建构》,《文艺研究》2012 年第 8 期。
［91］俞为民:《王世贞〈艺苑卮言〉中的曲论》,《艺术百家》2012 年第 4 期。
［92］吕茹:《叙事角度的类同与转换: 古代白话短篇小说与戏曲的双向渗透》,《兰州学刊》2012 年第 6 期。
［93］肖鹰:《以梦达情: 汤显祖戏剧美学论》,《文艺研究》2013 年第 8 期。
［94］谭霈生:《戏剧与叙事》,《四川戏剧》2013 年第 7 期。
［95］陈建森:《论宋元戏曲的演述者》,《文艺研究》2013 年第 3 期。
［96］金艳霞:《因事以造形　随物而赋象——孟称舜戏曲人物论新探》,《甘肃社会科学》2013 年第 1 期。

［97］杜刚:《明清传奇二元对立叙事策略演化》,《西华师范大学学报》2013 年第 3 期。

［98］陈仕国:《清代刘廷玑的戏曲理论》,《湖南科技学院学报》2013 年第 2 期。

［99］俞为民:《毛声山〈第七才子书〉对〈琵琶记〉的批点》,《文化艺术研究》2014 年第 7 卷第 4 期。

［100］张芳:《试析中国古典戏曲宾白理论》,《戏曲艺术》2014 年第 3 期。

［101］梁晓萍:《戏曲关目与关目漏洞》,《文艺研究》2015 年第 5 期。

［102］王安葵:《戏曲美学范畴之虚实论》,《艺术百家》2015 年第 1 期。

［103］裴喆:《祁彪佳“六品”说疏义》,《戏曲艺术》2015 年第 1 期。

［104］王辉斌:《远山堂“二品”述论》,《南都学坛》2015 年第 2 期。

［105］李良子:《论〈幽闺记〉之结构及其叙事节奏》,《戏剧艺术》2015 年第 1 期。

［106］黄飞立:《古典戏曲叙事性质与曲学论域再考察》,《甘肃社会科学》2015 年第 3 期。

［107］黄春燕:《论李渔戏曲叙事中的“机趣”》,《清华大学学报》（哲学社会科学版）2016 年第 3 期。

四 硕博论文

［1］侯云舒:《古典剧论中叙事理论研究》,博士学位论文,台湾“清华大学”,2001 年。

［2］郑菡:《“李卓吾”小说戏曲评点研究》,博士学位论文,复旦大学,2005 年。

［3］马越:《祁彪佳及其戏曲理论研究》,硕士学位论文,西北师范大学,2006 年。

［4］孙立群:《清人戏曲序跋研究》,硕士学位论文,兰州大学,2007 年。

［5］刘奇玉:《古代戏曲创作理论与批评》,博士学位论文,福建师范大学,2008 年。

［6］刘志宏:《明清传奇叙事艺术研究》,博士学位论文,苏州大学,2008 年。

[7] 潘琳娜:《清代戏曲虚实观念研究》,硕士学位论文,华中科技大学,2010 年。

[8] 侯小琴:《明代戏曲创作论研究》,硕士学位论文,兰州大学,2011 年。

[9] 李雪凤:《明代戏曲序跋研究》,硕士学位论文,兰州大学,2012 年。

[10] 蔡东民:《李渔戏曲编剧研究》,博士学位论文,上海戏剧学院,2013 年。

[11] 张勇敢:《清代戏曲评点史论》,博士学位论文,华东师范大学,2014 年。

[12] 王德兵:《明清戏曲美学范畴研究》,博士学位论文,扬州大学,2014 年。

[13] 范辉:《王骥德〈曲律〉戏曲叙事理论研究》,硕士学位论文,安徽大学,2015 年。

后　　记

本书是在我的博士学位论文基础上略作修改而成的。毕业一年，今将付梓，主要得益于众人的帮助，感恩之情油然而生。

首先，感谢我的恩师张天曦先生，先生不嫌我钝才陋资，以开阔的胸怀接纳了我。刚入师门，先生就据我硕士所学专业为我选定了论文的范围，指引了正确的研究方向。三年的教诲，深感先生造诣之深、视野之广、思辨之强、洞察之微。最令我钦佩不已的是先生的指导理念，他总能高屋建瓴地给予精准的指引，然后又以鼓励的方式给予我奋进的力量、前进的动力，每次与先生交谈之后，都感觉茅塞顿开，如醍醐灌顶，且充满了前行的力量。更令我敬佩的是先生的人品，他为人和善，以平等的姿态面对学生，每次指导论文都能照顾到我的情绪，以商量的口吻提出建议。且先生的行为充分体现出“一日为师，终身为父”的思想，他不仅为学生的学术之路打算，同时又为我的人生之路做出长远的考虑，在先生的恩德面前，常感语言的无力，唯求索不已以谢师恩之万一。

感谢授业导师车文明先生、延保全先生、曹飞先生、亢西民先生、范春义先生、王星荣先生、吕文丽先生、姚春敏先生，诸位先生学问精博、成绩斐然，然正直温和、虚怀若谷，无论是学术造诣还是人格魅力，都令我仰慕、敬佩，能受教于先生们，深感荣幸，先生们的境界，学生虽不能至，但心向往之，先生们将是我一生追求的榜样；感谢文学院梁晓萍老师，在复试时就与老师结缘，在上学期间，梁老师多次给予指导，惠我良多；在开题报告会以及答辩会上，还得到了周华斌先生、麻国钧先生的指导，感谢二位先生提出宝贵而中肯的意见。

感谢我的原工作单位——山西师大实验中学，领导们很开明地赞同并支持我继续深造，减少我的工作量；语文组里的老师们积极分担我在组里的工作，每次公开课的时间，都依着我的方便安排；尤其感谢指导我教学的师傅，先生在即将退休的年龄，主动提出分担我一个班的教学任务；还要感谢我亲爱的学生们，在毕业论文写作的枯燥时期里，每次去上课，看见他们渴望、求知的眼神，心中就又燃起了求索的激情与热情。今虽离开中学，但在那里工作的八年时光，是我人生中一段无法抹去的美好记忆。

感谢师兄王潞伟、崔武杰等，读博期间多次以各种问题求教于师兄们，他们以自己的亲身经验给予我很多切实的指导；感谢同门师姐张颖、肖俏、李霞，师兄妹张华、杨锐、刘洁琪，我们相知如故，共谈“叙事”，见贤思齐，成为亲密的兄弟姐妹；感谢同届同学李梓郡、鲁小艳、段飞翔、段金龙、王琳、艾炬、付炜炜、李依伦、邵振奇、陈甜、苏翔、李言实，我们互通有无、相互鼓励，结下了纯真的同学情。

感谢我的家人，尤其是我的婆婆，一直以来，她都无怨无悔地帮我做饭、照顾孩子，解决了我的后顾之忧。更要感谢我的父母，他们几次不远千里过来替我照看孩子，且家中一切事情都尽量不让我操心；感谢我的兄弟姐妹，他们分担了我照顾父母的责任，每年寒暑假回去都为我的学习做着后勤工作；感谢我的老公杜辉，感谢他在我求学道路中的激励、鞭策、宽慰、分担……没有他的激励我可能没有勇气再走上这条道路，没有他的鞭策也可能没有令我满意的成果，他的宽慰使我熬过了很多个痛苦的时期，他在家庭中的分担，使我省却了很多作为一个妻子、母亲、女儿该操的心，该尽的责任；感谢我的宝贝女儿杜佳煜，宝宝在情感上最依恋妈妈的时候，也正是妈妈最忙的时候，最让妈妈揪心的是，每天幼儿园放学后，宝宝一定要去妈妈宿舍“办点事”（看看妈妈），然后再依依不舍地跟着奶奶回去。

本书的出版，得到了现工作单位山西师范大学文学院领导的积极支持，并获得了学院的出版资助，在此致以诚挚的谢意！此外，还要感谢中国社会科学出版社以及刘艳女士的辛勤编辑！

一份份沉甸甸的师生情、同学情、亲情、友情助我顺利地完成了学位论文的写作，且使书稿有了及早面世的机会。情意巍巍，纵有再美的词汇也难表谢意，唯有化作动力，继续前行。

2018 年 4 月于尧都